지배의 논리 경계의 사상

저자

정선태(鄭善太)_ 1963년 전북 남원 출생으로 서울대학교 국어국문학과 및 동 대학원을 졸업했으며, 현재는 국민대학교에 근무하고 있다. 저서로『개화기 신문 논설의 서사 수용 양상』,『심연을 탐사하는 고래의 눈-한국 근대문학의 형성과 그 외부』,『근대의 어둠을 응시하는 고양이의 시선-문학・번역・사상』,『한국 근대문학의 수렴과 발산』,『시작을 위한 에필로그』,『'삐라'로 듣는 해방 직후의 목소리』(공편) 등이 있으며, 역서로『동양적 근대의 창출-루쉰과 소세키』,『일본문학의 근대와 반근대』,『가네코 후미코-식민지 조선을 사랑한 일본 제국의 아나키스트』,『일본어의 근대』,『지도의 상상력』,『생활 속의 식민지주의』,『창씨개명-제국주의 일본의 조선지배와 이름의 정치학』,『미구회람실기 5』,『도조 히데키와 천황의 시대』,『은뢰-조선신궁에서 바라본 식민지 조선의 풍경』,『쇼와 육군』,『일본 근대의 풍경』(공역),『삼취인경륜문답』(공역),『일본 근대사상사』(공역),『조선의 혼을 찾아서』(공역),『기타 잇키』(공역),『검은 우산 아래에서』(공역) 등이 있다.

지배의 논리 경계의 사상

초판1쇄발행 2017년 2월 10일
초판2쇄발행 2017년 9월 30일

지은이 정선태 **펴낸이** 박성모 **펴낸곳** 소명출판 **출판등록** 제13-522호
주소 06643 서울시 서초구 서초중앙로6길 15, 1층
전화 02-585-7840 **팩스** 02-585-7848 **전자우편** somyungbooks@daum.net **홈페이지** www.somyong.co.kr

값 27,000원 ⓒ 정선태, 2017
ISBN 979-11-5905-144-9 93810

지배의 논리 경계의 사상

The Logics behind Control and the Thoughts on Border

정선태

2014년 4월 16일 이후 나는 깊은 회의와 절망의 늪으로 빠져들었다. 자본과 결탁한 국가권력의 횡포와 패악질을 견디기 어려웠다. 이런저런 시위 현장에서 함성과 몸부림을 듣고 보면서도 자꾸만 처지는 몸과 마음을 추스르기가 쉽지 않았다. 깊디깊은 절망을 경험하지도 않은 채 손쉽게 말하는 희망이란 값싼 위안과 조금도 다르지 않을 것이라 생각하기도 했지만, 그것은 어떻게든 정신적 압박을 해소해 보려는 그럴싸한 자기변명의 수준을 크게 벗어나지 못했다.

'세월호'는 우리가 살고 있는 한국 사회의 맨얼굴을 그야말로 고스란히 보여준 거대한 은유였다. '세월호'라는 기호의 이면에는 무원칙과 무책임이 판을 치고 윤리 감각이라고는 찾아볼 수 없을 만큼 탐욕이 지배적인 세상, 부패할 대로 부패한 내면을 외형적 화려함으로 위장한 사회, 치욕스러울 정도로 지배 권력의 눈치를 보면서 차마 눈뜨고 보지 못할 파렴치한 짓을 일삼는 세력이 자리 잡고 있었다.

'세월호'와 함께 바닷속으로 가라앉은 생명들의 절규를 환청처럼 들으면서 나는 식민지 시대 이후 분단과 전쟁과 독재 그리고 천박하고 탐욕스럽고 야만적인 자본주의화 과정에서 형성된 세력이 이 사회를 지속적으로 지배할 수도 있을 것이라는 불길한 생각에 압도되어 제대로 숨을 쉴 수조차 없었다. 그렇게 나는 뭔가에 쫓기고 있었다. 할 수 있는 것이라곤 책을 읽고 뭐든 끼적이는 일뿐이었다. "문학이야말로 혁명의 본질"이며 "문학을 잃어버리는 순간 혁명은 죽는다"(사사키 아타루, 『잘라라, 기도하는 그 손을』)는 말을 떠올리며 읽고 또 읽었다.

그리고 2016년 10월 말, 곪을 대로 곪은 환부에 칼날이 닿기 시작했다. 천만 명이 훌쩍 넘는 시민들이 거리를 불의 강으로 바꿔버렸다. 권력을 사유화한 자들이 그 추악한 모습을 드러냈다. 사람들은 우리 사회를 지배해온 자들의 맨얼굴을 목격했다. 누군가는 한국 근현대사의 적폐를 청산할 수 있는 '시민혁명'의 시간을 통과하고 있다고 했다. 과연 그럴까? 지금이 절망의 심연을 지나 천신만고 끝에 발견한 희망의 순간일 수 있을까? 낙관하기에는 지배 카르텔의 성채가 결코 만만하지 않다. 기득권 세력이 그렇게 쉽게 후퇴할 리가 없다. 친일파의 후예들이 그랬고 독재자의 후예들이 그랬듯이, 아차 하는 순간 희망의 순간은 또 다른 절망의 나락을 맛볼 수도 있을 것이다.

작년 10월 말부터 본격화한 변화를 향한 요구가 소용돌이를 이루고 있는 한국 현대사의 변곡점에서 나는 새삼 문학과 역사를 공부하는 것이 무슨 의미가 있는지 묻지 않을 수 없다. 그동안 써왔던 글들을 엉성하게나마 한 권의 책으로 엮는 이유도 이 물음을 좀 더 구체화하고 싶어서인지도 모른다. 과거에 내가 읽고 쓰면서 던진 질문이 얼마나 유효할 것인지 가늠해 보는 것도 전혀 의미가 없지는 않으리라.

문학을 근간으로 하되 역사를 시야에 두고서 지배의 논리를 보여주고자 했지만 논의가 투박하고 거칠어서 불만스럽기 짝이 없다. '소재하되 소속되지 않는' 태도로 경계의 사상을 모색하고자 했지만 이마저 변죽만 울린 셈이 되고 말았다는 점을 고백하지 않을 수 없다. 하지만 부끄럽다는 말은 하지 않을 작정이다. 다른 사람에게가 아니라 바로 나 자신에게 한 점 부끄러움 없는 삶을 살 자신이 없기 때문이다. 부끄러움은 부끄러움대로 간직하고서 조금이라도 덜 부끄럽게 살기 위해 마음을 끊임없이 다잡는 것 말고는 방법이 없을 것이다.

끝으로 보잘것없는 글들이 한 권의 책으로 묶여 나올 수 있도록 후원을 아끼지 않은 연세대학교 근대한국학연구소와 어려운 출판 환경에서도 묵직한 책들을 펴내느라 애쓰는 소명출판에 고마운 마음을 전한다.

절망의 심연에서 길어 올린 희망의 빛줄기가
이 세상을 환히 비추기를 바라며

2017년 1월 25일
정선태 적음

차례

제1부

제1장

근대계몽기 '국민' 담론과 '문명국가'의 상상

『태극학보』를 중심으로

국가의 출현은 야만인과 문명인 사이의 거대한 유형 분할을 낳았고

건널 수 없는 단절을 새겨 놓았다.

그 단절의 건너편에서는 모든 것이 변한다.

왜냐하면 그곳에서는 시간이 역사가 되기 때문이다.[1]

1. 문제 설정

근대계몽기 담론장에서 '민족'이나 '국민' 그리고 '국민-국가'라는
개념이 근대적인 의미로 사용되기 시작하는 것은 1905년을 전후한 시
기이다. 물론 그 이전에도 '민족'이라는 말이 산발적으로 사용되긴 했
으나, 『독립신문』의 경우에서 볼 수 있듯이, 이는 '동포'나 '백성' 또는
'인민'과 뚜렷하게 구별되는 것이 아니었다.[2] 1905년, 그러니까 제국

---

1   피에르 클라스트르, 홍성흡 역, 『국가에 대항하는 사회』, 이학사, 2005, 247~248면.
2   이와 관련해서는 정선태, 『근대의 어둠을 응시하는 고양이의 시선』(소명출판, 2006)에

주의 일본에 의한 조선 지배가 정치적으로 전면화기 시작한 징표인 '을사조약'을 전후한 시기를 대표하는 신문인 『황성신문』과 『대한매일신보』는 민족/국민 이야기를 제작하는 데 심혈을 기울였다.[3] 그리고 이 시기의 학술지들, 예컨대 『태극학보』『서우』『서북학회월보』『대한홍학보』 등도 민족/국민 담론 구성에 가세했다. 뿐만 아니라 『파란말년사』『월남망국사』『이순신전』『을지문덕전』 등 '역사 전기 소설'을 비롯한 문학적 텍스트들, 『국가학』『국가사상학』『국민수지』『정치학』 등 다양한 종류의 '교과서'들도 여기에 힘을 보탰다.[4]

제국주의 일본의 조선 지배가 현실화하면서, "진실로 우리 국민의 사상이 완전하게 단합되는 날이 곧 우리 국가의 독립이 완전하게 이루어지는 날"[5]이라 하여, '국민'의 사상적 단합만이 조선이 처한 위기를 돌파할 수 있을 것이라는 주장이 지식인들 사이에서 널리 유포되었다. 이는 "위급한 시국을 당하여 나라를 구해서 다스리고자 하면 결코 한두 사람이 구해서 다스릴 수 있는 바가 아니요, 온 나라의 모든 사람들이

수록되어 있는 「『독립신문』의 조선·조선인론」 및 「근대적 정치운동 또는 '국민' 발견의 시공간」을 참조하라.

3 『대한매일신보』의 민족/국민 서사에 관해서는 정선태, 『한국 근대문학의 수렴과 발산』(소명출판, 2008)에 실려 있는 「근대계몽기 민족·국민 서사의 정치적 시학」을 참조하라.

4 김도형, 『대한제국기의 정치사상 연구』, 지식산업사, 1994; 김효전, 『근대 한국의 국가사상』, 철학과현실사, 2000; 박찬승, 『한국 근대정치사상사연구』, 역사비평사, 1992; 박노자, 『우승열패의 신화』, 한겨레신문사, 2005; 김학준, 『한말의 서양 정치학 수용 연구』, 서울대 출판부, 2000; 이화여대 한국문화연구원 편, 『근대계몽기 지식 개념의 수용과 그 변용』, 소명출판, 2004; 이화여대 한국문화연구원 편, 『근대계몽기 지식의 발견과 사유 지평의 확대』, 소명출판, 2006; 이화여대 한국문화연구원 편, 『근대계몽기 지식의 굴절과 현실적 심화』, 소명출판, 2007 등에서 관련 연구 성과 및 동향들을 찾아볼 수 있다.

5 鄭寅琥, 「國家思想學 序」, 민족문학사연구소 편역, 『근대계몽기의 학술·문예 사상』, 소명출판, 2000, 311면.

다 나라를 사랑하는 감정과 사상이 있은 연후에 구해서 다스릴 수 있을 것"[6]이라는 주장과 긴밀한 관련성을 지닌다. 위기에 처한 '나라＝국가' 를 구하기 위해서는 "나라를 사랑하는 감정과 사상"을 내면화해야 한 다는 이 주장은 '위기'가 '국민'의 감정을 동원하는 중요한 계기가 된다 는 점을 웅변적으로 말해준다. '국가'가 '나＝개인'에게 무엇을 해줄 것 인지, 다시 말해 '국가'가 '나'와 어떤 관련이 있는지를 묻는 것은 유보 된다. 왜냐하면 "사람이 이 세상에 살아가며 힘써 구할 바는 가히 자기 를 대하는 것이요, 가히 자기 나라와 대하는 것이니 능히 자기를 대하 지 못하면 사람이 아니요, 능히 나라를 대하지 못하면 국민이 아니기"[7] 때문이다. 이처럼 '국가'는 초월적 절대성을 지닌 것으로서, 개인의 존 재를 규정하는 것으로서 상정된다.

이러한 상황 속에서 '국가'를 구심점으로 놓고 어떻게 하면 그 구성 원들이 '국민'으로 거듭날 수 있을 것인지를 둘러싼 논의가 활발하게 펼쳐진다. 근대계몽기 지식인들이 자신들의 견해를 피력하는 유력한 통로였던 '학술지'의 경우도 예외가 아니다. 1905년 이후 주로 출신 지 역이 같은 사람들이 모여 결성한 학회를 중심으로 한 다양한 학술잡지 가 등장하여, 신문과 구별되는 담론장을 형성한다.[8] 『태극학보』 『대한 유학생회보』 『대한자강회월보』 『대한흥학보』 『대한협회회보』 『서우』 『서북학회월보』 『교남교육회잡지』 등이 그 예이다. 이러한 학술지를

---

6 張世基, 「國家思想學 序」, 위의 책, 309면.
7 鄭寅琥, 앞의 글, 311면.
8 이 시기 학회의 성격에 관해서는 조형래, 「학회, 유토피아의 미니어처―근대계몽기의 지역학회 및 유학생 단체를 통해서 본 지역성과 고향 의식」, 『한국문학연구』 제31집 (2006.12) 참조.

근거지로 하여 일련의 지식인 집단은 백과사전적인 '신지식'을 번역(번안) · 생산 · 유포하며, 국민/국가 담론도 그 연장선상에 놓여 있다.

이 가운데 『태극학보』는 관서지방 출신 동경유학생 중심의 '태극학회'에서 발행한 학술지로, 1906.8~1908.11까지 통권 26호를 발행했으며, 편집 겸 발행인은 장응진(張膺震, 1880~1950)이었다.[9] 주요 필자는 장응진을 비롯하여 최석하 · 김지간 · 문일평 · 이동초 등이었다. 『태극학보』의 창간 목적은 연설, 강연, 토론 등을 통하여 학문을 연마하고, 그것을 저술 · 번역하여 조선인들의 지식 획득에 일조하는 것이었다.

이 글에서 나는 근대계몽기의 대표적인 학술지 중 하나인 『태극학보』의 국민/국가 담론의 전개 양상과 그 의미를 밝힘으로써 이 시기의 국민국가 담론의 지형도를 구체화하고자 한다. 이때 다음과 같은 질문은 피할 수 없다. 즉, '국민'이란 무엇인가? '국민'은 어떤 상황에서, 왜 호명되는가? '국민'과 '개인'은 어떻게 다른가? '국민'과 '국가'의 관계는 어떻게 설정되는가? '국민'은 어떻게 길러지는가? 이러한 물음들을 중심에 놓고 『태극학보』에서 펼쳐지는 국민/국가론의 사정거리를 가늠해 보기로 한다.

---

9   장응진의 간략한 전기와 행적에 관해서는 김윤재, 「백악춘사 장응진 연구」, 『민족문학사연구』 제12호(1998) 및 하태석, 「백악춘사 장응진의 소설에 나타난 계몽사상의 성격—계몽기 지식인의 기독교 수용의 한 양상」, 『우리문학연구』 제14집(2001.12) 참조.

2. 위기의 시대, 독립 국가의 길

1905년을 전후하여 조선은 존망의 기로에 서 있었다. '위기의 시대'라는 슬로건이 곳곳에 휘날리고 있었으며, 경쟁에서 뒤처지면 '망국'의 나라로 추락하고 말 것이라는 공포가 배회하고 있었다. 그리고 그 공포는 '나라가 망하면 너도 망한다'라는 언명에서 볼 수 있듯이 사람들에게 구체적인 실감으로 다가왔다. 그리하여 사회진화론에 바탕을 둔 경쟁론과 문명론이 '국민' 담론 구성의 근거가 되며, 1905년의 '을사조약'과 1907년의 '정미7조약'으로 망국의 위기가 구체화하면서[10] '자주독행(自主獨行)의 정신'에 기반한 '유기적 국가'의 구상이 『태극학보』의 전면에 부상한다.

> 自主獨行의 精神이여. 此 精神이 個人에게 充實하면 可히써 其 人格의 完美를 成하고 衆氏의게 充實하면 可히써 國家의 强大를 致하나니 大蓋 文化의 人民은 索然 孤立하야 巢栖穴居함이 無하고 必也 種族言語가 同一한 人民이 互相 團結하야 有機的 國家를 構成함인즉 國家는 卽 蒼生이 據之하야 個個力作을 逐함에 基礎ㅣ며 人民이 由之하야 其 發達을 成함에 根源이 됨일새 地球

---

[10] 다음과 같은 진술은 당시 지식인의 감각을 단적으로 보여준다. "我韓의 境遇가 何處에 處하얏나뇨. 一言以蔽之컨대 四千三百餘年 國史를 破壞한 亡國時代라. 此 時代를 指하야 吾人이 新時代라 稱하나냐. 新時代라 謂함은 何를 謂함이뇨. 政治上에 一物이 不在하고 社會上에 一物이 無餘함을 謂함이니 開闢時代라 謂함과 彷佛하도다. 然則 我韓의 今日 以后 歷史는 檀君과 繼續한 歷史가 아니라 吾人의 創造한 新歷史요, 我韓의 今日 以后 民族은 檀君의 血統을 繼續한 民族이 아니요, 吾人 自身이 創造한 民族이로다."(一歲生, 「新時代의 思潮」, 『太極學報』 제14호, 1907.10.24)

가 世界 萬物을 包有하고 太虛에 獨立하야 日日 運行을 不停함과 如히 人民도 亦是 總體를 一括하야 自由自在로 活動하는 者요 地를 換하야 反對의 點으로 觀察하면 個人은 國家의 實質을 組織하는 要素가 되는 者니 個人의 力量을 除한 外에는 國家라는 者의 有機的 活動을 求得키 不能하도다. (…중략…) 吾人의 個個 獨立하는 者가 愈多할수록 國家의 實質이 益堅하고 個人의 活動이 愈大할수록 國家의 機關이 漸次 擴張할지니 畢竟 個人의 自主獨行은 全國民 自主獨行의 前提요 個人 獨立의 總合은 國家의 獨立인즉 國의 文野는 人民 各自의 文野를 因定하고 邦國의 盛衰興亡은 人民 各自의 自主獨行을 因決하도다.[11]

종족과 언어가 동일한 인민이 서로 단결하여 '유기적 국가'를 구성하는 것이 '문화의 인민'이 지향해야 할 바이다. 그렇다면 국가란 무엇인가. "蒼生"이 이를 근거로 하여 "個個力作"을 수행하는 기초이며, "人民"이 이를 바탕으로 하여 자신의 발달을 이루는 "根源"이 된다. 말하자면 국가는 개인의 행위와 발전의 토대가 되는 것이다. 이때 "개인은 국가의 實質을 組織하는 要素"가 되며, 개인의 역량을 제외하고서는 국가의 유기적 활동을 확보하기가 어렵다. 개인의 모든 활동은 '유기적으로' 국가에 수렴한다. 그리하여 "個人 獨立의 總合은 國家의 獨立"이라는 명제가 도출된다.

이때 개인의 독립은 그 자체로는 의미가 없으며 국가 독립의 '전제'로서 기능할 때에만 의미를 지닌다. "文野" 즉 문명국과 야만국을 가르는 기준이 바로 이것이다. 예컨대 "國家主義가 發達된 歐米人인 國家에

---

11 苙丹山人, 「自主獨行의 精神」, 『太極學報』 제21호, 1908.5.24.

對하여 恒常 注意를 不怠함으로써 人人마다 其 定義를 明瞭히 解釋하나 我邦人은 不然하여 古來로 國家에 對하여 冷淡한 觀念이 有할 뿐더러 往往히 其 眞意를 誤解하도다"[12]라는 표현에서 보듯, 국가에 대하여 항상 깊은 주의를 기울이는 구미인들과 달리 '우리나라' 사람들은 국가의 관념도 제대로 확립하지 못한 상태에 처해 있다. 이처럼 '국민'·'국가' 관의 확립은 문명화=근대화=서구화의 수준을 가늠하는 척도로 파악된다. 이때 서양의 문명국은 따라잡아야 할 일종의 표본으로 간주되며, 따라잡기의 구체적인 표현이 '경쟁'론이다.

『태극학보』의 주요 필진들에게 '경쟁'은 시대적인 대세일 뿐만 아니라 자연적인 흐름이기도 하다. 특히 포우생(抱宇生)의 논의는 경쟁의 의미를 집약적으로 보여준다. 그에 따르면, 경쟁의 원인은 생명의 유지에 있으며, 생명을 유지하기 위하여 개인 사이에서는 필연적으로 경쟁이 발생할 수밖에 없다. 나아가 단체와 단체, 국가와 국가 사이의 경쟁도 피할 수 없다. 따라서 "文明社會에 處하여 勝敗를 決鬪"하는 자는 "自己의 幸福을 計圖할 同時에 國家의 繁榮을 爲하여 其 生命을 犧牲"해야 마땅하다.[13] 개인의 행복을 도모하는 것도 중요하다. 그러나 더욱 중요한 것은 국가의 번영을 위하여 개인의 생명을 희생할 수 있어야 한다. 그럴 때에만 '진정으로' 개인은 행복해질 수 있다는 것이다. 개인의 생명을 희생하고 얻을 수 있는 행복이란 무엇인가라는 물음은 제기되지 않는다.[14] '나라의 발전이 나의 발전의 근본'이라는 국민교육헌장의 발상

---

12 崔錫夏, 「國家論」, 『太極學報』 제1호, 1906.8.24. 이러한 '대조의 수사학'은 곳곳에서 출몰한다. 이는 서양=근대=문명이라는 거울에 자신의 비춰보지 않고서는 자신을 정의할 수 없을 것이라는 강박감의 다른 표현이라 할 수 있을 것이다.

13 抱宇生, 「競爭의 根本」, 『太極學報』 제22호, 1908.6.24.

이 이미 그 싹을 틔우고 있었던 것이다.

포우생의 논의에 따르면 국가의 '진보'는 개개인의 생명을 보존·유지하기 위한 전제 조건이 되며, 국가의 멸망은 개인의 영멸(永滅)로 이어질 수밖에 없다. 인류는 원래 평화를 주장하고 평화를 사랑하는 존재라고 하지만, 이야말로 일각도 격렬한 경쟁을 연출하지 않을 수 없는 현실을 무시한 순진한 발상에서 한 걸음도 나아가지 못한 논의이다. 사회학자 앤서니 기든스(Anthony Giddens)는 국민-국가(nation-state)를 신이 없는 세계에서 지상의 불사(不死)를 약속하는 세속적 종교라고 말한 바 있거니와 "일정한 국경선을 가지고 있는 권력의 담당체"[15]인 국가는 그 구성원인 개인을 다양한 방식으로 동원하여 그 영구화(永久化)를 모색한다. "다른 민족국가(또는 국민국가)와의 관계에 의해 존재하게 되며, 획정된 경계(국경)의 영토에 대해 행정의 독점권을 유지하는 제도적 통치형태"[16]를 지칭하는 근대 국민국가는 그 구성원들을 '국가종교'의 신도(信徒)로 포섭함으로써 존재 기반을 굳혀 나간다. 이제 궁극적으로 경쟁의 단위는 국가이며, 개인은 국가의 존속을 위해 '헌신적 정신'으로 무장해야 한다.[17] 이와 관련하여 장응진은 다음과 같이 말한다.

14　아리스토텔레스는 국가는 행복한 생활을 증진하기 위해서 존재한다고 생각했으며, 루소는 인간은 법률에 복종함으로써 문명 이전의 사회에서보다 더 자유로울 수 있다는 점에서 국가라는 것의 특정 조건을 찾을 수 있었다. 아울러 헤겔은 "국가란 지상에 존재하는 신(神)의 이념"이라는 유명한 말을 남기기도 했다. 이와 함께 '국가'라는 개념이 지닌 다양한 의미에 대한 비판적 검토는, 해롤드 J. 라스키, 김영국 역, 『국가란 무엇인가』(두레, 1983) 제1장 '국가의 철학적 개념'을 참조하라.

15　앤서니 기든스, 진덕규 역, 『민족국가와 폭력』, 삼지원, 1991, 148면.

16　위의 책, 149면.

17　개인의 헌신적 희생에 관한 논의는 이른바 '국채보상운동'이 진행되고 있던 시대 상황과 맞물려 일대 성황을 이룬다. 『태극학보』뿐만 아니라 각 학회지와 『대한매일신보』를 비롯한 신문들도 '국채보상운동'을 매개로 하여 국가를 위한 개인의 희생, 공공단체의 정

進化의 程度가 稍達한 今日에는 其 競爭의 單位는 團體 卽 國家니 此 單位가 生存에 適合한 性質이 有하면 優勝의 地位로 生存自保할 것이오 適合한 性質이 無한 團體는 敗亡衰滅함은 古今 歷史上에 照明한 事實이라. 一國으로써 今日 世界上에 生存하기에 必要한 性質은 卽 國民이 社會道德을 實行하고 今日 程度에 適當한 人生生活에 必要한 凡百事爲 卽 政治 法律 道德 軍事 教育 農工商 等 一切을 研究發達하야 他國家와 相對競爭할 實力이 有한 然後에야 生存自立하리니 弱者를 扶護하며 愚者를 誘發하고 自働的 精力으로 强壯한 國體를 糾合하야 生存에 必要한 性質을 研究自得하야 自己生存의 活路를 自開自進함이 吾人 人類가 受働的으로 다못 自然淘汰에 律從하는 動物社會에 比하면 高尙한 思想과 特殊한 精神이 有한 證據로다.[18]

경쟁에서 밀려난 자들은 "敗亡衰滅"의 길을 걸을 수밖에 없으리라는 '엄포'가 곳곳에서 빈출한다. 이를 모면하기 위한 길은 하나밖에 없다. 국가라는 단체를 호위하기 위하여 개인은 자발적인 "精力"으로 "强壯한 國體"를 규합해 나가야 한다. 그리고 이야말로 다른 동물들과 인간을 구별짓는 "高尙한 思想과 特殊한 精神"이라는 것이다.

그렇다면 개인이 자신을 기꺼이 희생해야 할 '국가'란 무엇인가. '국가'가 독립의 길로 나아갈 수 있는 방법은 무엇인가. 김태은(金太垠)에 따르면, 국가란 저절로 국가가 될 수 있는 것이 아니라 다중인(衆多人)이 힘을 함하여 국가단체(國家團體)를 이루며, 많은 사람들이 각각 자기

신, 애국주의 등을 강조하기에 이른다. 『태극학보』의 경우 梁大卿, 「勃興時代에 積極的」, 『太極學報』 제9호, 1907.4.24 등 참조.

18 張膺震, 「進化學上 生存競爭의 法則」, 『太極學報』 제4호, 1906.11.24.

반성을 통하여 국가 정신을 내면화할 때라야 독립을 기대할 수 있다.[19] 이와 함께 최석하(崔錫夏)의 「국가론」은 '국가'에 대하여 가장 명료하게 정의하고 있는 글 중 하나이다. 그는 이 글에서 "國家는 吾人으로 組織한 團體"라고 명명하고, "吾人을 個人的으로 觀하면 人民이오 結合的으로 觀하면 國家니 此理를 推而言之하면 人民之利益이 卽 國家之利益이오 人民之災殃이 卽 國家之災殃"이라고 말한다. 바꿔 말하자면, 국가의 융성이 인민의 융성이요, 국가의 멸망이 인민의 멸망인 까닭에 우리들은 "國家事를 爲하여 生命을 抛棄하여야 될 境遇"가 있다. 즉, "人民의 利害와 國家의 利害가 相反하나 決코 定理가 아니라 國家의 危急存亡할 때를 當하여 吾人이 自己의 生命을 不顧하는 것은 國家의 生命이 卽 自己의 生命인 故로 自己之事를 爲하여 自己의 生命을 賭하는 것"이다.[20] 요컨대 '국가'란 개인들의 정신의 총합이며 이를 위하여 목숨을 바치는 것은 '국가의 생명이 곧 자기의 생명'이기 때문이라는 것이다. 그리고 이러한 '국가'가 멸망하지 않고 독립의 길을 걸을 수 있는 것은 "자기의 생명을 거는" '국민'들이 있기 때문이라는 것이다.

개인과 국가의 우선순위는 '이미' '유기적인' 것으로 결정되어 있다. 국가를 전제하지 않은 '인민'은 '야만적'인 '백성'의 수준에서 더 이상 나아가지 못한다. 국가의 발전의 개인의 발전의 근본이며, 개인의 발전은 국가의 발전으로 수렴된다. 따라서 이제 개인은 국가구성원=국민으로서 국가의 요구에 응하지 않을 수 없다. '국가의 생명'이 '자기의 생명'인 까닭에 국가를 위하여 '자기의 생명'을 거는 것은 '자연스러운' 일이다.

---

19   金太垠, 「個人的 自身國家論」, 『太極學報』 제6호, 1907.1.24.
20   崔錫夏, 「國家論」, 『太極學報』 제1호, 1906.8.24.

3. 국가유기체론과 애국심의 '자연화'

『태극학보』의 개인과 국가의 관련성에 관한 논의를 종합하면, "개인이 모여서 사회를 이루고 개인이 모여서 국가를 이룬다"는 명제로 귀결된다. 예컨대 "國家는 個人의 集合으로 成立된 者라. 그럼으로 國家의 文明은 卽 個人의 文明이오 國家의 滅亡은 卽 個人의 滅亡이라 할지니 故로 洋의 東西를 勿問하고 國家를 愛하는 民族은 個人의 幸福을 享有하고 國家를 愛치 못하는 人類는 個人의 滅亡을 當하는도다"[21]라는 진술에서 명료하게 볼 수 있는 바와 같이, 개인은 국가에 의해서만 존재의 정당성을 보장받는다. '국가가 없으면 개인도 없다'는 시대적 명령이 관통하고 있는 것이다. 개인들은 상충하는 욕망을 달성하기 위해 서로 다른 방향으로 움직인다. 그러한 움직임이 '적법하게' 진행되도록 하는 기초가 될 조건을 규정하기 위해서는 사회 속에 공통되는 조직이 필요하다는 점에는 동의할 수 있다. 국가도 그 조직 중의 하나일 따름이며, 그렇기 때문에 국가가 아닌 다른 조직의 존재 가능성을 봉쇄하는 '국가지상주의'는 비판에 직면할 수밖에 없다. 그런데 위의 진술에서

---

[21] 金志侃, 「文明의 準備」, 『太極學報』 제18호, 1908.2.24. 이러한 예를 『태극학보』의 곳곳에서 발견할 수 있다. 예컨대, "國家라는 것은 人民團合에 依하야 成立된 者라. 人民이 弱하면 國家가 弱하고 人民이 强하면 國家가 强함은 元亨利貞인즉 國家의 富貧强弱이 實係于人民이라. 故로 一人이 自活獨立하면 一家가 自活獨立하고 一家가 自活獨立하면 一國이 自活獨立하나니 一個人의 影響이 國家에 關係됨이 顧何如哉아. 彼自活思想이 極端에 馳達하야 己의 親까지도 不顧함 같은 것은 吾輩의 決斷코 不取하는 바어니와 一人分의 人이 되랴 하는 데는 父子兄弟間이라도 生活上에는 各自 獨立하야 他를 累縛지 않기로 各掛於心하야 一身을 處할 感覺을 不可不 定이니라."(吳錫裕, 「自我의 自活義務」, 『太極學報』 제9호, 1907.4.24)

볼 수 있는 바와 같이 근대계몽기의 지식인들은 '국가지상주의'에 포박되어 있었다.[22]

'국가'를 개인의 행복한 삶을 가능하게 하는 근거로 상정할 경우, 개인이 자기를 사랑하는 방법은 하나밖에 없는데, '애국의 길'이 그것이다. '국가'를 경유하지 않은 개인의 행복추구나 권리는 들어설 자리가 없다. 다만, 국가를 통해서, 그러니까 국민이 됨으로써만 행복을 말할 수 있을 따름이다. 이것이 '인류사회의 원리 원칙'이다. 이와 관련하여 김지간(金志侃)은 다음과 같이 언명한다.

> 愛國이라 함은 特別한 名詞가 아니오 卽 個人이 自己를 愛함이라. 自己가 自己를 愛할 줄 不知하면 論할 배 無하거니와 自己를 愛할 줄 知하면 自己國家를 愛함은 世界人類의 共通한 原理原則이라. 噫라. 試하야 過去 我國 國民의 個人狀態를 思하라. 個人이 國家를 爲하야 國家의 文明을 準備하엿나 못하엿나. 今日에 外族의 虐待와 同胞의 相殘함은 個人이 個人만 爲하고 國家를 爲치 못한 罪惡이 아닌가. 所謂 政局의 當事者는 自己 一個人의 地位를 保全케 하고 福祿을 安享하기 爲하야 國家를 無視하고 同胞를 犧牲에 供하엿으니 其 人은 我國 國民의 一分子가 아닌가. 我國이 不幸한 口에는 官爵이 雖

---

22 그러한 사실의 정치사상사적 의미를 파고들 능력은 없지만, 중요한 것은 하나의 '기원'으로서 근대계몽기의 국가론이 현재까지도 그 영향력을 잃지 않고 있다는 점에서 비판적인 검토가 필요할 것이다. '국가'가 아닌 다른 '사회조직'의 존재와 그 의미에 관해서는 피에르 클라스트르, 홍성흡 역, 『국가에 대항하는 사회』(이학사, 2005)의 제11장 '국가에 대항하는 사회'를 참조하라. 클라스트르는 이 글에서 "서구문명은 분명히 그 여명기부터 두 가지의 공리에 따라 이룩되어 왔다고 생각한다. 즉 첫 번째 공리는 진정한 사회는 국가의 비호 아래 전개된다는 것이다. 그리고 두 번째 공리는 일을 하지 않으면 안 된다는 정언명령이다"(240면)라고 쓴다.

高하나 外族의 奴隸되기는 一般이오 外族에게 虐殺을 當함을 免치 못할 배라 엇지 생각지 못하나. 또 國內財産家로 言하야도 自己 個人의 財産을 保全하야 子孫에게 傳給하기 爲하야 社會振興할 方針은 以無暇論이고 同胞救濟의 事業 도 夢外로 置之하니 其 人은 我國 國民의 一分子가 아닌가. 我國이 不幸한 日 에는 財産이 雖 富하나 外族의 奴隸되기는 一般이오 外族에게 虐殺을 當함을 免치 못할 바라 어찌 생각지 못하나. 貴는 何에 用하며 富는 何에 用할고. 國家 가 安全하여야 個人이 安全함은 人類社會에 原理原則이 아닌가.[23]

'애국'이란 자기가 자기를 사랑하는 것이며, 자기를 사랑할 줄 하는 자가 자기 국가를 사랑하는 것은 "세계 인류의 공통된 원리 원칙"이라 는 말이다. 오늘날 한국이 외족(外族)의 학대를 받고 동포들이 상잔(相 殘)하게 된 상황에 이른 것도 모두 "개인이 개인만을 위하고 국가를 위 하지 못한 죄악"이다. 여기에서 "국가가 안전하여야 개인도 안전"하다 는 결론이 도출된다. 국가권력의 온존을 위해서 국가안보를 과장하다 보면 개인의 인권이 심각하게 침해될 위험성이 있다는 점은 조금도 고 려되지 않는다. 다만, '국가'를 초월적 정당성을 지닌 조직으로 상정함 으로써 여기에서 이탈하는 개인들을 '비국민'으로서 가차 없이 배제하 는 지적 메커니즘만이 작동하고 있을 따름이다.[24] 개인주의가 이기주 의와 '자연스럽게' 동일시되는 지점에서 근대사상의 굴절 또는 왜곡을 목격할 수 있거니와, 이는 『태극학보』에서만 찾아볼 수 있는 것은 아니

---

23 위의 글.
24 '국가 안보' 담론이 지닌 부정적 의미에 대해서는, 권혁범, 『국민으로부터의 탈퇴』(삼인, 2004)의 70면 이하를 참조하라.

다.[25] 그리고 장응진을 비롯한 많은 필자들의 사상적 토대가 되었던 기독교도 예외 없이 '국민 만들기'에 적극적으로 동원된다.[26] 기독교 사상의 한국적 변용의 일례라 할 수 있을 터이다.

그렇다면 개인이 국가에 자신의 모든 것을 헌납해야 하는 이유는 무엇일까. 그것은 "국가는 만민의 종가"이기 때문이다. '국가'라는 정치적 종가를 위해 개인을 희생하는 것은 의심의 여지가 없는 의무이다. 예컨대 박일찬(朴日燦)은 이렇게 말한다.

> 國家는 萬民의 宗家요 人君은 萬民의 父母시니 民의 宗家를 民이 不保코 而誰保也며 民의 父母를 民이 不愛코 而誰愛也리오. 安保宗家而忠愛父母인데 必先圖獨立이니 獨立之本은 在於團結하고 團結之本은 在於人民之社會라. 然이나 社會가 活潑하여야 人의 精神이 活潑하고 人의 精神이 活潑하여야 團結이 完固하고 團結이 完固하여야 國家의 獨立이 鞏固함은 公理之當然也니 故로 一個人이 團結하고 二個人이 團結하야 至於二千萬人이 結合 團體 然後에 可謂 國民之義務이니 義務 義務여 捨此云誰오.[27]

이렇게 '만민의 종가'인 국가를 위해서 자신을 헌납하는 것이 "국민의 의무"로서 전면에 배치된다. 개인이 개인으로서의 개성을 사상(捨象)하고 오로지 '단결'하여 국가를 위해 헌신할 때, 국가의 독립과 개인의

---

25 이와 관련해서는 심층적인 논의가 필요하다. 근대사상사에서 개인이 갖는 존재론적 의미, 개인과 사회의 관계 또는 상호규정성 등을 고려하여 그것이 근대 한국의 담론장에서 어떻게 굴절되는지를 포괄적으로 밝혀야 할 것이다.

26 梁大卿,「觀國家之現象하고 余의 所感」,『太極學報』제4호, 1906.11.24;郭漢七,「人格修養과 意志鞏固」,『太極學報』제9호, 1907.4.24 등 참조.

27 朴日燦,「獨立은 必在於團結」,『太極學報』제26호, 1908.11.24.

행복은 보장받을 수 있다는 논리이다.[28] 즉, "人間의 幸福은 實로 完全한 國家的 生活로 因하여 其最高度에 達함을 得하겠고 人類의 進步發達도 또한 此로 由하여 完成함을 得할 것이니 故로 國家的 生活을 營하는 것은 人類 一般의 目的에 適合한 者"라는 것이다.[29] 국가적 생활을 영위하는 것이 "인류 일반의 목적에 적합한 것"이라는 말만큼 국가와 국민의 관계를 선명하게 보여주는 것도 드물다. 이 진술은 국가적 생활을 영위하지 못하는 자는 인간 축에도 끼지 못한다는 비난을 전제로 하여 성립한다.

이어서 국민으로서의 의무와 책임의 '목록'이 제시된다. 자신의 생명을 보전하기 위해서는 국가의 생명을 보전해야 하며, 국가의 생명을 보전하기 위해서는 의무병(義務兵)을 징발하지 않을 수 없고, 조세를 거두지 않을 수 없으며, 교육을 진흥하지 않을 수 없다. 그래야 전쟁을 피할 수 있다. 그래야만 "문명의 복리(福利)와 활동의 자유를 공유"할 수 있다. '국가'와 '나'는 하나의 유기체이기 때문이다.

我란 것은 心理的의 心神과 生理的의 肉體가 合成된 名稱物이며 國이란 것은 團體的의 人民과 位置的의 土地가 合成된 名稱物에 不過하나니 故로 國과 我는 各各 其二數 以上의 條件를 具備한 者이며 我와 國은 本來 一體가 되나니 換言하면 不可分의 名稱物이라 可謂할지로다. 何則고, 以上에 言한 바

28　애국심을 강조하는 글들에서는 "우월한 외부의 '타자'에 의해 가해진 '상처'를 '치유'하고자 하는 '구원'의 언어"(강상중, 임성모 역, 『내셔널리즘』, 이산, 2004, 29면)을 어렵지 않게 발견할 수 있다. 강박적인 '애국심'이 궁극적으로 자기동일화의 필연적인 귀결로서 타자와의 갈등과 나아가 전쟁을 비롯한 폭력의 원동력이 될 수 있다는 것은 20세기 역사가 우리에게 알려주는 바와 같다.

29　禹敬命 譯, 「教育의 目的」, 『太極學報』 제10호, 1907.5.24.

와 같이 我란 것은 卽 土地에 對한 人民이며 國이란 것은 卽 人民에 對한 土地이니 或 人이 有하야 我가 我는 能히 愛하거니와 國을 愛함은 不知라 하면 是는 前例에 比하건대 國이 人民만 有하고 土地를 不有하며 我가 心神만 有하고 肉體를 不有함과 如하야 國이 其主權을 行키 不能함과 我가 其生命을 保有키 不能함에 何가 異하리요. 國과 我의 相倚存立하는 形勢는 鳥의 兩翼과 車의 兩輪과 如하야 國이 我에 分立치 못하며 我가 國에 離生치 못하나니 故로 愛國이라 함은 特異한 名辭가 아니요 다못 吾輩의 活動目的 中 有力한 一大部分이며 吾人의 生活手段 中 必要한 一大 方法이로다.[30]

이 글의 필자에 따르면 정신적으로나 물질적으로나 "我와 國은 本來 一體"이며 "不可分의 名稱物"이다. 그리고 국가와 유기적인 관계에 놓인 개인은 애국심=애아심이라는 논리에 따라 움직이는 존재로 정의된다. 아울러 애국심 역시 인위적인 것이 아니라 '자연스러운' 것으로 명명되기에 이른다.

'자연스러운' 심정의 발로인 애국심을 극대화하기 위해서는 모든 국민을 '영웅화'하는 작업이 필수적이다. 즉, 현재의 상황에서는 비상한 수단과 비상한 용기와 비상한 열심과 비상한 성심(誠心)이 아니면 결코 독립이라는 "최후의 희망"에 도달할 수 없는 바, 이는 한두 사람의 영웅으로는 불가능하며 무수한 영웅이 동심협력(同心協力)한 연후에야 가능하다. 그렇다면 무수한 영웅이란 무엇을 말하는가. 즉, "義務를 知하는 國民 全體를 指言함이니 願컨대 我 二千萬同胞는 皆是 無數英雄이 되어

---

30 高宜煥, 「愛國心의 淵源은 愛我心에 在함」, 『太極學報』 제12호, 1907.7.24.

國家에 心身을 獻하여 我祖先이 遺傳하신 自由權을 回復하여 千秋萬載에 殊勳을 立"해야 한다는 것이다.[31] 소수의 걸출한 구국의 영웅으로는 위기를 돌파할 수 없다는 인식 아래, 『태극학보』의 필진들은 모든 '국민'이 '이름 없는 영웅'으로 거듭날 때라야 비로소 국가의 존립을 보존할 수 있다고 역설한다. 이때 무수한 영웅은 '국가라는 만민의 종교' 앞에 모든 것을 바치는, '헌신적 정신'으로 무장한 '국민 신도(信徒)'를 일컫는다. '농부'에서 '고아'에 이르기까지 이 '명령'을 피할 수 없다.

> 有名의 英雄은 長短二針에 不過하나 無名의 英雄은 裏面에 螺線小輪과 如할새 英雄을 造하며 運動케 하는 英雄은 卽 世界에 隱한 農夫와 織工과 商賈와 役人과 兵卒과 小學校 敎師와 老翁과 寡婦와 孤兒 等 無數한 無名의 英雄이 是라. 嗟홉다. 彼等은 國의 生命이며 平和의 源泉이며 世界의 大恩人이라. 청컨대 英雄을 愛하는 人은 無名의 英雄을 先愛할 거시며 英雄脚下에 頂禮코저 하는 人은 먼저 無名英雄의 脚下에 頂禮할 것이며 英雄에 出世함을 期望할진댄 無名英雄에 出世함을 先望할지라. 豈不聞乎아 一株의 樹가 雖大나 足히 써 森林에 盛함을 當치 못하며 一個의 石이 雖崇하나 足히 써 山岳이 되지 못하나니 然함으로 此 世界의 英雄을 造하는 無名의 英雄이 眞英雄이라 謂할진저.[32]

농부와 직공과 장사꾼과 역인(役人)과 병졸과 소학교 교사와 노옹(老翁)과 과부와 고아에 이르기까지, 모두가 기꺼이 국가라는 신성한 기계=조직을 구성하는 톱니바퀴가 되어야 한다. 여기에서 말하는 무수한

---

31 崔錫夏, 「韓國이 渴望하는 人物」, 『太極學報』 제7호, 1907.2.24.
32 鄭濟原, 「無名의 英雄」, 『太極學報』 제18호, 1908.2.24.

영웅이란 애국적 정열을 국가에 바치는 '국민'의 다른 이름이다. 국민적 정체성(national identity)를 확보하기 못한 자들은 '비국민(非國民)'으로 배제될 수밖에 없으며, 행복도 권리도 자유도 누릴 수 없게 된다. 이처럼 통합의 메커니즘은 배제의 메커니즘을 동반할 수밖에 없는데, 국민적 정체성을 말하는 곳에서도 이는 예외일 수가 없다.

4. '국민' 교육과 '국민'의 언어

'신성한 국가'에 자기를 바치는 무수한 영웅=국민을 양성하는 방법은 무엇인가. 백성=동포=인민을 국민화하는 과정에는 정치적, 경제적, 문화적 '제도와 장치'들이 동원된다.[33] 그중에서도 '무수한 무명의 백성'을 '무수한 무명의 국민'으로 전환시키는 데에는 교육이 가장 효과적이라는 것을 근대계몽기 지식인들은 역설해마지 않는다. 『태극학보』도 예외가 아니어서 교육의 목표는 "국민의 양성"임을 분명하게 밝힌다. 국민으로서 의무를 원만하게 수행할 수 있도록 하는 것, 이것이 교육의 궁극적인 목표라는 것이다. 다시 말해 국민으로서의 개인의 품성을 완미(完美)하게 가꾸는 것이 교육의 일차적인 목적이 되는 셈이다.

---

33 조지 L. 모스에 따르면 합창단, 동호회, 축제, 연극, 영화, 매스게임, 스포츠, 군중대회, 행진, 국민의례 등 다종다양한 '장치'들에 의해 대중은 국민화한다.(조지 L. 모스, 임지현·김지혜 역, 『대중의 국민화』, 소나무, 2008)

김진초(金鎭初)에 따르면 교육은 전제시대(專制時代)의 억압으로부터 국민을 해방한 결정적인 계기였다.

　生殺與奪이 上層一階의 專權에 屬한 時代에는 一般國民에 敎育을 與하며 知識을 附하야 政治 法律의 何爲를 解得하야 人權 自由 等의 思想을 抱하면 上層階級에는 甚히 不利有害한 事가 有하니 是以로 古昔 專制國에서는 혼이 敎育을 不重히 할 뿐만 아니라 도리어 어떤 程度까지는 抑壓을 爲하였으나 然이나 近世紀에는 學問의 發達을 從하야 國家의 發達이 다못 上層社會 一部의 力으로만 因하야 期待할 것 아니라 國民共同의 力으로 因하야 期待할 것을 知覺하고 玆에 各國이 다 競爭으로 敎育의 制度를 整齊하야 一般國民으로 하여금 恩澤에 浴하는 方針을 執함에 至하였도다.[34]

　주의해야 할 것은 김진초가 말하는 인권이나 자유가 '국가'의 존립과 보호를 전제로 한다는 점이다. 교육이 전제적인 억압으로부터 '인민'을 해방시키는 데 기여한 것은 사실이지만, 동시에 교육은 근대적 국가에 구속되지 않고서는, 다시 말해 '헌신적 국민'으로 환골탈태하지 않고서는 인권이나 자유는 유명무실하게 되고 만다는 점을 함께 주입한다. 정신뿐만 아니라 '국민적 신체'의 훈육을 담당하는 것도 교육이다. '정신의 국유화'는 '신체의 국유화'를 동반하게 마련이다. 감정과 의지, 그리고 신체를 '국유화'함으로써 '건전한 국민이 양성된다는 것이다. 문일평(文一平)은 이렇게 말한다.

34　金鎭初, 「국가와 교육의 관계」, 『태극학보』 제16호, 1907.12.24.

健全한 國民을 養成하는 道는 教育에 在하거니와 大凡 教育의 旨를 分晳하 야 言하면 德 智 體育 三者라. 於此 三者에 體育이 其一에 居함은 何也오. 曰 身體가 存한 然後에야 精神이 生하나니 樹木에 譬컨대 身體는 根抵요 精神은 枝葉이라. 根抵가 堅固한 則 枝葉이 隨而繁茂하고 萬一 根抵가 薄弱한 則 枝 葉이 亦隨而殘衰는 必然之理니 然則 樹木을 栽培하는 者 반드시 根抵로부터 始하겠고 人材를 養成하는 者 먼저 身體로 起點을 作할지니 即 體育이 是라. 蓋 體育의 目的은 身體를 鍛鍊하야 精神을 發展케 함에 在하니 換言하면 精神 을 發展키 爲하야 身體를 鍛鍊함이니 假令 思想을 綿密케 하려면 頭腦를 健實 케 할지며 氣力을 雄大케 하려면 筋骨을 强壯케 할지로다. 所以로 德, 智, 兩 育을 完全케 하려면 먼저 體育을 完全케 할지니 實로 體育의 關係가 如是 密 接하고 影響이 重且大하거늘 世人은 往往 此를 誤認하고 輒曰 體育은 兒童의 一遊戲 運動에 不過라 하야 尋常에 付하고 甚者는 排斥之叱唾之하니 어찌 慨 歎치 아니리오.[35]

문일평은 "德育"과 "智育"의 바탕으로서 "體育"을 강조하고 있거니와 그것 역시 "국민의 양성하는 道"로 수렴될 때에만 의미를 갖는다. 그러 나 '정신'을 기르고 '신체'를 기르는 교육만으로는 부족하다. '스스로를 교육하는' 이른바 '수양'이 필요하다. 개인이 '국가'를 위해 무엇을 할 것인지, 어떻게 해야 '건전한 국민'이 될 수 있을 것인지를 스스로 검열 해야 한다는 것이다. "英雄의 本色은 公善에 服從함에 在하고 人格修養 의 本源은 眞理를 信仰함에 在하다"[36]라는 진술에서 여실하게 볼 수 있

---

35   文一平, 「體育論」, 『太極學報』 제21호, 1908.5.24.
36   郭漢七, 「人格修養과 意志鞏固」, 『太極學報』 제9호, 1907.4.24.

듯이 인격수양의 "本源"은 진리를 신앙하는 데 있으며, 이때 진리란 '종교화한 국가'라 할 수 있을 것이다.

교육과 관련하여 여기에서 덧붙여 두어야 할 것은 『태극학보』의 필진들이 '국어'와 '국가', '국어'와 '국민'의 관계를 어떻게 파악하고 있었는가라는 점이다. 그들이 보기에 '국어'는 '국민' 정신의 저장고였다. 예컨대 장응진은 '국어'와 '국민' 정신 교육의 관련성을 다음과 같이 말한다.

> 各國이 다 그 自國語로써 敎育의 中心을 삼나니 此는 卽 國民으로 하여금 各自의 義務를 盡케 하고자 하면 일찍이 國家名義에 同情을 表하야 愛國의 情을 喚起케 할 것이요, 또 國語는 其國民의 思想感情을 表出하는 것임에 同胞를 結合함에 最有力한 方便이라.[37]

장응진에 따르면 '국어'는 '국민'으로 하여금 "愛國의 情"을 환기케 할 것이며 "동포를 결합"하는 데에도 최고의 힘을 발휘하는 방편이다. 여기에서 옛 종주국의 언어인 '한문'의 상대화는 필연적이며 '국어'는 '국민정신'을 도출하고 견인하는 역할을 담당하게 된다. '국어'란 근대에 발명된 또는 창조된 개념이다. '국어'란 기성품으로 존재하고 있었던 것이 아니며 그것은, 일본의 예에서 볼 수 있듯이, 근대 국가를 형성해가는 과정과 병행에서 그 이념과 제도가 만들어졌던 것이다.[38] '국어'에 의한 교육과 이를 통한 국민의식의 형성은 긴밀한 관계에 놓여 있으며, '국어'의 우월성에 대한 강조는 '국민'의 우월성을 강조하는 것과 정비례한다.[39]

---

37   張膺震, 「敎授와 敎科에 對하야」, 『太極學報』 제13호, 1907.9.24.
38   이연숙, 고영진·임경화 역, 『국어라는 사상』, 소명출판, 2006, 20면.

5. 마무리

『태극학보』의 '국민' 담론이 '망국'이라는 위기 상황 아래에서 형성된 것인 만큼 충분히 적극적이고도 긍정적인 의미를 갖고 있다고 말할수도 있다. 그리고 '지금-여기'의 '우리' 역시 내셔널한 자기규정성, 그러니까 국민적 정체성으로부터 자유로울 수 없으며, 따라서 국가에 의해 강제로 주어진 이 정체성을 파기하기란 쉬운 일이 아니다. 그러나내가 주목하고자 하는 것은 근대국민국가는 위기 상황을 지속적으로조성함으로써 '국민'의 존재를 자연화＝영속화하는 방향으로 작동한다는 점이다. 전쟁을 산업적으로 운용하는 국민국가는 위기 국면을 조장하거나 극대화함으로써 '국민'이라는 규정력을 강화해 왔다. 일본의천황제 파시즘과 독일의 나치즘 시대를 살았던 많은 사람들이 그러했듯이, 그 자장(磁場) 안에서 '국민'은 '자기'를 국가에 '헌납'함으로써'국가라는 종교'의 성실한 '신도'가 될 수 있을 것이라고 믿었다. 그리고 아직도 우리는 '위기' 국면일수록 '국익'과 '법치'를 위해 개인의 행복과 인권을 기꺼이 희생할 것을 요구받는다.

하지만 '국가'가 '처음부터' 그러한 요구를 개인에게 강요할 수 있었던 것은 아니다. '국가'는 선험적인 것이 아니며 초월적인 것은 더더욱아니다. 그것은 권력을 소유한 자와 그렇지 못한 자 사이의 힘의 관계의 표현이며, 그 표현이 제도화한 것이다. '제도화한 것'이라 했거니와,

---

39 이와 관련한 상세한 논의는 한세정, 「근대계몽기 '국문' 담론의 사정거리」, 고려대국문과
    대학원, 『『태극학보』를 읽는다』 2－연구편, 2008 참조.

따라서 그것은 사후적으로 구성된 것이라 할 수 있다. 그리고 그것은 어느 순간 '신화'가 되어 비판의 가능성을 원천적으로 차단해 버릴 정도로 무소불위의 존재가 되고 말았다. 이러한 상황에서 우리가 택할 수 있는 길은 '국민-국가'라는 근대적 개념이 이곳의 지적 토양에서 어떻게 발아되고 싹을 틔었는가를 계보학적으로 추적하는 것이다. 『태극학보』라는 유학생 집단의 매체에서 '국가'와 '국민'이 어떻게 현상하는지를 찾아보려 한 것도, 그 개념들의 '구성 과정'을 포착하기 위해서였다.

『태극학보』의 '국민'을 둘러싼 논의에서는 계급 간의 갈등이나 집단 사이의 이해관계와 국가가 어떤 관련성을 맺고 있는지를 찾아보기 어렵다. 단순 명료하게 국가라는 '절대적 선'에 복종하는 '신실한 국민'이란 무엇이며, 그 양성 방법은 무엇인지에 관한 논의가 대세를 이루고 있다. "국가는 갈등을 벌이는 집단들로부터 초연하지도, 그 집단들 사이에서 공정하게 판단하지도 않는다. 본성상 국가는, 또 다른 과정이 도래하도록 앞의 경제 관계의 변화를 추구하는 또 다른 계급에 의해서 경제 관계의 어느 한 과정의 의무 권리 체계가 침해되지 않도록 보호하는 데 사용되는 강제권력에 지나지 않는다"[40]라는 진술의 참조하면, 근대계몽기 『태극학보』의 '국민' 담론이 추상적이자 일방향적이라는 것을 알 수 있을 것이다.

『태극학보』의 '국민' 담론에서 문명과 야만의 경계는 주체와 타자, '국민'과 '비국민'의 절단선으로 치환되며, 여기에서 동화와 차별화는 동전의 양면처럼 불가분의 관계를 갖는다. '국민' 담론은 지금도 모든

---

40 해롤드 라스키, 앞의 책, 88면.

소수자의 주장이나 논리를 단숨에 삼켜버린다는 점에서 치밀한 비판을 필요로 한다. 그런 까닭에 숙제는 여전히 남는다. 『태극학보』의 '국민' 담론이 근대계몽기 담론장에서 어떤 위치를 점하고 있는지, 그리고 그 것이 식민지 시대와 해방 후 지금-여기에서 어떻게 변주되고 있는지를 함께 고려해야 할 것이다. 그리고 그것이 한국 근대사의 '특수한' 국면 을 대변하는 것인지, 어떤 점에서 근대국민국가의 '일반적' 성격을 보여주는 것인지도 아울러 고찰해 보아야 할 것이다. 결국, 이 글은 근대 계몽기에 '본격적'으로 등장한 '국민(주의)'의 실체와 직면함으로써 '국 민' 아닌 '개인'의 발견은 어떻게 가능한지를 모색하는 하나의 실마리 를 찾아가는 과정의 하나라 할 수 있을 것이다.

제2장

메이지유신 이후 일본의 문명화와 조선의 길

『독립신문』을 중심으로

1. 소용돌이 속에서

'문명'의 파도가 거세게 일고 있었다. 이 파도는 누구도 거역할 수 없는 기세로 지구 구석구석을 파고들었으며, 조선 또한 비켜가지 않았다. 1876년 강화도조약(江華島條約)과 함께 밀려들어온 물결은 중화사상(中華思想)에 갇혀 있던 조선을 뒤흔들어놓기에 충분했다. 이와 관련하여 한국 최초의 근대적 신문인 『독립신문』은 이렇게 말한다.

문명이란 것은 지구상의 항신풍(恒信風)과 해양중의 조류(潮流)와 같다. 항신풍은 정(定)한 시절에 정한 방향으로 불고, 조류는 적도 아래에서 일어나 정한 방향으로 흐르니, 아무리 큰 배라도 이것을 역행하기가 대단히 어렵다. 만약 약한 선척(船隻)을 타고 역행하면 뒤집히지 않을 수 없을 것이다. 문명은 세계의 대세이니 천하를 온통 삼키려 하는 영웅이나 세계의 반을 보존하려는 강국이라도 막지 못하거늘, 세계의 대세를 파악하지 못하는 사람은 왕왕 이 대세를 역행하여 몸을 망치고 집을 망하게 하니 참으로 개탄할 일이다.[1]

문명의 파도를 타고 세계의 대세에 합류할 것인가, 그렇지 않으면 흐름에 역행하여 쇠망의 길로 치달을 것인가. 엄중한 선택의 기로에서 19세기말 조선의 지식인들은 깊은 고민에 빠져들었다. 『독립신문』(1896.4.7~1899.12.4. 총 776호)에 포진한 지식인들도 예외가 아니었다. 거스를 수 없는 기세로 밀려오는 거센 물결을 헤치고 '문명국'에 도달할 수 있는 방법이 무엇인지를 둘러싸고 그들은 고민에 고민을 거듭했다. 제1차 중영전쟁(아편전쟁, 1839~1842)과 제2차 중영전쟁(1856~1860)을 거치면서 영국을 비롯한 서양 열강과 중국의 불평등한 관계는 확대·심화되었으며, 이와 더불어 중국 중심의 세계관도 격심하게 흔들리고 있었다. 바야흐로 중국 중심의 조공시스템을 대체한 만국공법시스템이 현실화하고 있었던 것이다. 힘의 논리가 지배하는 세계상이 전면화한 현실에서 이에 적응하지 못하는 한 '조선'이라는 배는 좌초하고 말 것이라는 위기감이 높아진 것도 당연한 귀결이었다.

이러한 상황에서 메이지유신[明治維新]을 거치면서 '성공적인' 서구

---

1   「문명의 세계 바람과 조수」, 『독립신문』, 1898.11.11. 이하 『독립신문』의 인용은 모두 현대어 표기와 어법에 맞게 바꾸었다.

화=근대화=문명화의 길을 걷고 있던 일본은 하나의 전범(典範)이자 모델이었다. 1853년 페리내항 이래 복잡다단한 정치적·사회적·외교적 혼란을 거듭한 끝에 유신(維新)에 성공한 일본의 상황을 지켜보면서 조선의 많은 지식인들은, 긍정적이든 부정적이든, 교훈을 얻고자 했으며, 일본의 케이스를 참조하여 조선의 나아갈 길을 모색하고자 했다. 물론 일본을 참조하여 조선이 나아갈 방향을 설정하는 과정에는 적지 않은 갈등이 있었다. '구로후네[黑船]'의 경험을 조선에 강요한 일본과 강화도조약을 체결하면서 조선 내부의 일본을 향한 시선은 곱지만은 않았다. 특히 일본에 대해 갖고 있던 우월감을 하루아침에 포기한다는 것은 정서적으로 받아들이기 어려웠던 듯하다.

그러나 서구화=문명화=근대화라는 대세를 수수방관하고 있을 수만은 없는 노릇이었다. 국제정세는 나날이 험악해지고 있었으며, 군함과 대포로 무장한 근대가 일으키는 물결은 더욱 거세게 소용돌이치고 있었다. 명분론(名分論)에 연연해하는 보수파 지식인들과 현실론(現實論)을 주장하는 개화파 지식인들 사이의 논쟁이 본격화한 것도 이러한 소용돌이 속에서였다. 일본의 서구화를 '오랑캐화'로 폄하하는 보수파의 논리에 맞서 개화파 지식인들은 메이지유신 이후 거침없이 서양을 따라잡아가고 있던, 일찍이 서양을 출입하면서 세계정세를 파악하고 "30년 동안에 몇 천 년 내려오던 완고한 풍속을 다 버리고 풍속을 일신하여 오늘날 동양의 제일가는 나라"[2]가 된 일본을 통해 조선이 나아갈 방향을 타진하고 있었다.

2　「국가의 성쇠」, 『독립신문』, 1899.3.2.

2. '일본'이라는 거울

1853년 동인도 함대 사령관 페리(M. C. Perry)가 이끄는 '검은 함대'가 우라가[浦賀]에 내항한 이후 일본은 1854년 가나가와조약[神奈川條約]−1858년 일미수호통상조약 및 안세이[安政] 5개국 조약−1862년 사츠마·영국 전쟁−1867년 메이지 천황 즉위 및 대정봉환(大政奉還)−1868년 무진전쟁(戊辰戰爭) 및 5개조어서문 서약−1869년 판적봉환(版籍奉還)−1870년 신도(神道)의 국교화−1871년 폐번치현(廢藩置縣) 및 이와쿠라사절단 파견−1873년 징병령−1880년 국회개설청원운동을 비롯한 자유민권운동의 고조−1882년 군인칙유(軍人勅諭) 공포−1885년 내각제도 확립−1889년 대일본제국헌법 공포−1890년 교육칙어(教育勅語) 공포 및 제1회 제국의회 소집−1894년 청일전쟁−1895년 시모노세키조약 조인으로 이어지는 근대화=문명개화의 길을 다져나간다.

수많은 암살과 전쟁으로 얼룩진 막부(幕府)와 조정 사이의 힘겨루기는 '왕정복고(王政復古)'라는 새로운 신화의 작성과 함께 일단락된다. 만세일계(萬世一系)의 천황이 통치하는 '국체(國體)'의 정립은 일본적 근대화를 추진하는 강력한 동력이었다. 고대의 신화를 근대 국민국가주의로 '번안'함으로써 일본은 근대화=문명화의 추진력을 확보할 수 있었던 것이다. 메이지유신은 단일한 사건이 아니라 일련의 근대화=문명화 과정이었다. 근대화=문명화를 추진한 동력이 고대 신화의 재신화화였다는 점은 역설적이긴 하지만 숨길 수 없는 현실이었다. 이를 바탕으로 하여 메이지 일본은 대대적으로 서양을 번역/번안하면서 문명화 프로젝트를 수행해 나간다. 그리고 내정(內政)의 개혁과 함께, 개혁에 필연적으로 따를 수밖에 없는 내부의 갈등과 불만을 밖으로 돌리기 위하여, 타이완정벌과 청일전쟁 그리고 타이완의 식민지화를 거치면서 침략적 성격을 드러내기에 이른다.

그 과정을 지켜보고 있던 조선의 '급진'개화파 관료 및 지식인들은 조선에서도 일본과 같은 '유신/혁명'이 필요하다는 것을 절감하고 있었다. 1884년의 갑신정변(甲申政變)은 래디컬한 문명개화파가 일본의 지식인과 관료의 '교시(教示)' 아래 조선의 문명개화를 앞당기기 위해 감행한 하나의 '모험'이었다. 이 '모험'이 일본의 '배반'으로 실패로 돌아갔다고 말하는 것은 사태의 일면만을 파악한 것에 지나지 않는다. 여기에서 길게 서술할 여유는 없지만, 조선의 개명한 관료 및 지식인들은 메이지유신의 과정을 무리하게 조선의 정치 상황에 끼워맞추려 했다는 혐의에서 자유로울 수는 없을 것이다. 그렇다 하더라도 조선의 '뜻있는' 지식인과 관료들이 일본의 메이지유신 및 이후의 과정을 자신의 시각으로 관찰하고, 그것이 갖는 의미를 찾고자 했다는 점에 주목할 필요가 있다. 메이지유신 이후 '지난 30년'을 바라보는『독립신문』의 시선은 갑신정변 실패 후 망명을 떠났다가 귀환한 '반역자들'의 시선과 크게 다르지 않기 때문이다. '반역자들' 가운데『독립신문』을 주도한 서재필(徐載弼, 미국명 필립 제이슨, 徐光範의 조카)과 윤치호(尹致昊), 이 신문의 창간을 음으로 양으로 도운 유길준(兪吉濬)이 있었다. 그리고 후쿠자와 유키치(福澤諭吉)가 이들의 정신적 후광(後光)이었다는 점은 잘 알려진 바와 같다.

일본 근대화=문명화=서구화의 기점이 된 메이지유신 및 그 전개 과정에 대한 관심은 주로 일본과 불평등조약을 맺은 이후 고조되었다. 그 두드러진 예가 일본에 파견한 사절단 및 시찰단의 보고서이다. 1876년 2월의 조일수호조규(朝日修好條規, 일명 강화도조약) 체결 이후, 조선 정부는 여러 차례에 걸쳐 일본에 사절단 또는 시찰단을 파견한다. 1876년 4월 김기수(金綺秀)를 단장으로 한 76명의 제1차 수신사, 1880년 김홍집(金弘集)을 단장으로 한 58명의 제2차 수신사, 1882년 조준영(趙準永)·박정양(朴定陽)·홍영식(洪英植)·어윤중(魚允中) 등 12명의 정부 고관을 포함한 64명의 조사시찰단(朝士視察團)이 그 예이다. 이와 함께 한일 양국의 현안 문제를 처리하기 위하여 박영효(朴泳孝)와 박대양(朴戴陽) 등이 파견되기도 했다.[3]

공식·비공식적으로 일본에 파견된 이들은 각각 메이지유신 이후 일본의 문물을 견문하고 관련 기록을 남기기도 했는데, 김기수의 『일동기

3　특히 신사유람단(紳士遊覽團)으로 알려져 있는 조사시찰단은 한국의 근대 문물 수용사에서 특기할 만한 역사적 사건이었다. 허동현에 따르면, 시찰단 일행들에게 일본 시찰 경험은 국민국가 수립 혹은 서구 기술과 무기 체계의 수용을 도모할 필요성을 자각하는 계기가 되었으며, 이들의 국가 구상은 이후 조선의 정치·사회에도 적지 않은 영향을 미쳤다. 또 조사시찰단은 한·일 문화교류사에서 교류의 위상이 뒤바뀌는 전환점이자, 일본을 근대화의 발전 모델로 상정한 최초의 시도이기도 했다. 12명이나 되는 고위 관료가 일본의 곳곳을 누비며 이모저모를 살핀 뒤에 그 보고 들은 바를 조선의 개혁에 반영하려 하거나, 유학생을 보내 일본의 학문과 기술을 배우려 한 것은 역사상 처음 있는 일이었기 때문이다.(許東賢, 『일본이 진실로 강하더냐―근대의 길목에 선 조선의 선택』, 당대, 1999. 350면) 조사시찰단은 봉서(封書)로 명령을 받았는데, 각각 맡은 사무가 있다. 즉, 조준영(趙準永)은 문부성(文部省), 박정양(朴定陽)과 심상학(沈相學)은 외무성(外務省), 엄세영(嚴世永)은 사법성(司法省), 강문형(姜文馨)은 공부성(工部省), 조병직(趙秉稷)과 민종묵(閔種默)은 세관(稅關), 홍영식(洪英植)은 육군성(陸軍省), 어윤중(魚允中)은 대장성(大藏省), 이원회(李元會)는 육군조련(陸軍操練)을 담당했으며, 각각 공식적 또는 비공식적으로 다양한 기록을 남겼다.

유(日東記游)』(1876), 이헌영(李櫶永)의 『일사집략(日槎集略)』(1881), 박영효의 『사화기략(使和記略)』(1882), 박대양의 『동사만록(東槎漫錄)』(1885) 등이 그 예이다. 이들의 기록을 통해 우리는 메이지유신 이후 일본의 변화를 바라보는 조선의 관료와 지식인들의 시선을 포착할 수 있다. 예컨대 1882년 일본을 찾은 박영효는 『사화기략』에서 이렇게 쓴다.

부사(副使)와 함께 모리오카 마사즈미[森岡昌純]를 그 집에 가서 보았다. 차를 마시고 나니 마사즈미가 말하기를, "나는 본디 사츠마 사람입니다. 사츠마 사람은 평소 기질이 억세고 사납다고 일컬으며, 백성의 의론은 쇄항(鎖港)을 고집하고 있었는데, 나 또한 그 의론을 주장한 사람 중의 하나였습니다. 세상의 할 일은 날로 변해가고, 정치의 체재(體裁)는 뛰어나게 새로워져서 옛날에 밉게 보던 서양인을 어찌 곁에 가까이 두고 아침저녁으로 함께 일하기를 생각이나 했겠습니까? 유신(維新)도 장차 20년이 가까워오는데도, 백성의 뜻은 오히려 막혀 통하지 않는 것이 걱정입니다. 귀국의 지난날의 소요(騷擾, 임오군란을 말함)와 같은 것은, 본디 생각을 했던 일입니다. **바라건대 귀국은 우리나라를 거울삼아 조리가 있도록 힘써서 조그마한 장애로 큰일을 그만두는 일이 없도록 하십시오**" 하고, 또 말하기를, "귀국은 현재 경리(經理=經濟)가 넉넉지 못하므로, 광무(礦務)를 크게 개발하지 않을 수 없는데, 또한 모름지기 그 좋은 방법을 얻지 못하면 매양 이익을 구하다가 도리어 손해를 본다는 도리도 알아야 할 것입니다" 하였다. 자세히 설명한 수백 마디의 말이 조리 정연하여 근거가 있으며, 마음속에 품은 바를 털어놓고 숨김이 없었으니, 마음이 있는 사람임을 알 수가 있었다. 잠시 후에 기숙하는 누각에 돌아왔다.[4]

쇄국을 고집하던 자신이 서양인과 아침저녁으로 함께 일하는 현실을 전하면서 모리오카는 조선이 일본의 경험을 거울로 삼을 것을 권하며, 박영효 역시 모리오카가 '마음이 있는 사람'임을 알고 갖가지 깊은 생각에 잠긴다. 그의 이상과 현실, 이로부터 약 2년 후의 갑신정변과 그의 행보 등에 관해서는 일일이 언급할 수 없지만, 박영효와 같은 고급관료가 일본의 유신에 깊은 이해를 보이고 있다는 점은 이 인용을 통해서도 어렵지 않게 읽어낼 수 있다. 박영효보다 먼저 1881년 조사시찰단의 일원으로 일본을 방문한 이헌영은 그의 시찰 기록 『일사집록』에서 다음과 같이 말한다.

수십 년 이래, 일본은 오로지 부국강병을 급선무로 삼아, 갖가지 기계 부분의 설치 규모는 아주 크고, 여러 가지 쓰는 기물의 제작은 재주와 공교스러움이 겸비되어, 하늘의 조화력(造化力)을 빼앗고, 땅이 만물을 이롭게 하는 힘을 다한 것이라고 이를 수 있다. 그런데다가 무술(武術)을 익히고 총포를 비축함을 조금도 게을리하지 않음에랴. 역시 부국(富國)이라 말할 수가 있으며, 부국이니 또한 강병(强兵)이라 말할 수 있다. 그러나 매년 경비가 전년에 부과한 세입보다 갑절 이상 늘어서 한 해의 세수입으로는 실로 계속 공급하기 어렵다. 이에 국내로부터 외국에 이르기까지의 공채(公債)가 점점 쌓여, 지금 363,327,970여 원이나 되어, 해마다 이자를 갚는 것도 적지 않다. 종이로 만들어 돈으로 삼은, 소위 지폐(紙幣)는 돈이면서 돈이 아닌 것 같아, 그걸 입수한 자는 간직해 두려 하지 않고, 그걸 사용하는 자도 가볍게 여긴

---

4   박영효, 『사화기략』, 1882.8.15.(국역 『해행총서』 수록)

다. 그러므로 돈이 융통되는 길이 다방면이고, 물가가 앙등하고 있다. 그리고 외국에서 상품이 들어와, 나머지 금화 은화가 다 서양 사람들에게 옮겨가 이건 어찌할 수가 없다. 백성들에게 들으면, 생활은 점점 더 궁핍해지고 기상(氣像)은 불안해지는 것 같아, 살아가기가 전보다 못하다고 탄식하지 않는 사람이 없었다. 대개 금일의 일본 국세를 살펴보면, 허다한 일의 경영과 시작이 외국을 모방하여 비록 부강하기는 하나 자주적으로 계획하고 시행하지 못하여 속으로는 어려움을 겪고 있다고 한다.[5]

이헌영은 메이지유신을 전후하여 일본이 외적으로 서구화＝근대화한 측면을 평가하면서도 근대화의 이면에 도사린 그림자를 놓치지 않는다. 즉, 과도한 재정지출로 인한 부채의 증가와 물가의 앙등 그리고 이에 따른 일반 백성의 궁핍상을 적실하게 포착하고 있었던 것이다. "외국을 모방하여 비록 부강하기는 하나 자주적으로 계획하고 시행하지 못하여 속으로 어려움을 겪고 있다"는 것이 그의 진단이었다. 이는 박정양이 "저 나라(＝일본)의 강약은 어떠하던가"라는 고종의 질문에 "외양으로 보아서는 자못 부강한 것 같았고 국토는 좁지 않으며, 군병은 굳세고 궁실이나 기계는 눈을 어지럽게 하였으나, 그 안을 자세히 살피면, 실제는 그렇지 않은 것이 있었다"고 대답한 것과 일맥상통한다. 박정양의 진술에 따르면, 일본은 "일단 서양과 통하게 된 이후, 그들은 다만 다투어 교묘함만을 도모하여 재화(財貨)가 고갈됨을 생각지 않고, 기계를 설비할 때마다 각국에게 빚을 져 그 액수는 아주 많은데,

---

5   이헌영, 「문견록」, 『일사집략』.(국역 『해행총서』 수록)

그 기계에서 나는 이득을 그 나라 빚의 이자와 대비한다면, 아마도 이득이 이자에 부족할 염려가 있을 것"이며, "이러한 사정이라 서양 사람들에게 모욕을 당하여도 감히 기를 펴지 못한 채 오직 서양의 제도를 따라, 위로는 정법(政法)과 풍속으로부터 아래는 의복·음식의 예절까지가 바뀌지 않은 것이 없"어서 마치 "'범을 타고는 가지만 내리기가 어려운'" 상황에 처해 있다.[6]

이와 같이 『독립신문』 이전 메이지유신 전후의 일본을 바라보는 조선의 개명 관료와 지식인의 시선은 선망과 우려가 뒤섞여 있었다. 일본이 달성한 '외면적'인 근대화를 부러움의 눈길로 바라보면서도 그 이면에 깃든 부정적인 측면을 놓치지 않고 있었던 것이다. 하지만 이러한 시선이 메이지 일본을 온전하게 포착하고 있었다고는 말하기 어렵다. 이들이 '일본이라는 거울'을 어떻게 바라볼 것인가라는 물음을 던진 것은 분명하지만, 그 물음에 조선의 현실과 긴밀한 내적 연관성을 지닌 대답을 제출하기에는 시간이 너무 촉급했는지도 모른다. 1884년 정변의 실패와 함께 메이지유신과 일본의 근대화에 대한 질문은 수면 아래로 잠겨 버리기 때문이다.

메이지유신 및 일본의 근대화=문명화=서구화의 과정과 그 의미에 관한 물음이 조선의 담론장에 본격적으로 다시 등장하는 것은 청일전쟁 이후 개혁 그룹의 재등장하면서부터였다. 갑오경장(1894)과 을미개혁(1895) 그리고 광무개혁(1897) 등 일련의 개혁 프로그램이 추진되면서 일본의 문명화에서 메이지유신이 갖는 의미를 되묻게 되었던 것이

---

6   위의 글.

다. 이 무렵 담론장의 중심은 1884년 갑신정변의 정신적 후예들이 포진한『독립신문』이었다.『독립신문』이 보기에 메이지유신과 함께 본격적으로 서구 문명을 수용하고 대대적인 개혁 프로그램을 실천에 옮기면서 문명개화국 대열에 진입한 일본은 "동양의 황인종이 앞으로 나아갈 움싹[萌芽]이며, 안으로 정치와 법률을 바르게 할 거울이며, 밖의 도적을 물리칠 장성(長城)"[7]으로 인식되기에 이르렀다. 그렇다면『독립신문』에 포착된 메이지유신 이후의 일본의 모습은 어떠했을까.

3.『독립신문』이 그린 메이지유신 이후의 일본상

갑오농민전쟁을 계기로 발발한 청일전쟁은 지식인들의 세계상(世界像)에 지각변동을 몰고 온 '사건'이었다. 청일전쟁에서 승리하면서 일본은 구제국(舊帝國) 중국을 누르고 아시아 문명을 선도할 '새로운 제국'으로 부상한다. 이러한 국제적 환경의 변화 속에서 등장한 것이 이 시기를 대표하는 근대적 매체인『독립신문』이었다. '충군애국'과 '부국강병'을 슬로건으로 하여 조선의 근대화 방법을 모색했던 근대계몽기 공론장에서『독립신문』은 파괴력을 갖춘 문명론의 진원지였다. 사회진화론에 입각한 경쟁논리로 무장한『독립신문』의 필진들에게 근대

---

7   「논설」,『독립신문』, 1899.11.9.

화=서구화만이 조선의 독립과 생존을 보장하는 길이었고, 그 길을 앞서 간 일본은 조선이 모방해야 할 선망의 대상이었다.[8]

일본은 동양의 작은 나라로서 상하(上下)가 합심하여 30년 열심으로 태서(泰西) 개화를 기단취장(棄端取長)하여 강국이 되어, 청국을 타파하여 대만을 점령하고 각국과 조약을 개정하여 금년부터는 외교(外交) 내치(內治)하는 크고 작은 권리(權利)가 구미 각국과 동등하게 되어 일호(一毫)도 남에게 뒤지지 않는 일등국이 되었으니, 그 영광과 명예는 흠탄(欽歎)하여 마지못할 일이다.

앞서 보았듯이 『독립신문』은 문명을 "지구상의 항신풍(恒信風)과 해양의 조류(潮流)와 같은 것", "천하를 온통 삼키려 하는 영웅이나 세계의 반을 보존하려는 강국이라도 막지 못"할 세계의 대세로 파악한다.[9] 경쟁의 논리가 지배하는 세계에서 식민지로 전락한 약소국에 대한 동정이나, 약소국을 침략한 강대국에 대한 비판은 찾아보기 힘들다. 문명화=서구화=근대화를 통한 부국강병의 달성만이 살 길이며, 그 외에는 어떤 주장도 끼어들 틈이 없다. 강대국의 노예, 즉 식민지로 전락할 수 있을 것이라는 공포가 전면화하면서 일본에 대한 '흠탄(欽歎)'의 정은 더욱 강렬해진다.

그리하여 『독립신문』은 조선이 문명의 길로 나아가는 데 좌표 내지

8　이 장은 필자의 글 「모방과 배제, 그 이율배반의 정치심리학─근대계몽기 '일본(인)'이라는 타자의 표상」(정선태, 『한국 근대문학의 수렴과 발산』, 소명출판, 2008에 수록)의 제4장을 논의의 맥락에 맞춰 대폭 수정한 것이다.

9　「논설」, 『독립신문』, 1898.11.11.

이정표 역할을 할 대상으로서 일본을 주목한다. 유럽과 미국의 문명을 힘써 배워 국가와 백성이 부강해지고 그 위엄이 동서양에 미치고 있는 일본은 "남을 압제하다가 도리어 압제를 받게 된" 청국과 선명한 대조를 이루면서 '조선문명화의 모델'로 떠오른다. 일본이 일찌감치 서양을 본보기로 하여 몇 천 년 내려오던 완고한 습속을 버리고 제도를 일신하여 오늘날 동양의 제일가는 국가가 된 것처럼, 조선 역시 일본을 본보기로 하여 일본이 나아간 길로 가야 할 것이라는 주장이 곳곳에서 분출한다.[10]

『독립신문』이 보기에 일본은 "대한이 개명하지 못하여 청국의 속국이 되면 필경 다른 강한 나라에게 삼킴을 당하여 동양 형세가 위태할 듯한 고로 갑오년에 청국을 치고 대한을 독립시켰으며 오늘날까지 정신을 가다듬어 서양 각국을 방어하며 동양을 보전하려는"[11] 큰 도략을 갖고 있는 나라다. 이런 일본은 군사, 행정, 법률, 경찰, 조세, 교육, 위생 등 모든 측면에서 조선이 배워야 할 '새로운 스승'이다. 그 '새로운 스승'의 모습을 보면 다음과 같다.

---

10 미리 밝혀 두거니와 『독립신문』의 메이지유신 이후의 일본에 대한 인식은 주로 제도적인 측면 또는 겉으로 드러난 측면으로 기울어져 있었다. "수십 년 이래로 일본국이 만국의 형세와 천하의 물정(物情)을 먼저 살펴 깨닫고 각국과 통상하기를 실심(實心)으로 작정하되, 태서의 법률과 규모를 본받아 의복제도를 고치며 삭발하기와 양력쓰기를 개정하고, 병법(兵法)은 프랑스 군제(軍制)가 제일 강하다 하여 먼저 프랑스를 배우더니, 프랑스가 독일에 패한 후로 독일 군제를 또 배웠으며, 문학은 미국이 성하다 하여 미국 학문을 배워가고, 병함(兵艦)은 영국이 제일 많다 하여 해군을 확장함은 영국을 효칙(效則)하고, 총명하고 준수한 자제들을 태서 제국에 파송(派送)하여 각종 학문을 졸업시킨 후에 정부에서 택용(擇用)하고, 국중에 학교를 많이 설립하며, 정치를 날로 새롭게 하고 운운"(「논설」, 『독립신문』, 1899.9.19)의 예에서 보듯, 표면적으로 드러난 정책의 결과에 주목했을 뿐 그 과정에 대한 깊이 있는 인식을 보여주는 사례는 극히 드물다는 것이 필자의 생각이다.

11 「각국 도략」, 『독립신문』, 1899.2.27.

조선 인민을 자세히 공부하여 보면 조선 인민이 일본 인민보다 조금도 못하지 않은 인종이다. 일본에서도 삼십 년 전에는 조선과 같이 세(勢) 있는 사람이 무세(無勢)한 사람을 압제하고, 문명개화라 하면 다 싫어하고, 외국 풍속이라 하면 다 꺼리고, 외국 학문이라 하면 천하게 여겨 나라가 외국에 잡혀 지내고 외국이 일본을 야만으로 대접하더니, 삼십 년 안에 국중(國中)에 학교를 세워 인민을 교육하여 학문들을 배우게 하고 법률을 공평하게 시행하여 사람이 학문도 배우고, 물건 제조하는 법도 배우며 사람의 재산이 많아지든지 사람이 바른 말을 하여도 법률에만 범하지 않으면 그 사람을 일본 황제라도 감히 건드리지 못하는 그런 권리를 정하여 시행하니, 오늘날 일본이 동양에서 제일 부강한 나라가 되었다.[12]

메이지유신을 기점으로 한 30년 전은 조선의 모습에 대응된다. 즉, 세력 있는 사람이 그렇지 않은 사람을 압제하고, 문명개화를 싫어하며, 외국의 풍속과 학문을 꺼리는 것이 조선의 현실이다. 그렇다면 어떻게 할 것인가. 메이지유신 이후 "동양에서 제일 부강한 나라가 된" 일본을 따라 배우는 수밖에 없다. 일본은 서양과 달리 인종(人種)이 조선과 같을 뿐만 아니라, 서양을 본보기로 하여 과거의 질곡으로부터 벗어나 서구의 열강과 어깨를 겨루는 단계에까지 이르지 않았는가. "일본 사람은 서양 개화를 모본(模本)하기 전에도 우리보다 백 배나 문명한 사람들이요, 서양 정치와 풍속을 배우고 시작한 후에 주야로 힘써서 삼십 년 동안에 세계가 놀라게 진보"[13]한 나라다. 조선도 편협한 생각을 버리고

---

12 「논설」, 『독립신문』, 1896.12.3.
13 「논설」, 『독립신문』, 1898.7.27.

지금부터라도 "인민의 교육에 힘써서 인민의 재산과 목숨이 남의 나라 인민과 같이 튼튼하게" 되도록 하고, 일본의 "유신한 정치를 사람마다 본받아 행한다면 30년 후에 조선이 일본보다 나아질" 수 있을 것이다.[14] 이때 무엇보다 중요한 것은 일본(인)에 대한 편견에서 벗어나는 일이다. 일본에 대해 조선인들이 갖고 있는 우월감은 더 이상 힘을 발휘할 수가 없는, 시대착오적인 '착각'에 지나지 않는다는 것이 『독립신문』의 판단이다.

예를 들면, 일본은 동양의 조그만 나라이지만 "풍속이 무예를 숭상하는 까닭에 사람마다 기성(氣性)이 활발하며, 남에게 지기를 부끄러워하며, 명예를 가장 높이 여겨, 옳은 일을 하면 위태롭더라도 그 부모가 동심(同心)하여 권하기 때문에 사람마다 다투어가며 이름 있는 일을 하려 한다." 메이지유신 이후 일본의 선각자들이 "큰 사업들"을 이룩한 이유도 여기에 있다. 이와 비교할 때 조선 사람들은 "인기(人氣)가 잔약(孱弱)하여 무예를 천히 여기며, 입으로는 문학을 숭상하나 실상은 학문도 남에게 자랑할 것이 없으며, 어렸을 때부터 집안에서 배우고 글방에서 보고 세상에서 행하는 일이 모두 일신(一身)이나 이롭게 할 뿐이요, 사회 공익은 생각하지도 않으며, 재주로 남보다 나아지려고는 못하되 나보다 나은 자를 시기하여 해롭게만" 하려는 성정(性情)을 버리지 못하고 있다.[15]

자신의 단점을 부끄러워하여 기꺼이 고치는 일본이 "동양의 일등국"이 된 것과 달리, 청국의 과거에 머무른 채 교만을 떨치지 못하고 자신

---

14 「논설」, 『독립신문』, 1896.12.3.
15 「논설」, 『독립신문』, 1899.1.9.

의 허물을 고치지 못한 까닭에 열강들 사이에서 고통을 받는 상황에 처해 있지 않은가.[16] 수치를 아는 일본과 그렇지 않은 청국, 누구를 스승으로 삼아야 하겠는가라고 『독립신문』은 묻는다.

우리가 무엇이든지 남의 나라의 좋은 것은 배우지 못하고 그른 것만 배우는 악습으로 지금은 아편연 같이 독한 물건을 경향간에 먹는 사람이 많다하니, 청국에 폐단되는 것을 보면서도 이 버릇을 배우는 것은 우리가 항상 남의 속국 노릇하던 비루한 기상으로 청국 사람이 하는 일은 좋은 줄만 알고 배우는 모양이니 가련한 인생들이다. 연전에 상해에서 본즉 일본 사람이 수천 명이로되 아편연 먹는 사람은 하나도 못 보겠고, 대한 사람들은 상해에만 들어오면 아편연을 먹어서 돈을 없애고 빌어먹고 다니는 사람이 십중팔구다. 이 한 가지 일만 보아도 일본 사람의 총명하고 자기와 자기 나라의 명예를 아끼는 것과 대한 사람의 무식하고 어리석어 일신 명예도 모르고 선악도 분간하지 못하고 국체(國體)도 돌아보지 않는 것을 가히 알 수 있다.[17]

대답은 분명하다. 일본의 "개화한 정부는 백성을 보호하고 백성은 나라를 사랑하여"[18] 오늘날과 같은 부강한 나라를 이루지 않았는가. 그리하여 일본 국민들은 국가가 금지하는 일을 하지 않으며, 정부는 국민의 권리를 존중한다.[19] 서양 사람과 교제를 시작한 후에 각종 기예(技藝)

---

16 「논설」, 『독립신문』, 1899.1.28.
17 「아편연폐단」, 『독립신문』, 1898.7.30.
18 「논설」, 『독립신문』, 1898.9.12.
19 『독립신문』이 그린 일본이라는 이미지가 현실과 거리가 멀다는 것은 굳이 말할 필요도 없겠지만, 중요한 것은 이러한 이미지가 현실보다 더 강력한 힘을 발휘하는 경우가 적지 않다는 점이다.

와 법률과 상업이 진보하여 이전 외국 사람과 교제를 하지 않을 때보다 백배가 더 흥왕한 일본을 언제까지 부러워만 하고 있을 수는 없는 일이 아니겠는가. 언제까지 청국을 흉내 내면서 무식하고 어리석게 "일신 명예도 모르고 선악도 분간하지 못하고 국체(國體)도 돌아보지 않"을 것인가. 구제국(舊帝國) 청국의 과거와 현재는 신제국(新帝國) 일본에 압도당한다. 청국은 모든 면에서 부정적 타자의 전형으로 설정되며, 그 대척점에 새로운 문명국 일본이 자리 잡는다.

> 아시아 동방 삼국 중에서 일본은 구미(歐美) 양주(兩洲)의 문명을 힘써서 국부민강(國富民强)하여 위엄이 동서양에 떨치고, 청국은 남을 압제(壓制)하다가 도리어 압제를 받게 되고, 대한이 갑오(甲午) 이후에 우연히 좋은 기회를 얻어 자주독립 황제국(皇帝國)이 되어 국중에 신문들도 많이 생겨 전국 인민에게 듣지도 보지도 못한 지식을 열어주며 (…중략…) 청인(淸人)이 옛적 일만 좋아하고 진보를 힘쓰지 아니하다가 저 모양이 된 것은 두 번 말하지 않아도 다 알 것이다. 청국이 저 지경을 당하면 잠잠하던 대한은 어찌될 것인가.[20]

이와 같이 일본과 일본인은 모든 면에서 하나의 모범적인 사례로 자리매김된다. 일본인은 서양을 배우기 전부터 이미 우리보다 백 배나 문명한 사람들이었으며, 그들의 명예심과 윤리의식은 '대한 사람'들이 생각하는 것보다 훨씬 높다. 이제 일본인은 '무예를 숭상하는 활달한 기

---

20 「유지각한 친구의 글」, 『독립신문』, 1898.9.19.

질의 소유자', '자기 허물 고치기를 부끄러워하지 않는 겸손한 자', '남을 배려할 줄 알고 국가를 위할 줄 아는 덕성을 갖춘 자' 등의 이미지로 바뀐다. 이는 최익현(崔益鉉)을 비롯한 보수적=전통적 지식인들이 일본인을 서양 오랑캐의 등에 업힌 금수와 같은 존재로 본 것이나, 일본을 견문했던 박대양(朴戴陽) 등의 보수적 관료가 일본의 발전상을 부러워하면서도 일본인을 춘추대의와 군자의 도를 모르는 딱한 자로 보았던 것과는 그야말로 천양지차다.

어쩌면 당연하게도 『독립신문』의 필진들은 일본의 제국주의적 지배전략을 간파할 폭넓은 시야를 확보하지 못하고 있었다. "임금과 백성이 합심하여 서로 힘쓰는 데 있지 외국을 믿는 데 있지 않다는 것은 물에 비치는 거울과 같이 분명하다. 조선이 세계에서 완전한 독립국인 이상 독립의 실사(實事)에 힘써 상하가 마음을 합하여 문명을 도모하는 것이 당연할 터인데, 현실을 보면 정부의 행정과 백성의 마음이 서로 어긋나는 폐단이 생겨 뜻이 통하지 않는 실정이다"[21]라는 진술에서 볼 수 있는 것처럼, 『독립신문』은 '자주독립'을 강조하면서 외세에 의존해서는 안 된다는 점을 거듭 강조하지만, 문명화=근대화의 논리에 포섭된 그들은 근대 국민주의 국가 일본의 식민지 지배 전략을 투시할 능력을 갖추지 못하고 있었던 것이다.

이처럼 새롭게 구성된 일본의 이미지는 청국이나 조선의 모습과 선명한 대조를 이룬다. 『독립신문』이 그리는 비루하고 완고하며 시기심으로 똘똘 뭉쳐 있을 뿐만 아니라, 게으르기 짝이 없고 불결한 모습의

---

21 「독립의 실사」, 『독립신문』, 1899.2.16.

조선상은 일본을 배경으로 했을 때 뚜렷하게 그 모습을 드러낸다. 그리고 그것을 지탱하는 기술 방법이 '대조의 수사학'이다. 문명론＝발전론에 포획된 『독립신문』의 시선은 일본과 일본인을 그 이전과는 확연히 다른, 모방하지 않으면 안 될 긍정적 타자로서 재발견한다. 그리고 『독립신문』에서 재발견된 일본(인)상은 1900년대와 식민지 시기를 거치면서 여러 담론 영역에서 다양한 방식으로 변주된다.[22]

4. '일본 개화의 기초'와 조선의 길

현금(現今) 동서양 각국이 다 등수(等數)가 있으니 제1등은 문명국(文明國)이요, 그 다음은 개화국(開化國)이요, 그 다음은 반개화국(半開化國)이요, 그 다음은 개화하지 못한 야만국(野蠻國)이다. 대개 세계에서 말하기를 영국과 미국과 프랑스와 독일과 오스트리아 등의 나라는 제1등 문명국이라 하며, 일본과 이탈리아와 덴마크와 네덜란드 등의 나라는 개화국이라 하며, 대한과 청국과 태국과 미얀마와 터키와 이집트 등의 나라는 반개화국이라 하며 그 외에도 여러 나라가 있고, 야만국들은 기록할 필요도 없다.[23]

---

22 이와 관련한 상세한 논의는 정선태, 「신소설에 비친 타자상과 자아상」, 『심연을 탐사하는 고래의 눈』, 소명출판, 2003; 정선태, 「『독립신문』의 조선·조선인론」, 『근대의 어둠을 응시하는 고양이의 시선』, 소명출판, 2006 참조.
23 「나라 등수」, 『독립신문』, 1899.2.23.

『독립신문』은 이처럼 선명하게 문명화의 정도에 따라 각국을 서열 화한다.[24] 그리고 반개화국 조선이 다음 단계로 나아갈 길은 분명하다. "정치와 풍속에 간혹 아름다운 점이 있으나 대략 10분의 5, 6은 미개화 (未開化)한 데가 많은" 반개화국 조선은, "법률 장정(章程)과 모든 다스 리는 일들이 밝고 공평하여 무식한 백성이 없고, 사람마다 자유권(自由 權)이 있으며, 나라가 개화 세계가 되어 요순(堯舜) 시절과 다를 바가 없 는" 문명국을 지향해야 한다. 그 사이에 "정치는 문명국과 같으나 조금 모자라는 점이 있어 주마가편(走馬加鞭)으로 매우 빠르게 문명국을 좇고 있는" 개화국 일본이 있다. 각국이 "죽기를 무릅쓰고" 제일가는 문명개 화국이 되기 위해 진력하고 있는 시점에서 조선 역시 다른 선택의 여지 가 없다. 그럼에도 불구하고 조선은 "정부와 인민이 서로 믿지 못하여" "정의(情誼)가 점차 멀어져서 서로 도울 생각을 하지 못한 채" 겨우 반

---

24 이러한 서열화 방식은 후쿠자와 유키치[福澤諭吉]의 『문명론의 개략』과 그에게서 배운 유길준(兪吉濬)의 『서유견문(西遊見聞)』에서도 찾아볼 수 있다. 한편 『독립신문』에서 는 국가의 위계를 다음과 같이 구별하기도 한다. "야만의 나라는 인류가 가장 하등이라 칭하나니, 도무지 지식이 없어 사람의 도리를 행하지 못하며, 곡식으로 음식을 만들지 못하고 다만 물고기와 심지어 거친 산짐승을 잡아먹으며, 집을 짓지 못하고 여름에는 나무 그늘에서 지고 겨울에는 흙굴에서 살며 짐승의 가죽으로 몸을 가리고, 정부에 정치 와 법률이 당초에 없으며 인민이 서로 쟁투하기로만 일을 삼으며, 미개화한 나라는 인민 이 조금 지식이 있으매 육축(六畜)도 기르고 농업도 경영하나, 학문을 숭상치 아니하고 제도가 일정치 못하여 비습(卑濕)한 곳에다 토실(土室)을 짓고 거처가 조촐치 못하며 의복이 누추하여 위생할 줄을 모르고 모든 일이 도무지 차서(次序)가 없으며, 반개화한 나라는 인민이 사농공상의 모든 업을 힘쓰지 않는 것은 아니로되, 항상 옛 법만 귀하게 여기고 새 문견을 천히 알며 사람마다 교만한 마음이 있어 남을 멸시하기로 주장을 삼고 앞으로 나아가기를 싫어하여 개명의 기초를 튼튼케 세우지 못하며, 참 개화한 나라는 인민의 지식이 발달하여 백공기예(百工技藝)에 능하지 못한 바가 없고 상무(商務)를 확 장하여 재정이 풍비(豊備)하며 좋은 학업을 궁구하여 날마다 진보하기를 힘쓰고, 외국 사람과 교제하는 데도 신의가 있으며 자기 나라를 일심으로 사랑한다."(「인종과 나라의 분별」, 『독립신문』, 1899.9.11)

개화국의 위치에 머무르고 있을 따름이라는 것이 이 논설의 필자의 진단이다.

그렇다면 일본이 문명국에 조금 못 미치는 개화국의 지위에 오른 것은 무엇 때문인가. 30년 전까지만 해도 일본은 조선보다 못한 위치에 있었다. 그런데 메이지유신을 전후하여 "처음으로 외국과 통상한 후에 그 어두운 백성을 밝게 하느라고 이와쿠라 토모미[岩倉具視], 사이고 타카모리[西鄕隆盛], 오오쿠보 토시미치[大久保利通], 오쿠마 시게노부[大畏重信], 후쿠자와 유키치[福澤諭吉] 제씨들이 힘을 다하여 정부를 개혁하고 인민의 교육을 힘쓰고 상무(商務)와 농무(農務)를 넓히며 물건 제조하는 것과 각색 높은 학문을 외국에 가서 배우게 한 고로 오늘날 일본이 이왕 일본보다 문명개화된 일이 많이 있"[25]었다. 그 '결과' 청일전쟁에서 승리할 수 있었고, 일본이 승리함으로써 조선이 청국으로부터 '독립'할 수 있었다는 것이 『독립신문』의 판단이었다. 이야말로 조선이 '문명개화한' 일본에 '감사'해야 할 일이었다.

그런데 『독립신문』에 따르면 일본 개화의 토대를 천황과 정부와 관료 그리고 인민의 신뢰에 있었다. 1898년 12월 6일자 논설란에 실린 「일본 개화의 기초」는 『독립신문』이 일본의 문명개화의 토대를 어디에서 찾았는지를 명확하게 보여주는 예이다. 이 논설의 필자는 "30년 이래에 일본이 옛 법을 고치고 새 법을 좇아서 대소 천만 사건을 태서(泰西) 규모를 모본(模本)하여, 지금 와서는 구미 각국에 뒤지지 않게 문명화를 이룩한 것은 세계 사람이 흠탄(欽歎)하는 바요, 대한 인민의 부러워하고 본

---

25 「논설」, 『독립신문』, 1896.4.18.

받을 일"이라고 하면서, 이처럼 놀라운 사업을 이룩할 수 있었던 것은 "메이지 황제와 그 정부가 일심합력(一心合力)하여 처음에 백성에게 허락한 일을 실시"했기 때문이라고 말한다. 그리고 메이지 황제가 왕정복고를 이룩한 뒤 통치 원칙을 공포한 '5개조어서문(五個條御誓文)'의 번역문[26]과 싣고, 조선의 상황을 상기하면서 다음과 같이 덧붙인다.

일본 개화 사기를 보면 30년 전에 군신이 상약(相約)한 이 몇 가지가 근본이 되었으니, 이것만 보아도 무슨 일이든지 실시만 하면 못 될 것이 없을지라. 대한 황상 폐하의 홍범과 조칙과 11월 26일 친림(親臨)하옵신 칙어를 받자와 보면, 만민을 사랑하옵시는 성의(聖意)가 일본 황제의 5조 서문과 뜻이 같으시건마는, 불행히 정부에서 성지를 봉대(奉戴)하는 사람이 없어서, 친림 칙어 나리옵신 후에도 또 백성을 얼마큼 속이니 통탄할 일이로다.

"홍범과 조칙과 11월 26일 친림하옵신 칙어"란 1895년 1월 7일 고종이 왕족 및 백관을 거느리고 종묘에 나아가 선포한 '홍범14조'와 이

---

26 『독립신문』에 실린 '5개조어서문'의 번역문은 다음과 같다. "제一 널리 회의를 일으켜서 만기(萬機)를 공론에 결정할 일, 제二 상하가 일심하여 성하게 경륜(經綸)을 행할 일, 제三 문무가 길을 같이하여 서민까지 각기 그 뜻을 이루게 하여 사람의 마음으로 하여금 게으르지 않게 할 일, 제四 구래의 누습을 파하여 천지의 공도(公道)로 기초를 삼을 일, 제五 지식을 세계에 구하여 크게 황기(皇基)를 진기(振起)할 일, 이 五조 끝에 말씀하시되 아국(我國)이 전에 없던 변혁을 하고자 하여, 짐이 몸소 무리에게 먼저하여 천지신명에게 맹세하여 크게 국시(國是)를 정하여 만민 보전하는 도를 세우고자 하노니, 너의 무리도 또한 이 뜻을 본받아서 마음을 한 가지 하고 힘을 같이하라.
이 조칙을 받들매 그때 일본 정부 관원들이 대답하여 아뢰어 가라대, 조칙하는 뜻이 크고 머시니 진실로 명감(銘感)하기를 이기지 못하옵나이다. 금일의 급무와 영세(永世)의 기초가 이 칙어 밖에 가 나지 못하겠사오니, 신등이 삼가 성지(聖旨)를 받들어 본받아서 죽기를 맹세하와 힘써 일을 함으로써 신금(宸襟)을 편안히 하오리다."

에 따른 조칙 및 만민공동회의 요구를 받아들여 고종이 친히 발표한 칙어를 말한다.[27] 그러나 파벌 싸움에 휩쓸린 권력층은 이러한 '상약(相約)'을 하루아침에 휴지조각으로 만들어버린다. 체계적이고 지속적인 개혁안이 현실화할 근거를 상실해 버린 것이다. 고종의 개혁안이 외세(일본) 의존적이었는지 여부, 또는 그 개혁안의 역사적 성격이나 의미를 논할 수는 없지만, 한 가지 분명한 사실은 『독립신문』의 시각에서 보았을 때 고종 황제를 정점으로 한 상하(上下)의 합심 없이는, 그러니까 정부와 인민 사이의 신뢰 없이는 조선의 문명개화는 요원했다. 이 점에서 조선과 일본의 정치 상황이 분명하게 구별된다는 것이 『독립신문』의 판단이었던 셈이다.

『독립신문』의 필진은 기득권에 연연하는 지배층에 강한 불신을 피력하면서 문명개화의 정신적 자원을 '국민'의 애국심에서 찾는다. 일본의 예에서 볼 수 있듯이, 새로운 지식을 교육을 통해 널리 보급해야 하며, 군비를 확충하고, 산업을 진흥하여 재정상의 안정을 도모하는 것이 급선무이다. 그리고 법률 · 경찰 · 위생 제도를 비롯한 각종 제도들을 개혁하여 인민의 안전을 지켜주어야 하며, 부패를 척결하여 행정의 투명성을 확보해야 한다. 이러한 일련의 개혁을 진행하기 위해서는 '인민'의 성정(性情)을 대대적으로 개조(改造)하여 근대적인 '국민'으로 거듭나게 해야 한다. 『독립신문』이 '나라사랑'을 애써 강조하는 것은 그들의 관심이 근대적 '국민' 형성에 있었기 때문일 것이며, 이것이 문명

27　만민공동회의 전개와 성격 및 사상적 의의에 관해서는 정선태, 「근대적 정치운동 또는 '국민' 발견의 시공간─텍스트 만민공동회를 읽는다」, 『근대의 어둠을 응시하는 고양이의 시선 : 번역 · 문학 · 사상』, 소명출판, 2006 참조.

화＝서구화＝근대화의 핵심적인 조건이라고 믿었기 때문일 것이다. 이와 관련하여 『독립신문』의 논설 「나라 사랑하는 론(論)」에서 어떤 '유지각(有知覺)한 사람'은 다음과 같이 말한다.

> 사랑이란 것은 무엇인가. 성정(性情)이라서 보지도 못하고 듣지도 못하는 것이지만, 그 발(發)하는 형적(形迹)은 굳세고 씩씩한 기상으로 분명하게 발휘된다. 나라라 하는 것은 무엇인가. 일정한 토지를 두고 거느려 다스리는 권(權)에 복종하는 인민이 많이 모인 것이다. 그렇기 때문에 나라를 사랑하는 것은 천부지성(天賦之性)이다. 대개 사람이 각기 몸을 사랑하지 않는 자가 없으니, 그 몸으로 사랑하면 어찌 그 집을 사랑하지 아니하며, 그 집을 사랑하면 어찌 그 나라를 사랑하는 마음이 없을 것인가.[28]

이 글의 필자에 따르면 나라를 사랑하는 것은 '천부지성(天賦之性)'이다. 자연스러운 감정의 발로인 까닭에 스스로 그러한 것 같지만, 때와 장소에 따라 나라를 사랑하는 마음은 다를 수 있다. 애국심을 "지식으로 교육하고 지계(地界)를 확장하면 억만 백성이 함께 사는 목적이 확실"해지며, "원기(元氣)가 융성하여 사적인 이욕(利慾)을 탐하지 않고 공변(公辨)된 이익을 다투게" 된다. 애국심이야말로 국가 존립의 토대이며, 이 토대 위에서 국민은 안정된 생존을 영위할 수 있다는 것이다. 약육강식(弱肉强食)의 시대에 애국심이 없이는 다른 나라의 종노릇을 하게될 것임은 불 보듯 훤한 일이다. 따라서 "국가는 착하고 어진 정치로 애

---

28 「나라 사랑하는 론」, 『독립신문』, 1898.12.17.

국하는 마음을 더욱 더 생기게 해야 하며 인민은 공정한 의무로 애국심을 발휘해야" 국가는 존립할 수 있고 국민은 행복한 삶을 누릴 수 있다. 조선이 따라 배워야 할 서양의 여러 나라와 일본이 오늘날 저런 위치에 서게 된 것도 모두 애국심이 바탕이 되었기 때문이라는 것이 이 글의 논지다.[29]

'반개화국' 조선이 나아갈 길을 찾고 있던 『독립신문』의 필진들에게 '천황'을 중심으로 하여 문명개화를 추진해온 일본은 선도자(先導者)이자 모델이었다. 일본 개화의 기초를 충군애국(忠君愛國)에서 찾은 그들은 충군애국을 바탕으로 한 부국강병과 문명개화를 조선의 나아갈 길

29　이와 관련하여 언급해 두어야 할 것은 『독립신문』이 민권(民權)의 확장에 대해서는 비판적이었다는 점이다. 『독립신문』은 '국민'으로서의 의무만을 강조하고, 시기상조라는 이유로 '국민'의 권리는 유예해야 한다는 관점을 견지한다. 1898년 7월 27일자 논설 「하의원(下議院)의 급하지 않다」는 『독립신문』이 처음부터 국권론의 입장에 서 있었다는 것을 보여주는 하나의 사례이다. 국세(國勢)를 진작하기 위해서는 하의원을 설치할 필요성이 있다는 주장에 대하여 이 논설은 "하의원은 백성에게 정권을 주는 것"이라 단정하고, "정권을 갖는 사람은 한 사람이든 몇 만 명이든 지식과 학문이 있어야" 한다고 말한다. 여기에서도 『독립신문』은 일본의 경우를 하나의 예시로 제시한다. "우리나라 인민들은 몇 백 년 교육이 없어서 나라 일이 어찌 되든지 자기에게 당장 괴로운 일이 없으면 막연히 상관하지 아니하며, 정부가 누구의 손에 들어가든지 조반석죽(朝飯夕鬻)만 하고 지내면 어느 나라 속국이 되든 걱정하지 아니하며, 자유니 민권이니 하는 것은 말도 모르고 간혹 말이나 들은 사람들은 아무렇게나 하는 것을 자유로 알고 남을 해롭게 하여 자기를 이롭게 하는 것을 권리로 아니, 이러한 백성에게 홀연히 민권을 주어서 하의원을 설시하는 것은 도리어 위태로움을 자초하는 것이다. 또 일본 사람은 서양 개화를 모본(模本)하기 전에도 우리보다 백 배나 문명한 사람들이요, 서양 정치와 풍속을 배우고 시작한 후에 주야로 힘써서 삼십 년 동안에 세계가 놀라게 진보하였으되 명치 원년에 상하 의원을 배설하지 않고 겨우 명치 23년(1890)에야 국회를 시작하고, 또 상하 의원 설시하기 전에 오히려 미흡한 일이 있을까 하여 극히 총명한 위원들을 구미에 파송하여 상하 의원의 제도와 장정과 사정을 자세히 관찰하여 채용하였으니, 일본도 이같이 삼가면서 하의원을 배설하였거늘 우리는 외국 사람과 통상 교제한 후에 몇 해 동안에 배운 것이 지권연(紙卷煙) 먹는 것 한 가지밖에는 없으니 무슨 염치로 하의원을 어느 새 꿈이나 꾸겠는가.(「하의원은 급하지 않다」, 『독립신문』, 1898.7.27)

로 설정했다. 그들이 관료들의 부패를 신랄하게 비판하고, 개혁을 방해하는 보수세력을 상대로 하여 치열한 논전을 펼친 것도 이러한 맥락에서 이해할 수 있을 것이다.[30]

5. 마무리-깨진 거울 속의 조선

조선의 입장에서 볼 때 메이지유신 이후 일본의 '30년'은 따라잡아야 할 시간이었다. 『독립신문』에 따르면 "두 해 전(1894)에 청국과 싸워 이긴 후에 조선이 분명한 독립국이 되었으니"[31] 조선 인민은 마땅히 일본에 대하여 감사한 마음을 가져야 한다. 당연하게도 조선과 일본 두 나라는 친밀한 교제를 유지해야 하며, 두 나라 사이에 불신이 쌓여 양국 인민이 불화한다면 동양 각국의 정치상에도 불미스러운 일이 발생하리라는 것이 『독립신문』의 진단이었다. 이렇게 말하면서도 『독립신문』은 근대화=문명화한 일본을 신뢰하고 있었다. 조선과 일본 사이의 불신은 일본 정부의 '큰 뜻'을 이해하지 못한 몇몇 '모리배'들 탓이라고 생각했던 듯하다.

그렇다면 내심 '동양의 우등국' 일본이 조선을 독립의 길로 이끌고,

---

30 그러나 그렇다고 해서 『독립신문』이 일본의 근대화=문명화 과정을 아무런 의심 없이 받아들였던 것은 아니다. 이 글의 제2장 및 제5장 참조.
31 「논설」, 『독립신문』, 1896.4.18.

동양의 황인종을 서양의 백인종으로부터 지켜줄 방패가 되기를 기대했던 『독립신문』의 기대는 과연 충족되었을까. 『독립신문』의 기대와 달리 서구적 근대화의 우등생이자 동양 제일의 문명국이었던 일본은, 국민국가는 제국을 욕망한다는 현실의 '요청'에 따라 예정된 수순을 밟고 있었다. 중국과 조선을 비롯한 '반개화국'을 문명의 이름으로 식민화하기 위한 열강들의 제국주의적 욕망이 구체화하고 있다는 것을 점점 더 분명하게 깨닫기 시작한 『독립신문』은 일본도 그 욕망에서 자유로울 수 없다는 것을 인식하기에 이른다.

슬프다, 대한 신민된 사람이여. 이때를 당하여 만약 조금이라도 애국성(愛國誠)이 있을 것 같으면 어찌 피가 끓고 마음이 뜨겁지 아니 하겠는가. 밖에 있는 강국들은 틈을 보아 어떻게 해서든 흔단(釁端)을 내려고만 위주(爲主)하고, 안에 있는 간세배(奸細輩)는 이 틈을 타서 어떻게 해서든 이욕(利慾)만 도모하니 그 한심한 일은 길게 말할 것 없거니와, 일본은 동양에서 먼저 깬 나라인데 대동 합방하는 높은 의리로 동점(東漸)하는 서세(西勢)를 함께 방비할 생각은 아니하고, 다만 외양(外樣)으로는 대한과 교린(交隣)하는 의(義)가 친밀한 체하고 속마음으로는 대한의 이익을 모두 다 차지하려 하여 언언사사(言言事事)가 내외가 부동(不同)할 듯하니, 대한과 일본은 동양의 순치지국(脣齒之國)이거늘 일본의 고명한 박사들은 어찌 다만 목전의 적은 이익만 취하고 일후(日後)의 큰 환란은 생각하지 아니하여, 세계 사람에게 한 가지만 알고 두 가지는 알지 못한다는 조소를 면치 못하려 하는가. (…중략…) 대한과 일본은 인종도 서로 같거니와 지경(地境)도 가장 가까운 고로 몇 백 년 이래로 교린(交隣)하는 의가 또한 친밀하다고 이를 만한 터인즉, 대한의 이때 위급한 형세를 일본에서 어찌 월나라가 진나라의 파리함을 보듯이 하여 입술이 없으면 이가 추울 염려를 조금도 아니하는지, 극히 일본의 고명한 선비들을 위하여 크게 개탄하는 바이다.[32]

예정된 '배반'이 '대일본제국'의 근대화＝문명화가 준비하고 있던 수순이었다. 일본을 매개 또는 거울로 하여 '문명국의 꿈'을 상상하고 있던 『독립신문』 논설진을 비롯한 조선의 급진적인 지식인들은 일순 황망(遑忙)할 수밖에 없었을 것이다. 동일화의 욕망이 바로 그 대상에 의해 좌절되리라는 것을 예감하는 것, 이것이 한국 근대사상의 딜레마이자 아포리아였다고 말한다면 지나친 표현일까.

긍정적으로 평가하든 부정적으로 평가하든 메이지유신과 이를 중심으로 한 일본의 근대화＝서구화를 바라보는 『독립신문』의 시선은 한국 근대 사상을 대면하는 사람이라면 피할 수가 없다. 그럼에도 불구하고 메이지유신과 일본의 근대를 적극적으로 평가했던 『독립신문』 및 당시 조선 지식인들의 딜레마를 응시하려는 노력이 부족했던 것은 왜일까. 『독립신문』의 논조를 '사후적으로' 비판하기란, 그리고 제국주의 일본의 폭력성을 폭로하고 이를 '민족의 이름으로' 단죄하기란 어려운 일이 아니다. 이러한 비판과 단죄는 물론 필요하다. 그러나 더욱 중요한 것은 메이지유신을 기점으로 하여 진행된 일본의 근대화＝문명화＝서구화를 향한 선망의 시선이 우리 안에 뒤틀린 형태로 내장되어 있다면 어떻게 할 것인가. 아울러 『독립신문』이 그렇게 강조해 마지않았던 '유신

---

32 「논설」, 『독립신문』, 1899.11.16.

이후 30년 동안 일본은······'이라는 수사가 '지금-여기'에서 별다른 차이 없이 반복되고 있다면 어떻게 할 것인가.

'문명국' 일본을 모방하고자 하는 『독립신문』류의 욕망은 그 후의 역사가 보여주듯 좌절되고 말았다. 아니, 식민지가 됨으로써 그 욕망의 대상에 다가갈 수 있었다고 말할 수 있을지도 모른다. '문명국' 일본에 의한 조선의 식민지화는 근대화를 향한 조선 지식인들의 욕망을 현실화하는 '정치적 통과의례'였다고 할 수 있지 않을까. 일본이라는 욕망의 거울은 산산히 깨져버렸다. 그러나 그 깨진 조각들은 근대화를 열망한 조선의 일그러진 표정을 간직하고 있는 것처럼 보인다. 메이지유신 100년, 우리는 진지하게 100년의 시간이 거느린 빛과 그림자를 다시 응시해야 할 시점이다. 『독립신문』이라는 텍스트를 '다시' 읽어야 하는 이유도 여기에 있다. 『독립신문』은 '지금-여기'를 살고 있는 우리의 사상적 분신(分身)이기 때문이다.

제3장

'국어'의 독립과 국가의 독립

『독립신문』의 국문론

1. 왜 '띄어쓰기'인가

1896년 4월 7일, 창간호를 발행하면서 『독립신문』은 그 '주의(主義)'
를 다음과 같이 밝힌다.

우리가 이 신문 출판하기는 취리(取利)하려는 게 아닌 고로 값을 헐하도
록 하였고, **모두 언문으로 쓰기는 남녀 상하 귀천이 모두 보게 함이요, 또 구절
을 떼어 쓰기는 알아보기 쉽도록 함이라.** 우리는 바른 데로만 신문을 할 터인
고로, 정부 관원이라도 잘못하는 이 있으면 우리가 말할 터이요, 탐관오리들
을 알면 세상에 그 사람의 행적을 폐일[펴서 널리 알릴] 터이요, 사사(私事)

백성이라도 무법한 일 하는 사람은 우리가 찾아 신문에 설명할 터임.

우리는 조선 대군주 폐하와 조선 정부와 조선 인민을 위하는 사람들인 고로, 편당 있는 의논이든지 한쪽만 생각하고 하는 말은 우리 신문상에 없을 터임. 또 한쪽에 영문으로 기록하기는 외국 인민이 조선 사정을 자세히 모른즉, 혹 편벽된 말만 듣고 조선을 잘못 생각할까 보아 실상 사정을 알게 하고자 하여 영문으로 조금 기록함. 그리한즉 이 신문은 뚝 조선만 위함을 가히 알 터이요, 이 신문을 인연하여 내외 남녀 상하 귀천이 모두 조선 일을 서로 알 터임. 우리가 또 외국 사정도 조선 인민을 위하여 간간이 기록할 터이니 그걸 인연하여 외국은 가지 못하더라도 조선 인민이 외국 사정도 알 터임.

'불편부당(不偏不黨)'이나 '공명정대(公明正大)'라는 슬로건은 대부분의 언론이 내세우는 것이어서 그다지 새삼스러울 게 없다. 창간호 논설에서 우리의 관심을 끄는 부분은 '언문'을 채택함으로써 '남녀노소 상하 귀천'이 모두 이 신문을 볼 수 있게 하고자 한다는 대목과 '영문'으로 기록함으로써 외국인들에게 조선의 사정을 정확하게 알리고자 한다는 대목이다. '언문'과 '영문'이 같은 지면 위에 공존하는 신문이 『독립신문』이었다. 시간이 가면서 지면 구성이 바뀌기는 하지만, 총 4면 중 마지막 한 면은 *THE INDEPENDENT*라는 제목하에 모두 영문으로 표기했다. '문명국' 언어와 '반개화국' 언어의 병존, 영문과 띄어쓰기를 한 언문의 병존! 이 신문을 처음 대했을 때 독자들의 당혹스러움을 상상하기란 그리 어렵지 않을 것이다. 독자들이 낯설어 할 것을 예상해서였을까? 『독립신문』은 창간호 논설에 이어 한문을 쓰지 않고 국문으로 표기하는 이유와 "구절을 떼어 쓰는" 이유를 다음과 같이 부연한다.

우리 신문이 한문은 아니 쓰고 다만 국문으로만 쓰는 것은 상하 귀천이 다 보게 함이라. 또 국문을 이렇게 구절을 떼어 쓴즉, 누구라도 이 신문 보기가 쉽고 신문 속에 있는 말을 자세히 알아보게 함이라. 각국에서는 사람들이 남녀 물론하고 본국 국문을 먼저 배워 능통한 후에야 외국 글을 배우는 법인데, 조선서는 조선 국문은 아니 배우더라도 한문만 공부하는 까닭에 국문을 잘 아는 사람이 드믊이라.

조선 국문하고 한문하고 비교하여 보면, 조선 국문이 한문보다 얼마가 나은 것이 무엇인고 하니, 첫째는 배우기가 쉬우니 좋은 글이요, 둘째는 이 글이 조선 글이니 조선 인민들이 알아서 백사(百事)를 한문 대신 국문으로 써야 상하 귀천이 모두 보고 알아보기가 쉬울 터이라. 한문만 늘 써 버릇하고 국문은 폐한 까닭에, 국문만 쓴 글을 조선 인민이 도리어 잘 알아보지 못하고 한문을 잘 알아보니 그게 어찌 한심하지 아니하리오.

또 국문을 알아보기가 어려운 건 다름이 아니라, 첫째는 말마디를 떼지 아니하고 그저 줄줄 내려 쓰는 까닭에, 글자가 위부터인지 아래부터인지 몰라서 몇 번 읽어본 후에야 글자가 어디부터인지 비로소 알고 읽으니, 국문으로 쓴 편지 한 장을 보자 하면 한문으로 쓴 것보다 더디 보고, 또 그나마 국문을 자주 아니 쓰는 고로 서툴러서 잘못 봄이라. 그런 고로 정부에서 내리는 명령과 국가 문적 文籍을 한문으로만 쓴즉, 한문 못하는 인민은 남의 말만 듣고 무슨 명령인 줄 알고 이편이 친히 그 글을 못 보니, 그 사람은 무단히 병신이 됨이라.

국문이 한문보다 쉽다는 얘기는 그렇다 치고, 띄어쓰기를 유독 강조하고 있다는 점에 주목할 필요가 있다. 국문으로 쓴 글이야 그 이전에도 얼마든지 있었다. 국문소설이나 내간체(內簡體)로 알려진 여성들 사이에 오고 간 서간문 등이 그 대표적인 예이다. 그런데 이 글들은 모두 '줄글'이어서 읽기가 한문보다 오히려 어렵다는 게 『독립신문』의 판단이었다. 그래서 『독립신문』은 "구절을 떼어" 쓰면 '남녀노소 상하 귀천'이 '쉽게' 읽을 수 있을 것이라고 확신했다. 다시 말해 이전의 '언문'과 『독립신문』에서 사용하는 '국문'이 달라지는 지점이 바로 띄어쓰기였던 것이다.

그렇다면 띄어쓰기는 어디에서 왔을까. 잘 알고 있다시피 중국 문화권에 속한 곳에서는 띄어쓰기라는 게 없었다. '한문'이 그렇고, '언문'이 그러하며, '일본어'도 마찬가지다. 현대의 중국어인 백화문(白話文)이나 현대 일본어에서도 띄어쓰기를 하지 않는다. 쉼표나 마침표 등 구두점을 사용하기 때문에 예전의 글에 비해 문장의 의미를 파악하기가 수월하긴 하지만, 현대 한국어에서와 같은 띄어쓰기는 찾아보기 어렵다. 물론 베트남어나 인도네시아어처럼 '로마자'로 표기하는 경우에는 띄어쓰기를 한다. 이쯤에서 띄어쓰기가 어디에서 왔느냐라는 '바보 같은' 물음이 만만치 않은 의미를 담고 있다는 것을 알아차릴 수 있을 것이다. 띄어쓰기는 '문명 각국'의 언어, 특히 '영어'에서 힌트를 얻은 것이었다. 결국 문명국가의 언어와 '국문'을 동일시하려는 『독립신문』의 노력은 '문명'을 향한 열망과 맞닿아 있었던 셈이다. 이러한 열망을 현실화하기 위해서는 무엇보다 먼저 '야만'의 언어인 '한문'을 추방하는 게 시급한 일이었다.

2. '야만의 언어'에서 '문명의 언어'로

우리가 '상식적'으로 알고 있는 것과 달리『독립신문』의 '독립'은 무엇보다 중국, 즉 청나라로부터의 '독립'을 뜻하는 말이었다.『독립신문』필진들의 견해에 따르면, 국제사회에 청나라의 속국으로 알려져 있던 조선은 청일전쟁(1894~1895)에서 일본이 승리함으로써 '독립'의 발판을 마련할 수 있었다. 그들이 보기에 일본과 청나라의 전쟁은 '문명'과 '야만'의 전쟁이었으며, 문명국 일본의 승리는 세계적 대세를 거스르지 않은 필연적인 귀결이었다. 그런 상황에서 '문명 부강 국가'를 꿈꾸고 있던 계몽 지식인들에게 청나라의 모든 것은 하루빨리 폐기 처분해야 할 '야만'의 상징이었는데, 그 대표적인 것이 바로 '청국 글자=한자'였다. '야만'의 언어인 '한자'를 버리지 않는 한 조선의 독립은 불가능하다는 진단을 내린『독립신문』은 이 '야만의 문자'를 어떻게 '추방'할 수 있을지 고민에 고민을 거듭한다.

'문명 각국'에서처럼 자기 나라의 말을 익히지 않고 '야만'의 언어인 '한문'만을 고집한다면 머잖아 조선도 '야만'의 상태로 떨어지고 말 것이라는 경고를 깊이 새기고 있던『독립신문』은 조선의 '국문'이야말로 '문명 각국'의 언어와 어깨를 나란히 할 수 있는, 아니 그 어떤 언어보다도 훨씬 뛰어난 글이라는 것을 '증명'하는 데 많은 노력을 기울인다. 그런 상황에서 '배재학당 학원 주상호'가 보낸「국문론」이 처음으로『독립신문』논설란에 실린 것은 1897년 4월 22일이었다.

사람들 사는 땅덩이 위에 다섯 큰 부주(府洲) 안에 있는 나라들이 제가끔 본토 말들이 있고 제가끔 본국 글자들이 있어서, 각기 말과 일을 기록하고 혹간 말과 글자가 남의 나라와 같은 나라도 있는데, 그중에 말하는 음대로 일을 기록하여 표하는 글자도 있고 무슨 말은 무슨 표라고 그려놓는 글자도 있는지라. 글자라 하는 것은 단지 말과 일을 표하자는 것이라. 말을 말로 표하는 것은 다시 말할 것이 없거니와, 일을 표하자면 그 일의 사연을 자세히 말로 이야기를 하여야 될지라. 그 이야기를 기록하면 곧 말이니, 이런고로 말하는 것을 표로 모아 기록하여놓은 것이나 표로 모아 기록하여놓은 것을 입으로 읽는 것이나, 말에 마디와 토가 분명하고 서로 음이 똑같아야 이것이 참 글자요, 무슨 말은 무슨 표라고 그려놓은 것은 그 표에 움직이는 토나 형용하는 토나 또 다른 여러 가지 토들이 없고 또 음이 말하는 것과 같지 못하니, 이것은 꼭 그림이라고 이름 하여야 옳고 글자라 하는 것은 아주 아니 될 말이라.

또 이 두 가지 글자들 중에 배우기와 쓰기에 어렵고 쉬운 것을 비교하여 말하면, 음을 좇아 쓰게 만드는 글자는 자모음에 분간되는 것만 각각 표하여 만들어놓으면 그후에는 말을 하는 음이 돌아가는 대로 따라 모아쓰나니, 이러함으로 자연히 글자 수가 적고 문리가 있어 배우기가 쉬우며, 글자가 몇이 못 되는 고로 획수를 적게 만들어 쓰기도 쉬우니, 이렇게 글자들을 만들어 쓰는 것은 참 의사와 규모와 학문이 있는 일이요, 무슨 말은 무슨 표라고 그려놓은 것은 물건들의 이름과 말하는 것마다 각각 표를 만들자 한즉, 자연히 표들이 몇 만 개가 되고 또 몇 만 개 표의 모양을 다 다르게 그리자 한즉, 자연히 획수가 많아져서 이 몇 만 가지 그림들을 다 배우자 하면 그 몇 해 동안 애를 써야 하겠고, 또 획수들이 많은 고로 쓰기가 더디고 거북할뿐더러, 이 그림들의 어떠한 것이 이름을 나타내는 말 표인지 움직이는 말 표인지 형용하는 말 표인지 암만 보아도 알 수가 없고 또 잊어버리기가 쉬우니, 이는 때를 공연히 허비하고 애를 공연히 쓰자 하는 것이니, 참 지각이 없고 미련하기가 짝이 없는 일이라.

옛적 유럽에 있던 페니키아란 나라에서 만든 글자들은 자모음을 합하여 스물여섯 자로되, 사람들의 말하는 음들은 다 갖춘 고로 어떤 나라 말의 음이든지 기록하지 못할 것이 없고, 또 쓰기가 쉬움으로 인하여 지금 문명한 유럽의 여러 나라들과 아메리카의 여러 나라들이 다 이 글자로 제 나라 말의 음을 좇아 기록하여 쓰는지라. 조선 글자가 페니키아에서 만든 글자보다 더 유조有助하고 규모가 있게 된 것은, 자모음을 아주 합하여 만들었고 단지 받침만 임시하여 넣고 아니 넣기를 음의 돌아가는 대로 쓰나니, 페니키아글자 모양으로 자모음을 옳게 모아쓰려는 수고가 없고, 또 글자의 자모음을 합하여 만든 것이 격식과 문리가 더 있어 배우기가 더욱 쉬우니, 우리 생각에는 조선 글자가 세계에서 제일 좋고 학문이 있는 글자로 여기노라.

'배재학당 학원 주상호'는 우리가 익히 알고 있는 한글 학자 주시경(周時經, 1876~1914)이다. 주시경은 서재필에 의해 발탁되어 독립신문사에서 회계사무원 겸 교보원(校補員) 자격으로 일한다. 주시경은 두 차례에 걸쳐 장문의 「국문론」을 『독립신문』 논설란에 발표하는데, 두 편의 「국문론」은 각각 두 차례씩 나뉘어 실린다. 앞의 인용문은 첫 번째 「국문론」의 일부이다.

먼저 주시경은 표음문자와 표의문자를 구분하여 전자를 "말에 마디와 토가 분명하고 서로 음이 똑같아야 이것이 참 글자"라 하고, 후자를 마디와 토도 없이 "무슨 말을 무슨 표라고 그려놓은" 것이어서 그림에 지나지 않는다고 단언한다. 상형문자＝표의문자＝한자는 '글자' 축에

끼지도 못한다는 말이다. 그리고 효용성의 측면에서 보아도 복잡한 그림에 지나지 않는 상형문자=표의문자=한자를 배우는 일은 "지각이 없고 미련하기가 짝이 없는 일"이라고 주장한다. 이어서 그는 유럽과 아메리카 등 문명국 글자의 기원이 된 '페니키아문자'보다 조선 문자가 훨씬 쉽고 편하다면서 그 "아름답고 은혜로운" 점을 길게 서술하는데 다음은 그 가운데 일부이다.

> 이 글자들[훈민정음의 글자들]은 자음 여덟 가지 표, 모음 열한 가지 표를 합하여 만드셨는데, 흐린 자음은 맑은 자음에다가 획은 더 넣고 자음마다 모음을 합하여, 맑은 음 일곱 줄은 바른 편에 두고 흐린 음 일곱 줄은 왼편에 두고, 그 가운데에 모음을 끼어서 이것은 이름을 반절(反切)이라 하고, 특별히 글자 음의 높고 낮은 데에다 세 가지 표하는 것이 있으니, 낮은 음 글자에는 아무 표도 없고 반만 높이는 음 글자에는 점 하나를 치고 더 높이는 음 글자에는 점 둘을 치는지라. 참 아름답고 은혜롭도다.

3. 표음문자=문명, 표의문자=야만이라는 인식

이렇게 "세계에서 제일 좋고 학문이 있는 글자"를 천시하고 한자를 숭상하다니 탄식하지 않을 수 없는 일이다. 주시경은 첫 번째 「국문론」에서 국문의 과학적이고 합리적인 성격을 보여주고 난 뒤, 두 번째 「국문론」(1987년 4월 24일자)에서 탄식을 넘어 분노를 토해낸다. 표음문자인 국문을 내팽개치고 난해하기 짝이 없는 표의문자에서 벗어나지 못하고 있는 조선의 상황에 대한 청년 주시경의 질타가 쏟아진다.

이렇게 규모가 있고 좋은 글자는 천히 여겨 내버리고 그렇게 문리(文理)가 없고 어려운 그림을 애쓰고 배우는 것은 [세종대왕의] 글자 만드신 큰 은혜를 잊어버릴뿐더러 우리나라와 자기 몸에 큰 해와 폐가 되는 것이 있으니, 배우기 쉽고 쓰기 쉬운 글자가 없으면 모르되 어렵고 어려운 그 몹쓸 그림을 배우자고 다른 일은 아무것도 못하고 다른 재주는 하나도 못 배우고 십여 년을 허비하여 공부하고서도 성취하지 못하는 사람이 반이 넘으며, 또 십여 년을 허비하여 잘 공부하고 난대도 그 선비의 아는 것이 무엇이뇨. 글자만 배우기도 이렇게 어렵고 더딘데 인생 칠팔십 년 동안에 어렸을 때와 늙을 때를 빼어놓고, 어느 겨를에 직업상 일을 배워 가지고 또 어느 겨를에 직업을 실상으로 하여볼는지 틈이 있을까 만무한 일이로다. 부모 앞에서 밥술이나 얻어먹을 때에는 이것을 공부하노라고 공연히 인생에 두 번 오지 아니하는 청년을 다 허비하여버리고, 삼사십 지경에 이르도록 자기 일신 보존할 직업도 이루지 못하고 어느 때나 배우려 하나뇨. 어찌 가련하고도 분하지 아니하리오. 이러함으로 백성이 무식하고 가난함으로 인하여 자연히 나라가 어둡고 약하여지는지라. 어찌 이것보다 더 큰 해와 폐가 있으리오.
글자라 하는 것은 다만 말만 표하였으면 족하건마는, 풍속에 거리껴서 그리하는지 한문 글자에는 꼭 무슨 조화가 붙은 줄로 여겨 그리하는지 알 수 없으니 진실로 애석한 일이로다. 우리나라 사람들이 종시 이것만 공부하고 다른 새 사업을 배우지 아니하면, 우리나라가 어둡고 약함을 벗지 못하고 멀지 아니하여 자기 조상들에게 전하여 받아 내려오는 전지(田地)와 가장(家藏)과 자기의 신곡(新穀)과 자손들이 다 어느 나라 사람의 손에 들어가 밥이 될지 아직 알지 못한 증거가 목하에 보이니 참 놀랍고 애탄할 일이로다. 어찌 조심하지 아니할 때리오. (…중략…)

간절히 비노니 우리나라 동포 형제들은 다 깨달아 실상 사업에 급히 나가기를 바라노라. 지금 우리나라 한 시 동안은 남의 나라 하루 동안보다 더 요긴하고 위급하오니, 그림 한 가지 배우자고 이렇게 아깝고 급한 때를 허비하지 말고, 우리를 위하여 사업(事業)하신 큰 성인께서 만드신 글자는 배우기가 쉽고 쓰기도 쉬우니, 이 글자들로 모든 일을 기록하고 사람마다 젊었을 때에 여가를 이어 실상 사업에 유익한 학문을 익혀 각기 할 만한 직업을 지켜서 우리나라 독립에 기둥과 주초(柱礎)가 되어, 우리 대군주 폐하께서 남의 나라 임금과 같이 튼튼하시게 보호하여 드리며, 또 우리나라의 부강한 위엄과 문명한 명예가 세계에 빛나게 하는 것이 마땅하도다.

"어렵고 어려운 그 몹쓸 그림"을 배우노라고 젊은 시절을 다 허비하여버리는 사람들, 글자 축에도 끼지 못하는 '상형문자'를 평생 끌어안고 살면서 '실상의 일'들을 모조리 망각해버린 사람들…… 이런 사람들이 어떻게 독립과 문명 부강을 꿈꿀 수가 있겠는가. 주시경의 주장은 너무나 분명하다. '그림글자' 공부를 당장 집어치우고, 그 시간에 다른 실용적인 공부를 하는 데 매진하라는 것이다. 그러기 위해서는 "큰 성인께서 만드신" 배우기 쉽고 쓰기 쉬운 국문으로 모든 일을 기록해야 한다. 그래야 국문으로 된 책을 보고 각종 '실상 학문'을 익힐 수가 있을 것이기 때문이다. 덧붙이자면 '국문은 문명 부강의 기초이자 독립의 기둥'이라는 인식은 주시경뿐만 아니라 근대 계몽기 지식인들이 공유하고 있었다.

그러나 표음문자와 표의문자 중 어떤 것이 우월한가라는 문제는 순전히 근대적 산물이다. 표음문자 우월론은 소위 '문명국'의 언어가 대부분 표음문자이고 중국을 비롯한 '비문명국'의 언어가 표의문자라는 지극히 피상적인 관찰에 토대를 두고 있다. 모든 언어는 표음성과 표의성을 동시에 지니고 있다. 다음에 볼 논설에서 예로 들고 있듯이, '독립신문'이라 하면 '독립'도 한문 글자요 '신문'도 한문 글자다. 이때 '獨立'이나 '新聞'을 연상하지 않고 '독립신문'의 의미를 구성하는 것이 가능할까? 이 논설의 필자는 말한다. 국문을 공부하지 않았기 때문에 관성적으로 '獨立新聞'이라는 글자를 떠올리는 것이라고. 물론 '독립'이란 말은 남에게 의지하지 않는 것을 뜻한다고 처음부터 배운다면 한자를 연상하지 않고서도 그 의미를 알 수 있을 것이다. 하지만 일본의 경우에서 알 수 있듯, '문명(文明)', '국가(國家)', '자유(自由)', '권리(權利)' 등 서양의 개념어 대부분이 한자로 번역되었다. 그 내용은 굴절을 겪을 수밖에 없겠지만, 이들 '한자어'가 지닌 의미를 떠올릴 때 '전통의 중력'에서 자유로울 수는 없을 것이다. 결국 표의문자인 한자를 가리고서도 그 의미를 파악한다는 것은 당시로서는 거의 불가능한 '환상'에 가까운 이념이었다고 말해야 옳을 터이다.

4. '국문'의 정립과 문법의 통일[1]

　『독립신문』뿐만 아니라 근대 계몽기의 매체들은 「국문론」에 많은 관심을 기울였다. 『독립신문』을 비롯한 『매일신문』, 『제국신문』 등 '국문'을 전용한 신문들은 물론이고 『황성신문』과 『대한매일신보』 등 국한문을 혼용한 신문들에서도 '국문'의 필요성을 강조했다. 특히 국한문본과 국문본을 함께 간행한 『대한매일신보』와 달리 1910년 폐간할 때까지 국한문혼용을 유지했던 『황성신문』도 배우기 쉬운 국문을 천시하고 지극히 어려운 한문만을 숭상하는 현상을 비판하면서, 국한문혼용을 허용하되 국문을 주문(主文)으로 정해 국내 '인민 교수법'을 강구하자고 제안한다.

　'국어'의 발견은 근대국가의 성립과 긴밀한 관계를 맺고 있다. 베네딕트 앤더슨이 그의 저서 『상상의 공동체』에서 지적하고 있듯이, '문화적 조형물'로서의 근대적 국민을 견인할 수 있는 '문화적 코드'가 국어였던 것이다. 인쇄 자본주의의 산물인 신문이 국어를 '만들어내는' 데 중요한 기여를 했다는 것은 잘 알려져 있는 바와 같다. 근대 계몽기에 이 문제를 가장 민감하게 받아들이고, 국어의 필요성을 지속적으로 강조한 것이 『독립신문』이다. 국문에 대한 강조는 번역의 문제와 밀접하게 관련되어 있다. 그 가운데 대표적인 1898년 8월 5일자 논설을 보기로 한다.

1　이 절은 나의 논문 「근대 계몽기 번역론과 번역의 사상」 제3절의 일부를 수정·보완한 것이다.

지금 소위 공부하였다는 사람은 국문을 숭상하기를 좋아 아니할 것이 한문을 하였은즉, 그 배운 것을 가지고 남보다 유식한 체하려니까 만일 국문으로 책과 문적을 만들어 전국 인민이 다 학문 있게 되면 자기의 유식한 표가 드러나지 아니할까 두려워하고, 또 한문을 공부하였고 국문은 공부를 아니한 고로 한문을 자기의 국문보다 더 아는지라. 그러하나 그런 사람이 국중에 몇이 있으리오, 수효는 적으나 한문 하는 사람들이 한문 아는 자세(藉勢)하고 권리를 모두 차지하여 그 나머지 전국 인민을 압제하려는 풍속이니, 국문 숭상하기를 어찌 이런 사람들이 좋아하리오.

그러하나 나라란 것은 몇 사람만 위해서 만든 것이 아니라 전국 인민을 모두 위하여 만든 것이요, 전국 인민이 모두 학문이 있고 지식이 있게 되어야 그 나라가 남에게 대접을 받고 자주독립을 보호하며 사농공상이 늘어가는 법이라. 지금 조선에 제일 급선무는 교육인데, 교육을 시키려면 남의 나라 글과 말을 배운 후에 학문을 가르치려 하면 교육할 사람이 몇이 못 될지라.

그런고로 각색 학문 책을 국문으로 번역하여 가르쳐야 남녀와 빈부가 다 조금씩이라도 학문을 배우지, 한문 배워 가지고 한문으로 다른 학문을 배우려 하면 국중에 이십여 년 교육할 사람이 몇이 못 될지라. 국문으로 책을 번역하자면 두 가지 일을 제일 먼저 하여야 할 터이라. 첫째는 국문으로 옥편을 만들어 글자 쓰는 법을 정해놓고 그대로 가르쳐 '아' 자와 '비' 자를 합하면 '아비'라 하는데 뜻인즉 '임이의[누구누구의] 남편이요 부모 중에 사나이'라 그렇게 주를 내어 전국 인민을 가르쳐놓으면 '아비' 두 자면 사람마다 무슨 말인지를 알 터이요, 말로 하여도 아비요 책을 보아도 아비라 누가 모를 사람이 있으리오. (…중략…)

둘째는 국문을 쓸 때에 독립신문 모양으로 말마다 띄어 쓰면 섞어 보고 읽기에 불편한 일이 없을 터이요, 사람이 무슨 말이든지 보면 그 말뜻을 곧 알지라. 만일 모르는 말이 있으면 옥편만 떠들어 보면 주가 있을 터인즉, 그 말뜻을 주를 보면 알 터이요, 글자 쓰는 법을 정하여놓았은즉 다른 말과 섞일 리가 없을지라. (…중략…) 우리가 바라건대 조선 학부에서 조선 국문 옥편을 만들어 말 쓰는 규칙과 문법을 정하여, 전국이 그 옥편을 좇아 말과 글이 같도록 쓰고 읽게 하며 각색 학문 책을 번역할 때에 이 옥편에 있는 규칙대로 일정한 규모를 가지고 하게 만드는 것이 조선 교육하는 기초로 우리는 알고, 또한 조선 독립과 사람의 생각에 크게 관계가 있는 줄로 우리는 생각하노라. 조선에서 사람들이 한문 글자를 가지고 통정(通情)하기를 장구히 할 것 같으면 독립하는 생각은 없어질 듯하더라.

이 글의 필자는 남의 좋은 것을 받아들이되 "학문 있게 만든 조선 국문"을 두고 "세상에 경계 없이 만든 청국 글"을 받아들이는 것은 용납할 수 없다고 말한다. 『독립신문』의 필진들과 계몽적 지식인들이 보기에 한문이야말로 조선의 '문명 부강'과 '독립'을 방해하는 가장 심각한 걸림돌이었다. 무엇보다 한문은 배우는 데 많은 시간이 걸린다. 10년을 배워도 제대로 그 이치를 알 수 없는 한문을 붙들고 씨름하느니, 그 시간에 간편하고 쉬운 '국문'을 배우고 남는 시간은 '실상 학문'과 '실상 사업'에 힘써야 한다는 말이다. 문제는 '시간'과 '속도'였다. 빠른 시간에 배워 '실상'에 힘써야 한다는 당위가 그들의 문자 의식을 지배하고 있었던 것이다. 그리고 이러한 생각의 배후에는 청일전쟁에서 일본에 패한 청나라에 대한 멸시의 감정이 짙게 드리워져 있었다. '야만'의 말을 배운다는 것은 결국 '야만'을 자초하는 일과 다름없으며, '독립'을 포기하는 것과 다르지 않다는 것이다. 언어관에도 '문명과 야만의 이분법'이 에누리 없이 관통하고 있는 셈이다.

다음으로 이 논설에서 주목해야 할 것은 한문은 기득권층의 언어라는 인식이다. 소위 '배웠다 하는 사람들'이 국문을 좋아하지 않는 이유는 명백하다. 오랜 세월 동안 힘들게 한문을 배우고 모처럼 유식한 체하려는데, 국문으로 책들이 만들어지고 많은 사람이 '문자'를 알아 '학문 있게' 된다고 생각하면 참으로 억울할 터, 『독립신문』은 묻는다. 이것이 바로 "수효는 적으나 한문 하는 사람들이 한문 아는 자세하고 권리를 모두 차지하야 그 나머지 전국 인민을 압제하려는 풍속"이 아니고 무엇이겠는가라고. 지식과 권력이 떼려야 뗄 수 없는 관계에 있다는 것은 굳이 말할 필요가 없을 것이다. 이 사실을 『독립신문』은 정확하게 알고 있었다. '몇 사람만을 위한 나라'가 아니라 '전국 인민을 위하여 만든 나라'라는 발상은 분명히 근대적인 것이다. 이러한 발상을 구체화하기 위한 전략 중 하나가 '국문'을 상용하여 인민의 학문을 높이자는 것이었으며, 이를 위해서는 '각색 학문 책을 국문으로 번역하여' 가르치는 교육이 필수적일 수밖에 없다고 판단했던 것이다.

그뿐만 아니라 이들은 문명 세계의 각종 서적들을 국문으로 번역하는 데 가장 우선적인 작업이 '옥편' 즉 사전을 편찬하는 일이라는 것을 잘 알고 있었다. 사전 편찬 작업은 근대 국민국가의 '국어'를 창출하는 과정에서 피할 수 없는 중대한 과제였다. 다시 말해 전국의 방언들을 수집하고 분류하고 특정 지역의 말을 표준으로 하여 '인위적으로' 표준어를 만드는 일은 근대 국민국가가 요구하는 '균질적인 국민'을 생산하기 위한 필수적인 항목이었던 것이다. 사전 편찬 작업을 통해 어휘들을 수집하고 여기에 '문법적 속박'을 가해야 비로소 한 국가의 영토 안에 있는 사람들이 통일된 언어를 기반으로 하여 '국민'이 될 수 있다. 따라서 "학부에서 조선 국문 옥편을 만들어 말 쓰는 규칙과 문법을 정하여, 전국이 그 옥편을 좇아 말과 글이 같도록 쓰고 읽게" 해야 한다는 바람을 담고 있는 이 논설은 근대국가와 국어의 관계를 정확하게 보여준다고 할 수 있다.

5. 마무리

'국문'의 중요성에 관한 논의는, 문명국의 지식을 '상하 귀천' '남녀 노소' 전국의 인민이 이해할 수 있는 언어, 곧 '국문'으로 번역해야 한다는 주장으로 이어진다. '국문'의 독립이 국가의 독립과 밀접한 관계에 있다면, '국문'은 당시의 궁극적인 목표였던 국가의 독립=문명화에 기여할 수 있어야 한다.

정부에서 학교들을 시작하였으나 가르칠 책은 아주 없는 셈이고, 또 농사하는 백성과 상민과 자식들이 무엇을 배우고 싶어도 배울 책이 없은즉, 설령 배우고 싶은 마음이 있더라도 가르치는 사람도 없고 책 가지고 배울 수도 없으니 어찌 백성이 진보하기를 바라리오. 남의 나라에서는 책 만드는 사람이 국중에 몇 천 명씩이요, 책 회사들이 여러 백 개라. 책이 그리 많이 있어도

달마다 새 책을 몇 백 권씩 만들어, 이 회사 사람들이 부자들이 되고 또 나라에 큰 사업도 되는지라.

조선도 이런 회사 하나 생겨 각색 서양 책을 국문으로 번역하여 출판하면, 첫째는 이 책들을 보고 농사하는 사람들이 농법을 배울 터이요, 장사하는 사람들이 상법을 배울 터이요, 각색 장사하는 사람들이 물건 만드는 법을 배울 터이요, 관인들이 정치하는 법을 배울 터이요, 의원들이 고명한 의술들을 배울 터이요, 학교에 가는 사람들이 각국 기사와 산학과 지리와 천문학을 다 능히 배울지라. 문명개화하는 데 이런 큰 사업은 다시없을 터이요, 장사하는 일로 보더라도 이보다 더 이익이 남을 것이 지금은 없는지라.

유지각한 사람 몇이 이런 회사 하나를 모아[꾸려], 높은 학문 있는 조선 말하는 서양 사람 하나를 고립(顧立)[초빙하여 어떤 자리에 앉힘]하여 이런 책들을 모두 번역하여 출판하면, 일 년 안에 큰 이익이 남을 것을 믿고, 이 회사 하는 사람들은 조선에 큰 사업하는 사람들로 생각하노라.

근대 계몽기는 서양 문명이 낳은 '낯선 언어'를 만나기 위한 고난에 찬 과정이었다. 전혀 다른 언어를 사용하는 이질적인 세계와 만나기 위해서는 번역이 필수적이다. 이 시기의 지식인들은 서양발 문명의 언어들을 어떻게 옮길 것인지를 둘러싸고 고민에 고민을 거듭했다. 『독립신문』의 필진들도 예외가 아니었다. 위의 논설에서 볼 수 있듯이 '백성'들이 '진보'하기 위해서는 문명개화에 어울리는 책이 있어야 하며, 그 책이란 다름 아닌 서양서일 수밖에 없다. 서양의 농법, 상법, 의술, 산학算學, 지리학, 천문학을 알아야 문명국으로 나아가기 위한 초석을 마련할 수 있을 터, 그렇다면 어떻게 해야 할 것인가. 이 논설의 필자는 출판사를 설립하고 서양인을 고문으로 초빙하여 문명 관련 서적들을 번역하라고 충고한다.

지금까지 보아왔듯이 『독립신문』이 중국 글자=한문과 대비하여 '국문'의 중요성을 강조하고, 이와 더불어 띄어쓰기와 문법 통일, 옥편 편찬의 필요성을 내세운 것도 '문명한 국가'로 나아가기 위해서였다. 그렇다면 『독립신문』의 '국문' 관련 논지는 일목요연해진다. 문명개화를 지향하기 위해서는 전국의 '백성'들이 '국문'을 통해 문명 세계의 언어와 지식을 흡수해야 한다는 것이 그 핵심인 셈이다. 이제 '국문'은 '문명'을 수용하여 조선이 문명국의 대열에 합류하는 데 중요한 일익을 담당해야 한다는 과제를 부여받는다. 하지만 불행하게도 우리의 '국문'은 서양을 재빨리 번역한 일본(어)에 침식당하면서 기나긴 시간을 어둠 속에서 보내야만 했다. '국문'의 운명과 '번역된 근대'의 운명은 불가분의 관계를 유지해왔고, 지금까지 그 그늘을 드리우고 있다.

제2부

제4장

'일청전쟁'이라는 재난과 문명세계의 꿈

『혈의 누』를 다시 읽는다

1. 프롤로그

거대한 선박에 승선하고 있던 304명의 목숨이 스러지는 과정을 생중계를 통해 전 국민이 지켜봐야 했던 2014년 4월 16일의 세월호 참사는 한국현대사에서 두고두고 기억해야 할 사건으로 기록될 것이다. 일본의 자본이 폐기처분한 배를 가져다 겉만 그럴싸하게 꾸몄을 뿐 내부구조와 시스템은 열악하기 짝이 없는 상태로 사람들을 실어 날랐던 세월호는 한국현대사의 이면을 섬뜩할 정도로 정확하게 보여준 상징이라 할 수 있을 것이다. 이 선박에 승선한 사람들은 짐짝만도 못한 취급을 받았으며, 국가권력은 침몰하는 배를 수수방관했을 따름이다. 사건의 진실을 밝히라는 요구가 빗발쳤음에도 정치권은 오랜 시간 동안 이해관계에 급급해 설득력 있는 조치를 취하지 못했다. 시민들 역시 시간이 흐르면서 기억하기보다는 조용히 잊히기를 바라는 쪽으로 기울고 있는 듯하다.

과연 세월호 참사는 비현실적인 스펙터클에 지나지 않았던 것일까. 왜 많은 시민들은 생중계되는 침몰 장면을 보면서 '타인의 고통'을 소비할 뿐 '나의 안전'을 확인하는 선에서 나아가지 못하는 것일까. 세월호를 대한민국이라는 국가의 실상을 상징적으로 보여주는 기호로 파악한다면 이를 통해 우리가 읽어낼 수 있는 것을 무엇일까. 그 기호가 지닌 의미를 독해함으로써 우리는 지금과 다른 사회를 꿈꾸고 실현할 수 있는 윤리적 계기를 마련할 수는 없는 것일까. 미처 정리되지 못한 질문들이 잇달아 떠오른다. 과거를 덮고 미래로 나아가자거나 과거에 발목이 잡혀서는 안 된다는 주장이 얼마나 자기기만적인지는 굳이 말하지 않아도 좋을 것이다.

4·3사건에서 광주민주화운동에 이르는 한국현대사의 비극적인 사건들이 웅변하듯이, 정신적 폐허 상태를 경험해야 했던 많은 사람들에게 필요한 것은 위로나 물질적 보상보다 철저한 진상규명이다. 진상규명에 실패할 경우 우리는 또다시 이런 비극을 반복할 수밖에 없을 것이며, 반복되는 비극은 심리적으로나 정신적으로나 우리 모두를 상시적 불안으로 내몰 것이다. 그런 까닭에 우리는 폐허 상태를 응시할 수 있어야 하며, 그것이 우리에게 던지는 질문에 성실하게 답해야 한다. 동정이나 연민이 아니라 고통에 육박해 들어갈 수 있을 때, 그러니까 타자의 고통을 나의 고통으로 껴안을 수 있을 때 지금-여기와 다른 세계

를 실천적으로 상상할 수 있는 근거를 마련할 수 있을 터이다.

권력과 자본의 야만적이고 탐욕스런 결탁이 빚은 세월호 참사가 현재진행형인 상황에서 나는 반복해서 레베카 솔닛의『이 폐허를 응시하라』를 읽는다. '대재난 속에서 피어나는 혁명적 공동체에 대한 정치사회적 탐사'라는 긴 부제가 달린 이 책에서 저자 레베카 솔닛은 재난/재앙의 현장에서 발견할 수 있는 인간의 본성과 새로운 세계의 가능성을 묻는다.

> 재난은 기본적으로 끔찍하고 비극적이고 슬픈 일이며, 제아무리 긍정적인 효과와 가능성이 부수적으로 나타난다 해도 바람직하다고 말할 수는 없다. 그러나 마찬가지 이유, 즉 재난 속에서 생겨났다는 이유로 그런 효과를 무시할 수는 없다. 사람들이 자각한 열망과 가능성은 너무도 강력해서 폐허 속에서도, 잿더미 속에서도, 아수라장 속에서도 빛을 발한다. 여기에서 나타나는 상황은 다른 곳에서도 무관하지 않다. 요컨대 재난을 환영하자는 게 아니다. 재난이 이런 선물을 창조하지는 않지만, 선물이 도착하는 통로가 될 수 있다는 뜻이다. 재난은 사회적 열망과 가능성을 보여주는 놀라운 창을 제공하며, 재난 시에 증명된 것은 다른 곳에서도, 평상시에도, 다른 특별한 순간에도 중요하다.[1]

재난의 현장은 참담한 고통뿐만 아니라 현실사회의 모순을 극명하게 보여준다. 그리고 직접적이든 간접적이든 재난을 경험하는 시간은 "일

---

1   레베카 솔닛, 정해영 역,『이 폐허를 응시하라』, 펜타그램, 2009, 17면.

상의 사회적 가능성과 인간 본성에 대한 질문"이 가능한 시간이기도 하다. 레베카 솔닛에 따르면, 역설적이게도 사람들은 재난 상황을 통과하면서 "정서적으로 가난해지지 않고 오히려 풍요로워"진다. 그뿐만 아니라 "재난은 그 자체로는 끔찍하지만 때로는 천국으로 들어가는 뒷문이 될 수 있다. 적어도 우리가 되고 싶은 사람이 되고, 우리가 소망하는 일을 하고, 우리가 형제자매를 보살피는 사람이 되는 천국 말이다."[2]

그러나 주의해야 할 점도 없지 않다. 이 책에서 레베카 솔닛은 재난에 대처하는 평범한 사람들의 감동적인 모습을 그리면서 동시에 그것을 가로막거나 은폐하는 세력도 놓치지 않는다. 즉, "재난이 닥쳤을 때 종종 야만적으로 대응하는 소수 권력자들의 태도"와 "대중매체의 믿음과 표현"이 그것이다. "그들은 낙원과 우리의 가능성을 알아볼 수 없게 하는, 왜곡된 거울을 우리에게 제시한다. 또한 믿음이 관건이며, 대중매체와 엘리트들이 공통으로 갖고 있는 믿음은 2차적 재앙이 될 수 있다. (…중략…) 따라서 우리가 만약 낙원을 엿볼 수 있다면, 낙원의 가능성을 은폐하거나 반대하거나, 때로는 파괴하는 세력이 누구인지 간파할 수 있을 것이다."[3] 지금-여기의 상황을 염두에 둘 때 망각을 조장할 뿐만 아니라 타인의 고통을 무시하고, 조롱하고, 냉소하는 세력을 간파할 수 없다면 우리 사회가 경험한 재난에서 그 어떤 것도 얻을 수 없으리라는 것을 어렵지 않게 알 수 있을 것이다.

바야흐로 재난의 시대이다. 과학기술문명이 고도화할수록 자연적 재난보다는 정치적 사회적 재난의 파괴력이 더욱 커질 것이다. 전쟁과 테

---

2 위의 책, 13면.
3 위의 책, 20면.

러는 물론이고 원전폭발로 인한 방사능 누출, 환경 재앙 등등 헤아리기 어려운 재난들이 우리를 기다리고 있다. 그렇다면 우리는 재난을 모티프로 삼거나 형상화한 문학 텍스트에서 무엇을 읽어낼 수 있을 것인가. 한국 근대문학사에서 전쟁, 홍수, 가뭄, 화재 등을 모티프로 삼은 작품은 적지 않다.[4] 이 글에서는 소설에서 '재난 모티프'가 지닌 정치적·사상적 의미를 찾기 위해 신소설 『혈의 누』를 다시 읽어보기로 한다.

2. '일청전쟁'의 포화 속에서

일청전쟁의 총소리는 평양 일경이 떠나가는 듯하더니, 그 총소리가 그치매 사람의 자취는 끊어지고 산과 들에 비린 티끌뿐이다.[5]

---

4   한국 근대문학사에서 재난모티프가 서사를 이끄는 데 어떤 역할을 하는지 그리고 그것이 지닌 의미는 무엇인지에 대한 논의로는 서은혜, 「이광수 소설에 나타난 재난(cata-strophe) 모티프와 공동체의 이상」, 한국현대문학회, 『한국현대문학연구』, 2013, 5~43면 및 최강민, 「1920~30년대 재난소설에 나타난 급진적 이데올로기와 트라우마」, 중앙어문학회, 『어문론집』, 2013, 377~405면 참조. 잘 알고 있는 바와 같이 『무정』과 『고향』을 비롯한 적지 않은 소설에서 홍수라는 자연적 재앙이 서사를 이끄는 모티프로 등장한다. 그리고 한국전쟁을 경유하면서부터 전쟁이라는 정치적·사회적 재앙이 서사의 중심으로 진입하여 서사를 구조화·의미화하는 데 결정적인 영향을 미치기도 한다. 그뿐만 아니라 최근 소설에서는 테크놀로지의 압도적인 영향력 아래에서 인간이 겪어야 하는 재난이 주요 모티프로 활용되는 예가 적지 않다. 최근 소설에서 볼 수 있는 재난모티프와 관련해서는 복도훈, 「세계의 끝, 끝의 서사―2000년대 한국 소설에 나타난 재난의 상상력과 그 불만」(조선대 인문학연구원 이미지연구소 편, 『폭력 이미지 재난―폭력의 스펙터클, 그 상상의 끝』, 앨피, 2012 수록) 참조.
5   이인직, 『혈의 누』, 이인직 외, 『신소설』, 동아출판사, 1995, 11면. 이하 『혈의 누』의 인용은 본문에 면수만 밝힌다.

한국 근대문학사의 서막을 연 이인직의 『혈의 누』(1906)는 상징적이 게도(!) '일청전쟁 총소리'로 시작한다. 총소리와 함께 "사람의 자취는 끊어지고 산과 들에 비린 티끌"만 남긴 청일전쟁, 즉 1894년 6월부터 1895년 4월까지 10개월 동안 조선과 중국 일부 지역에서 벌어진 일본 과 청국 사이의 전쟁이 이 소설의 직접적인 배경이다. 좀 더 정확하게 말하자면, '이산과 재회의 서사'라 할 수 있는 『혈의 누』에서 주인공인 옥련 가족의 이산을 야기한 것은 1894년 9월 15일을 전후한 평양전투 이다. 아울러 대판에서 옥련이 정상부인과 결별하게 되는 원인을 제공 한 것은 정상 군의를 죽음으로 내몬 요동전투이다. 『혈의 누』의 중심적 인 서사가 되는 주인공 옥련의 행로를 결정짓는 것은 모두 청일전쟁과 관련되어 있는 셈이다. 거칠게 말하자면 청일전쟁이라는 정치적·사회 적 재난/재앙을 전제하지 않으면 『혈의 누』의 서사는 성립하지 않으며, 그런 만큼 청일전쟁은 정치적·역사적 사건이었을 뿐만 아니라 『혈의 누』라는 문학사적 '사건'의 결정적인 배경이었다고 할 수 있다.

청일전쟁은 동아시아 패권을 둘러싼 일본과 청국의 격전장이자 군 함과 대포를 포함한 신무기의 실험장이었다. 아산전투, 풍도(豊島)해전, 인천전투, 평양전투 등 조선에서 벌어진 일련의 전투에서 승리한 일본 은 최종적으로 전쟁을 승리로 이끌면서 동아시아의 패자로 떠오른다. 이 전쟁을 계기로 중국 중심의 전통적인 중화시스템이 무너지고 새로 운 제국 일본이 급부상하는 것이다. 청일전쟁은 일본 쪽에서 보면 아시 아 지배를 향한 '승리의 기록'이고 청국 쪽에서 보면 중화시스템의 몰 락을 예고하는 '패배의 기록'이다. 그러나 조선 쪽에서 보면, 청국 병사 1200명과 일본 병사 300명이 죽고 온갖 겁탈, 방화, 약탈 등등을 초래한 이 전쟁은 재난 그 자체였다고 할 수 있다. 물론 평양전투 이전과 이후에도 병참기지화한 조선은 일본군의 전방위적인 압박과 협박 속에서 고통을 겪어야 했다. 인부와 우마(牛馬) 그리고 식량이 강제 징발되었고, 이에 따라 조선 민중의 고통은 더욱 가중된다. 그리고 "전장이 평양 지방에서 요동반도로 이동하자 조선은 전쟁터는 면하게 되지만 반대로 수송분담은 증대되게 된다."[6] 요컨대 직접적 전쟁 당사국이 아니었던 조선은 청국과 일본의 싸움 속에서 경제적으로나 사회적으로 전국적인 차원의 고통을 경험한다.

이처럼 일본의 승리로 귀결된 청일전쟁은 조선과 조선인에게 깊은 상처와 함께 기존 질서에 대한 비판, 새로운 세계의 상상을 촉발했다는 점에서 적지 않은 의미를 지닌다. 따라서 청일전쟁이라는 '재난'이 한국 근대문학사상의 형성에 끼친 영향을 고려할 때 『혈의 누』가 지닌 문학사적 의의를 다른 시각에서 포착할 수 있을 것이다. 한국 근대사뿐만 아니라 사상사의 전개를 '예언적'으로 보여주는 『혈의 누』라는 텍스트를 통해 지금 우리가 읽어낼 수 있는 것은 무엇보다 재난을 바라보는 지식인(=작가)의 태도와 지향점이다. 이를 시야에 두고 『혈의 누』를 다시 읽어보기로 한다.

먼저 '일청전쟁'이라는 재난이 남긴 것은 무엇일까. 무엇보다 직접적으로 다가오는 것은 신체적, 심리적 고통이다. "총에 맞아 죽"고, "창에 찔려 죽"고, "사람에게 밟혀 죽"는 아비규환의 상황, "전쟁에 죽은 더운 송장 새 귀신들이 어두운 빛을 타서 낱낱이 일어나는 듯"한 공포

---

6   박종근, 박영재 역, 『청일전쟁과 조선』, 일조각, 1992, 99면.

스런 분위기 속에서 옥련 일가는 서로 종적을 모르고 "생이별"을 한다. '그날', 그러니까 평양전투가 마무리되던 날의 공포스러운 풍경을 이인 직은 이렇게 묘사한다.

성중의 사람이 진저리내던 청인이 그림자도 없이 다 쫓겨 나가던 날이요, 철환은 공중에서 우박 쏟아지듯 하고 총소리는 평양성 근처가 다 두려 빠지 고 사람 하나도 아니 남을 듯하던 날이요, 평양 사람이 일병 들어온다는 소문 을 듣고 일병은 어떠한지, 임진난리에 평양 싸움 이야기하며 별공론이 다 나고 별염려 다 하던 그 일병이 장마통에 검은 구름 떠들어오듯 성내 성외에 빈틈없이 들어와 박히던 날이라.(16쪽)

피해상황이 말해 주듯이 평양회전(平壤會戰)은 양군이 가장 격렬한 싸움을 벌인 전투 중 하나였다. 청군의 횡포 때문에 고통을 겪었던 평 양 사람들은 이제 일본군의 점령하에서 두려움에 떨어야 했으며, 전투 가 끝난 후에는 살아남기 위해서라도 어떤 식으로든 저항해야 했다.[7] 어쨌든 이곳저곳으로 난리를 피해 다니던 옥련의 가족은 '그날' 다시 천지를 뒤집는 듯한 총소리와 불비처럼 쏟아지는 총탄으로부터 도망쳐

---

[7] 참고삼아 말하자면 평양회전이 끝난 후 일본인과 조선인의 대립은 더욱 격화한다. 저간 의 사정을 보면 다음과 같다. "평양회전 이후부터 일본상인이 다수 거류하게 되었는데 의병운동의 고양에 따라 '평양의 사방이 거의 모두 적지(賊地)'가 되었다. 국모의 복수, 단발 반대를 명분으로 빈번히 일본인 배척을 부르짖고' 있었으므로, 일본상인 백여 명은 '적지 한가운데에 고립되어 언제 습격을 받게 될지도 알 수 없는' 상황이 되었다. 그리고 평양의 '한인의 일본인에 대한 감정은 날로 험악의 도를 더해가고' 있었다."(위의 책, 335~336면) 이를 통해 『혈의 누』에서 볼 수 있는 일본에 대한 우호적인 시선이 조선 민중의 감정으로부터 얼마나 먼 것이었는지를 가늠할 수 있을 것이다.

피란을 떠난다. 옥련의 어머니 최춘애가 딸을 찾아 흐트러진 모습으로 헤매던 평양과 그 일대는 "성중에는 울음 천지요, 성밖에는 송장 천지요, 산에는 피란꾼 천지"이며, "어미가 자식 부르는 소리, 서방이 계집 부르는 소리, 이렇게 사람 찾는 소리"(17쪽)만이 가득한, 그야말로 한편의 지옥도라 할 만한 곳으로 묘사된다. 승리한 일본 군사들은 전시국제공법이 허용한 대로 "까마귀떼 다니듯" 빈집을 돌아다니며 약탈을 일삼는다. 지옥도와 같은 풍경 속에서 옥련은 일본군의 총탄에 맞아 신음하고, 딸을 찾아 헤매던 어머니 최춘애는 겁탈의 위기에 직면하며, 김관일은 가족을 찾다가 포기하고 유학을 떠난다. 전쟁으로 인한 고통은 고스란히 평양성 사람들의 몫으로 남는다. 옥련 가족으로 대표되는 대다수 조선인들은 "목숨을 보전하는 것만이 천행"인 상황에 내던져지게 된 것이다.

이처럼 『혈의 누』는 초반부에서 1894년 9월에 치러진 평양전투 때문에 평양성 사람들이 겪어야 했던 신체적, 심리적 고통을 비교적 사실적으로 묘사하고 있다. 그리고 이렇듯 참담한 고통을 치유하는 길을 모색하는 것이 『혈의 누』를 일관하는 주제라 할 수 있는데, 그것은 작가 이인직의 현실 인식 수준과 사상적 경향을 정확하게 보여준다. 이런 점에서 '일청전쟁'이라는 재난을 고려하지 않고서는 한국의 근대문학사상사뿐만 아니라 근대정치사상사에서 급진파 지식인 이인직과 『혈의 누』의 위상을 제대로 파악할 수 없다. 아울러 재난을 바라보는 관점과 재난을 사유하는 방식 나아가 재난에 대응하는 태도는 이인직뿐만 아니라 지식인의 존재이유를 묻는 데 빼놓을 수 없는 사항일 것이다. 무엇보다 재난을 초래한 원인을 구명하는 것이 급선무일 터이다.

3. 누가, 무엇이 재난을 초래했는가

조선과 조선인이 이토록 혹독한 전쟁이라는 재난을 겪게 된 원인은 무엇인가? 재난이든 참사든 그 원인을 정확하게 밝히지 않는다면 참담한 고통을 겪은 후에도 아무런 교훈을 얻을 수 없을 것이며, 고통은 더욱 많은 사람들에게 확산될 것이다. 다시 말해 재난의 원인을 밝히지 않고서는 결코 재발을 방지할 수 없을 터인데, 중요한 것은 원인 구명의 주체가 어떤 입장에서 그 재난을 바라보는가이다. 물론 원인을 정확하게 파악했다 하더라도 재발 방치를 둘러싼 처방은 달라질 수 있을 것이다.

그렇다면 『혈의 누』의 작가 이인직은 '일청전쟁'이라는 재난의 원인을 어디에서 찾았을까. 그는 먼저 김관일의 탄식을 빌려 이렇게 말한다.

슬프다. 저러한 송장들은 피가 시대 되어 대동강에 흘러들어 여울목 치는 소리 무심히 듣지 말지어다. 평양 백성의 원통하고 설운 소리가 아닌가. 무죄히 죄를 받는 것도 우리나라 사람이요, 무죄히 목숨을 지키는 것도 우리나라 사람이라. 이것은 하늘이 지으신 일이런가, 사람이 지은 일이런가. 아마도 사람의 일은 사람이 짓는 것이다. 우리나라 사람이 제 몸만 위하고 제 욕심만 채우려 하고, 남은 죽든지 살든지, 나라가 망하든지 흥하든지 제 벼슬만 잘하여 제 살만 찌우면 제일로 아는 사람들이라. (17~18쪽)

김관일의 비판은 '평양감사'로 대표되는 지배층을 정조준한다. 부정부패와 매관매직을 일삼는 지배층의 폭정과 이에 굴종하는 힘없는 백성들 탓에 나라는 허약해졌고, 그 때문에 "남의 나라 사람이 와서 싸움을 하느니 지랄을 하느니" 하는 상황을 초래했다는 것이다. 다시 말해 '일청전쟁'이 몰고온 참사는 결국 인재(人災)이며, 그러한 인재의 원인은 조선인의 탐욕스러운 이기심, 타자의 고통에 대한 무관심, 지배계층에 의한 나라(국가)의 사유화 등이다.

구완서의 판단도 빠뜨릴 수 없다. 구완서는 기차에서 만난 옥련에게 미국으로 건너가자고 제안하면서 이렇게 말한다.

> 너는 일청전쟁을 너 혼자 당한 듯이 알고 있나 보다마는, 우리나라 사람이 누가 당하지 아니한 일이냐. 제 곳에 아니 나고 제 눈에 못 보았다고 태평성세로 아는 사람들은 밥벌레라. 사람이 밥벌레가 되어 세상을 모르고 지내면 몇 해 후에는 우리나라에서 일청전쟁 같은 난리를 또 당할 것이라.(49쪽)

구완서가 보기에 조선인이라면 '일청전쟁'이라는 재난으로부터 자유로울 수가 없다. 옥련 가족을 포함해 직접적으로 전쟁의 고통을 겪은 평양성 사람들뿐만 아니라 군수물지를 수송하는 데 동원된 인부와 그 가족들, 소와 말을 징발당한 사람들, 식량을 강탈당한 사람들 등 조선의 많은 사람들이 전쟁의 폭력을 피할 수 없었다. 또, 전쟁을 "제 눈으로 못 보았다" 하더라도 '소문'으로 듣는 사람들 역시 심리적인 공포를 쉽게 떨쳐버릴 수 없었으리라는 점은 어렵지 않게 상상할 수 있다. 이처럼 조선인들이 직간접적으로 겪어야 했던 재난의 고통을 외면하거나 망각하고 자기만족에 빠져 현실을 "태평성세로 아는 사람들은 밥벌레"와 다르지 않다는 것이 구완서의 진단이다.

한편 옥련의 외할아버지 최항래와 하인 막동이의 대화에서도 남의 나라 전쟁을 불러들인 지배층에 대한 비판의 소리를 들을 수 있다. 최항래는 막동이에게 "자손 보존하고 싶은 생각이 있거든 나라를 위하라"면서 "우리나라가 강하였더면 이 난리가 아니 났을 것"이라고 말한다. 이에 대해 막동이는 이렇게 대답한다.

> 나라는 양반님네가 다 망하여 놓으셨지요. 상놈들은 양반이 죽이면 죽었고, 때리면 맞았고, 재물이 있으면 양반에게 빼앗겼고, 계집이 어여쁘면 양반에게 빼앗겼으니, 소인 같은 상놈들은 제 재문 제 계집 제 목숨 하나를 위할 수가 없이 양반에게 매였으니, 나라 위할 힘이 있습니까. (…중략…) 난리가 나도 양반 탓이올시다. 일청전쟁도 민영춘이란 양반이 청인을 불러왔답니다.(26~27쪽)

"양반님네" 즉 지배계층이 조선을 망국의 상황으로 몰고 갔다는 막동이의 발언은 진실에 가깝다고 할 수 있을 것이다. 지배계층에 의한 민중의 착취와 탄압은 익히 알고 있는 바와 같거니와 그렇다고 해서 모든 것을 "양반 탓"으로만 돌릴 수는 없는 노릇이다. 강한 나라를 갖지 못한 원인이, 그리고 남의 나라 전쟁터로 전락한 땅에서 고통을 감수해야 했던 원인이 전적으로 부패하고 무능한 지배층의 잘못으로 전가해버리는 순간, 일반 민중들은 노예상태에서 한걸음도 나아갈 수가 없다. 강조하건대 민중이 지배층의 일방적인 통치의 대상이 아닌 이상 이와 같은 원망만으로는 사태를 개선할 수 있는 가능성을 차단해버리고 만다.[8] 이처럼 김관일, 구완서, 최항래, 막동이 들의 직간접적인 발화를 통해 볼 수 있듯이, 이인직은 '일청전쟁'이라는 재난의 원인을 지배층의 부패와 무능, 백성들의 무관심과 무기력에서 찾고 있다. 급진파 지식인 이인직의 현실 인식 수준과 이념적 경향성을 보여주는 것이라 할 수 있는 이러한 현실 인식이 적실했는지 여부를 명확하게 판단할 수는 없지만, 적어도 전쟁 속 참화를 통과하면서 왜 이런 고통을 겪어야 하는가라는 질문과 함께 일정 부분 동의할 수 있는 대답을 제시했다는 점은 눈여겨 봐 둘 필요가 있다.

하지만 사태의 원인을 내부에서만 찾을 뿐 외부로 향하지 않고 있다는 점 또한 놓치지 말아야 한다. 뒤에서 다시 언급하겠지만 문명국을 절절하게 동경한 나머지 현실을 구체적이고 입체적으로 파악할 수 있는 감각은 현저하게 무뎌진다. 문명화의 길이야말로 지상선을 향한 길이라는 인식은, '일청전쟁'이라는 재난의 내부적 원인을 비교적 설득력 있게 제시하고 있다 하더라도, 그런 재난을 초래한 외적 원인이라 할 수 있는 문명국의 세계 지배 욕망을 외면하는 결과를 낳고 만다. 그리하여 재난 이후에 관한 상상력은 현실적·실천적 토대를 상실하고 추상적이고 비현실적인 방향으로 치닫는 것이다. 어찌 보면 새로운 시대를 '힘이 곧 정의인 시대'로 인식하는 『혈의 누』의 작가=화자가 주요 인물들을 문명국의 심장부로 향하게 하는 것은 필연적이라 할 수 있을 것이다.

김관일·최옥련·구완서 등 『혈의 누』의 주요 인물들은 한결같이

---

8   물론 청일전쟁 당시 또는 『혈의 누』가 씌어질 당시 조선 민중의 의식 수준이랄까 정치적 감각을 현재의 그것과 동일시할 수는 없겠지만, 막동이의 발언은 급진파 지식인 이인직의 현실 인식을 보여준다는 점에서 비판적으로 독해할 필요가 있다.

개별 백성과 국가를 강하게 할 방법을 찾아 문명국으로 떠난다. 그들의 최종 귀착지는 최대 문명국 중 하나로 일컬어지던 미국의 수도 워싱턴이며, 최항래 부녀까지 그곳을 유람한다. 예컨대 "살아 있는 사람들이나 이후에 이러한 일을 또 당하지 아니하게 하는 것이 제일"이라 생각한 김관일은 가족과 조선을 뒤로한 채, "이 길로 천하 각국을 다니면서 남의 나라 구경도 하고 내 공부 잘한 후에 내 나라 사업을 하리라"(19쪽) 다짐하고 평양을 떠난다. 이처럼 재난을 통해 조선의 총체적인 무능력과 무기력을 깨달은 자가 선택한 것은 결국 외국 유학을 통해 문명국을 배우는 길이었던 셈이다.

한편 최항래는 사위 김관일의 장도를 위해 경비를 제공하며, 자신의 길을 선택할 능력을 갖지 못한 어린 소녀 옥련은 정상 군의의 호의로 공부를 하기 위해 어용선을 타고 일본으로 향한다. 이 역시 문명개화의 길만이 조선이 살 길이며, 문명개화를 위해서는 외국을 배워야 한다는 이인직의 사상이 반영된 것이라 할 수 있을 것이다. 여기에 전쟁이라는 폭력의 주체인 문명강국 일본과 제국주의적 욕망을 노골화하고 있던 미국에 대한 비판은 끼어들 여지가 거의 없다.

이렇게 '일청전쟁'이라는 새난 이후 옥련을 비롯한 주요 인물들은 자의적이든 타의적이든 조선이라는 현실을 버리고 문명세계로 향한다. 새로운 세계에서 신학문을 배움으로써 '반개화국' 조선을 강한 문명국으로 끌어올릴 수 있을 것이라는 그들의 원망(願望)이 『혈의 누』를 관통하는 주제 중 하나라 한다면, 이제 우리는 그 '꿈'이 현실적으로 실현 가능했는지 여부를 물어야 한다.

4. 예기치 않은 여행 또는 '용궁의 꿈'

『혈의 누』를 청일전쟁으로 인한 '이산과 재회의 서사'라 했거니와, 이산 이후의 서사는 문명세계로 향한 옥련의 시련과 재탄생 그리고 재회 과정을 중심으로 진행된다. 시련-재탄생-재회의 구조는 고전소설에서부터 현대소설에 이르기까지 다양한 작품에서 반복적으로 변주된다. 『심청전』이 단적이 예이며, 박영채를 중심으로 볼 경우 『무정』 또한 예외가 아니다. 특히 『무정』은 '고아' 박영채의 시련과 재탄생 과정을 그림으로써 독자들의 흥미를 유발하는 데 일정 정도 성공했다고 평가할 수 있을 것이다.[9] 그렇다면 『혈의 누』의 경우는 어떠한가.

'일청전쟁' 난리통에 옥련의 가족은 뿔뿔이 흩어진다. 아버지 김관일은 미국으로 떠나고 어머니 최춘애는 평양에 남지만, 부모가 살았는지 죽었는지를 모르는, 정확하게 말하자면 "죽었다고 생각하고" 살아가는 옥련은 '전쟁고아'나 다름없다. '전쟁고아' 옥련은 일본군 군의의 구원과 호의로 일본 대판으로 가서 열심히 공부한다. 요동반도 전투에서 정상 군의가 사망한 후 '새어머니'로부터 구박을 당하던 옥련은 우연히 구완서를 만나 횡빈(요코하마)에서 배를 타고 상항(샌프란시스코)에 들렀다가 어느 중국인의 도움으로 기차를 타고 화성돈(워싱턴)으로 향한다. 그곳에서 4, 5년 동안 열심히 공부한 결과 우수한 성적으로 학교를 졸업한 후 아버지도 만나고, 미국을 방문한 외할아버지와 어머니도

---

9   『심청전』과 『무정』의 관련성, 특히 심청과 박영채의 재탄생의 소설사적 의미에 관해서는 서영채, 「『무정』 연구」, 서울대 석사논문, 1992 참조.

함께 만난다.

이처럼 "일청전쟁 총소리"와 함께 '전쟁고아' 옥련의 '예기치 못한' 긴 여행이 시작된다. 옥련의 동선, 즉 평양-인천-대판-횡빈-상항-화성돈으로 이어지는 여행길＝유학길은 문명세계에 이르는 길을 상징적으로 보여준다. 이 동선은 문명개화를 향한 급진파 지식인의 의지 또는 욕망을 공간적으로 재현한다. '일청전쟁'의 역사적 의미를 자신의 관점에서 파악하고, '힘이 곧 정의'라는 자신의 논리에 따라 급진적 개혁을 요구했던 지식인 이인직에게 일본은 문명개화의 모범적인 사례였고, 미국은 언젠가 도달해야 하는 '이상향'이었다. 이인직의 욕망이 파탄에 이르렀고, 그것은 우리의 근대사에 깊은 상처를 남겼다는 판단은 사후적이다.[10] 중요한 것은 무능하고 부패한 지배 권력의 실상을 여실하게 보여준 '일청전쟁'이라는 재난을 서사의 전면에 배치함으로써 그가 의도했던 바가 무엇이냐는 점이다.

문명국의 심장부를 향한, 작가 이인직의 욕망을 표상하는 동선을 따라 이동하면서 옥련은 문명한 세계를 경험하고 배움으로써 새로운 인간으로 재탄생한다. 아버지의 눈을 뜨게 하기 위해 희생물이 된 심청이 남경상인에게 팔려 인당수에 몸을 던진 후 용궁에서 부활했듯이, 그리고 정혼자에게 버림받은 고아 박영채가 김병욱을 만나 심신의 건강을 회복할 뿐만 아니라 새로운 세계에 눈을 뜸으로써 부활하듯이, 옥련 역

---

10   외부의 충격으로 촉발된 변화의 시대에 개혁을 갈망했던 지식인이 선택할 수 있는 것은 무엇이었을까라는 물음은, 한국 근대사상사의 딜레마를 돌파하기 위해서라도 피할 수가 없다. 식민지 근대화와 자주적 근대화 사이의 사상적 거리를 좁히기란 생각만큼 간단하지 않다. 의미 있는 비판을 개진하기 위해서는 근현대사의 퇴적층으로부터 자유로울 수 없는 지금-여기, 우리의 욕망의 형성 과정을 투시해야 한다. 비난만큼 비판이 쉽지 않은 이유가 여기에 있다.

시 실질적 고아로서 겪어야 했던 시련을 통과하여 재원(才媛)으로 성장하는 것이다.

그러면 옥련의 재탄생 과정을 따라가 보기로 한다. 대판(오사카)으로 건너온 옥련은 '새어머니' 정상 부인의 뜻에 따라 "목욕집에서 목욕"을 한 다음 "조선 복색을 벗"고 "양복"을 입는다. 정상 부인의 각별한 보살핌 아래 옥련의 총명재질은 빛을 발하고 반 년도 못 되어 일본말을 터득한다. 그리하여 사람들은 "옥련이를 일본 아이로 보고 조선 아이로는 보지를 아니한다".(35쪽) 목욕을 하고 양복으로 갈아입는 과정은 일종의 통과의례라 할 만하다. 조선에서 묻혀온 때를 벗기고, 조선에서 입고 온 조선옷을 양복으로 갈아입은 후에야 감춰져 있던 옥련의 재능이 발휘된다. 이러한 변신 과정은 너무나 놀라워서 더 이상 조선 사람으로 보이지 않을 정도이다.

입학한 지 4년 만에 옥련은 우등생으로 심상소학교를 졸업한다. 그러나 정상 군의가 사망한 후 과부 생활을 이어오고 있던 정상 부인의 마음이 바뀌면서 옥련은 시련에 처한다. 정상 부인은 모질게도 이렇게 말한다. "네가 조선서 자랐으면 곧 공부하는 구경도 못 하였을 것이다. 네 운수 좋으려고 일청전쟁이 난 것이다."(39쪽) "네 운수 좋으려고 일청전쟁이 난 것"이라는 말을 역설적으로 독해할 필요가 있다. 전쟁을 포함하여 재난은 많은 사람들을 죽음과 질병으로 몰고가기도 하지만 어떤 사람에게는 새로운 자아와 세상에 눈을 뜨고 이전과 전혀 다른 삶을 사는 계기가 되기도 한다.[11] 결국 '일청전쟁'이라는 재난이 없었다

---

11   보잘것없는 인물이 재난을 계기로 중요한 영향을 미치는 인물로 변모하기도 하는데, 1906년 샌프란시스코에서 대지진이라는 혹독한 재앙을 겪은 후 급진적 신비주의자로

면 옥련의 삶은 무기력한 조선의 현실에 순응하는 선에게 크게 나아가지 못했을 것이며, 이 재난을 계기로 하여 자신의 잠재능력을 발굴하고 삶의 새로운 의미를 발견할 수 있게 된 것이다. 물론, 뒤에서 언급하겠지만, 잠재능력의 발굴과 새로운 의미의 발견이 적극적인 현실 개입으로 이어지지 못했다는 점은 염두에 두어야 할 것이다.

어쨌든 정상 부인의 모진 말을 듣는 순간 옥련의 트라우마가 도진다. '일청전쟁' 난리 중에 친부모뿐만 아니라 '정상 아버지'까지 잃은 옥련은 또다시 갈데없는 '고아'로 전락한다. 고아의 길은 정처가 없다. 자의 반 타의 반 죽음의 유혹을 뿌리치고 헤매던 옥련은 우연히 구완서를 만나 미국으로 향한다. 그리고 미국에서 고등소학교를 우등으로 졸업한 후, 화성돈이라는 '문명세계의 용궁'에서 부모와 외할아버지를 만나고 구완서와 혼약한다. 구완서가 어떻게 그리고 왜 조선을 떠나 일본으로 왔는지는 분명하지 않다. 그뿐만 아니라 그가 옥련을 만나 미국행을 선택한 것은 지나치게 갑작스러워서 석연치 않은 구석이 없지 않다. 구완서와 옥련의 만남, 구완서의 전폭적인 지원 등은 우연성의 개입이 과도하다는 비판을 피해갈 수 없다. 하지만 구완서와 같은 조력자 없이 어떻게 일개 고아가 새탄생을 꿈꿀 수 있겠는가. 조선이라는 태반에서 벗어나 문명세계로 나아가라는 명령을 이행할 수 있는 고아를 길러내기 위해서는 꼭 구완서가 아니라도 상관없었을 터이다. 인물의 육체성보다는 이념성이 문제가 되기 때문이며, 이인직의 문명세계를 향한 강렬한 욕망을 투영할 수 있는 인물을 빚어내기 위한 서사적 전략의 일환이

변모해 왕성하게 사회적 활동을 펼치는 도로시 데이가 그 예이다. 레베카 솔닛, 앞의 책, 94~112면 참조.

기 때문이다.

옥련을 두고 '전쟁고아'라 했거니와 한국 근대문학의 형성기를 고찰할 때 곳곳에 음영을 짙게 드리우고 있는 '고아의식'은 빠뜨릴 수 없는 핵심어 중 하나다. 옥련은 미국에서 고등소학교를 졸업할 때까지 그러니까 7살부터 17살까지 10년 정도를 실질적인 고아로 살았고, 미국에서 부모를 잠깐 만난 후에도 떨어져 생활한다. 7살 때 일본으로 건너온 옥련은 일본의 언어, 문화, 풍속에 아주 익숙하다. 아울러 옥련이가 어머니의 편지를 읽는 부분에서 알 수 있듯이 그녀가 '언문=한글'을 깨친 것도 미국으로 오는 배 안에서 구완서로부터 하루 만에 배운 것이 전부다. 요컨대, 위험을 무릅쓰고 말하자면, '고아' 옥련은 정신적 무국적자다. 이 점에서는 구완서도 크게 다르지 않다고 할 수 있다.[12]

지리적으로 조선에서 멀어질수록 옥련의 정신적 행방도 묘연해진다. "어린 몸에 일본 풍속에 젖은 아이"(48쪽)였던 옥련은 미국 생활을 하면서 다시 "서양 문명한 풍속"(61쪽)에 젖는다. 서양 문명한 풍속에 젖어 있기는 구완서도 예외가 아니다. 조선의 풍속과 제도에 대한 그들의 태도는 "우선 말부터 영어로 하자"는 구완서의 제안에서 극명하게 드러난다. 『혈의 누』를 대결이나 고투(苦鬪)가 소거된 자기 부정의 서사로 읽을 수 있는 것도 이 때문이다.[13] '정신적 고아' 구완서/김옥련의 생각

---

12   여기에서 상세히 논할 수는 없지만 고아인 만큼 그들의 정신적 싸움은 추상적이고 공허하다. '나에게 아버지가 없다, 전통적인 조선에 기댈 게 없다'라고 생각하는 순간 정신적 고아가 되며, 정신적 고아들의 행동방식과 사유방식을 지배하는 고아의식은 한국 근대문학의 특징을 설명할 수 있는 하나의 가능자 역할을 한다. 아버지와 대결하거나 아버지를 진지하게 비판하지 않고 간단히 부인해버리는 것, 그것은 더욱 강력한 또 다른 아버지를 갈망하는 유아적 심리의 우회적 표현에 가깝다. 『혈의 누』의 옥련과 구완서, 『무정』의 이형식이 그렇다. 이에 관해서는 좀 더 면밀하게 검토할 필요가 있다.

이 추상적이고 공허하다고 말하는 것은 그의 진술이 부정을 위한 부정으로 일관하고 있는 까닭이다. 그의 언어와 행동에서는 문제해결을 위한 그 어떤 구체적인 연결고리도 찾기 어렵다.

> 구씨의 목적은 공부를 힘써 하여 귀국한 뒤에 우리나라를 독일국같이 연방도를 삼되, 일본과 만주를 한데 합하여 문명한 강국을 만들고자 하는 비사맥 같은 마음이요(61쪽)

조선의 현실을 멀리서 관망할 따름인 급진적 지식인의 사고가 얼마나 허무맹랑하고 위험한지를 잘 보여주는 사례이다. '일청전쟁'은 국민국가 수립에 성공한 일본의 제국주의적 욕망이 현실화한 국제전이었다. 그럼에도 일본과 만주를 합하여 문명한 강국을 만드는 것이 '일청전쟁'으로 조선이 겪어야 했던 고통을 치유하는 길이자 새로운 세상을 여는 방법이라고 생각했던 것이다. 이것은 재난이 초래한 현실적 고통을 방관하는 자의 지극히 비현실적이고 자기기만적인 처방에 지나지 않는다. "공부를 힘써 하여 귀국한 뒤에 우리나라 부인의 지식을 넓혀서 남자에게 압제받지 말고 남자와 동등권리를 찾게 하"겠다는 옥련의 생각 역시 크게 다르지 않다.

"일청전쟁의 총소리"가 상징적으로 보여주듯이 옥련 일행의 문명세계 여행＝유학은 예기치 않은 또는 의도하지 않은 것이었다. '일청전쟁'으로 여실하게 그 모습을 드러낸 조선의 상황과 자신에 대한 깊이

---

13   정선태, 「신소설에 비친 타자상과 자아상－『혈의 누』를 중심으로」, 『심연을 탐사하는 고래의 눈』, 소명출판, 2003 참조.

있는 성찰 없이, 부패하고 무능한 지배층에 아무런 저항도 하지 못한 채, 외부의 충격과 호의에 힘입어 떠밀리듯 출발한 여행의 끝에서 그들은 그 어떤 구체적인 치유책이나 문제 해결 방법도 발견하지 못한다. 그저 '더 많이 공부하자'는 말이나 비현실적이고 추상적인, 비유컨대 '용궁의 꿈'과도 같은 처방전만 늘어놓을 따름이다. 그들의 재탄생은 자신만을 위한 자기 위안에 그친다. 문명의 시선으로 보면 조선은 여전히 어둠에 갇혀 있음에도 그들이 채화(採火)한 불꽃은 어디에도 보이지 않는다. 그들의 귀환은 유예될 뿐이며, 재난으로 떠나야 했던 조선의 현실을 직시하지 않는 이상 설령 돌아온다 하더라도 의미 있는 현실적 개입은 불가능할 수밖에 없다. 그들이 돌아온 후의 이야기가 펼쳐지는 『모란봉』(1913)에서 그들의 '공부'가 아무런 힘도 발휘하지 못하는 것도, 그들의 '조선병' 치유책이 추상적이고 공허했다는 반증으로 읽을 수 있을 것이다.

5. 에필로그

그러나 이국 도시의 조선소에서 노역하기를 마다하지 않았던 표트르 대제처럼, 퀴퀘그도 지옥 같은 것쯤 아랑곳하지 않고 무지몽매한 제 고향 사람들을 개화시키는 힘을 거기서 얻을 수만 있으면 족하리라고 생각했다. 사실 그가 내게 한 말로 미루어 보면 그의 마음을 움직이고 있던 것은 그리스도교 국가에서 여러 가지를 많이 배움으로써 자기 백성들을 지금보다도 더욱 행복하게, 아니 더욱 높게 끌어올리려는 갈망이었다. 아! 그러나 고래잡이 일에 익숙해지는 동안에 그는 그리스도교 신자들도 비참하고 사악할 수 있다는 것을, 부왕의 이교도들보다 한층 더 그럴 수 있다는 것을 깨달았다. 이윽고 새그 항에 도착하여 그곳 선원들의 행동을 목격하고 그 후 낸터킷으로 가는 도중 그들이 그 급료를 어디다 어떻게 쓰는가를 보았을 때 가엾은 퀴퀘그는 절망의 구렁으로 굴러 떨어졌다. 어디를 가나 세상은 악하다고 그는 느꼈다.[14]

지도에도 나타나 있지 않은 '야만'의 섬나라 코코보코의 왕자 퀴퀘그는 "무지몽매한 제 고향 사람들을 개화시키는 힘"을 얻기 위해 어렵사리 문명국 미국으로 온다. 그는 이 기독교 국가에서 열심히 공부하여 더욱 행복하고 더욱 높게 끌어올리고 싶어했다. 하지만 그가 발견한 것은 문명국 사람들이 코코보코 사람들보다 더욱 비참하고 사악할 수 있다는 것을 발견한다. 그리고 세상은 어디를 가나 악하다는 것을 절절하게 깨닫는다. 환멸에 빠진 그는 문명국에 오염된 몸이라 하여 자신의 나라로 돌아가기를 거부하고 작살잡이로 남기를 마음먹는다.

허먼 멜빌의 『모비 딕』에서 퀴퀘그는 문명의 빛 속에 도사리고 있는 야만성을 통찰하는 인물이다. 문명국에서 배워 자신의 백성을 더욱 행복하게 하고자 했던 그는 그 꿈을 접고 다른 꿈 즉 고래를 찾아 나선다. 환멸과 대결하는 그 나름의 선택이자 방식이라 할 수 있을 것이다. 『혈의 누』를 다시 읽으면서 퀴퀘그의 모습이 자꾸만 겹쳐 보였던 것은 문

14 H. 멜빌, 이가형 역, 『모비 딕』, 동서문화사, 2008[1978], 101~102면.

명국의 허상을 직시하는 그의 시선 때문이었다. 문명의 세례를 받은 조선인들은 왜 그 이면의 어둠을 바라보려 하지 않았을까라는 물음이 떠나지 않았던 것이다.

'일청전쟁'이라는 혹독한 재난을 통해 『혈의 누』의 인물들은 조선이 안고 있는 문제점을 비교적 정확하게 끌어낼 수 있었다. 그러나 문명국이 유포하는 경쟁의 논리와 문명과 야만의 이분법에 포박당해 실천적 현실 개입의 가능성을 모색하지 못한 채 공허하고 추상적인 해결책을 나열하는 선에서 그치고 만다.

『혈의 누』와 이인직이 안고 있는 시대적 한계랄까 수준을 비판하기란 쉬운 일이다. 그러나 크고 작은 다양한 재난을 겪어온 우리의 근현대사를 돌이켜보건대, 아니 지금-여기에서 우리가 직접 목도하고 있는 상황을 보건대, 『혈의 누』의 문제 진단과 처방전은 그다지 낯설지 않다는 것은 참으로 비극적이지 않을 수 없다. 『혈의 누』에서 볼 수 있는 지식인 이인직의 현실 인식 수준과 문제 해결 방식을 반면교사로 삼지 않는다면 우리는 다시금 자연적·정치적·사회적 재난이 몰고올 파국을 그저 지켜봐야만 할지도 모른다. 『혈의 누』는 재난이 야기한 고통에 어떻게 응답해야 할 것인지, 재난을 통해 우리가 발견할 것인 무엇인지를 역설적으로 '계몽하는' 상징적 텍스트라 할 수 있다.

물론 우리 문학사에서는 각종 재난을 겪는 과정에서 '섬광과도 같은 천국'을 묘사한 사례를 적지 않게 발견할 수 있다. 홍수라는 자연재해를 통해 억압적 현실에 저항하는 주체를 발견하고 '함께하는 삶'의 의의를 그린 이기영의 「홍수」와 『고향』, 전쟁의 소용돌이 속에서 공동의 선과 평화를 위한 길이 무엇인지를 끈질기게 물었던 일련의 '분단문학'

작품들, 국가폭력에 전면에 노출된 시민들의 '황홀한 해방구 체험'을 그린 '5·18문학' 작품들, 그리고 각종 환경적 재앙과 사회적 재난을 소재나 모티프로 한 최근의 작품들 등등이 그 예이다.[15]

지금 우리가 처해 있는 현실로 돌아오기로 하자. 욕망의 사유화, 상상력의 사유화를 조장하는 권력과 그 대변인인 대중매체에 맞서 욕망의 사회화와 상상력의 사회화를 추동할 수 있는 힘을 길어올릴 수 없다면, 그리하여 현실의 모순을 직시하고 이를 돌파할 수 있는 동력을 확보할 수 없다면, 상상만으로도 끔찍한 대재난은 우리를 반복적으로 급습해 가장 기본적인 인간의 조건마저도 남김없이 박탈하고 말 것이다. 교훈은 지금까지 겪은 재난만으로도 충분하다.

---

15 따라서 '문학과 재난의 상상력'을 주제로 한 연구를 통해 우리는 홍수, 가뭄, 질병, 전쟁, 테러, 원전폭발, 환경 재해 등 재난을 모티프로 삼거나 구체적으로 형상화한 문학텍스트들을 발견하고, 이를 단서로 하여 참담한 고통의 순간을 응시하고 그 속에서 장기적인 사회적 정치적 변화의 가능성을 타진할 필요가 있을 것이다. 그 필요성을 자각하고 '재난의 문학사상'을 고민할 때 레베카 솔닛의 책 『이 폐허를 응시하라』는 든든한 동반자가 되어줄 것이다. 그는 이렇게 말한다. "대중매체와 상업광고는 우리에게 서로를 두려워하라고, 공적 활동은 위험하고 골치 아픈 일이니 안전한 공간에서 틀어박혀 살라고, 전자장비를 통해 소통하라고, 서로에게서가 아닌 대중매체에서 정보를 얻으라고 열심히 부추긴다. 그러나 재난 속에서는 사람들이 함께 모인다. 어떤 이들은 이러한 모임을 폭도로 여겨 두려워하지만, 많은 이들은 낙원과 가까운 시민사회의 경험으로 소중히 간직한다."(레베카 솔닛, 앞의 책, 21면)

제5장

시인의 번역과 소설가의 번역

김억과 염상섭의 「밀회」 번역을 중심으로

1. 1908년 동경의 하숙방 풍경

1906년 일본으로 건너간 벽초 홍명희(1888~1968)는 1907년 다이세이중학[大成中學]에 편입한 후 폭넓은 독서에 몰두하고 있었다. 그가 주로 읽은 것은 문학서적, 그중에서도 러시아 문학 작품들이었다. 새로운 세상과 새로운 지식을 갈망하면서 다양한 책을 읽었던 당시의 모습을 홍명희의 「자서전」을 통해 엿보면 다음과 같다.

이대용 군, 이해충 군, 하희원 군과 한 집에 있을 때에 이대용 군과 한방을 쓴 일이 있었다. 어느 날 낮에 루딘의 번역인 『부초(浮草)』를 사다두었다가

저녁에 첫머리 몇 페이지를 넘기었을 때 당시 유학생계의 쟁쟁한 인물 몇 사람이 이군을 찾아와서 나도 그 사람들을 아는 관계상 독서를 중지하지 않을 수 없었다. 책이 보고 싶어 좀이 쑤시는 판인데 그 인물들의 기염 경쟁은 그칠 줄을 몰랐다. 주인측 이군이 단아한 사람인 만큼 부수근청(俯首近廳)하는 까닭에 기염의 도수가 오르고 내리지 아니하였다. 그 사람들보다도 이군이 미웠다. 참다 참다 못하여 한손에 양등(洋燈)을 들고 한손에『부초』를 들고 뒷간으로 들어가서 조금 조금 하다가『부초』한 권을 다 마치고 한참 동안 오금이 붙어 고생하다가 나와서 본즉 기염 인물들은 다 돌아가고 이군이 자리 깔고 누워서 전무후무한 굉장한 뒤라고 조롱하였다.[1]

하숙방을 찾아온 동무들을 피해 뒷간에 숨어서라도 읽고 싶을 만큼 청년 홍명희를 사로잡은『부초』는 어떤 책이었을까.『부초』의 원작 『루진』은 이반 세르게예비치 투르게네프(1818~1883)가 1856년에 발표한 장편소설이다. 투르게네프는『루진』의 주인공 드미트리 루진을 통해 1830~1840년대 자유주의적 인텔리겐치아들의 역할을 명확하게 구명하고, 러시아의 사회 발전에 그들이 기여한 적극적인 측면과 현실 앞에서 무력할 수밖에 없는 이유를 밝히고자 했다.『루진』에서 제기된 러시아 역사 발전의 문제, 자유주의적 인텔리겐치아에 대한 평가의 문제, 러시아의 주도적인 사회 세력에 관한 문제는 농노제도 폐지(1861) 전야에 뜨거운 논쟁을 불러일으켰다.[2]

---

1   임형택·강영주 편,『벽초 홍명희와『임꺽정』의 연구 자료』, 사계절, 1996, 27~28면.
2   이항재,「역자 해설 – 한 자유주의적 이상주의자의 삶과 죽음」, 투르게네프, 이항재 역, 『루진』, 열린책들, 2011, 233면 참조.

1858년 체르니셰프스키가 불을 지핀 이른바 '잉여 인간 논쟁'에서 비판의 대상이 된 것도 투르게네프의 중편 「아샤」와 『루진』이었다. 물론 투르게네프 소설의 주인공들이 19세기 러시아문학사에 등장하는 최초의 '잉여 인간'은 아니었다. 예컨대 푸슈킨은 『예브게니 오네긴』(1830)에서 처음으로 예브게니 오네긴이라는 바이런적 낭만주의의 분위기를 띤 염세주의자를 형상화했으며, 이어서 레르몬토프는 『우리 시대의 영웅』(1839)에서 페초린이라는, 오만한 멋쟁이의 자기파괴적 성향을 강렬하게 드러냈다. 19세기 러시아소설에서는 오네긴과 페초린 이후 루진과 곤차로프의 소설 『오블로모프』(1857)의 주인공 오블로모프에 이르기까지 일련의 '잉여 인간'들이 등장하는데, 이들은 좌절감에 사로잡힌 나약하고 우유부단한 인물들이었다. 그들은 자기중심적이고 자기연민에 집착하는 인물들로서 의지력과 활력을 갖지 못한 채 파멸의 분위기 속으로 빠져드는 유형에 속했다.[3]

주로 귀족 출신 작가들이 그린 '잉여 인간'을 둘러싸고 자유주의적 이상주의자와 급진적 혁명주의자 사이에서 논쟁이 벌어진 것은 1861년 농노해방을 전후한 시기, 그러니까 차르 체제 하에서 신음하던 러시아가 개혁의 열기에 휩싸여 있던 때였다. 『무엇을 할 것인가』의 저자로 유명한 체르니셰프스키는 1840년대에 활동한 자유주의적 이상주의자들을 두고 "이러한 사람들이 아름다운 이야기를 많이 하지만 결정적으로 책임 있는 행동이 요구되면 완전히 무기력한 존재로 탈바꿈하여 온갖 발뺌을 하고 상대를 비난하는 일도 서슴지 않는다"[4]라고 비판했다.

---

3   한스 콘, 김종심 역, 『근대 러시아 그 갈등의 역사』, 심설당, 1981, 54~55면 참조.
4   체르니셰프스키, 「밀회 중인 러시아」. 이항재 역, 앞의 책, 234면에서 재인용.

이에 대해 비평가 게르첸은 "무위와 절망에 빠질 수밖에 없는 청년들의 모습 속에서 바이런의 영향이나 현실과 괴리된 환영을 보는 것은 잘못이다. 이것은 니콜라이 황제 치하의 러시아 현실의 반영이며, 이 현실에 적응할 수 없어 다른 생활과 이상을 목표로 한 청년들의 고뇌와 항의의 반영이다. 과거의 잉여 인간들은 그 나름의 소극적 항의와 차리즘으로부터 일탈을 통해 다음 세대의 투쟁의 길을 준비한 것이다"[5]라고 주장하면서 1840년대 귀족 출신 지식인들의 역할과 의미를 긍정적으로 평가했다.

홍명희가 19세기 러시아문학사에서 전개된 이와 같은 논쟁을 알고 있었는지는 명확하지 않다. 그러나 적어도 19세기 러시아 문학이 청년 홍명희뿐만 아니라 조선의 지식청년들을 사로잡았던 것은 분명해 보인다. 그리고 '잉여 인간' 루진에게서 자신들의 모습을 발견했을지도 모른다. 한편 홍명희는 1937년 유진오와 대담하는 자리에서 동경 유학 시절(1906~1910.2) 자신의 독서 편력에 대해 다음과 같이 말한다.

유 : 선생께서 초기에 많이 보신 작가는 누구십니까?

홍 : 처음에 집에서 글을 읽을 때는 논어니 대학이니 하는 것은 안 읽고 수호지니 서유기니 하는 것을 아는 대로 모르는 대로 내려 읽었지요. 그러나 학교 다니러 동경 갔을 때는 맨 처음에 德富蘆花의 巡禮紀行과 眞山靑果의 靑果集을 헌책집에서 사서 읽었는데 그건 누가 가르쳐서 산 것도 아니고 어찌해서 책 모양이 마음에 들었거나 그래서 사

---

5   게르첸, 「매우 위험하다」. 위의 책, 235면에서 재인용.

읽은 것이지. 그 다음에는 아주 濫讀이었는데 명치시대 작가로는 夏目漱石의 작품은 거의 다 읽었습니다. (…중략…)

유 : 泰西 것으로는……

홍 : 로서아 작품을 제일 많이 읽었습니다. 그때는 長谷川二葉亭 씨 번역을 통해 읽었는데 내 있을 때 번역된 작품은 하나도 안 빼고 다 읽었습니다. 그저 헌책이나 새 책이나 할 것 없이 전부 주워 모으고 책을 빌려 돌아다니기도 하고.

유 : 작가로서는 누구를.

홍 : 도스토예프스키가 제일 크지. 소련에서는 톨스토이를 높이 평가하더구만. 그건 사회적 이론으로 하는 말이고 문학적으로 도스토예프스키가 톨스토이보담 훨씬 높지. 하여간 그것은 읽고 나면 어떨떨하거든.[6] (강조-인용자)

『수호지』『서유기』『서상기』『삼국지』 등 중국 고전소설을 주로 읽던 홍명희는 유학 시절 당시 일본 문단에서 왕성하게 활동하고 있던 도쿠토미 로카, 마야마 세이카, 나쓰메 소세키, 마사무네 하쿠조[正宗白鳥] 등 "지나소설과는 식이 달라도 퍽 자미가 있"[7]는 소설을 만난다. 그리고 하세가와 후타바테이가 번역한 러시아 작품들을 섭렵한다. 홍명희가 톨스토이보다 도스토예프스키를 더 선호했다는 말의 진의를 밝히는 작업은 논외로 하더라도, 그가 하세가와 후타바테이가 번역한 러시아

---

6   홍명희·유진오, 「조선문학의 전통과 고전」, 『조선일보』, 1937.7.16~18. 인용은 임형택·강영주 편, 앞의 책, 170~171면.
7   「홍벽초·현기당 대담」, 『조광』, 1941.8. 인용은 임형택·강영주 편, 앞의 책, 179면.

문학을 폭넓게 읽고 또 깊이 공감했다는 점은 강조해둘 필요가 있다.

여기에서 청년시절의 독서체험이 그 사람의 사상 형성에 적지 않은 영향을 끼친다는 것은 중언부언할 필요가 없을 것이다. 육당 최남선, 춘원 이광수와 함께 '조선의 삼재'로 불렸던 홍명희가 그들과 함께 동경의 하숙방에서 바이런의 시에 심취하고, 도쿠토미 로카와 나쓰메 소세키를 비롯한 일본 작가들의 작품을 폭넓게 읽었으며, 동시에 주로 하세가와 후타바테이의 번역을 통해 투르게네프의 작품을 비롯해 다양한 러시아 문학을 접했다는 것은 한국 근대문학 형성기의 정신적 풍경을 그리는 데 빠뜨릴 수 없는 사항이다. 홍명희는 "명랑하고 경쾌한 불란서 문학 같은 것보다는 침통하고 사색적인 러시아 작품"이 자신의 기질에 맞았다[8]고 말하거니와, 그렇다면 그 이유는 무엇일까. 단순히 기질적인 문제에 머무는 것일까 아니면 한국 근대문학사상 형성의 지적 토양 또는 경로와 관련된 문제일까.

이 글에서는 홍명희의 독서 경험을 실마리로 하여 투르게네프의 작품이 수용되는 경로 및 양상을 「밀회」의 번역을 중심으로 살펴보고자 한다.[9] 이는 러시아 문학이 조선의 지식청년들에게 형식적·내용적 측

---

8 「홍명희·설정식 대담기」, 『신세대』, 1948.5. 인용은 임형택·강영주 편, 앞의 책, 214면.
9 「밀회」의 번역에 대한 선구적인 연구는 김병철의 『한국 근대번역문학사연구』(을유문화사, 1975)에 수록된 『『태서문예신보』의 공적—번역문학의 진보』를 들 수 있다. 이 글에서 김병철은 김억의 번역과 후타바테이 시메이의 번역을 간략하게 비교함으로써 김억의 번역 수준을 가늠하고 있다. 그는 김억의 번역이 현대어역과 비교해도 "단락, 내용의 전달, 표현의 솜씨" 등에서 뒤지지 않을 만큼 "원문에 충실"했다고 평가한다. 이런 비교는 주로 대화문만을 대상으로 한 것이어서 원작의 두드러진 특징인 묘사까지 과연 "원문에 충실"하게 번역했는지 여부는 확인할 길이 없었다. 이에 대해서는 제4장에서 상술하기로 한다. 한편, 김경수는 염상섭의 번역과 창작의 관련 양상을 살피면서 김억이 번역한 「밀회」와 염상섭이 번역한 「밀회」를 소략하게 비교하면서 염상섭의 번역이 소설의 분위기와 실감을 잘 전하고 있다고 말한다.(김경수, 「번역활동과 창작소설의 상관성」, 『염상섭

면에서, 넓게 보자면 문학사상사의 측면에서 어떤 영향을 끼쳤는지를 가늠해 보기 위한 하나의 시금석이 될 것이다.

2. 후타바테이 시메이의 투르게네프 번역

홍명희가 하숙방을 찾아온 친구들의 성화를 뿌리치고 화장실로 숨어들어 단숨에 읽은『부초』는 후타바테이 시메이[二葉亭四迷, 1864~1909]가 1897년 5월부터 12월까지 12회에 걸쳐 잡지『태양』에 번역, 연재했던 것을 1908년 9월 단행본으로 간행한 책이었다.[10]

본명이 하세가와 다쓰노스케[長谷川辰之助]인 후타바테이 시메이는 일본 근대문학사에서 언문일치의 창시자 중 한 사람으로 꼽히는 소설가이자 번역가이다. 후타바테이 시메이는 쓰보우치 쇼요[坪內逍遙, 1859~1935]의 추천으로 「소설총론」(1886)과『뜬구름』(1887~1888)을 발표하여 근대 일본문학의 새로운 국면을 열었다는 평가를 받아왔으며, 쓰보우치 쇼요의『당세서생기질』과 거의 비슷한 시기에 집필된『뜬구름』이 일본 근대문학사에서 최초로 언문일치체를 사용한 사실주의적 소설이라는 점에 대해서는 많은 연구자들이 동의하는 바와 같다.[11]

과 현대소설의 형성」, 일조각, 2008)

10   『日本近代文學大系 第4集 二葉亭四迷集』, 東京 : 角川書店, 1971, p.494 · 499 참조.

11   쓰보우치 쇼요는 처음에는 번역소설로 출발했으나 1885년『소설신수(小說神髓)』를 발표하여 서양 근대문학의 기법인 사실주의를 주장하고『당세서생기질(當世書生氣

그런데 이 글의 논의와 관련하여 주목해야 할 것은 후타바테이 시메이가 뛰어난 러시아 문학 번역가였을 뿐만 아니라, 홍명희의 경우에서 볼 수 있듯, 그의 번역을 통해 조선의 지식 청년들이 러시아 문학을 만났다는 점이다. 후타바테이 시메이가 번역한 러시아 문학 가운데 투르게네프의 작품을 일별하면 다음과 같다.

「あひびき」(단편소설 「밀회」, 『國民之友』 제25호, 1888.7)[12]

「めぐりあひ」(단편소설 「세 번의 만남」, 『都の花』 창간호~제6호, 1888. 10~1889.1)[13]

『かた戀』(단편소설 「片愛」, 「奇遇」, 「あひびき」 수록, 春陽堂, 1896)

「夢がたり」(단편소설 「꿈」, 『文藝俱樂部』 임시증간호, 1897.4)

「うき草」(장편소설 『루진』, 『太陽』, 1897.5~12. 12회에 걸쳐 분재)

「猶太人」(단편소설 「유태인」, 『國民之友』 제36호, 1898.1)

「くされ緣」(단편소설 「더러운 인연」, 『文藝俱樂部』, 1898.11)

「わからずや」(희곡 「벽창호」의 제1막, 『文藝界』, 1905.1)

『うき草』(장편소설 『루진』의 단행본, 金尾文淵堂, 1908.9)[14]

質)』(1885~1886)에서 이를 구체화함으로써 문단의 중심적 인물이 되었다. 쓰보우치 쇼요는 『당대서생기질』과 『여동생과 경대』에서 일본의 문명개화에 동조하는 지적인 청년과 지성이 결핍된 젊은 여자와의 간극으로 빚어지는 비극을 그리고 있는데, 이에 호응이라도 하듯이 후타바테이 시메이는 『뜬구름』에서 지적인 세련미를 자부하는 젊은이가 지성이 결핍된 인간들에게 괴롭힘을 당하는 모습을 형상화했다.(가메이 히데오, 신인섭 역, 『'소설'론-『소설신수』와 근대』, 건국대 출판부, 2006, 141면)

12 단편집 『짝사랑[かた戀]』에 수록하면서 개역. 이 작품은 『國民之友』 제27호에도 게재되었다.

13 『都の花』 제2호를 제외하고 5회에 걸쳐 연재. 후에 개역했으며 『짝사랑』에 수록하면서 제목을 「奇遇」로 바꿨다.

14 이상의 목록은 『日本近代文學大系 第4集 二葉亭四迷集』, pp.490~499에 실린 '二葉亭

위 목록을 보면 알 수 있듯이, 후타바테이 시메이가 주로 번역한 투르게네프의 작품은 단편소설에 집중되어 있으며 장편소설은 『루진』 한 편뿐이다.[15] 그는 1886년 장편소설 『아버지와 아들』의 일부를 번역하여 쓰보우치 쇼요에게 보여주기도 했으나 공식 간행하지는 못했다. 물론 그가 투르게네프의 작품만 번역한 것은 아니다. 가르신의 「4일간」[16]을 비롯하여 톨스토이, 고골, 고리키, 안드레예프 등의 주요 작품을 왕성하게 번역했으며, 그가 1908년 3월 잡지 『세계부인(世界婦人)』에 번역, 게재한 폴란드 문사 안드레이 니에모예프스키의 산문시 「사랑」은 홍명희에 의해 조선어로 번역되기도 했다.[17] 덧붙이자면 후타바테이 시메이는 에스페란토어에도 조예가 깊어 일본에스페란토협회 회원으로 활동하면서 『세계어독본』(1906) 등을 간행하기도 했다.

일본 근대문학사에서 후타바테이 시메이의 러시아 문학 번역은 '번역 그 이상'의 의미를 지니고 있는 것으로 평가받아 왔다. 특히 투르게네프의 연작소설 『사냥꾼의 수기』에 포함되어 있는 「밀회」의 번역은

四迷 年譜'를 참조하여 작성했으며, 공식 간행된 것만을 대상으로 했다.

15 따라서 홍명희가 하숙집 화장실에 읽었다는 『부초』는 1908년에 간행된 단행본일 것이며, 1896년에 간행된 투르게네프 단편집 『짝사랑[かた戀]』에 수록된 「밀회」 역시 읽었을 가능성이 높다.

16 가르신의 「4일간」은 염상섭의 번역으로 1922년 7월 『개벽』 임시호 부록에 게재되는데, 후타바테이의 이 번역을 저본으로 삼았을 가능성이 높다. 이것은 염상섭이 최초로 번역 발표한 것으로, 그의 창작과 번역의 관련성을 논할 때 빠뜨릴 수 없는 자료이다.

17 假人(홍명희), 「사랑」, 『소년』 제20호, 1910.8, 42~44면. 이 번역시는 유학생활을 마치고 돌아온 홍명희의 내면풍경을 엿볼 수 있는 자료일 뿐만 아니라,(이에 관해서는 강영주, 『벽초 홍명희 연구』, 창작과비평사, 1999, 77~82면 참조) 이후 산문시 번역의 흐름을 예고한 것으로 보인다는 점에서 주목할 필요가 있다. 지금으로서는 예단할 수 없지만 최초의 '자유시'로 일컬어지는 주요한의 「불놀이」가 산문시 형식을 띠고 있다는 것도 일련의 산문시 번역과 관련이 있을지 모른다. 일단 번역 산문시 가운데 투르게네프의 작품이 단연 돋보인다는 점만 언급해 두기로 한다.

단순히 외국문학의 번역이라기보다 "일종의 창작으로서 메이지문학의 중요한 고전"의 자리를 차지하고 있으며, "근대 문체의 창조나 후세에 미친 영향이라는 점에서는 오히려 『뜬구름』 이상"[18]이라는 평가가 그 단적인 예이다. 예컨대 1888년 여름 『국민지우』에 발표된 「밀회」를 읽었던 다야마 가타이[田山花袋]는 당시의 충격을 다음과 같이 회상한다.

> 그 번역이, 그 번역의 언문일치가 얼마나 이상한 느낌을 당시 문학청년에게 주었던가? 얼마나 진기하고 경이로운 느낌을 그 당시의 지식계급에게 주었던가? 사실 나 역시 그것을 보고 경악을 금치 못한 사람 중 하나였다. "흠 ……이런 문장도 쓰려면 쓸 수 있겠군. 이런 식으로 세밀하게, 면밀하게! 정확하게!" 나는 이렇게 생각하지 않을 수 없었다. 상상만으로도 알 수 있을 것이다. (…중략…) 당시 우리 문학청년들은 이것을 몇 번이나 되풀이해 읽었는지 모른다. 어머니께도 읽어드렸을 뿐만 아니라 형과 아우에게도 읽어줬다. 특히 저 마지막 부분의 "아아 가을이다! 빈 수레 소리가 허공에 울려 퍼졌다……" 운운은 뭐라 말할 수 없는 느낌으로 우리를 유혹했다. 아니, 상당한 시간이 지난 후에도 들판에 가거나 하면 언제나 나는 그것을 떠올렸다.[19]

이처럼 새롭고 낯선 문체로 러시아의 자연을 섬세하게 그려낸 「밀회」는 당시 의고적(擬古的) 문장과 상투적인 풍경 묘사에 익숙해 있던

---

18 三好行雄・竹盛天雄 編, 『近代文學 2─明治文學の展開』, 東京 : 有斐閣, 1977, p.11.

19 田山花袋, 『近代の小說』, 東京 : 近代文明社, 1923. 三好行雄・竹盛天雄 編, 앞의 책, 11~12면에서 재인용. 다야마 가타이뿐만 아니라 뒤에 서술할 구니키다 돗포 역시 「밀회」를 읽고 강한 충격을 받았다. 이에 대해서는 木川毅, 「二葉亭と獨步」, 『日本文藝鑑賞事典』, 東京 : 1987, pp.532~533 참조.

일본의 문학청년과 지식계급에게 '경악'할 만한 것으로 다가왔으며, 향후 근대적 소설 문체의 전범(典範)으로 자리잡게 된다. 문체뿐만이 아니었다. 다야마 가타이가 "상당한 시간이 지난 후에도 들판에 가거나 하면 언제나 나는 그것을 떠올렸다"고 말하고 있듯이, 일본의 근대문학은 후타바테이 시메이가 번역한 「밀회」를 통해 자연을 새로운 시선으로 포착하는 '방법'을 배우기도 했다.

그 '방법'을 적실하게 보여주는 텍스트가 구니키다 돗포[國木田獨步]의 「무사시노[武藏野]」이다. 1898년 1월과 2월 두 차례에 걸쳐 『국민지우』에 발표된 후 1901년 단편 소설집 『무사시노』에 수록된 「무사시노」는 소설이라기보다 '수상문(隨想文)'에 속하는 것으로, 가메이 히데오는 이 텍스트를 '인용의 직물(織物)'이라 부른다.[20] 구니키다 돗포는 이 작품에서 영시(英詩), 하이쿠, 자신의 일기, 무사시노에 관한 기록 등과 더불어 후타바테이 시메이가 번역한 「밀회」의 풍경 묘사를 그대로 옮겨 놓는다. 그는 「밀회」의 전반부를 길게 인용한 다음, "이것은 투르게네프가 쓴 것을 후타바테이가 번역하여 「밀회」라고 제목 붙인 단편의 모두 부분에 나온 문장으로, 내가 이러한 낙엽림의 정취를 이해하기에 이른 것은 미묘한 풍경 묘사의 힘 덕분"[21]이라고 덧붙인다. 결국 「밀

20　가메이 히데오, 김춘미 역, 『메이지문학사』, 고려대 출판부, 2006, 194~195쪽 참조.
21　구니키다 돗포, 김영식 역, 『무사시노 외』, 을유문화사, 2011, 44면. 가라타니 고진에 따르면 "풍경이란 하나의 인식틀이며, 일단 풍경이 생기면 곧 그 기원은 은폐"된다. 그리고 언어로 그리는 풍경이란 "외부 세계의 소원화(疏遠化)" 과정을 거쳐서 형성되며 그것은 자연의 인간화 또는 내면화 수준과 일정한 함수관계를 지니고 있다. 여기에서 상세하게 언급할 여유는 없지만 우리의 논의와 관련하여 일본 근대문학사에서 '풍경'이 구니키다 돗포에 이르러 새로운 국면에 이르렀고, 그의 풍경 발견 과정에서 후타바테이 시메이가 번역한 「밀회」가 중요한 영향을 행사했다는 점만 강조해 두고자 한다. 가라타니 고진, 박유하 역, 『일본근대문학의 기원』, 민음사, 1997, 32~41쪽 참조.

회」의 풍경 묘사를 하나의 격자로 삼아 무사시노라는 숲의 아름다움을 발견하게 됐다는 얘기인 셈이다.

구니키다 돗포와 다야마 가타이의 예에서 볼 수 있듯이, 일본 근대문학사에서 후타바테이 시메이가 번역한 투르게네프의 단편소설「밀회」는 새로운 문체의 발견 및 근대적 풍경의 발견에 지대한 기여를 했다. 그리고 홍명희의 예에서 볼 수 있듯이, 1907년을 전후한 시기 일본에서 유학생활을 하고 있던 조선의 지식청년들은 후타바테이의 번역을 통해 러시아 문학을 만났고, 그 만남의 충격은 그들의 내면풍경에 적지 않은 변화를 야기했던 듯하다. 당시 일본 유학생들은 러시아 문학의 영향 아래 '시대의 번민'을 앓았고, 허무주의, 사회주의, 자연주의, 도덕주의 등 사상의 소용돌이 속을 헤매고 있었는데, 그 내막을 들여다볼 수 있는 작품이 1909년 12월 유학생 기관지『대한홍학보』에 게재된「요죠오한[四疊半]」이다. 진학문(秦學文)이 '몽몽(夢夢)'이라는 필명으로 발표한「요죠오한」은 동경에 유학하고 있던 조선 지식청년의 내면풍경을 재구성하는 데 의미 있는 시사점을 제공하는 텍스트이다. 특히 이 작품의 서두에 묘사된 하숙방의 풍경은 그 당시 동경 유학생들의 정신적 자양분이 무엇이었는지를 압축적으로 보여준다.

二層 위 南向한 '요죠오한'이 咸映湖의 寢室, 客室, 食堂, 書齋를 兼한 房이라. 長方形 冊床 위에는 算術敎科書라 修身敎科書라 中等外國地誌 等 中學校에서 씨는 日課冊을 쯔진 冊架가 잇는데 그 녑흐로는 동싸러진 大陸文士의 小說이라 詩集 등의 譯本이 面積 좁은 게 恨이라고 늘어싸혓고 新舊刊의 純文藝雜誌도 두세 種 노혓스며, 學校에 다니는 冊褓子는 열十字로 매인 치 그 밋헤 바렷

스며, 壁에는 勞役服을 입은 쏘오리찌와 바른손으로 볼을 버틴 투우르게네브의 小照가 걸녓더라.[22] (강조─인용자)

다다미 네 장 반 크기의 하숙방. 산술, 수신, 외국지지 등 중학생용 교과서와 함께 '대륙문사'의 소설과 시집의 번역본이 책꽂이를 가득 채우고 있고, 벽에는 노역복을 입은 고리키의 초상과 오른손으로 볼을 받치고 있는 투르게네프의 사진이 걸려 있다. 책꽂이에 무슨 책이 꽂혀 있었는지는 알 수 없으나 고리키와 투르게네프의 작품들, 특히 후타바테이 시메이가 번역한 투르게네프 단편집 『짝사랑』과 장편소설 『루진』도 포함되어 있었을 것이다. 어쨌든 '번민하는' 청년 함영호와 그를 찾아와 대화를 나누는 '채(蔡)' 아무개라는 청년은, 아마도 러시아 문인을 지칭하는 성싶은 '대륙문사'들의 언어와 사유에 고스란히 노출되어 있었던 조선의 지식청년을 상징한다고 할 수 있을 터이다.

이렇게 홍명희에서 진학문에 이르기까지 1907년 전후 일본에 유학하고 있던 조선의 지식청년들은 일본어로 번역된 러시아 문학을 통해 다양한 사상적 흐름과 조우했다. 그 사상적 흐름은 허무주의, 자연주의, 사회주의 등을 포함하고 있었고, 한국의 근대문학은 주로 문학작품 속에서 만난 다양한 사상들을 게걸스럽게 흡수하고 때로는 그 사상들과 대결하면서 어렵사리 싹을 틔우고 있었다. 그 가운데 투르게네프의 작품 『루진』과 「밀회」가 놓여 있었던 것이다.

---

22   夢夢, 「요죠오한 四疊半」, 『대한흥학보』 제8호, 1909, 23면.

3. 『사냥꾼의 수기』와 「밀회」

『사냥꾼의 수기』는 1847년부터 1853년 사이에 씌어진 25편의 연작 단편집으로 여기에는 「호리와 칼리니치」, 「시골 의사」, 「베진 초원」, 「밀회」 등 투르게네프의 서정적 단편들이 망라되어 있다. 사냥꾼인 '나'가 러시아의 풍경과 러시아 사람들을 관찰하는 형식을 취하고 있는 『사냥꾼의 수기』는 서정적인 문체로 자연을 묘사하면서도 당시 러시아 사회의 뜨거운 쟁점이었던 농노문제를 정면으로 다루고 있다는 점에서 높은 평가를 받았다. 아름다운 문체로 섬세하게 러시아의 대자연을 그려내고, 그 속에서 살아가는 다양한 인간군상을 묘파(描破)하고 있는 『사냥꾼의 수기』에 대한 일반적인 평가는 다음과 같다.

투르게네프의 본격적인 창작활동의 시작과 작가로서의 명성을 획득하게 해준 작품은 『사냥꾼의 수기』이다. 이 작품은 잔인하고 부당한 농노제도와 러시아 현실에 대한 비난과 고발을 담고 있으며, 하나의 인간으로서 농노에 대한 따뜻한 애정을 바탕에 깔고 있다. 1847년부터 1853년 사이에 씌어진 『사냥꾼의 수기』는 단편 연작 형식으로 구성되어 있지만 전체적으로는 일관된 하나의 테마, 즉 전근대적인 농노제도에 대한 도덕적 항의 그리고 긍정적인 민중 정서의 표현에 바쳐지고 있다. (…중략…) 『사냥꾼의 수기』는 농노의 문학적 형상화라는 점에서 하나의 충격이었다. 러시아 농민은 무지몽매하고 거의 짐승처럼 취급되었던 당시의 상황에서는, 지혜롭고 재능을 갖춘, 때로는 주인보다 뛰어난 지적 도덕적 자질을 지닌 투르게네프의 농노

형상은 충격을 주고도 남음이 있었을 것이다. 벨린스키는 이 작품이 "이제까지 누구도 하지 못했던 그런 측면에서 민중에게 접근"하고 있다고 높이 평가하였다. 여기에서는 농노에 대한 관념적 동정이나 슬라브주의자들과 같은 이상화는 더 이상 보이지 않는 것이다.[23]

이처럼 인간으로서 농노에 대한 따뜻한 애정을 바탕으로 잔인하고 부당한 농노제도와 러시아 현실을 고발하고 있는 이 작품은 농노의 문학적 형상화라는 점에서 하나의 충격이었다. 예컨대 농노와 이야기하면서 소박하고 현명한 농민을 발견하는 「호리와 칼리니치」, 아름다운 자연의 품속에서 살아가면서 삶의 지혜를 터득하는 목동들의 이야기를 그린 「베진 초원」, 늑대처럼 무서워 보이지만 내면에는 약자에 대한 깊은 동정을 품고 있는 산지기 비류크에게서 민중의 참모습을 보는 「외로운 늑대」 등은 인간 이하로 취급받아오던 민중들을 전면에 내세우고 그들의 긍정적인 힘을 찾아냈다는 점에서 충격으로 받아들여졌던 것이다.

한편 약자를 괴롭히면서도 자기보다 지위가 높은 사람 앞에서는 굽실거리는가 하면 "아무것도 안 하고 빈둥거리며, 해몽 책조차 읽지 않고 지내"[24]는 지주들의 행태를 고발하는 「두 지주」, 마름과 사무소장 등 중간지배층의 패악을 그린 「지배인」과 「사무소」 등은 지배계층에 대한 통렬한 비판을 담고 있다. 또 가난한 지주와 농노 처녀의 비극적

---

23 이강은 · 이병훈, 『러시아문학사 개설―러시아 문학의 민중성과 당파성』, 한길사, 1989, 111~112면.
24 투르게네프, 김학수 역, 『사냥꾼의 일기/첫사랑/산문시』, 동서문화사, 1997, 195면.

사랑을 그린 「표트르 페트로비치 카라타예프」, 허영심에 찌든 예술가를 비판하는 「타치야나 보리소브나와 그 조카」 등은 『사냥꾼의 수기』의 스펙트럼이 다양하다는 것을 잘 보여준다.

이와 같이 『사냥꾼의 수기』는 러시아 대자연을 배경으로 그 속에서 살아가는 민중들의 지혜와 긍정적 에너지를 발견함으로써 농노제 폐지 이전 농노해방의 분위기를 조성하는 데 적지 않은 기여를 했으며, 이 작품을 읽은 러시아의 급진적 비평가들은 이를 "러시아판 『톰 아저씨의 오두막』으로 여겼"고, 슬라브주의자들은 "러시아 민중의 삶을 진실되게 그린 그림"[25]으로 평가했다.

『사냥꾼의 수기』에 수록된 단편들 중 후타바테이 시메이가 번역한 것으로는 「밀회」가 유일하다. 그리고 일본에 유학 중이던 조선의 지식 청년들은 투르게네프 단편집 『짝사랑』에 실린 이 작품을 읽었을 가능성이 높다.

「밀회」의 개요는 비교적 단순하다. 사냥을 하다가 잠이 들었던 '나'는 꽃다발을 들고 누군가를 기다리는 예쁘장한 시골 처녀 아쿨리나를 발견한다. 그녀 앞에 서구식으로 겉멋을 잔뜩 부린, "지주 댁에서 일하는 되바라진 하인"처럼 보이는 사내 빅토르 알렉산드리치가 나타난다. 빅토르는 거들먹거리면서 내일 도시로 떠난다며 이별을 통보한다. 아쿨리나가 자기를 잊지 말아달라고 애원하지만 그는 거만한 표정으로 흘려버린다. 그녀는 사랑한다는 말을 듣고 싶어하지만 빅토르는 매몰차게 외면한다. 서럽게 우는 아쿨리나를 두고 빅토르가 사라져버린 후,

---

25 레너드 샤피로, 최동규 옮김, 『투르게네프―아름다운 서정을 노래한 작가』, 책세상, 2002, 137면.

'나'가 다가가자 그녀는 나무 뒤로 자취를 감춘다. 그리고 남은 자리에는 풀꽃이 아무렇게나 흩어져 있었다.

「밀회」는 이처럼 "서구화되고 타락한 가내 농노가 한 평범한 농노 처녀를 유혹했다가 버리는 서글픈 이야기"[26]이다. 줄거리만 보면 지주를 위해 일하는 중간지배층의 몰염치한 행동을 그린 것에 지나지 않는다. 물론 서구식으로 차려 입고 화려한 도시를 꿈꾸는 빅토르가 순정한 시골 처녀를 배신하는 것을 서구 정신이 러시아 정신을 겁탈하고 배반하는 비유로 읽을 수도 있을 것이다. 그러나 이 작품에서 눈여겨보아야 할 것은 치밀한 자연묘사와 인물묘사이다. 예를 들면 이러하다.

　① 나는 이 자작나무 숲에 앉기 전에 개를 데리고 높다란 사시나무 숲을 지나왔다. 솔직히 나는 사시나무를 그다지 좋아하지 않는다. 그 희멀건 연보랏빛 줄기에 잿빛 도는 녹색 금속 같은 이파리를 한껏 높이 피워 올리고서 부채질하듯 하늘에 대고 살랑거리는 꼴도 보기 싫거니와, 기다란 잎자루에 멋없게 매달린 지저분한 둥근 잎을 계속 흔들어대는 모습도 눈에 거슬린다. 가끔 보기 좋을 때는 낮은 수풀 틈에서 높이 솟은 채 붉은 석양빛을 받아 뿌리부터 줄기 끝까지 황금빛 도는 선홍색으로 물들어 반짝반짝 빛나며 몸을 떠는 여름저녁이나, 바람 부는 화창한 날 바람에 사각사각 나부끼며 이파리 하나하나가 서로 몸을 부대끼다 찢어져 먼 곳으로 무작정 날아가고 싶다고 말하는 듯이 보이는 순간이다.[27]

26　위의 책, 135면.
27　투르게네프, 앞의 책, 279면.

②꽤 예쁘장한 처녀였다. 정성껏 빗질한 짙고 윤기 도는 예쁜 잿빛 머리카락이, 상아처럼 하얀 이마까지 내려오는 좁다랗고 새빨간 머리띠 아래부터 반원을 그리며 좌우로 갈라져 있었다. 이마를 제외한 얼굴은 구릿빛으로 그을어 있었는데, 그것은 엷은 피부가 그을었을 때나 볼 수 있는 색깔이었다. 눈을 내리깔고 있어서 눈동자는 볼 수 없었지만, 가늘고 아름다운 눈썹은 똑똑히 보였다. 속눈썹이 촉촉하고, 한쪽 뺨에서 조금 핏기를 잃은 입술 옆으로 눈물 자국이 햇볕을 받아 반짝 빛났다. 작은 머리는 어느 모로 보나 아름다웠다. 조금 크고 너무 동그스름한 코마저도 거슬리지 않았다. 무엇보다 내 마음에 든 것은 그녀의 표정이었다. 조금도 거만한 구석이 없이 온화하면서도 자못 슬퍼 보였는데, 가슴 아픈 일을 당한 어린아이처럼 어쩔 줄 몰라 하는 기색이 역력했다.[28]

①은 화자인 '나'가 보았던 사시나무 숲을 묘사한 것이며, ②는 '나'가 숨어서 아쿨리나의 모습을 묘사한 것이다. 자연과 인물을 섬세하게 그리는 것이 투르게네프 소설의 특징이고 그것이 그의 소설 미학을 품격 있게 하는 것도 사실이지만, 『사냥꾼의 일기』만을 놓고 볼 경우, 「밀회」의 묘사는 풍경 묘사가 돋보이는 「베진 초원」을 포함하여 그 어떤 작품보다 높은 수준을 보여준다. 「밀회」에서 투르게네프는 공기의 움직임과 빛의 흐름에 따라 미세하게 변하는 순간순간의 사시나무의 모습을 서정적인 문체로 포착해낸다.

앞서 언급했듯이 다야마 가타이와 구니키다 돗포가 이 작품을 보고

---

28   위의 책, 279~280면.

경악을 금치 못했던 것도 바로 이런 풍경 묘사 때문이었다. 자연을 있는 그대로 그리는 것은 불가능한 일이다. 풍경은 본래 외부에 존재하는 것이 아니라 '내적 인간'에 의해 발견되는 것이라 할 때,[29] 처음 「밀회」의 묘사를 대면했을 때 그들이 경험한 충격이 어떠했는지를 상상할 수 있을 것이다.

또 하나 주목해야 할 것은 ②에서 볼 수 있듯 인물에 대한 묘사가 자연에 대한 묘사와 등가라는 점이다. 아쿨리나의 머리카락, 얼굴, 눈썹, 속눈썹, 입술, 코에 이르는 묘사는 정교하게 그려진 초상화를 보는 듯하다. 대상을 묘사하는 주체의 의식을 반영한다는 점에서 자연을 바라보는 시선과 인간을 바라보는 시선은 결국 하나인 셈이다.

대상을 프레임에 가두고 그것을 치밀하게 묘사해내는 것이야말로 근대적 주체가 자연과 인간을 포착/포획하려는 욕망의 산물이라 할 때, 「밀회」에서 볼 수 있는 자연과 인간에 대한 '사실적' 묘사는 근대적 주체의 욕망을 문학적으로 표현한 것이라 할 수 있을지도 모른다. 그런 점에서 일본의 근대문학사에서 쓰보우치 쇼요와 함께 '사실주의'를 지향했던 후타바테이 시메이가 창작인 『뜬구름』의 집필을 중단하면서까지 투르게네프의 「밀회」를 번역한 것도 사실적 묘사 방법을 찾기 위해서였을 가능성이 없지 않다.[30]

---

29 '풍경의 발견'을 두고 자연을 인간화하는 근대정신의 소산으로 볼 수도 있을 것이다. 『일본근대문학의 기원』에 실린 「풍경의 발견」은 근대정신의 산물인 자연의 인간화로서의 풍경에 대한 가라타니 고진 식의 '비판'이라 할 수 있다.

30 후타바테이 시메이가 투르게네프를 가장 많이 번역한 이유로 후타바테이의 낭만적이고 이상가적(理想家的)인 기질이 투르게네프와 잘 어울렸기 때문이라는 견해도 있지만, 이는 다분히 피상적인 고찰에 지나지 않는 것으로 보인다. 또 후타바테이 시메이가 "이른바 언문일치의 문체를 모색"하는 과정에서 "무심코 구성이 단순한 산문을 선택하여 번역해

물론 이 작품의 주제는 농노의 딸 아쿨리나와 지주의 종복 빅토르의 밀회 장면에서 분명하게 드러난다. 하지만 「밀회」의 치밀한 자연묘사와 인물묘사는 농노의 딸 아쿨리나에 대한 동정과 서구적 또는 도회적 문명에 물든 빅토르에 대한 암시적 비판이라는 주제를 감당하고도 남을 무게를 지니고 있는 것처럼 보인다. 후타바테이 시메이가 『사냥꾼의 일기』의 많은 작품 중 「밀회」를 선택하여 '창작'에 버금가는 번역을 해낸 것도 묘사의 압도적인 힘 때문이었는지도 모른다.

그렇다면 조선의 지식청년들은 이 작품을 어떻게 번역했을까. 이제 조선에서 다시 번역된 「밀회」를 검토할 차례이다.

4. 김억의 「밀회」와 염상섭의 「밀회」

일본의 경우, 메이지유신 이후 약 15년이 지난 1880년대 초반부터 문학 작품의 번역에 대한 인식이 이전과는 확연히 달라진다. 이전에는 서양문학이 지닌 형식적 측면의 특징에 주목하기보다는 정치적 지식이나 과학적 지식 등을 내용 중심으로 번역하여 단지 계몽적 역할만을 수행하려는 예가 많았지만, 이 시기를 기점으로 다른 분야의 번역과 구별되는 '문학적 번역'이라는 사상이 확산되기에 이른다.[31] 문학작품의 내

야만 했고" 그 결과 「밀회」를 번역하게 되었다고 주장하는 학자도 있는데 이는 충분히 그랬을 가능성이 있다. 三好行雄・竹盛天雄 編, 앞의 책, 15~16면 참조.

용뿐만 아니라 형식까지, 다시 말해 "그 작품과 밀착한 내재적 리듬이
나 분위기, 그리고 경우에 따라서는 원문 그 자체와 관련되어 있는 외
재적 리듬, 즉 음성적 이미지"[32]까지 '번역'하려는 흐름이 형성되었고,
후타바테이 시메이가 번역한 「밀회」 역시 이런 흐름 속에 놓여 있었다.

한국의 경우도 사정은 크게 다르지 않다. 서양 또는 근대의 지식을
번역해야 한다는 요구는 『한성순보』에서부터 『독립신문』, 『황성신문』
그리고 개화기의 각종 학술지에서 활발하게 개진되었다.[33] 잘 알고 있
는 바와 같이 개화기 지식인들은 신문과 잡지를 통해 근대적 지식을 번
역했고, 각종 역사와 전기가 단행본의 형태로 번역/번안되기도 했다.
그러나 잡지 『소년』이 등장하기 전까지는 대부분의 번역이 대체적인
내용만을 전달하는 선에서 그치는 예가 많았다. 『소년』의 톨스토이 번
역의 예에서 보듯이 문학작품의 번역이 한국 근대소설 문체의 형성에
일정한 기여를 한 것은 사실이지만,[34] 『걸리버 여행기』나 『로빈슨 크루
소』처럼 개요 또는 특정 부분만을 번역함으로써 본격적인 '문학적 번
역'의 수준에는 이르지 못한 것으로 보인다.

잡지 『소년』에서 싹을 틔운 '문학적 번역'은 『청춘』, 『학지광』, 『창
조』 등이 근대문학의 최전선을 형성하게 되는 1910년대에 이르러 활
기를 띠기 시작한다. 번역문학과 관련지어 볼 때 1910년대 문학장에서

---

31 정병호, 「근대 초기 일본의 예술적 번역사상의 탄생」, 김춘미 외 공저, 『번역과 일본문
    학』, 도서출판 문, 2008, 38~40면 참조.
32 위의 책, 53면.
33 정선태, 「근대계몽기 번역론과 번역의 사상」, 『근대의 어둠을 응시하는 고양이의 시선』,
    소명출판, 2006 참조.
34 정선태, 「번역과 근대소설 문체의 발견-잡지 『소년』을 중심으로」, 『근대의 어둠을 응시
    하는 고양이의 시선』, 소명출판, 2006 참조.

단연 이채를 띠는 것은 1918년 9월 창간한 주간 문예지 『태서문예신보』이다. 그리고 『태서문예신보』를 무대로 창작, 평론, 번역의 영역을 오가며 가장 왕성하게 활동한 사람이 바로 안서 김억이다. 김억이야말로 문학작품의 내용뿐만 아니라 형식까지 자기식으로 번역해내고자 했다는 점에서 '문학적 번역'의 선편을 쥔 사람이라 할 수 있는데,[35] 그가 번역한 소설이 바로 투르게네프의 「밀회」(『태서문예신보』 제15~16호)이다.[36] 김억은 「밀회」를 『창조』 제9호(1921.6)에 다시 게재한다.

투르게네프의 「밀회」는 『동명』(1923.4)에 염상섭의 번역으로 한 번 더 등장한다. 염상섭 역 「밀회」가 실린 『동명』 제2권 제14호에는 변영로 역 「정처(正妻)」(앤튼 체호브), 현진건 역 「나들이」(루슈안 대카부), 최남선 역 「만세」(쏘우데),[37] 양건식 역 「참회」(파아쥰), 이유근 역 「부채(負債)」(몹파상), 이광수 역술 「인조인(人造人)」(보헤미아 作家의 劇),[38] 홍명희

---

35 물론 김억은 소설보다는 시 번역에 많은 힘을 쏟았다. 1921년 3월 간행된 『오뇌의 무도』가 몰고온 파급효과가 얼마나 대단했는지를 이광수는 다음과 같이 증언한다. "『懊惱의 舞蹈』가 發行된 뒤로 새로 나오는 靑年의 詩風은 懊惱의 舞蹈化하였다 할이만큼 變하였다. 다만 表現法에서만 그러한 것이 아니라 思想과 精神에까지 놀랄 만한 影響을 미치었다. 말하자면, 空谷의 傳聲이라 할 만하였다. 甚至於 '여라', '나니' 하는 岸曙의 特殊한 用語例까지도 많이 模倣하게 되었다. 아마 一卷의 譯書로 이처럼 큰 影響을 일으킨 일은 實로 稀罕한 일이라 할 것이다. 또 이 詩集이 한번 남으로 그것이 刺激에 되어 많은 詩作이 일어난 것도 事實이니, 岸曙의 朝鮮 新詩 建設에 對한 功績은 이 『懊惱의 舞蹈』 一卷으로 하여 磨滅할 수 없을 것이라고 믿는다." 이광수, 「문예쇄담―신문예의 가치」, 『이광수전집』 제16권, 삼중당, 1966, 118면.
36 김억은 「밀회」와 함께 모파상의 「고독」(제14~15호)도 『태서문예신보』에 역재했다. 그리고 투르게네프의 시 「명일? 명일?」(제4호), 「무엇을 내가 생각하겠나?」(제4호), 「개」(제5호), 「비렁방이」(제6호), 「늙은이」(제7호), 「N. N」(제7호) 등 총 6편이 처음 번역된 것도 『태서문예신보』이다.
37 알퐁스 도데의 「마지막 수업」을 번역한 것이다.
38 카렐 차페크의 희곡 『RUR』(한국에는 '로봇'이라는 제목으로 알려져 있다)의 줄거리를 서술한 것이다.

역 「『로칼로』 거지로파」(크라이스트), 진학문 역 「월야(月夜)」(몹파상)가 함께 실려 있다. 여기에서 눈길을 끄는 것은 홍명희, 최남선, 이광수, 진학문 등 1910년 이전 동경에 유학했던 이들이 대거 역자로 나서고 있다는 점이다. 물론『동명』을 이끌었던 최남선의 영향력이 작용했을 터이지만 실질적으로 동경 유학 1세대에 속하는 문사들이 번역자로 참가하고 있다는 점은 눈여겨 볼 필요가 있다.

어찌됐든 식민지 조선의 독자들은 한 번은 김억의 번역으로, 또 한 번은 염상섭의 번역으로 투르게네프의 「밀회」를 만날 수 있게 된 것이다. 그렇다면 김억의 번역과 염상섭의 번역은 어떤 차이가 있으며 그 의미는 무엇일까. 이를 살펴보기 위해 김학수의 현대어역(①)을 기준으로[39] 후타바테이 시메이(②), 김억(③), 염상섭(④)의 「밀회」 번역을 비교하되, 이 작품의 특징을 여실하게 보여주는 후반부를 중심으로 하여 김억의 번역과 염상섭의 번역이 어떤 차이를 보이는지 추출해 보기로 한다.

「밀회」가 풍경 묘사의 측면에서『사냥꾼의 수기』에 실린 다른 단편들과 뚜렷이 구별되며, 이것이 다야마 가타이를 비롯한 일본의 문학청년들을 매료시켰다는 것에 대해서는 앞에서 언급한 바와 같다. 특히 이 작품의 마지막 부분은 많은 사람들에게 놀라움을 불러일으켰는데, 빅토르가 아쿨리나를 매정하게 뿌리치고 간 뒤 그것을 지켜보고 있던 '나'의 쓸쓸한 마음은 다음과 같은 풍경 묘사와 절묘하게 조응한다.

---

[39] 러시아어 원문을 기준으로 하는 것이 옳을 터이나 이는 필자의 능력을 벗어난다. 여기에서는 김학수 역『사냥꾼의 일기』에 포함된 「밀회」를 기준으로 하되 김민수의 번역(『투르게네프 단편집』, 지식을만드는지식, 2012에 수록)도 함께 참고하기로 한다.

① 나는 발걸음을 멈추었다⋯⋯. 공연히 슬퍼지기 시작했다. 쓸쓸해져 가는 자연의 차갑지만 즐거운 미소 뒤로, 곧 닥칠 겨울의 무시무시한 공포가 스며들기 시작한 듯이 느껴졌다. 묵직하게 바람을 가르며 날갯짓하여 내 머리 위로 높이 날아가던 소심한 까마귀가 머리를 돌려 나를 흘끗 보더니 갑자기 솟구쳐 올랐다가 깍깍 울며 숲 너머로 사라져 버렸다. 몇 마리인지도 모를 비둘기 떼가 탈곡마당에서 힘차게 날아와 느닷없이 원기둥처럼 맴돌더니 황급히 들판으로 흩어져 버렸다──완연한 가을인 것이다. 누군가가 풀도 나무도 없는 언덕 저편을 지나가는지 빈 달구지 소리가 요란스레 들렸다.

나는 집으로 돌아왔다. 그러나 그 가엾은 아쿨리나의 모습은 오래도록 내 머리에서 떠나지 않았다. 들국화는 벌써 오래전에 시들었지만, 아직도 나는 그 꽃을 보관하고 있다⋯⋯.[40]

② 自分はたちどまった⋯⋯心細くなッてきた、眼に遮る物象はサッパリとはしていれど、おもしろ気もおかし気もなく、さびれはてたうちにも、どうやら間近になッた冬のすさまじさが見透かされるように思われて。小心な鴉が重そうに羽ばたきをして、烈しく風を切りながら、頭上を高く飛び過ぎたが、フト首を回らして、横目で自分をにらめて、きゅうに飛び上ッて、声をちぎるように啼きわたりながら、林の向うへかくれてしまッた。鳩が幾羽ともなく群をなして勢込んで穀倉の方から飛んできたが、フト柱を建てたように舞い昇ッて、さてパッといっせいに野面に散ッた──ア、秋だ！誰だか禿山の向うを通るとみえて、から車の音

---

40   투르게네프, 앞의 책, 286~287면.

が虚空に響きわたッた……

　自分は帰宅した、が可哀そうと思ッた「アクーリナ」の姿は久しく眼前にちらついて、忘れかねた。持帰ッた花の束ねは、からびたままで、なおいまだに秘蔵してある………[41]（나는 멈춰 섰다……. 왠지 불안해졌다. 눈앞에 펼쳐진 풍경은 시원스럽기는 하지만 즐거움도 재미도 없이 아주 쓸쓸한 가운데 어쩐지 가까이 다가온 겨울의 차가운 음울함이 눈에 보이는 듯했기 때문이다. 소심한 까마귀가 무겁게 날개를 펼치더니 세차게 바람을 가르며 머리 위로 높이 날아가면서 흘깃 고개를 돌려 나를 노려보더니 이내 날아올라 찢어질 듯한 소리로 울면서 숲 쪽으로 사라져 버렸다. 비둘기가 수도 없이 무리를 지어 곡창 쪽에서 날아왔다가 갑자기 기둥을 세워놓은 것처럼 춤추며 오르더니 돌연 일제히 들판으로 흩어졌다――아, 가을이다! 누군가 민둥산 저편을 지나가는 듯 빈 수레 소리가 허공에 울려 퍼졌다…….

　나는 집으로 돌아왔다. 하지만 가엽기 짝이 없는 ‘아쿨리나’의 모습은 오래도록 눈앞에 남아 잊혀지지 않았다. 가지고 온 꽃다발은 시들어버렸지만 아직도 몰래 간직하고 있다…….)

　③ 나는 고요히 서 잇섯습니다……… 나의 가슴은 설어왓습니다. 모든 것이 째끗은 하나 거츨고 寂寞하야 겨울이 갓까이 온다 하는 무서운 싱각이 내 가슴에 흘너듭듸다. 하늘 높히, 가마귀 한 마리가 근심스러운 듯시 무거운 나래를 치며, 날카롭게 空中으로 날아가다가 머리를 돌녀 나를 보자, 갑작히 나래를 치며 까우까우 소리를 하며 수풀로 날아가고 맙듸다.

41　ツルゲーネフ, 二葉亭四迷 譯, 「あひびき」, 『日本近代文學大系 第4集 二葉亭四迷集』, 東京 : 角川書店, 1971, 356면. 단, 현대 한국어 번역은 필자의 것임을 밝혀둔다.

비듥이 무리가 穀間에서 氣運차게 날아오며, 한일字의 行列을 지엇다가 다시 둥글게 됩니다. 하드니 언제 발서 여긔저긔로 훗터지며 짱우에 내려 안습듸다. 분명히 가을읍듸다! 누군지 山에서 수레를 밀고 가는데 뷘 수레 소리가 높이 빗겨 울닙듸다……

나는 집에 돌아왓습니다, 그러나 오린동안 불상한 아큐리나의 모양이 내 가슴에서 업서지지 아니합듸다. 그 짜님의 와쑥꼿은 다 말으기는 하엿습니다, 만은 아직도 내손에 잇습니다.[42]

④ 나는 마음이 쓸쓸하야저서 것다가 발을 멈추엇다. …… 눈에 씌우는 風物은 아닌게 아니라 爽快하나 無味하게 衰殘하여서 어쩐지 갓가와온 겨울의 凄凉한 모양이 보이는 것 갓다. 小心한 짜마귀가 몸이 묵업은 듯이 날애를 치며 猛烈히 바람을 거슬러 머리 우로 높게 날아가면서 고개를 꼬아 自己의 몸을 보고 그대로 急히 쩌올라 소리를 짜서 울며 森林 저便에 숨어버리니까, 여러 머리의 비듥이쎄가 氣運차게 庫間 잇는 쪽에서 날아오더니 나무쌕이가 비쏘인 것처럼 날아올라 해둥해둥 들로 나려안는다. ──分明히 가을이다. 누군지 벗어진 山 저便을 지나가는가 보아 빈 車ㅅ소리가 놉다라케 쩌올른다. …………

나는 그대로 집에 돌아왓스나 가엽다고 생각한 『악크리이나』의 얼굴은 암만하야도 니즐 수가 업섯다. 「와시료오크」의 꼿뭉톄이도 마른 채 아즉까지 두엇다……[43]

42 億生譯, 「密會」, 『創造』 제9호, 1921.6, 84면.
43 투루게에네프, 廉想涉 譯, 「密會」, 『東明』 제2권 제14호, 1923.4, 14면.

②③④ 모두 '나'의 쓸쓸한 심정과 외부의 풍경이 서로 호응하면서 비교적 원문의 분위기를 충실하게 전달하고 있다는 점에서는 큰 차이가 없다. 하지만 ①②와 비교할 때 ③과 ④ 사이에서는 몇 가지 미세하지만 의미 있는 차이를 발견할 수 있다.

먼저 '-ㅂ듸다', '-ㅂ니다'(③)와 '-ㄴ다'(④)와 같은 종결어미의 차이가 눈에 띈다. ①이 '-ㄴ다'나 '-았(었)다'와 같은 종결어미를 사용하고 있고, 'どまった(멈췄다)', '散ッた(흩어졌다)', '秘蔵してある(몰래 감추고 있다)'에서 보듯 ②도 마찬가지이며, ④ 역시 그러하다는 점을 감안하면 이는 김억의 번역이 지닌 의미 있는 특징이라 할 수 있을 것이다. 단정할 수는 없지만, 이것은 김억이 다른 소설 즉 모파상의 「고독」을 번역할 때에는 '-았(었)다', '-ㄴ다'와 같은 종결어미를 사용했다는 것 고려하면, 「밀회」가 시적 서정성이 풍부한 작품이라는 것을 인식하고 그것을 의식적으로 드러내고자 했다는 증거라고 말할 수도 있을 것이다.

다음으로 김억의 번역에 비해 염상섭 쪽의 문장이 훨씬 복잡하게 구성되어 있다는 점이다. ①과 비교해도 ④는 비교적 긴 복문을 자주 사용하고 있는데 이는 작품 전체를 통틀어 어렵지 않게 찾아볼 수 있다. 염상섭이 다른 번역본에 비해 길고 복잡한 문장을 구사하고 있다는 것은 그가 후타바테이의 번역을 비교적 충실하게 따랐기 때문이라고 할 수 있겠지만 동시에 그의 길고 장중한 문장 스타일이 번역에서도 반영되었기 때문이라는 점도 충분히 고려해야 할 것이다.

아울러 사소해 보일지 모르지만 위 인용의 마지막 문장에서 보는 바와 같이 ①②④와 달리 ③에서 말줄임표를 마침표로 처리하고 있다는 점도 지적해 두어야 할 것이다. 말줄임표는 '나'의 심경을 간접적으로 보여주는 여운 또는 여백이라 할 수 있으며, 구어(口語)를 토대로 음조를 정교하게 번역하기 위해 구두점 하나 놓치지 않았던[44] 후타바테이의 번역과 비교해도 김억의 번역은 예외적이라 할 수 있다.

②와 ④만을 비교하면, 김억의 번역에 비해 염상섭의 번역 쪽이 한자 노출 빈도가 높다는 것도 놓칠 수 없는 차이이다. 김억이 "모든 것이 깨끗은 하나 거츨고 寂寞하야 겨울이 갓싸이 온다 하는 무서운 싱각이 내 가슴에 흘너듭듸다"라고 옮긴 것을 염상섭은 "눈에 씌우는 風物은 아닌 게 아니라 爽快하나 無味하게 衰殘하여서 어쩐지 갓가와온 겨울의 凄凉한 모양이 보이는 것 갓다"고 옮긴 것이 위 인용에서 볼 수 있는 예인데, 나아가 일역본을 저본으로 했음에 틀림없는 염상섭이 '爽快' '無味' '衰殘' '凄凉'처럼 후타바테이보다 더 자주 한자어를 사용한 것도 눈에 띄는 부분이다.

염상섭은 초기 삼부작 「표본실의 청개구리」(1921) 「암야」(1922) 「제야」(1922)와 「만세전」을 보아도 알 수 있듯이 동시대 어떤 작가들보다 '복잡다단'하고 묵중한 문장에다 빈번하게 한자어를 노출하고 있으며 이것이 그의 초기 소설 문장의 특징이라 할 수 있다. 염상섭이 번역한 「밀회」 쪽이 고유어를 적극적으로 활용하고 있는 김억의 번역에 비해 한자 노출 빈도가 높다는 것 역시 소설가로서 그의 스타일이 어휘 선택에서도 잘 드러나는 사례 중 하나로 보아야 할 것이다.

후타바테이의 번역본을 저본으로 삼아 자신의 창작 스타일을 번역에 투영한 반면 김억은 여러 언어를 참조하여 자기 나름의 의역을 시도

---

44   김춘미 외, 앞의 책, 54면 참조.

한 것으로 보인다. 김억은 투르게네프의 산문시 「세러니아」를 번역하면서 에스페란토 역본과 영역본 그리고 일역본을 함께 참조하여 중역했다고 밝힌 바 있거니와,[45] 「밀회」를 번역하면서도 영역본과 일역본을 참조하여 그 나름대로 의역했을 가능성이 높다.[46] 그는 또 분위기(mood)를 살리기 위해서는 축자역보다 의역을 해야 하며, 그래야 창조력을 발휘할 수 있다고 했다. 또 운문의 번역과 산문의 번역을 엄격하게 구별하고, 산문은 얼마든지 직역할 수 있지만 운문은 의역을 해야만 창조력을 발휘할 수 있다면서, 그만큼 운문의 번역이 고통스럽다고 덧붙인다.[47] 그의 이러한 고민은 소설 「밀회」를 번역에도 반영되었다고 할 수 있을 터인데, 염상섭에 비해 고유어를 적극적으로 활용하여 시적 서정성을 높이는 한편 '-ㅂ니다'나 '-ㅂ듸다'와 같은 종결어미를 사용하여 독자들과의 간격을 좁히려 한 데서 그의 고민의 일단을 엿볼 수 있다. 그리고 이는 그가 시 번역 방법을 「밀회」에도 적용하려 했을 것이라는 추측을 낳는 근거가 된다. 어쩌면 시인 김억에게 「밀회」는 한 편의 장시(長詩)로 보였을지도 모른다. 그러나 소설가 염상섭에게 「밀회」는 어디까지나 소설이었고, 그런 까닭에 그의 초기 소설 문장에서 볼 수 있는 특징, 예컨대 빈번한 한자어 사용, 복잡다단하고 묵중한 문체 등이 「밀회」 번역에서도 그대로 드러난다.

　김억과 염상섭의 「밀회」 번역에서 발견할 수 있는 차이는 정밀한 독

45　김억, 「역자의 한마디」, 『창조』 제8호, 1921, 109면 참조.
46　투르게네프가 살아 있을 때 그의 주요 작품들이 프랑스어, 독일어, 영어 등으로 번역되었으며, 김억이 「밀회」에다 '연인들 사이의 밀회'를 뜻하는 'The Tryst'라는 영문표기를 해놓은 것으로 보아 영역본을 보았을 가능성이 높지만, 어떤 판본을 참조했는지는 확인할 수가 없다.
47　김욱동, 『근대의 세 번역가―서재필·최남선·김억』, 소명출판, 2010, 207~209면 참조.

해를 바탕으로 한 번역의 과정에 번역자의 '개성'이 얼마든지 개입할 수 있다는 것을 보여주는 의미 있는 지표 중 하나이다. 한국 근대번역문학사뿐만 아니라 소설사에서 「밀회」의 번역이 갖는 의의도 여기에 있다. 즉, 이전에는 걷잡을 수 없이 밀려오는 서양문학을 수동적으로 받아들이기에 급급했던 조선의 지식인들이 번역을 통해 자신의 감수성과 개성을 적극적으로 표현할 수 있게 되었다는 것을 「밀회」의 번역은 여실하게 보여준다. 따라서 시인 김억의 「밀회」와 소설가 염상섭의 「밀회」는 번역이 독자적인 문학적 표현을 가능하게 하는 중요한 통로가 될 수 있다는 것을 보여준 드문 사례라는 점에서 충분히 주목에 값한다.

5. 마무리

이렇게 일본을 경유한 투르게네프의 소설은 식민지 조선에서 '시인의 번역'과 '소설가의 번역'을 빌려 독자들 앞에 처음으로 선을 보였으며, 「밀회」를 시작으로 『전날 밤』, 『첫사랑』, 『아버지와 아들』, 『처녀지』, 『봄물결』, 『연기』 등 그의 주요 작품들이 본격적으로 번역되거나 소개되기에 이른다. 그리고 그의 소설들은, 이미 상당수가 번역된 산문시와 함께, 조선의 지식청년들의 내면풍경을 형성하는 중요한 자원이 된다. "그가 살았던 러시아의 자유주의적이고 급진적이며, 규모는 작지만 영향력 있는 청년 엘리트 집단과 그들의 비판가들 모두의 사회적 ·

정치적 성장 과정을 더없이 훌륭하게 기록한 보고서"[48]인 투르게네프의 소설들은 식민지 조선의 독자들에게 낯설고도 새로운 충격을 가하게 되는 것이다.

낯설고 새로운 충격이라 했거니와 그것은 '사고의 내용'만을 말하는 것이 아니다. 번역된 작품을 통해 독자들은 '사고의 내용'뿐만 아니라 '사고의 형식'까지 받아들인다. 낯선 것이 익숙한 것으로 이동하는 통로로서 번역은 독자들에게 미지의 것에 대한 호기심이나 관심 못지않게 그것을 전달하는 형식에 영향을 받게 마련이다. 한국 근대문학사에서 번역이 '근대적 문학 형식'을 발견하는 데 중요한 계기가 되었다는 것도 이런 맥락에서 이해할 수 있을 것이다.

홍명희와 진학문의 예에서 보았듯이 투르게네프는 조선 지식청년들의 낭만적 열정을 불러일으킨 촉매가 되었고, 팔봉 김기진의 문학적 행보가 말해주듯 그의 작품들은 자유주의적이고 급진적인 사상을 철학적・정치적 이론을 통해서가 아니라 문학을 통해 감각적으로 체득하는 데 적지 않은 기여를 했다. '잉여 인간'적 존재로 자신을 인식했던 문학청년들은 투르게네프의 작품을 통해 19세기 중반 러시아의 사상적 흐름을 학습하면서, 때로는 니힐리즘에 현혹되기도 하고 지식인의 파멸에 두려워하면서 자신들이 처한 상황을 가늠하고 이를 타개할 수 있는 사고의 형식 또는 방법을 찾고자 했던 것이다.

다시 말하지만 산문시와 「밀회」를 시작으로 식민지 조선에서는 『전날 밤』에서 『연기』까지 투르게네프의 여러 작품들이 번역되거나 소개

---

48   이사야 벌린, 조준래 역, 『러시아 사상가』, 생각의나무, 2008, 424면.

되었다. 터키의 억압 속에서 고통 받고 있는 불가리아의 혁명가 인사로 프와 순정한 러시아 처녀 옐레나의 사랑을 그린 『전날 밤』을 읽으면서, 브나로드운동의 신호탄이 된 『처녀지』를 읽으면서 조선의 지식청년들은 무슨 생각을 했을까. 단순히 '아, 그랬었구나!'라며 고개만 주억거리지는 않았을 터, 우리에게 남은 것은 번역된 투르게네프가 식민지 조선의 지식청년들의 머릿속에서 어떻게 실천적으로 '재번역'되는가를 살피는 일이다. 이는 영향 관계를 따지는 데 집중하는 비교문학의 영역을 넘어 번역과 새로운 사상의 형성이라는 관점에서 고찰해야 할 과제이다.

제6장

청량리 또는 '교외'와 '변두리'의 심상 공간

한국 근대문학이 재현한 동대문 밖과 청량리 근처

1. 『무정』 · 영채＝계월향 · 청량사

한국 근대소설의 새로운 장을 연 춘원 이광수의 『무정』(1917)은 윤리와 욕망 사이에서 갈등하는 '근대적 인간' 이형식의 내면풍경을 그리고 있다. 경성에서 부르주아적 삶을 영위하고 있는 김장로의 딸 선형과 혼인을 약속한 이형식은, 고아나 다름없던 자신을 키우고 가르쳐준 은인 박진사의 딸 영채가 기생 계월향이 되어 나타나자 일순 혼란에 빠진다. 어떻게 할 것인가. 이광수는 주인공 이형식이 윤리를 배반할 수 있는 계기(또는 서사 장치)를 마련해 놓았는데, 영채＝계월향의 겁탈 사건이 그것이다. 다시 말해 사사건건 이형식과 대립각을 세워왔던 배명식과 김현수로 하여금 영채를 겁탈하게 함으로써 작가는 주인공 이형식이 윤리적 부담감을 털고 선형을 택할 수 있는 일종의 자기정당화의 단서를 제공하고자 했던 것이다. 그런데 그 '겁탈 사건'이 벌어진 곳이 청량리의 청량사라는 암자였다.

'다방골' 기생집에서 영채가 청량리로 갔다는 말을 전해들은 형식은, 영채가 위협에 처했음을 직감하고 청량리로 향한다. 종로에서 전차로 동대문까지 온 그는 신우선과 함께 그곳에서 내려 청량리행 전차로 바꿔 탄다. '철물교', '배오개', '동대문' 그리고 "친잠(親蠶)하시는 상원(桑園) 앞 버들 사이를 지나 청량리를 지나 홍릉 솔숲 속"으로 달려간다. 『무정』의 주인공 이형식은, 1899년 5월 17일 고종 황제의 홍릉(명성황후의 능) 행차에 편의를 도모하기 위해 부설된 전차를 타고,[1] 위기에 처한 옛 은인의 딸을 구하러 나섰던 것이다. '도다이몬 슈텐' 즉, 동대문 종점에서 청량리행 전차가 오기를 초조하게 기다리는 이형식의 귀를 때리는 것은 발전소에서 들리는 "쿵쿵쿵 하는 발전기 소리"이다. 동대문 밖에 있던 발전소의 불길한 소리를 뒤로 한 채 이형식은 청량리로 향한다. 그리고 『무정』의 작가는 '청량사 사건'을 이렇게 묘사한다.

두 사람은 청량사에 다다랐다. 두 사람의 뒤를 따르는 사람은 종로경찰서의 형사였다. 우선은 김현수의 가는 집을 잘 알았다. 그 집은 우물 북쪽에 있는 조고마한 암자라, 여러 암자 중에 제일 깨끗하고 조용한 암자였다. 우선은 형식에게 손짓을 하여 문 밖에 서 있으라 하고 가만히 안에 들어갔다.

---

1   김영근, 「일제하 일상생활의 변화와 그 성격에 관한 연구」, 연세대 박사논문, 1999, 97~98면 참조.

형식은 '여기 영채가 있는가' 하고 다리를 떨며 귀를 기울였다. 똑똑지는 아니하나 여자의 괴로워하는 소리가 나는 듯하다. 형식은 손으로 가슴을 만지며 한 걸음 더 들어서서 귀를 기울였다. 과연 여자의 괴로워하는 소리로다. 형식은 정신을 차리지 못하고 뛰어들어갔다. 방에는 불이 켜 있고, 문을 닫쳤는데 머리를 깎은 사람의 그림자가 얼른얼른한다. 형식의 호흡은 차차 빨라진다. 우선이가 창으로 엿보다가 고양이 모양으로 가만가만히 나오면서 형식의 어깨에 손을 짚고 가늘게 일본말로,

"모 다메다(벌써 틀렸다)" 한다. 형식은 그만 눈에 불이 번뜻 하면서 '흑' 하고 툇마루에 뛰어오르며 구두 신은 발로 영창을 들입다 찼다. 영창은 와지끈 하고 소리를 내며 방 안으로 떨어져 들어간다. 형식은 영창을 떠들고 일어나는 사람을 얼굴도 보지 아니하고 발길로 차넘겼다. 어떤 사람이 형식의 팔을 잡는다. 형식은 입에 거품을 물고,

"이놈, 배명식아!" 하고는 기가 막혀 말이 아니 나온다. 형식은 아니 잡힌 팔로 배학감의 면상을 힘껏 때리고, 아까 형식의 발길에 채어 거꾸러진 사람을 힘껏 이삼 차나 발길로 찼다. 그 사람은 저편 문을 열고 뛰어나갔다. 형식은,

"이놈, 김현수야!" 하고 소리를 쳤다. 그러고는 넘어져 깨어진 영창을 들었다. 여자는 두 손으로 낯을 가리우고 흑흑 느낀다. 손과 발은 동여매였다. 그러고 치마와 바지는 찢겼다. 머리채는 풀려 등에 깔렸고, 아랫입술에서는 빨간 피가 흐른다. 방 한편 구석에는 맥주병과 얼음 그릇이 넘느른하고 어떤 것은 깨어졌다. 형식은 얼른 치마로 몸을 가리고 손발 동여맨 여자를 안아 일으켰다. 여자는 얽어매인 두 손으로 낯을 가리운 대로 울기만 한다.[2]

"우물 북쪽에 있는 조고마한 암자", "여러 암자 중에서 제일 깨끗하고 조용한 암자"인 청량사에서, 이형식이 영어교사로 근무하던 경성학교 교주 김남작의 아들 김현수와 학감 배명식이 기생 계월향을 '겁탈'하는 이 장면은, 1910년대 후반 『무정』이 한국 근대문학사에 몰고왔던 '충격' 못지않게 인상적이다. 신마치[新町]나 다방골이 아닌 '청량(淸凉)'한 암자에서 내로라하는 경성의 인물들이 "맥주병과 얼음 그릇이 넘느른하"게 술판을 벌이고, 급기야 가족을 위하여 마지못해 기생이 된 영채=계월향을 겁탈하고 있는 것이다. 이렇게 동대문 밖 청량리는 『무정』을 통하여 "형식을 위해 정절을 지켜"온 영채=계월향의 처녀성 상실과 함께, 아니 무너지는 전통적 윤리를 상징하는 영채의 서러운 눈물과 더불어 한국 근대문학의 전면에 등장한다.[3] 그리고 『무정』에서 읽을 수 있는 청량리라는 공간의 이미지 또는 심상 공간[4]은 식민지 시대

---

2   이광수, 『무정』, 동아출판사, 1995, 124~125면.

3   청량리 근처의 절이 유흥공간으로 전용(轉用)되고 있었다는 것은 『무정』 이전에 씌어진 다카하마 쿄시의 소설 「조선」에서도 알 수 있다. 「조선」은 일본 근대의 대표적인 하이쿠 시인 중 한 사람인 다카하마 쿄시[高浜虛子, 1874~1959]가 1911년 조선을 여행하고 쓴 단편소설이다. 이 소설에서 다카하마는 이렇게 쓴다. "나는 이것이 절인가 하고 약간 놀라, 그 낮은 처마와 낮은 문을 쳐다보았다. 그러나 조선 절은 대부분 요릿집과 같이 양반들이 기생을 데리고 묵으로 가는 곳이라는 이야기를 들은 것이 기억나, 어쩌면 농염한 젊은 비구니가 이 문에서 나올지도 모른다고 거의 호기심에 기다리고 있었다. 이윽고 문을 따는 소리가 들리며 나타난 것은 언뜻 열두세 살의 남자애로 믿어지게 머리를 5푼 길이로 깎은 하얀 옷을 입은 나이 많은 비구니였다."(다카하마 쿄시, 「조선」, 이한정 · 미즈노 다쓰로 편역, 『일본작가들이 본 근대조선』, 소명출판, 2008, 120~121면) 우리의 논의와 관련하여 이 소설은 청량리 근처의 절(어느 절인지는 분명하지 않다)뿐만 아니라 일본인 작가의 시선에 포착된 1910년대 초반 경성의 풍경을 비교적 사실적으로 그리고 있다는 점에서 주목할 만한 텍스트라 할 수 있다.

4   '심상'이라는 개념은 지리 · 지역학적 관점과 구별되는 인간의 내면과 관련된 경험이나 기억, 사상, 사고의 메커니즘을 의미한다. '심상공간'이란 감각의 차원을 넘어 이미 직간접적으로 경험되어 기억 속에 저장된 감각이나 사고를 재구성하는 공간 또는 장(場)을 뜻한다.(손지연 외, 「전환기 메이지문학의 동경 표상과 일본인의 심상지리」, 『에도 · 도

에 생산된 문학적 텍스트를 통해 반복적으로 재생산되면서 산보와 유희와 오락의 공간, '향락의 전당'[5]으로 고착되는 양상을 보인다.

2. 청량리, 전차가 발견한 '경성'의 교외

서구 자본주의가 전성기를 구가하던 시대인 19세기 말 20세기 초를 배경으로 하여, 테크놀로지의 발달에 따른 시간과 공간 인식의 변화 양상과 이에 동반한 삶과 사유의 변모 양상을 문화사적 시각으로 추적하고 있는 책『시간과 공간의 문화사』에서 저자 스티븐 컨은 다음과 같이 말한다.

역사를 전체적으로 살펴보면 인구 증가는 도시를 확대시키는 경향이 있었지만, 거기에는 언제나 하나의 제한이 있었다. 노동자들이 도보나 말을 이용해 작업장으로 갈 수 있는 거리여야 한다는 제한이 그것이었다. 19세기 후반에 철도와 노면전차가 발전함에 따라 그 한계범위가 점점 넓어지더니

교의 표상과 심상지리, 17C~20C』, 단국대 일본연구소 제22회 국제학술심포지엄 자료집, 2007.4)

5 "때마침 일요일이라 淸凉寺 입구에는 이러니 저러니 상당히 많이 몰렸다. 누가 총칼을 메고 쫓아오는지 자동차를 숨 급하게 달리는 사람, 하늘 땅이 무너져도 나는 모른다는 듯이 흐느져서 걷는 사람 조금도 틀림없이 모두들 '향락의 전당'으로 몰리는 패들이다. 절간을 찾아가고 요리점으로 들어선다. 그러나 절간이나 요리점이 그렇게 필요를 느끼지 않는 우리는 洪陵舊址인 林業試驗場 쪽으로 발길을 돌렸다." 신림, 「綠陰漲滿地」, 『삼천리』, 1935.8, 188면.

마침내 '전차 교외(streetcar suburbs)'까지 포함하게 되었다. 전 유럽과 미국의 도시 여기저기에서 그런 식의 교외가 마구 생겨나자 낡은 공간적 형식들은 붕괴되었다. 기존의 지역 구분들은 순식간에 무너지고 시골 마을은 통근자들로 넘쳐났으며 새로 조성된 지역들이 도시의 낡은 경계를 뛰어넘어 마구 뻗어나갔다.

교외 거주를 통해 수많은 사람들이 도시생활의 미덕과 시골생활의 미덕을 결합시킬 수 있게 되자 새로 등장한 각양각색의 도시들은 저마다 새로운 생활양식을 수반하게 되었다. 이런 현상에 대한 반응은 크게 두 가지로 갈렸는데, 전통지향적인 사람들은 전원생활의 사적인 성격이 상실된다면서 개탄했고, 다른 사람들은 교외를 전원생활의 고립과 편협한 지방주의는 물론 도시의 혼잡과 퇴폐를 중화시켜줄 교정물로 간주했다.[6]

전차와 철도를 비롯한 교통수단의 발달은 낡은 공간형식을 무너뜨리면서 새로운 공간형식을 창출했다. 자본의 욕망이 근대도시를 추동한 동력이었다면, 그 동력의 구체적 표상이 다름 아닌 근대적 교통시설이었다. 더욱 빨라진 교통망은 인간의 신체뿐만 아니라 의식까지 바꾸어 놓기에 충분했으며, 압축된 공간을 넘나드는 사람들의 시간 의식에까지 심대한 변화를 몰고 왔다. 교통망을 따라 형성된 거리와 장소는 현대적 감수성을 전파하는 통로이기도 했다.[7] 사람들은 이제 새롭게 형

---

6 스티븐 컨, 박성관 역, 『시간과 공간의 문화사 1880~1918』, 휴머니스트, 2004, 466~467면.
7 1920년대를 거쳐 1930년대로 들어서면서 이른바 도시적 감수성으로 무장한 일련의 시인들과 소설가들이 등장한다. 꼭 모더니스트가 아니라 하더라도 이들은 근대적 도시가 '전염시킨' 감수성으로부터 자유로울 수가 없었다. 그 감수성의 정체를 뭐라 한마디로 정의하기는 쉽지 않지만 외로움·고독·피로·권태·신경쇠약 등 병리적 현상을 동반

성된 거리와 장소를 소비하면서 감수성의 폭을 확대해 나갔다. 그리고 자본주의적 욕망의 확대=도시의 확대의 결과라 할 수 있는 교외의 탄생에 근대적 교통수단이 결정적인 산파 노릇을 했다는 것은 두말할 필요도 없다. 그 과정을 부정적으로 바라보든 긍정적으로 바라보든, 교외화(郊外化)는 피할 수 없는 현실이었다.

그렇다면 한강변과 함께 새로운 '교외'로 떠오른 '청량리'에서는 무슨 일이 있었을까. 아니, 청량리에 대한 동시대인의 감각이랄까 인상은 어떠했을까. 1920년대 초반, 어느 전차 차장(車掌)의 시선에 포착된 경성의 풍경과 청량리에 대한 상상은 이러했다.

> 나는 어제 하루를 논 후에 오늘은 야근(夜勤)을 하게 되었다. 오늘은 동대문서 청량리(淸凉里)를 향하여 떠나게 되었다. 오후 여덟 시나 되어 날이 몹시 추워졌다. 바람도 몹시 불기를 시작하야 먼지가 안개처럼 저쪽 먼 곳으로부터 몰아온다. 여름이나 봄, 가을에는 장안의 풍류 남아 처놓고 내 손에 전차표를 찍어보지 않은 사람이 별로히 없을 것이요, 내 손 빌지 않고 차 타지

하는 경우가 많았다. 김기림·김광균·이상·박태원·최명익 등 이른바 모더니스트들의 작품은 물론이고 도시 공간을 무대로 한 텍스트들은 다양한 방식으로 도시적 감수성에 노출되어 있었다. 예컨대 박팔양의 「점경(點景)」이라는 시도 그 가운데 하나이다. 박팔양은 도시와 그 거리에 선 시적 화자의 내면을 이렇게 그린다. 도회./밤 도회는 수상한 거리의 숙녀인가?/그는 나를 고혹(蠱惑)의 뒷골목으로/교태로 손짓하며 말없이 부른다.//거리 우의 풍경은 표현파의 그림./붉고 푸른 채색등, 네온싸인,/사람의 물결 속으로 헤엄치는 나의 젊은 마음은/지금 크나큰 기쁨 속에 잠겨 있다.//쉬일 사이 없이 흐르는 도회의 분류(奔流) 속으로/내가 여름밤의 조그마한 날벌레와 같이/뛰어들 제. 헤엄칠 제. 약진할 제./아름다운 환상은 나의 앞에서/끊임없이 명멸하고 있다.//그러나 이윽고 나는 나의 피로한 마음 우에/소리도 없이 고요히 나리는 회색의 눈[雪]을 본다./아아 잿빛 환멸 속의 나의 외로운 마음아./페이브먼트 우엔 가을의 낙엽이 떨어진다.//이것은 1930년대의 서울/늦은 가을 어느 밤거리의 점경.//기쁨과 슬픔이 교착되는 네거리에는/사람의 물결이 쉬임없이 흐르고 있다.(박팔양, 「점경」, 『여수시초』, 박문서관, 1940)

않은 사람이 별로히 없었을 것이다. 그러나 오늘은 일요일은 일요일이지마는 나뭇잎은 어느덧 한란이 들어서 시름없이 떨어지고 수척한 나무들이 하늘을 뚫을 듯이 우뚝우뚝 솟았는데 갈가마귀떼들이 보금자리로 돌아간 지도 얼마 되지 않고 다만 시골 나무장사와 소몰이꾼들의 "어디여, 이놈의 소" 하는 소리가 들릴 뿐이다. 탑골승방 영도사 또는 청량사 들어가는 어구는 웬일인지 전보다 더욱 쓸쓸해 보인다.

우리 차는 다시 동대문에 갔다 놓았다. 나는 트롤리를 돌려대고 다시 차 안에 올라서서 차 떠날 준비를 하려 할 때 차안을 들여다보니까 그저께 새벽에 만났던 여자가 그 안에 앉았다. 나는 반가웁기도 하고 또 한편으로 놀라웁기도 하야 한참이나 물끄러미 건너다보고 있었다. 가슴 속에서 타기를 그쳤던 그 피가 다시 한꺼번에 와짝 타오르기를 시작하였다.

(…중략…)

전차가 영도사 들어가는 어구에 정거를 하자 그들은 거기서 내렸다. 이것을 보고서 나는 일종의 의심이 일어나기 시작하였다. 그 차표를 사던 남자가 나의 눈으로 보기에 어째 부랑성(浮浪性)을 띤 듯 하였고 또는 그 눈이나 입 가장자리가 몹시 음탕하여 보였으며 그가 그 여자를 데리고 음부탕자(淫婦蕩子)가 비교적 많이 오는 한적한 절로 들어가는 것이 장차 무슨 음탕한 사실이 그 속에서 생길 듯하여 공연히 그 남자가 미운 동시에 끌려가는 그 여자에게 동정이 갔다. 전차 차장의 직업이 그리 귀하지도 못한 것을 나는 안다. 비교적 얕은 지위에 있어서 어떠한 계급을 물론하고 날마다 그들을 만나게 되는 동시에 이와 같이 수상스런 사람들을 많이 보지마는 이러한 수상스러운 남녀를 볼 적이면 공연히 욕도 하고 싶고 그들을 잠깐이라도 몹시 괴로웁게 하고 싶은 생각이 나는데 이번에 본 이 여자로 말하면 처음에 그와 같이 남루한 의복에다가 돈 한 푼 없이 나에게 전차표를 얻어가던 자로서 오늘 와서 나를 대하는 태도도 몹시 거만하고 또는 적은 은혜나마 은혜를 모르는 것이 가증한 생각이 들기는 들면서도 웬일인지 나의 가슴 가운데 있는 정서(情緖)를 살살 풀리게 하는 듯 하였다. 그래서 그를 떼여 보낼 때 나의 마음은 또 다시 섭섭하였다.[8]

전차 차장 노릇을 하는 '나'는 경성 구석구석을 누비면서 풍경과 오가는 사람들을 관찰한다. '전차＝시민의 발'이 닿는 곳은 당시 식민지 도시 경성에 살던 사람들의 동선(動線)과 포개진다. 남대문에서 서대문으로, 종로에서 동대문으로, 그리고 동대문에서 청량리로 이동하는 전차를 따라 '나'의 시선은 차 안의 풍경과 차 밖의 풍경을 포착한다. 특히 청량리는 이른바 '전차 교외'라 부를 수 있는 곳이었다. 『무정』의 이형식이 전차를 타고 청량리로 갔듯이, '나'도 차장이라는 직업상 청량리라는 곳을 피할 수가 없다. '탑골 승방'과 '영도사'와 '청량사'로 들어가는 어귀는 왠지 쓸쓸하다. 승방이고 절인 만큼 그렇게 호젓하고 또 쓸쓸하게 보일 수도 있었을 터이다.

전차 안에서 '나'는 한 '여자'를 우연히 만난다. 그런데 며칠 전에 만나 자신이 '적선'을 해주었던, 그리고 내심 "그(여자−인용자)의 손으로 주는 차표를 받을 생각을 하니까 웬일인지 공연히 마음이 두근두근하여지는 것이 온몸이 홧홧 달"아오르는 듯한 느낌이 들 정도로 호기심을 갖고 있던 여인이, "금테 안경 쓰고 윗수염을 까뭇까뭇하게 기르고 두

---

8   나도향, 「전차 차장의 일기 몇 절」, 『개벽』, 1924.12, 143~145면.

눈 가장자리가 푸르둥하고 콧날이 우뚝한 삼십이 넘을락말락한 사람"
과 동행하고 있지 않은가. 돈푼이나 있는 것처럼 보이는 이 남자와 여
자가 내린 곳은 다름 아닌 청량리에 있던 영도사(永導寺)[9]라는 절 입구
이다. 그 순간 '나'는 "일종의 의심"을 지우지 못한다. 청량리의 영도사
란 "음부탕자(淫婦蕩子)가 비교적 많이 오는 한적한 절"이라는 인상으로
남아 있기 때문이다. 그곳은 "수상스러운 남녀"들이 "음탕한" 짓을 하
기 위하여 찾는 장소라는 이미지가 '나'를 사로잡고 있는 것이다.

전차가 닿은 '교외' 청량리 근처의 사찰은 이처럼 '음부탕자'들의 놀
이터로 인식되고 있었다. 신설동에 자리잡고 있던 토막촌(土幕村)의 풍
경이나 청량리역 근처를 오가는 '조선의 얼굴'을 그리기보다는, 『무
정』을 쓴 이광수가 그랬듯이, 「전차 차장의 일기 몇 절」의 작가 나도향
역시 청량리 근처를 남녀가 은밀하게 만나 놀고 마시는 곳으로 묘사하
고 있는 것이다. 이는 청량리라는, 식민지 도시 경성의 교외가 스티븐
컨의 지적대로 "도시의 혼잡과 퇴폐를 중화시켜"주는 공간을 넘어 퇴
폐성을 조장하고 강화하는 장소로 이미지화되었다는 것을 보여주는 예
라 할 수 있을 것이다.

청량리 근처의 절이 이처럼 '밀회의 공간' 또는 '타락의 공간'으로

---

9 당시 동대문 밖 청량리 쪽에는 영도사와 화동학교가 있었다. 영도사는 당시 문인들의
   모임터이기도 했다. 강원도 고산군의 석왕사와 쌍벽을 이루던 곳이었다. 이광수, 방인근
   등도 이곳으로 나들이를 했다. 영도사 부근 용두동에는 조선문단사가 들어서고, 모윤숙
   과 정비석 등이 살고 있었다. 또한 영도사는 젊은이들의 데이트 장소이기도 했다. 영도사
   경내의 대원암은 1900년대 동대문 시장 상인들이 주로 모이던 곳이었고, 화동학교는
   상인들의 자제가 주로 다니던 곳이었다. 영도사는 당시 영화관계자들이 모여 조선 연예
   계 발전을 논의하는 장소로도 쓰였다. 단성사 설립 논의도 이곳에서 이루어졌다. 영도사
   는 후에 개도사(開導寺)로 이름을 바꾼다. 김정동, 『문학 속 우리 도시 기행』, 옛오늘,
   2001, 39~40면 참조.

이미지화된 예는 적잖이 찾아볼 수 있다. 예컨대 엄흥섭(嚴興燮)은 「악희(惡戲)」라는 소설에서 자신의 딸 '보경'이 어떤 사내와 청량리 근처의 어느 절로 들어가는 것을 보고 타락했다는 심증을 굳힌다. 이 소설의 화자는 저간의 사정을 다음과 같이 피력한다.

보경이는 청량리 전차가 닫는 동대문 앞 정류장에서 청량리행 전차에 올나타데. 나는 약 오 분 뒤에 그 뒤차 타고 바로 쫓았네. 내가 청량리에서 내렸을 때는 보경이는 어떤 사나이와 나란히 서서 소나무 사이 길을 걸어 절로 행하데그려. 나는 벌써 때가 늦었음을 한탄했네. 나는 보경이 넌이 벌써 나란히 선 그 사내 녀석과 여지없는 젊은 작란들을 했을 것만 같데. 나는 그것을 생각지 않으려고 머리를 좌우로 흔들었네. 나는 이미 옆길로 미끄러진 내 딸년보다도 민식이가 더 한층 가엽게 여겨지데. 만일 사나이와 나란히 서서 절길을 걷고 있는 보경이 모양을 민식이가 어디서 보고 섰다면 나는 무어라고 민식에게 변명을 할 것인가? 무어라고 위로를 할 것인가? 하고 생각하니 민식에게 더 한층 민망한 생각이 가슴을 찌르데. 나는 쫓아가서 보경이 넌을 잡아끌고 집으로 돌아와 흠뻑 뚜드려 주고도 싶은 생각이 나데만은 그것은 이미 만경(晩境)에 기우러진 중병을 한 대의 주사로써 고쳐 보겠다는 풋내기의 의사가 가진 만용 이외에는 다른 아무 것도 아니라고 생각하고 이를 갈면서 발길을 돌리었네.[10]

---

3. '야외 산보'의 미학과 그 이면

조선 최초의 비행사 안창남(安昌男)은 비행기를 타고 1,100미터 상공에서 내려다 본 경성이 "일본 동경(東京)보다 좁기는 하나마 몹시도 깨끗하고 어여뻐 보였"다고 말한다.[11] 안창남으로 하여금 "오오 경성아!"를 외치게 했던 식민지 도시 경성. 여의도 비행장을 떠난 비행기는 남대문과 독립문과 종로와 창덕궁과 창경원과 총독부 병원을 거쳐 "동소문 밖에 눈 쌓인 원산(遠山)까지 내려다보면서 동대문 위로 지나 청량리 줄버들과 안암동, 우이동 가는 되넘이고개까지" 경성 전역을 눈에 선하게 조감한다. 하늘에서 바라본 안창남의 시선에 포착된 경성은, 그러니까 세속적 현실을 괄호치고 바라본 경성은 그야말로 깨끗하고 어여뻤을 것이다. 특히 야외/교외를 산보하는 선남선녀들을 보았다면 더욱 그러했을 것이다. 식민지 시대 배운 것이 있거나 돈 푼 있는 사람들 사이에 '야외 산보'는 하나의 유행어였다. 나혜석(羅蕙錫)은 '아름다운 남매의 기(記)'라는 부제가 달린 「이성간의 우정론」이라는 글에서 이렇게 쓴다.

> 방안 공기(空氣)는 좀 빡빡해졌다.
> "날도 따뜻합니다. 우리 청량리로 산보나 가십세다."
> S는 모자를 들고 일어섰다. R도 일어섰다.

---

11 안창남, 「공중에서 본 경성과 인천」, 『개벽』, 1923.1, 96면. 전문은 부록으로 실린 자료편을 참조할 것.

파고다공원 앞에서 동대문행을 탔다.

맑고 푸르고 높은 늦은 봄날 오후에 청량리 공기는 시원하였다. 수풀 사이로 대학예과 건물이 보이고 사택(舍宅)도 보였다.

잠잠히 있던 S는

"대학교수로 생활안정이나 되어 저런 곳에 살면 좋으렸다."

"좋고말고. 그야말로 사바세계를 떠난 것 같지."

두 사람은 한없이 걸어 막다른 골목이 되었을 때 다시 옆 산을 넘어 승방(僧房) 있는 뒷산 꼭대기에 올랐다. 거기는 앞이 탁 터지고 시원한 바람이 불어 들어왔다. 두 사람이 이마에 땀을 씻으며 휘 한숨을 쉬었다.

"참 시원하다. 내 속은 언제나 이렇게 시원하랴나."

R은 이렇게 말하고 멀거니 서서 먼 산을 건너다본다.[12]

답답한 서울을 벗어나 산보를 떠나는 곳, 그곳이 청량리였다. 파고다 공원 앞에서 동대문행 전차를 타고 동대문에서 내려 청량리행으로 갈아탄다. 수풀 사이로 1924년에 설립된 경성제국대학 예과[13]가 보인다.

---

12 나혜석, 「이성간의 우정론」, 『삼천리』, 1935.6, 100~101면. 청량리에 있던 '절간'은 이처럼 술과 밥을 파는 곳이었을 뿐만 아니라 결혼식이 열리는 곳이기도 했다. 이와 관련하여 무용가 최승희(崔承喜)는 다음과 같이 회고한다. "나는 지금으로부터 滿 3年前인 昭和 7年(1932년-인용자) 봄 한양의 옛 城에는 봄풀이 푸르렀고 청량리 永導寺에는 녹음이 바야흐로 무르녹으려던 때 내 나이 바로 20의 봄을 맞이하게 되는 해에 서울의 교외의 어느 한 조고마한 절간에서 靑春으로서의 가장 거룩하고 행복스러운 饗宴인 결혼의 예식을 끝마쳤습니다."(최승희, 「꿈을 안고 동경으로」, 『삼천리』, 1935.7, 79면)

13 당시 청량리에 있었던 경성제대 예과 학생들에 대한 평판은 그다지 좋지 않았던 듯하다. 하나의 예를 보면 다음과 같다. "空氣 좋은 淸凉里에 校舍와 寄宿舍가 있단다. 寄宿舍가 있은들 무엇하리오 오히려 不經濟다. 하루에도 열두 번씩 電車를 타고 市內 出入을 하니. 밤 늦도록 市內에 들어와 카페 等으로 돌아다니며 電車가 끊어질 때까지 있다가 밤 늦게야 허덕이며 寄宿舍까지 걸어간다고. 저녁 못 얻어먹고 그 밤을 지내는 학생이 半數가 넘는데! 너무 아바레루 한다. 無邪氣한 그들이 어떻든 무척 귀염성이 있어 보이나 혹시

둘은 시원한 청량리의 공기를 마시며 승방이 있는 뒷산으로 갔다가 밥을 사먹기 위해 노여승과 처녀 여승이 사는 집으로 들어간다. 이곳에서 그들은 "표주박에 기름을 치고 투각(튀김-인용자)을 부셔 넣고 고비나물 도라지나물을 넣고 두부 소전골 국물을 쳐서" 맛있게 비벼먹고는 밥값을 치르고 나온다. 이곳에서는 이러한 밥뿐만 아니라 원한다면 술까지 마실 수 있다. 두 사람은 노스님의 배웅을 받으며 산등성이를 넘는다. 뉘엿뉘엿 석양이 지고 "전등불이 보일락말락 할" 때쯤 두 사람은 "청량리 역전에서 전차를 타고 쉬이 다시 만나자는 약속으로 전차 속에서 작별"을 한다. 이것이 이른바 '선남선녀'의 청량리 산보의 풍경이다.

이와 관련하여 김기림(金起林)은 "때때로 나는 서울을 미워도 하다가도 그를 아주 버리지 못하는 이유의 하나에 그는 그 교외에 약간의 사랑스러운 산보로를 가지고 있다는 점도 들어 있다"고 하면서, 다음과 같이 청량리의 산보로(散步路)를 예찬한다.

산보는 군(君)의 건강에는 물론 사상의 혼탁을 씻어버려 주는 좋은 위생(衛生)이다. 틈만 허락한다면 매일이라도 좋지만 비록 토요일의 오후나 일요일 아침에라도 동대문에서 갈려져 나가는 청량리행 전차를 잡아타기를 나는 군에게 권고하고 싶다.

왜 그러냐 하면 그 종점은 내가 사랑하는 그리고 군도 사랑할 수 있는 가

長髮俱樂部 會員을 만날 때는 原始人을 連想케 하며 그날 재수 없는 感을 준다. 그러나 儉素하고 勤勉하니 귀엽기는 귀여워! 겨울에는 망토를 입고 다니다가 女學生 씌워 주기가 일쑤인 모양이다. 新入生 때에는 自動車로 新町을 구경한다지? 先輩들의 責任이라고 하여, 社會現象을 ──히 알어야 된다고 案內하는 까닭이라나! 이런 구경은 안 시켜도 좋을 일. 이러케 實社會는 잘 알어도 조선말은 모르고 또 조선글 쓸 줄도 모르는 조선 학생들!"(박은선, 「男學校評判記」, 『동광』, 1932.11, 75면)

장 아담한 산보로의 하나를 가지고 있는 까닭이다.

우리는 종점에서 전차를 내려서 논두덩에 얽힌 좁은 길을 따라가면 북으로 임업시험장의 짙은 숲속에 뚫린 신작로(新作路)에 쉽사리 나설 수가 있다. 세상 소리와 흐린 하늘을 피하여 우리는 숲속에 완전히 몸을 숨길 수도 있다.

군은 고요한 숲을 사랑하는 우량한 사상을 가지고 있으리라고 나는 믿는다. 일찍이 '아리스토텔레스'도 그 철학을 숲속에서 길렀다고 하지 않는가? 숲속이라 한 곳에 그리 높지 아니한 방천(防川)이 좌우 옆에 갈잎을 흔들면서 맑은 시냇물을 데리고 길게 돌아갔다.

이 방천을 걸으면서 군은 서편 하늘에 짙어가는 노을을 쳐다 볼 수가 있을 것이다. 풀잎에 맺힌 이슬방울을 손바닥에 굴릴 수도 있을 것이다. 은모래 위를 조심스럽게 흘러가는 그 맑은 시냇물에 군의 불결한 사상을 가끔 세탁하는 것은 군의 두뇌의 건강을 위하여 충분히 청량제가 될 수 있는 일이다.

숲속의 산보로———나는 때때로 붓대를 책상 귀에 멈추고는 생각을 그 길 위로 달리기로 한다.[14]

---

14 김기림, 「자연의 전당 대경성 풍광－청량리」, 『조광』, 1935.10, 68~69면. 채만식도 교외의 산책 장소 가운데 청량리를 꼽는 데 주저하지 않았다. 그는 「청량리의 가을」이라는 글에서 이렇게 말한다. "淸涼里를 나가서 지금 京畿道 林業試驗場이 된 숲속으로 들어섭니다. 그 속이 벌써 주인 없는 큰 정원을 들어선 듯하여 마음이 후련한데 그곳을 지나 그 區內를 벗어나면 시냇물이 흐릅니다. 드라이브하는 자동차 等屬은 물론 그림자도 없고 인적이 드문 솔숲과 모래 바닥을 소리 없이 굴러가는 얕은 시내뿐입니다. 내가 이곳을 처음 간 것이 작년 가을인데 미상불 서울 근교에서 하루의 산책지! 더욱이 가을 날로는 매우 좋은 곳인 줄 여겼습니다. 더구나 이 시내를 끼고 좀 더 가면 정말 시골이 나오고 그곳에 두어 곳 과수원이 있어 포도니 배니 하는 과실을 자미있게 먹을 수가 있습니다. 우리 같은 黃金不足症의 平生固疾에 걸린 興致客에게는 안성맞춤인 줄 여깁니다."(채만식, 「청량리의 가을」, 『동광』, 1932.10, 54면)

청량리 산보로가 눈에 잡힐 듯이 선명하다. 김기림의 말에 따르면 청량리 산보는 그야말로 세속에 찌든 몸과 머리를 청결하게 하는 청량제(淸涼劑)이자 건강한 사상이 싹트는 토양이었다. 뿐만 아니라 청량리행은 현실의 고통을 씻어버릴 수 있는 기회이기도 했다. 예컨대 신림(申琳)은 청량리의 자연을 "녹음의 청량", "선경같은 녹음"이라 부르며 이렇게 찬양해 마지않는다.

물이 잔잔히 흐르는 개천가로 수림이 울울(鬱鬱)히 자욱하게 우거선 숲 사이로 이리저리 돌아다녔다. 그만 격분(激噴)된 감정, 비통한 기분도 사라져 버린다. 오직 녹음의 청량(淸涼), 신비로움에 도취하여 버린다. 제절로 '松松栢栢靑靑立, 枝枝葉葉萬萬節'이란 창창(蒼蒼)한 녹음을 두고 구상한 문구를 거듭 불렀다. 누구나 이 선경(仙境)같은 녹음을 바라보고 밟아 볼 때 평화의 꿈속에 잠기는 듯한 아늑한 생각을 가지지 않으랴. 마음의 정화를 고요히 느끼게 한다. 여기는 거리에서 보고 듣는 위선, 강제 쟁탈, 사악한 것은 하나도 없다. 오직 잡(雜)되고 사악한 것이 있다면 고요히 잠들고 있는 공기를 헤치고 들려오는 새소리, 아득한 창공에서 비쳐오는 햇볕이 숲 사이로 약간씩 스며드는 것이었다.[15]

그러나 현실은 그렇게 여유로울 수만은 없었다. 특히 하루의 끼니를 이어가기 어려운 사람들에게 식민지 도시 경성은 힘겨운 삶의 현장, 바로 그것이었다. 인력거꾼 김첨지가 죽어가는 아내를 두고 돈벌이에 매

---

15   신림, 「綠陰漲滿地」, 『삼천리』, 1935.8, 189~190면.

달려야 하고, 도심부로 진입하지 못한 이농민들이 사대문 밖에 토막을 짓고 한겨울을 나며, 그도 못한 사람들은 남부여대(男負女戴) 낯선 땅으로 정처없이 떠나야 하는 것이 일반 민중들의 삶이었다. 그런 사람들, 예를 들어 "65전으로 냉이 사고 조개 사고 쇠고기 사고 술 사고 해서 5~6명의 인간이 즐겁게 배부르게 실컷 나눠 먹고서 배를 두드리며 노래까지" 하는 '프로[無産者]'의 눈에 교외로 산보나 밀회를 즐기러 다니는 '뿌르[有産者]'가 곱게 보일 리 없다. 여기에서도 청량리와 영도사가 빠지지 않는데 춘파(春坡) 이응성(李應星)은 「'프로'의 봄과 '뿌르'의 봄」에서 이렇게 말한다.

봄은 왔다. 마음이 별로 싱숭생숭해진다. 야외로 가든지 사원(寺院)으로 가든지 어디든지 갔으면 좋겠다. 그러나 내 신세에 그런 곳을 갈 수가 있을까? 무산자(無産者)에게도 야외가 있고 사원(寺院)이 있을 수 있을까? 아니 무산자에게도 봄이 왔을까? 무산자에게는 봄도 없겠지? 생각하니 기가 막힌다. 봄은 분명한 봄인데 나의 마음속에는 종시(終是) 봄이 아니 오는구나!

'뿌르'들은 잘도 가겠지? 청량리(淸凉里)니 영도사(永導寺)니 하고 삼삼오오 광풍(光風)에 잘도 번뜩이겠지? 봄은 그들의 봄이겠다. 그뿐이랴. 춘하추동이 다 그들의 것이다. 생각하니 기가 꽉 막힌다.

보기 싫은 아내는 더 한층 미워진다. 컴컴한 방 안은 더 한층 컴컴해 보인다. 시어미 역정에 개 옆구리 찬다고 죄 없는 어린애에게 공연한 심술을 피웠다.

그래 '프로'는 야외도 한 번 못 가본단 말가. 그래 '프로'는 사원도 한 번 못 가본단 말가. 에라. 빚지고 죽지. 물고 죽겠느냐. 죽은 담에 무덤에까지

빚 받으러 올 놈 있더냐. 상감님 총감투 살 돈이라도 있으면 잘라 쓰고 보자. 쓰는 것이 내 것이다. 못 쓰는 놈이 바보이다. 될 수만 있으면 강도질이라도 해서 쓰는 것이 내 것이다.[16]

아무리 따뜻하고 즐거운 봄이 왔다고 해도 "돈 없는 놈들"은 야외 산보를 엄두도 못낸다는 사실에 이 글의 필자는 분개를 금치 못한다. "말쑥한 춘복(春服)에 단장(短杖)을 휘두르는 청년"과 "연분홍 저고리와 연옥색 치마"를 입은 새악씨, 그러니까 '뿌르'에 속하는 자들만이 "봄은 자기의 것"이라고 뻐기면서 청량리로, 영도사로 휘젓고 다닐 것이다. 그가 보기에 그들은 영락없는 '탕자탕녀(蕩子蕩女)'다. "봄도 자기의 것이요 나비도 자기의 것이요 절간도 자기의 독차지요 산수(山水)도 자기의 독점령(獨占領)"이라 생각하는 '뿌르'들의 행각을 보면서/상상하면서 그는 봄은 봄이되 '프로'에게는 봄이 오지 않았다고 말한다. 그러한 '뿌르'들이 노니는 장소가 바로 청량리로 영도사였던 것이며, 이곳은 큰맘 먹고 빚이라도 내지 않는다면 찾을 수 없는 이들에게는 멀기만 한 '그들만의 세계'나 다름없었던 것이다.

그런데 동대문 밖과 청량리는 '탕지탕녀'들의 유희 장소만은 아니었던 듯하다.[17] 전영택의 「어머니는 잠드셨다」에 따르면, "동대문에서 바꿔 탄" 찻간에는 "파리가 많고 탄 사람이 모두 촌사람"이다. 그리고 "왕십리까지 뻗친 동대문 밖 미나리벌판"은 "북국의 광야와 같이 몹시도

---

16   춘파, 「'프로'의 봄과 '뿌르'의 봄」, 『개벽』, 1926.4, 96면.
17   이기영(李箕永)의 「십년 후」에서 볼 수 있듯이, '건강한 인쇄직공'이 된 10년 전의 친구 '인학'과 '어두침침한' 인텔리의 삶을 접지 못하고 있는 화자인 '경수'가 만나서 깊은 대화를 나누는 것도 청량리에서였다. 이기영, 「십년 후」, 『삼천리』, 1936.6 참조.

넓고 쓸쓸"하다.[18] 그도 그럴 것이 청량리역은 전차의 종점일 뿐만 아니라 경원선과 중앙선이 출발하는 곳이었던 까닭에 수많은 사람들이 이곳을 통해 서울로 들어오기도 했고, 또 머나먼 곳으로 떠나기도 했다. 그 가운데 고향산천을 버리고 북만주로 떠나는 이들도 있었다.

4. 청량리역과 그 근처, '출발점/종착점'의 상상

하시야 히로시[橋谷弘]는 일본 제국주의의 식민지 도시 유형을 ① 일본에 의해 새롭게 조성된 도시, ② 전통적 도시와 식민지 도시의 이중구조, ③ 기존의 도시와 식민지 도시의 병존으로 나누고, 경성의 경우 근대 이전부터 형성된 조선의 전통 도시가 있었기 때문에 식민지 도시가 되어서도 조선인의 도시 공간이 독자적인 영역을 형성하고 있었다고 지적한다. 이어서 그는 다음과 같이 말한다.

한편 1920년대부터 더욱 두드러진 농촌에서 도시로의 인구 이동이 경성부의 새로운 전개를 불러왔다. 종래의 일본인과 조선인의 이중구조에 더하여, 인구가 급증한 주변부와 중심부의 거주 환경에 서로 격차가 생겨났던 것이다.

---

18   전영택, 「어머니는 잠드셨다」, 『삼천리』, 1934.6, 289면.

1910년대의 토지조사사업과 1920년대의 산미증식계획은 식민지 지주제의 형성과 하층민의 몰락을 불러왔고, 토지를 잃은 농민은 조선 내의 도시나 일본, 만주로 이주하였다. 한편 경성부에서는 일정 정도 공업화가 진전되었으나 많은 유입인구를 흡수할 수 있을 만큼의 고용 기회를 창출하지 못했고, 오늘날의 개발도상국과 같이 과잉도시화가 진행되었다. 따라서 주변부에 천막을 치고 '토막민(土幕民)'이 되는 사람이 급증하였고, 이들은 제2차 세계대전 후의 개발도상국에서 보이는 도시비공식부문과 같은 잡업층(雜業層)을 형성하였다.

이와 같은 인구의 급증으로 인하여 서울의 시역(市域)도 확대할 필요가 생겨서, 1936년에는 옛 성내의 바깥 지역과 한강 건너편의 영등포를 포함한 '대경성(大京城)'이 탄생하였다.[19]

이처럼 식민지 도시 경성의 확장은 불가피했으며, 이에 동반하여 도로망의 확충이 가속화되었다. 특히 기존의 공간과 장소라는 개념을 뿌리부터 흔들어놓은 철도망이라는 촉수는 청량리 주변을 송두리째 바꿔놓았다. 청량리역은 북으로 향하는 경원선의 출발점이자 종착점이었다. 경원선은 1910년 10월 15일 첫 삽을 뜬 후 우여곡절 끝에 1914년 8월 완공되며, 함경선이 완공된 것은 1928년 9월이었다. 나아가 "일제는 1930년대에 본격적으로 대륙을 침략하면서 함경선과 도문선 등의 만주 동북 지방 간선을 중국 지린[吉林]에서 회령에 이르는 길회선과 잇고 이들 철도선상에 위치한 청진, 나진 등의 동북 3항을 일본의 동해

---

19   하시야 히로시, 김제정 역, 『일본제국주의, 식민지 도시를 건설하다』, 모티브, 2005, 38
      ~39면.

쪽 항구와 연결시켜 단기간에 물자를 수송하는 이른바 '북선(北鮮) 루트'를 개발한다."[20] 그리고 1936년에 실측조사에 들어가 1942년 2월 전구간이 개통된 중앙선의 출발점도 청량리역이었다. 1938년 5월 1일부터 청량리역은 '동경성역'으로 불리게 되었고, 같은 날짜를 기점으로 '남경성역'으로 이름을 바꾼 영등포역과 함께 '대경성'의 '양날개'를 담당하게 된다.[21]

청량리역을 출발하여 금강산 탐승(探勝)에 나선 사람들도 있었고, 원산으로 사랑의 도피행을 떠나는 사람들도 있었으며, 학생들은 수학여행을 떠나기도 했다. 그리고 몽양 여운형(呂運亨)의 분노를 촉발한 전문학교 학생의 "더럽고 추하고 쓰라린" '히야까시'가 벌어지는 곳도 청량리역이었다.[22] 그뿐만이 아니었다. 청량리역은 조선의 농민과 노동자들이 살길을 찾아서 만주로 향하는 출발점이기도 했다. 이와 관련된 많은 기사들 중 하나만 보면 다음과 같다.

---

20 노형석, 『모던의 유혹, 모던의 눈물』, 생각의나무, 2004, 38면. 그리고 '북선 루트' 개설 과정 및 그 의미에 관해서는 정재정, 『일제침략과 한국철도 1892~1945』, 서울대 출판부, 1999, 158~165면을 참조할 것.

21 「大都京城의 兩翼」, 『동아일보』, 1938.4.12 참조.

22 여운형은 경성중앙청년회관에서 열린 '전문학교 신입생 환영의 밤' 대회석상에서 다음과 같이 말한다. "그렇게 유쾌하던 나의 온 마음을, 저녁 때 차가 청량리역에 가까이 왔을 때, 극히 짧은 순간인, 한 찰나에 그만 완전히 다 깨뜨려져 버리고 말았어요. 그 순간, 그렇게 유쾌하던 나의 마음은 아주 괴로워졌어요. 그것은 한 20세가량 되어 보이는 전문학교 학생 비슷하게 차림을 하고 캡을 쓴 젊은 청년 두 사람이 어떤 여학생들에게 자기가 쥐었던 꽃을 주며, 그 여자의 쥐었던 꽃을 탈취하면서, 히야까시를 하며 강압적 조롱까지를 하는 것을 보았어요. 그 때의 나의 마음은 아주 괴로워 견딜 수 없을 만 하였어요. 그래 나는 분한 마음에 그들과 싸우고 싶은 생각도 들었으나, 그냥 보고만 있었어요. 그 여학생들은 그 젊은이들에게 그냥 가만히 모욕을 당하고 있었던 모양입니다. 이 얼마나 더럽고 추하고 쓰라린 사실입니까? 아름다운 자연계에서 대단히 유쾌하던 나의 마음은 여기에서도 사회의 추하고 더러운 일면을 보았습니다." 여운형, 「새 일꾼을 환영하노라」, 『삼천리』, 1936.1(여운형연설집 별책 제1부록), 6~7면.

間島行 窮民 驛頭에 混雜

왕십리 청량리에 모이는 간도행 궁민의 참담한 꼴

數日內 百五十名

　　매일매일 남북 만주로 길을 떠나는 농민이 그치지를 않는다 함은 누보(屢
報)되는 바이어니와 최근 이삼일 간 청량리, 왕십리의 두 정거장에서 북간
도를 향한 강원도 춘천, 홍천, 원주와 충북 제천, 충주, 경기도 이천, 여주,
양평 방면의 농민 백오십팔 명이 있었다더라.[23]

　　청량리역은 강원도와 충청도 그리고 경기도의 고향을 떠나 북만주
로 떠나는 농민들의 회한의 눈길과 한숨이 머무는 곳이기도 했다. 그들
은 청량리역을 출발하는 열차에 몸을 실으면서 정처도 없는 땅에서 부
딪힐 간난신고의 삶을 예감해야 했을 터이다. 자신들의 삶의 터전에서
추방당한 이들의 행렬은 시간이 지날수록 점점 더 길어졌으며, 이는 청
량리역이 간직하고 있는 하나의 선명한 역사적 인상(印象)이라 해야 할
것이다.

　　뿐만 아니라 청량리 일대는 '교외화' 과정과 함께 도심부의 대로(大
路)에서 쫓겨난 도시 빈민들과 도심부 진입에 실패한 이농민들이 모여
드는 곳이기도 했다. 이미 1910년대 중반부터 경성 도심에서 조선인의
인구가 감소한 것은 "일반적으로 생활난의 결과로 교외로 이주하는 자
가 현저히 증가하는 경향을 보였기" 때문이었다.[24] 1936년 제1차 구역

23　『동아일보』, 1927.3.20.
24　『京城府史』, 京城府, 1941, 659면. 손정목, 『일제강점기 도시화과정 연구』, 일지사,

확장 때 경성부에 편입된 신설동, 용두동, 안암동, 제기동, 청량리, 전
농동, 답십리, 종암동, 돈암동, 성북동, 정릉동 지역도 도심 생활을 감
당할 수 없었던 조선인들이 모여든 곳이었다. 결국 데이비드 하비의 지
적과 같이 "더 많은 공간이 물리적으로 개방될수록 그것은 강제적 게토
화와 인종적으로 부과된 배제의 사회적 과정을 통해 분할되고 폐쇄되
어야 했"던 것이다.[25]

여기에서 "새로운 도시복합체(근대적 석탄도시—인용자)의 주요 구성요
소는 공장과 철도와 빈민굴이었다"[26]는 지적에 주목할 필요가 있다. 도
시의 중심부 대로변에는 화려한 쇼윈도가 들어서 밤이면 휘황찬란한
빛을 뿜어내는 '인공낙원'을 연출한다. 그러나 그 중심을 에워싸는 것
은 중심에서 축출당한 사람들이 힘겨운 삶을 살아가는 빈민굴이다. 이
러한 빈민굴은 철도를 따라 형성되는 예가 적지 않다.

그렇다면 도시의 물리적 복제·확장[27]과 함께 경성부로 편입된 '청
량리 근처'는 어떠했을까. 신설동 주변에 형성된 토막촌은 도심의 불빛
으로부터 추방당한 후[28] 온갖 잡업(雜業)에 종사하면서 근근이 삶을 이
어가는 이들의 '종착점'이었다. 1938년 현재 경성부 내 토막민의 생업
을 보면 일용노동자가 46.3%이고 무직이 43.6%에 달한다.[29] 이들의

1996, 52면에서 재인용.
25 데이비드 하비, 김병화 역, 『모더니티의 수도 파리』, 생각의나무, 2005, 393면.
26 루이스 멈포드, 김영기 역, 『역사 속의 도시』, 명보문화사, 2001/1990, 486면.
27 경성의 복제·확장 과정에 대한 설명은 염복규, 『서울은 어떻게 계획되었는가』, 살림,
    2005 참조.
28 이와 관련하여 『동아일보』 1928년 10월 27일자를 참조하면 다음과 같다. "각 경찰의
    조사에 의지하면 바로 시골에서 오면서 움막생활을 시작하는 사람은 1할 가량에 지나지
    못하고 9할은 시내에서 살다가 생존경쟁에 이기지 못하여 쫓겨나간 사람들이라 한다."
29 강만길, 『일제시대 빈민생활사 연구』, 창작사, 1987, 258면.

상당수는 서대문 밖과 동대문 밖에 움집을 짓고 살았다. 동대문 근처의 창신동과 충신동, 동대문 밖의 신설동 지역과 신당동 부근에 토막민들이 몰려 살고 있었다.[30] 이들 도시빈민들의 형성은 도시화 과정이 낳은 필연적인 산물이라 해야 할 터인데, 여기에 덧붙여야 할 것은 경성이 제국주의 일본이 건설한 식민지 도시였다는 점이다. 경성부가 확장될수록 지배자인 일본인에 의한 조선인의 (반)강제적 게토화와 인종적으로 부과된 배제의 사회적 과정이 진행되고 있었으며, 그 상징적인 예 중 하나가 동대문 밖과 서대문 밖에 포진한 토막촌이었던 것이다. 토막촌의 삶의 한 단면을 보면 다음과 같다.

먼저 간 곳이 상왕십리 524번지의 30호에 사시는 지씨(池氏) 할머니 댁이다. 반쯤 쓰러진 초막에 토굴같이 컴컴한 방. 집안에 세간이라고는 귀떨어진 냄비 한 개, 깨진 항아린 한 개, 쭈그러진 양철대야 한 개, 석유상자 하나. 일가의 전 재산을 다 팔아도 오십 전도 못 될 듯하다. 기자는 체면 불고하고 그 냄비 뚜껑을 열어보니 먹다남은 좁쌀 죽 몇 숟갈이 붙어 있다. 이 집 지씨 할머니는 금년 86세나 된 늙은이로 전에는 창신동에서 그럭저럭 밥걱정이나 아니하고 지내었으나 악착한 운명의 희롱을 받아 아들도 죽고 세간도 탕진하고 지금은 십오세 된 손자 하나를 데리고 초막에서 괴로운 세월을 보내는데 그 손자가 양철쓰레기통을 주워다가 그럭저럭 실낱같은 목숨을 이어간다고 한다.[31]

---

30 식민지 시대 토막민의 생활 전반에 관해서는 위의 책, 제3장을 참조할 것.
31 「春光春色의 種種相－陽春明暗二重奏」, 『조광』, 1937.4, 124~125면.

이처럼 청량리역과 그 근처는 간난신고의 삶을 감당하지 못한 사람들이 떠나는 출발점이자 마지못해 머물러야 하는 종착점이기도 했다. 식민지 시대에 생산된 문학 작품들이 청량리역과 그 근처를 그릴 때, 이 출발점과 종착점을 상상력의 자장 안으로 끌어들이지 못한 이유는 무엇일까. 필자가 과문한 탓인지도 모르지만, 동대문 밖 청량리의 이미지가 문학 속에서 유포되는 양상을 물을 때 반드시 짚고 넘어가야 할 것이다.

5. '청량리'라는 텍스트를 다시 읽기 위하여

지금까지 식민지 시대에 생산된 문학(적) 텍스트가 동대문 밖과 청량리 근처를 어떻게 재현하고 있는지를 보아왔다. 이를 통해 이곳의 이미지 또는 심상 공간이 어떻게 우리들의 기억에 새겨지게 되었는지 그 일단을 볼 수 있었다. 아울러 전차노선과 철도를 따라 형성된 물리적 공간의 '근대화'가 동대문 밖을 어떻게 '교외화(郊外化)'하고 '변두리화'했는지, 그리고 그 의미는 무엇인지라는 물음에 소략하나마 하나의 답을 마련할 수 있는 실마리를 찾고자 했다.

이장호가 감독하고 김명곤과 이보희가 주연한 영화 〈바보선언〉(1983)은 청량리역 근처가 한국의 근대화 과정에서 어떻게 형상화되는지를 보여준다. 청량리역 근처는 이른바 '588'로 알려진 집창촌으로 유명한

곳이다. '청량리＝집창촌'이라는 이미지는 지금도 많은 사람들의 뇌리에 깊게 새겨져 있는 듯하다.[32]

하지만 식민지 시대 청량리역과 그 근처에는 골프장이 있었고, 스케이트장이 있었으며, 요양원도 있었다. 뿐만 아니라 경성제대 예과가 있었고, 경성농림학교가 있었으며, 화동학교와 정인택이 「청량리 근처」에서 그리고 있듯 '건강한' 아이들이 있었다. 우리는 기생인 듯 보이는 여인이 홍릉숲을 거닐고 있는 사진 한 장에 현혹될 필요가 없다. 우리에게 익숙한 듯한 '청량리'라는 심상공간은 역사적·사회적으로 형성·생산·유포된 것이다. 식민지 시기의 문학적 텍스트는 대체로 청량리를 산보의 공간, 유흥의 공간, 향락의 공간으로 이미지화하고 있다는 느낌을 지우기 어렵다. 그러나 과연 그러했을까.

스티븐 컨이 적실하게 말한 바와 같이 "공간에 대한 인식은 관점, 생각, 감정 등의 변화에 따라 얼마든지 달라질 수 있으며, 공간 안의 사물들은 시간 속에서 부단히 변하는 과정을 함께 겪는다."[33] 우리의 기억속에 저장된 이미지를 넘어 새로운 심상을 창안하는 것이 '청량리'라는 텍스트를 새롭게 읽을 수 있는 방법일 것이다.[34] 그 방법을 찾아가는 과

---

32 예를 들어 '청량리' 하면 무엇이 떠오르냐는 물음에 연령대와 관계없이 많은 사람들이 '창녀촌'이라 대답했다. 그 다음이 엠티, 경동시장 순이었다. '간이조사'이긴 하지만 청량리의 이미지가 어떠한지를 보여주는 예라 할 수 있을 것이다. 진양교의『청량리의 공간과 일상—일과 시장 그리고 유곽』(서울학연구소, 1998)이 시장과 더불어 유곽의 생활을 파헤치고 있는 것도 청량리라는 심상 공간의 특성을 보여주는 하나의 반증일 수 있을 것이다.

33 스티븐 컨, 앞의 책, 372면.

34 이와 관련하여 다음 진술을 참조하라. "도시경관의 의미들은 주체들이 특정한 의미구조를 삽입하고 독해하는 과정에서 발생한다. 도시 건축물이나 길거리, 장식물, 간판, 아파트나 심지어 주유소 등에 이르기까지 도시경관을 구성하는 모든 표현체들 속에는 만든 이들의 '의도된 의미'와 보는 이들의 '해석된 의미'들이 맞물려 발생하는 '복합적 의미'로

정에서 우리는 식민지 시대의 '청량리'를 해방 이후의 '청량리', 압축고
도성장 단계의 '청량리', 그리고 지금의 '청량리'을 한 자리에 놓고, 그
역사적·사회적 의미망을 탐색해야 할 것이다. 그때야 비로소 '청량리'
라는 텍스트에서 보다 생성적인 이미지를 독해해낼 수 있을 것이다.

구성되어 있는 것이다."(김왕배, 『도시, 공간, 생활세계』, 한울, 2000, 134면)

제3부

제7장

'국민문학'과 새로운 '국민'의 상상

조선문인협회 현상소설 입선작 「연락선」과 「형제」를 중심으로

1. '국민 신화'의 파국과 '불의의 별리'

'8 · 15'는 조선인에게는 광복 또는 해방의 기억이, 일본인에게는 패전 또는 종전의 기억이 새겨진 역사적 시간의 표상이다. 1910년 8월 29일 '대일본제국'에 의한 조선의 강제 병합 이후 하나의 '국민=신민'으로 상상되었던 조선인과 일본인이 1945년 8월 15일을 경계로 각각의 국민국가에 소속된 '국민'으로 재편되기에 이른다. 패전=종전/광복=해방 이후 동아시아의 정치사를 둘러싼 복잡다단한 환경의 변화 속에서 법적으로 '대일본제국'의 국민=신민이었던 일본인과 조선인은 일본국민, 대한민국 국민, 그리고 조선민주주의인민공화국 '인민'으로 재구성되는 과정을 겪는다.

식민지 시기 같은 '국민＝신민'으로 상상되었던 조선인과 일본인은 '8·15'를 기점으로 하여 결별 수순을 밟기 시작한다. 이를 형상화한 해방공간의 문학적 성취를 우리는 지하련(1912~?)의 「도정(道程)」(1946)과 허준(1910~?)의 「잔등(殘燈)」(1946)에서 발견할 수 있다. 먼저 「도정」의 화자는 "일본의 패망, 이것은 간절한 기다림이었기에 노상 목전에 선연했던 것인지도 모른다"고 생각하면서도, 일본의 패망이 "이렇게도 빨리 올 수 있었던가?"라며 "수천 수백 매듭의 상념"[1]을 쉽게 떨치지 못한다. "팔월 십오일 후에 생긴", 허탈증과 신경쇠약을 포함한 '병'의 징후이기도 한 '그'의 상념은 이렇게 이어진다.

그날 차가 서울 가까이 오자 차츰 바깥 공기만이 아니라 기차 속 공기부터 달라지기 시작한 것이, 그가 역에 내렸을 때는 완연히 춤추는 거리의 모습이었다. 세 사람 다섯 사람 스무 사람, 이렇게 둘레를 지어 수군거리는가 하면, 웃통을 풀어헤친 또 한패의 군중이 동떨어진 목소리로 만세를 외쳤다. 그도 덩달아 가슴이 두근거리고 마음이 솟구쳐 얼결에 만세도 한번 불러볼 뻔하였다. 사뭇 곧은 줄로 뻗친, 김포로 가는 군용도로를 마냥 섣으며, 그는 해방·자유·독립, 이런 것을 아무 모책 없이 천번도 더 되풀이하면서, 또 일방으로는 열차에서 본 일본 전재민의 참담한 모양을 눈앞에 그리기도 하였다. 그것은 정말 끔찍한 것이었다. 뚜껑 없는 화물차에다 여자와 아이들을 칸마다 가득히 실었는데 폭양에 며칠을 굶고 왔는지, 석탄연기로 환을 그린

---

1   지하련, 「도정」, 『한국현대대표소설선』 7, 창작과비평사, 1996, 226면.

얼굴들이 영락없는 아귀였다. 섞바뀌는 열차에 병대들이 빵이랑 과자를 던졌다. 손을 벌리고 넘어지고, 젖먹이 애를 떨어트리고…… 그는 과연 '군국주의 전쟁'이란 비참한 것이라고 느꼈다기보다도, 그때에서야 비로소 일본이 졌다는 것을 깨닫는 것이었다.[2]

여기에서 중요한 것은 '그'의 시선에 포착된 "일본 전재민(戰災民)의 참담한 모양"이다. 연합국의 병사들이 던지는 빵과 과자를 향해 손을 벌리는, "영락없는 아귀" 같은 일본 전재민의 모습을 목격하고서야 '대일본제국'의 패배를 실감하는 작가의 감각은, 해방공간에 추상적 반성으로 기울거나 이데올로기적 편향성으로 내달린 다른 작가들의 진술보다 훨씬 구체적이다. 「도정」에서는 같은 '국민＝신민'으로 호명＝동원되었던 사람들이 '8 · 15'를 경계로 하여 상반되는 표정으로 등장하며, 조선인의 환희와 일본인의 절망은 근대의 파국을 향해 치달아온 성공한 근대국가 일본의 패전을 원경으로 하여 극단적인 대비를 이룬다.

한편 「잔등」은 이념적 맹목성에 휘둘리지 않는 재만 조선인의 냉철한 시선으로 '8 · 15' 이후 조선인과 일본인의 모습을 핍진하게 그리고 있다. 장춘(長春)에서 출발하여 회령과 청진을 거쳐 서울에 이르는 여정을 묘사하고 있는 이 소설의 다음 대화는 우리의 눈길을 사로잡기에 모자람이 없다.

"그럼 일본 사람들은 다들 도망을 가고 지금은 하나도 없는 셈인가."
소년이 잠깐 잠잠한 틈을 타서 나는 비로소 공세를 취하여야 할 것을 알

---

2   위의 책, 229면.

있다.

"도망도 가고 더런 총두 맞어 죽구 더런 남아 있는 놈도 있지요."

"남아 있는 건 어디딜 있노. 저 살던 그대루 있나."

"아아니요, 한군데 몰아 놨지요, 저어기 저어."

소년은 손을 들어 산허리에 있는 불을 놓았다는 벽돌집의 약간 왼편을 가리키며,

"저기 저 골통이에 그전 저네 살던 데에다가 한 구퉁이를 짤라서 거기 집 어넣고 그 밖에선 못 살게 해요. 그중에선 달아나는 놈두 많지만."

"달아나?"

"돈 뺏기기 싫어서 돈을 감춰 가지고 어떻게 서울루 달아나 볼까 하다가는 잡혀서 슬컨 맞구 돈 뺏기구 아오지나 고무산 같은 데루 붙들려 간 게 많았어요. 나두 여러 개 잡었는데요."[3]

패전과 함께 조선에 살고 있던 일본인들은 '당연히' 자신들의 고향 일본으로 돌아가야 했다. 그런데 그들의 귀향 과정은 순탄하지만은 않았던 듯하다. '소년'의 말에서 알 수 있듯이 그들은 도망을 가기도 하고, 총에 맞아 죽기도 하고, 어떻게 힐지 몰라 남아 있기도 하다. 조선인들은 일본인들을 한 곳에 몰아넣고 감시한다. 그곳에서 탈출을 시도하다 잡힌 사람들은 '위원회 김선생'으로 대표되는 사람들에게 폭력을 당하거나 탄광으로 끌려가기도 한다. 이제 그들은 더 이상 같은 사람이 아니라, '여러 개'라는 표현에서 단적으로 알 수 있듯, 일개 사물로 전

---

3   허준, 「잔등」, 최명익 외, 『심문/마권/잔등/폭풍의 역사 외』, 동아출판사, 1995, 320면.

락하고 만다. 이를 두고 지배자와 피지배자 관계가 역전된 상황에서 흔히 볼 수 있는 폭력의 악순환이라고만 말할 수 있을까. 이 소설의 화자인 '나'는 '그들＝일본인'의 운명을 듣고 "대가리가 산산이 으깨져 부서진" 미꾸라지의 "단말마적인 발악"[4]을 상상한다. 식민지 시기 하나의 국민＝신민으로 상상되었던 일본인과 조선인은 '8·15'와 함께 찾아온 '불의의 별리(別離)'를 폭력으로 장식한다.

이 지점에서 꼬리를 물고 이어지는 물음들을 피할 수가 없다. 즉, 「잔등」의 예에서 보듯 '독립운동'에 종사한 아들을 잃은 '국밥집 할머니'의 눈에 비친 재조(在朝)/재선(在鮮) 일본인에게 1945년 8월 15일은 무엇이었을까. 또, 「도정」에서 보듯 참담한 모습으로 일본＝고향으로 돌아갈 수밖에 없었던 재조 일본인의 심경과 이를 바라보는 조선인의 시선을 어떻게 이해해야 할 것인가. 재조 일본인 피난민들에게 밥을 "덥석덥석 국에 말아"주는 할머니의 모습에서 "크나큰 경이"를 발견한 「잔등」의 '나'의 심정을 어떻게 바라보아야 할 것인가. 아니, 경이라기보다 할머니의 모습에서 "인간 희망의 넓고 아름다운 시야를 거쳐서만 거둬들일 수 있는 하염없는 너그러운 슬픔"[5]을 느낀, '재만 조선인' '나'의 내면풍경을 포착하는 방법은 무엇일까.

우리는 식민지 시기 재조 일본인들의 존재 양상과 그들과 조선인의 관계를 따지는 일에 소극적이었다. 조선인들에게 '내지'나 '만주'가 무엇이었는가를 묻는 동시에 이렇게 물을 수도 있어야 한다. 즉, 재조 일본인들에게 '조선'은 무엇이었을까. 그들은 국가 권력의 논리를 그대로

---

4   위의 책, 321면.
5   허준, 「잔등」, 앞의 책, 354면.

내면화하여 '일본적 오리엔탈리즘'의 시선으로 조선(인)을 '열등한 타자'로 바라보기'만' 했을까.[6]

이러한 물음들을 출발점으로 이 글에서는 1940년대 초반 '반도 유일의 문화잡지'『국민문학』(1941.11~1945.2)이 표방한 '국민문학'이 그린 재조 일본인상(像) 및 재조 일본인의 소설이 그린 조선인상(像)의 일단을 그려보고자 한다.[7] 『국민문학』의 '국민문학'을 매개로 하여 재조 일본인상과 조선인상을 맞세워놓음으로써 '국민문학'이란 무엇인가라

---

6   물론 재조 일본인이 지배 당국에 다양한 방식으로 협력했다는 점은 충분히 고려해야 한다. 총력전 시기 재조 일본인의 체제 협력 양상에 관해서는 우치다 준, 「총력전 시기 재조선 일본인의 '내선일체' 정책에 대한 협력」, 『아세아연구』 통권 131호, 고려대 아세아문제연구소, 2008 참조. 한편, 우치다 준에 따르면 "20세기 식민지 중에서 조선은 대영제국의 자치령인 백인 이민국가를 제외하고는 프랑스령인 알제리 다음 가는 규모─1945년 해방 즈음에는 민간인 약 70만 명과 군인 약 30만 명을 합쳐 100만 명에 달했다─의 이식민자 사회였다. 1935년 시점에서 재조선 일본인의 총인구는 일본제국 내의 최대인 583,428명이었으며, 그중 20%가 집중되어 있는 경성에서는 부내(府內) 인구의 약 30%(113,321명), 부산에서도 마찬가지로 30%(56,512명)에 달하였고, 또한 지방 도시인 대구나 군산에서도 각각 부내 인구의 약 25%를 차지하고 있었다. 또한 이 시기에는 청진 및 함흥 등의 공업화와 함께 조선반도 북부의 일본인 인구도 증가하였다. 따라서 식민지 시기 국가와 사회의 관계를 논하는 데 있어서, 특히 이식민자가 집중되어 있던 도시부의 사회는 조선인, 일본인으로 구성된 다민족사회로 받아들이는 것이 적당할 것이다. 또한 1930년대 초 재조선 일본인 인구의 약 30%가 조선 태생이고, 남녀 비율도 거의 같아 이러한 모습이 상당히 정착되었음을 알 수 있다."(위의 글, 16면) 그리고 "재조 일본인 중 적극적으로 황민화 정책에 협력한 자도 있었지만, 그것에 소극적이거나 무관심한 자, 또는 정면으로 반대하는 자도 있어 상당히 분열된 태도를 보이고 있었"다.(위의 글, 15면)

7   최근 다카사키 소지의 『식민지 조선의 일본인들』(이규수 역, 역사비평사, 2006)과 다테노 아키라 편저 『그때 그 일본인들─한국 현대사에 그들은 무엇이었나』(오정환 외 역, 한길사, 2006)가 소개되면서 재조 일본인에 대한 관심이 조금씩 확산되고 있다. 그런데 일제 말기의 문학을 다시 발견/독해하여 새로운 의미를 부여하려는 연구들이 적지 않음에도 불구하고, 재조 일본인의 문학이나 그들을 그린 소설에 관한 연구는 비교적 소략한 편이다. 그 대표적인 예로는, 윤대석, 「1940년대 전반기 조선 거주 일본인 작가의 의식구조에 대한 연구」(『현대소설연구』 17, 한국현대소설학회, 2002)와 박광현, 「유아사 가쓰에 문학에 나타난 식민2세의 조선」(『일본학보』 61, 한국일본학회, 2004)을 들 수 있다.

는 질문에 대답할 수 있는 하나의 실마리를 찾을 수 있을 것이다. 다시 말해 '내지인'과 조선인이 '합체'한 새로운 국민의 창안 기획이 소설에서 어떻게 구체화하는가를 살펴봄으로써 식민지 조선에서 생산, 유포된 국민국가의 신화가 도달한 지점이 어디인지를 가늠할 수 있는 계기를 마련할 수 있을 것이다.

2. 『국민문학』의 '국민문학' 구상과 실천

식민지 제국 일본은 1937년 이후 조선에서 총력전 체제의 정비와 '재'국민화 프로젝트의 구체적인 실천에 돌입한다. 1937년 10월 황국신민의 서사, 1938년 2월 육군특별지원병령, 1938년 3월 제3차 조선교육령, 1940년 2월~8월 창씨개명 실시, 1940년 3월 국민학교령, 1942년 5월 징병령 및 국민학교 의무교육 결정 등으로 이어지는 일련의 프로그램과 함께 조선인을 전쟁에 동원하려는 움직임이 본격화한다. 말할 필요도 없겠지만, 재조 일본인을 포함한 '내지인'은 물론이고 (1910년 이후 이미 대일본제국의 '국민'이었던) 조선인을 '국민=신민'으로 다시금 전면적으로 포섭하려는 기획은 차별을 은폐하고 조선인을 전쟁을 비롯한 국가 정책에 동원하기 위해 치밀하게 수립된 것이었다. '국민화'란 이처럼 동화와 배제의 이율배반적 구조에 바탕을 두고 있다.

이렇듯 전쟁이라는 극한 상황에서 '국민'의 신체와 정신을 '국유화'

하기 위한 프로젝트가 전방위적으로 진행되며, '내지인'과 조선인을 망라한 조선문인협회(1939.10)의 창립으로 상징되듯 문학도 예외가 아니었다. 특히 그 전까지 문단의 두 축이었던 『인문평론』과 『문장』을 폐간된 후 '반도 유일의 문학지'로 군림하는 『국민문학』의 창간(1941.11)과 함께 문학은 '국민문학'론에 근거하여 '국민화=황국신민화'를 위한 선전·선동에 동원된다. 『국민문학』을 실질적으로 이끈 주간 최재서는 '국민문학'의 사명을 "서양의 전통에 뿌리를 둔 소위 근대문학의 하나의 연장으로서가 아니라 일본정신에 의해 통일된 동서문화의 종합을 기반으로 하여 새롭게 비약하려고 하는 일본 국민의 이상을 노래하는 대표적인 문학"이어야 한다고 말하거니와,[8] '국민문학'은 "일본 제국주의의 식민지 지배 욕망과, 조선=일본이라는 등식의 내면화를 근거로 스스로를 세계사의 본편의 위치에 올려놓으려는 식민지 지식인의 욕망의 공모관계라는 성격을 지니고 있다. 물론 이 욕망은 철저한 오인(誤認)의 구조에 의해서 작동"했다.[9]

이광수에 따르면 일본의 국민문학의 결정적 요소는 "그 작자가 '천황의 신민'이라는 신념과 감정을 가짐에 있다. 이 신념과 감정을 가진

---

8 崔載瑞, 「國民文學の要件」, 『國民文學』, 1941.11, 35면.
9 고봉준, 「전형기 비평의 논리와 국민문학론」, 『한국현대문학연구』 24호, 2008, 262면. 이와 함께 이 시기 '국민문학'에 관한 최근의 논의로는, 박노현, 「내선인과 국민문학 : 신민족에 의한 신문학 고안의 기획─최재서의 민족문학과 국민문학 개념을 중심으로」, 『한국어문학연구』, 한국어문학연구학회, 2004; 장용경, 「'조선인'과 '국민'의 간극」, 『역사문제연구』 제15집, 역사문제연구소, 2005; 박광현, 「'국민문학'의 기획과 전망─잡지 『국민문학』의 창간 1년을 중심으로」, 『배달말』 37, 배달말학회, 2005; 윤대석, 『식민지 국민문학론』, 역락, 2006; 고봉준, 「'동양'의 발견과 국민문학─김종한론」, 『한국문학이론과 비평』 제35집, 한국문학이론과 비평학회, 2007; 서은주, 「일본문학의 언표화와 식민지 문학의 내면」, 『상허학보』 제22집, 상허학회, 2008 등 참조.

작자의 문학이 곧 국민문학이 되는 것이다." 부연하자면 조선인의 '국민화=황국신민화'를 견인해야 할 '국민문학' 작가는 개인, 인민(집단), 국토가 모두 '천황의 것'이라는 인식 아래, "개인은 천황을 사모하고 섬김으로써 생의 목적을 삼고 낙을 삼고 영광을 삼는다"는 '일본인의 인생관'을 체득해야 한다. 결국 "개인생활, 가정생활, 산업생활, 문화생활이 모두 이 근본원리 위에 건설된 것이다. 내선일체라든지 반도인의 황민화라든지 하는 것은, 조선의 민중이 이러한 인생관을 가지고, 이 인생관의 기초 위에서 종래의 모든 생활양식을 개조한다는 뜻이다." 요컨대 "조선에서 생길 국민문학은 이러한 황민생활을 하는 작가의 손으로 된 황민생활의 기록이라야 할 것"이라는 것이 이광수의 '명쾌한' 국민문학론이다.[10]

조선인의 '재'국민화가 문제의 중심으로 떠오른 시점에서 잡지『국민문학』은 '새로운' 문학을 이끌 신인의 발굴과 새로운 '국민문학'의 구상에 초점을 맞춘다. 그리고 이 시점에서 재조 일본인의 『국민문학』/'국민문학' 진출이 본격화하는데, 그것은 "동호회에 불과했던 일본인의 문학 활동이 표면에 떠오르고, 동경 문단과의 관련만을 가졌던 조선 거주 일본 문학인들이 조선 문단에 가세하여 주도권을 쥐기 시작한 것은 '국어상용', '내선일체' 운동 및 그에 바탕을 둔 조선문인협회의 결성과 일본어 지면의 확대를 통해서였다."[11]『국민문학』의 예를 보면, 이 잡지에 게재된 총 111편 가운데 약 50여 편이 일본인의 소설이다.[12] '국민문학'을 표방했으니만큼 일본인과 조선인의 경계가 없어져

---

10 香山光郎,「國民文學問題」,『新時代』, 1943.2, 63면.
11 윤대석, 앞의 글, 188면.

야만 했고, 그랬기 때문에 일본인들 또한『국민문학』등을 통해 작가로 등단하기도 하였다.[13]

이러한 상황에서 '국민 감정 조직'과 '국민 심정'의 통일을 목표로 하는 '국민문학', 더 이상 조선 문학도 아니고 일본 문학도 아닌 새로운 문학의 수립을 목표로 하는 '국민문학'에 동조하는 신인작가들을 발굴하기 위해『국민문학』은 조선문인협회와 함께 현상소설을 모집한다. 조선문인협회와『국민문학』의 이러한 기획은 최재서의 말대로 "뭔가 전진하고 싶다는 열렬한 희망은 있지만 여전히 헤매고"[14] 있는 기성 작

---

12 희곡, 시나리오, 현지보고 등은 제외했으며, 장편이나 중편을 나누어 실은 경우에는 각각을 한 편으로 계산했다.『국민문학』에 소설을 게재한 대표적인 일본인 작가로는 久保田進男, 宮崎清太郎, 飯田彬, 小尾十三, 奧平修二郎, 田中英光, 湯淺克衛 등을 들 수 있다.

13 채호석, 「1930년대 후반 문학 지형 연구—『인문평론』의 폐간과『국민문학』의 창간을 중심으로」,『외국문학연구』29, 한국외대 외국문학연구회, 2008. 그리고 채호석의 다음과 같은 진술은 적지 않은 시사점을 제공한다. "『국민문학』은『인문평론』과『문장』의 폐간이 만들어준 공간을 소위 '국민문학 제2기생'들이라고 불리는 신인들과 재선(在鮮) 일본인 작가들로 재편하고 있다고 할 수 있다. 이는 한편으로는『인문평론』과『문장』에 글을 실었던 문학인들을 배제하는 것이기도 하며, 또한 일종의 '길들이기'였던 것 같기도 하다. 다시 말하자면,『국민문학』은 기존의 문인들에게 새로운 '국민문학'(조선문학도 아니고 일본문학도 아닌)에 포섭될 것인가 말 것인가를 판단하게 하였고, 또한 그들을 신인들과 재선 일본인 문학인들로 대체함으로써, 기성 문인들의 공간을 좁히기도 하였다. 그리고 끊임없이 기성 문인들에게『국민문학』에의 참여를 요구하였던 것 같기도 하다. 이를 통해 '일본어 글쓰기'에 주저하던 문인들로 하여금『국민문학』의 '국민문학'에 참여하게 함으로써 그들에게 일종의 '낙인'을 부여했던 것 같기도 하다."(위의 글, 403~404면)

14 座談會, 「朝鮮文壇の再出發を語る」, 『國民文學』, 1941.11. 87면. 이 좌담회에서 최재서는 다음과 같이 말한다. "현재 시인이든 작가든 평론가든 자신의 집필태도에 대해서 반성을 하지 않는 사람은 한 사람도 없다고 생각합니다. 다만 확신을 갖고 있는 사람도 있는가 하면 그렇게까지 나아가지 못한 사람도 있습니다. 이때 문제가 되는 것은 작가의 조직입니다. 우선 일단은 모두 헤매고 있는 것처럼 보입니다. 뭔가 전진하고 싶다는 열렬한 희망은 있지만 여전히 헤매고 있습니다. 그것도 역시 조직의 힘이 필요하다고 생각합니다. 즉 문인협회라면 문인협회로서 조직을 갖추고 확실한 방향을 제시해 이끌어 가야 합니다. 그렇게 하기 위한 명확한 지도이론을 일단 준비하고 하나하나의 경우에 적용하는 것은 기대할 수 없을 터이지만, 몇 가지 강령이나 목표를 곧바로 문학적으로 번역하는

가들을 견제하고, '새로운 국민문학'을 조직하려는 희망과 맞닿아 있다. 조선문인협회 현상소설에 응모한 작품은 모두 120편이었으며, 이 가운에 구보타 유키오[久保田進男]의 「연락선(連絡船)」이 2등 당선작, 김사영(金士永)의 「형제(兄弟)」와 안도 마스오[安東益雄][15]의 「젊은 힘[若い力]」이 가작이었다. 이 세 작품에 대한 심사자의 총평은 다음과 같다.

「젊은 힘」은 제목이 보여주는 바와 같이 발랄하고 젊은 정신의 산물로 그 적극적이고 건설적인 기백이 감동적이지만, 문장이 조잡하고 오탈자가 많아서 아무래도 당선작으로 뽑을 수가 없었다. 「형제」는 파란만장한 '요시조[吉藏]'의 운명을 묘사하면서, 이론도 슬로건도 아닌 피와 흙의 내선일체를 강조하여 작자의 현실추구의 눈이 확실하고 집요하다는 것을 보여주고 있지만, 문장이 약간 장황하다는 것, 아니 **작품의 전체적인 어조가 어두워서** 당선작으로 뽑을 수가 없었다. 끝으로 「연락선」이 남았는데, 이 작품은 또 「형제」와 반대로 달콤한 구석이 있고 우리들이 기대했던 기백에도 미치지 못한 점이 있어서, 유감스럽지만 2등으로 하기로 했다.

그러나 「연락선」을 얻은 것은 역시 이번 현상(懸賞)의 성공이라고 말하

구체성이나 실천성을 가진 지도이론을 마련함으로써 조직체를 운영해 가야 합니다. 개별 작가의 반성을 촉구하는 것도 필요합니다. 그러나 하나의 조직체를 구성하는 것, 이것이 국민운동의 그 어떤 부분에서도 통하는 것이 아닐까 생각합니다. 다만 현 문단이라는 곳은 시끌벅적하고 이해관계가 뒤얽힌 곳이어서 손을 대고 있지 않습니다만, 그렇게 해서는 아무리 세월이 지나도 어떤 효과가 거두어지지 않습니다. 여기저기에서 전쟁이 벌어지고 있고, 작가를 동원하고 있지 않는 나라는 없을 터인데 내지에서도 조선에서도 동원하고 있습니다만, 조선에서는 명확함이 충분치 않다고 할까요. 차후에는 서로 이런 방면에 노력하여야 하지 않을까요?"

15 안도 마스오[安東益雄]는 재적지(在籍地)가 조선인 것으로 보아 조선인인 듯하지만 조선명(朝鮮名)은 알 수가 없다.

지 않으면 안 된다. 무엇보다도 우리들은 주인공의 순진무구한 순정에 감동을 받았다. 작품 속에는 반도인의 일종의 결점에 대한 반성이 상당히 많이 나오는데, 그것이 비난으로 끝나지 않은 것은 전적으로 주인공의 순정 덕분이다. **모든 기성관념을 벗어던지고 천의무봉**(天衣無縫)**의 순정으로 돌아간다는 것은 반도에 있어서 국민문학의**—내지인과 반도인을 불문하고 출발점(發足點)이 되어야 할지도 모른다.

마지막으로 한 마디 덧붙이고 싶은 것은 반도 사람들의 **놀랄 만한 국어력**(國語力)이다. 물론 응모 작품 중에는 국어력이 부족하여 아무리 봐도 답답한 느낌을 주는 것이 있긴 했지만, 반대로 속어, 표준어, 각지의 방언을 능란하게 가려 쓰고 종횡으로 구사한 것도 있었다. 이런 작품들이 있어서 **국어력의 부족에 대한 종래 우리들의 걱정**은 완전히 사라져 버렸다. 문제는 더 이상 어학력이 아니다. 다만 문학뿐이다. 진심으로 제씨(諸氏)의 정진을 바라는 바이다.[16] (강조—인용자)

3. '내지' 또는 '국민화＝신민화'의 체험/학습 공간

「연락선」을 통해 "모든 기성관념을 벗어던지고 천의무봉의 순정으로 돌아간다는 것"이 무엇인지를 보여주었다는 평가를 받은 구보타 유

---

16 朝鮮文人協會記, 「文人協會懸賞小說—選者の感想」, 『國民文學』, 1942.4, 84～85면.

키오는 와카야마현[和歌山縣] 출신으로 중학 졸업이 학력의 전부이다. 15년 동안 소학교와 국민학교 교원 생활을 했으며, 1940년 4월에 조선으로 왔다. 1942년 현재 함경북도 영흥군 복흥공립국민학교 교장으로 재직하고 있다. 어린이잡지 『붉은 새[赤い鳥]』에 몇 편의 동화를 발표하기도 했으며, 1941년에는 「밝아오는 하늘[明けゆく空]」이 조선국민총력연맹에 입선하기도 했다.[17]

주인공의 "순진무구한" 시선으로 '국민의 길'을 제시한 그의 2등 당선작 「연락선」의 개요를 보면 다음과 같다. 주인공 '나'는 1938년 4월 북선(北鮮)의 시골 마을을 떠나 '내지'로 온다. 돈을 벌어 야비한 지주 때문에 고통받고 있는 부모를 구하기 위해서였다. 먼저 '내지'의 남쪽 지방에 가 있는 오촌 당숙 이영식에게 기댈 생각이었지만 그는 어디론가 사라지고 없다. 오갈 데가 없어진 '나'를 구원해준 것은 우동가게 주인이었다. 그는 직장을 알선해 주는 등 '나'를 물심양면으로 보살펴 준다. 그런데 '나'가 비상시의 책임을 짊어지고 열심히 일하고 있는 동안 많은 사람들이 출정(出征)을 하고, '나'의 든든한 벗이었던 우동가게 주인도 그 대열에 합류한다. 우동가게 주인이 떠난 뒤 직장 동료 테츠코[鐵子]가 그 빈자리를 메워준다. '나'는 토호쿠[東北]의 가난한 집안의 딸인 테츠코에게 일종의 동정과 연민을 느낀다. 직장동료인 나오[直]상 역시 '나'를 각별하게 대해준다. 장가를 가라는 어머니의 편지를 받고서 '나'는 그런 사치스러운 일을 하는 시기가 아니라며 연기하기로 한다. 응소(應召)하기 위해 고향으로 가는 길에 여동생을 만나러 온 테

---

17   위의 글, 85면. 구보타 유키오는 「연락선」 외에 「麥飯の記」(1942.8), 「農村から」(1943.2), 「續 農村から」(1943.8) 등을 『國民文學』에 발표한다.

츠코의 오빠 카리노[제野]에게 '나'는 여비를 제공한다. 이 일을 계기로 테츠코와 '나'는 강한 연대감을 느낀다. 그리고 20일의 특별휴가를 얻은 '나'는 고향을 찾기 위해 연락선에 오른다. 연락선에서 '나'는 일 년 전과 비교할 때 같은 사람이라고 할 수 없을 정도로 변한 자신을 발견한다.

개요를 통해 알 수 있듯이 「연락선」에서 구보타 유키오는 '내지인'의 눈에 비친 '반도인'의 모습과 조선인의 눈에 비친 '내지인'의 모습을 '국민문학'론의 시선으로 포착하고 있다. 예컨대 자신을 '내지인'으로 잘못 알고 있지 않을까 염려하여 조선인이라고 밝힌 나에게 우동가게 주인은 "솔직해서 좋다"며 이렇게 덧붙인다.

> 어쩐지 말을 너무 잘한다고 생각했지만 그런데도 닳아빠지지는 않았다고 생각했네. 이렇게 말하면 기분이 나쁘겠지만, 이 근처에 있는 조선인(鮮人)은 오래가지가 않아. 그래서 모처럼 조선인을 고용해도 일에 익숙해지면 뛰쳐나가 버리니까 공장에서는 애를 먹을 수밖에. 자네는 괜찮겠지만.[18]

'반도인'이라고 당당하게 밝히는 '나'가 정직해서 맘에 들었다고 말하는 우동가게 주인은 자신에게 조선 사람은 큐슈 사람이나 칸토 사람과 다를 바가 없다고 말한다. 그러나 그의 (무)의식의 한편에는 '조선인은 정직하지 못하다'는 일본인의 조선인 표상이 엄연히 자리잡고 있다. 우동가게 주인뿐만 아니라 직장 동료들의 눈에도 조선인은 "자신에게

---

18 久保田進男, 「連絡船」, 『國民文學』, 1942.4, 91면. 이하 이 작품의 인용은 면수만을 표시한다.

이익이 없는 일은 하지 않는 자"이며, "책임 같은 것이라곤 전혀 없는 자"(93면)로 비친다. '나'는 이러한 '평가'를 부정할 자신이 없으며 그저 부끄러워할 따름이다.

테츠코의 눈에 비친 조선인의 모습도 크게 다르지 않다. 그녀의 눈에 조선인은 '천하태평'인데다 '조혼'이라는 풍습을 버리지 못한 자들로 보인다. 뿐만 아니라 '내지' 사람들의 삶을 '학습'하고 있는 '나'에게도 북선의 고향은 "지저분한 조선옷[鮮服]을 입고 마치 이 세상에 일하러 태어난 것처럼 아무런 즐거움도 없이"(102면) 하루하루를 살아가는 어머니의 모습과 함께 떠오른다. '나' 역시 호의에 답례를 하고 싶다는 자신에게 친절함과 돈은 교환하는 것이 아니라는 우동가게 주인의 말을 듣고 '내지인'과 '반도인' 사이의 마음의 차이를 느낀다. 유복하다고도 그렇다고 교양이 있다고도 할 수 없는 일개 우동장수가 이런 마음을 갖고 있다는 사실에 '나'는 새삼 자신을 돌이켜 보는 것이다. 동시에 호의를 베푸는 테츠코를 보면서 '나'는 자신의 불신을 질책한다. 부끄럽지 않을 수가 없다. 대가를 바라지 않는 친절과 호의를 의심하는 '반도인'의 기질을 불식하지 않고 어떻게 '내지인'과 하나가 될 수 있을 것인가. 자기 비하에서 벗어나 넓은 마음으로 우동가게 주인이나 테츠코의 호의와 우정을 흔연히 받아들일 수 있어야 하지 않겠는가.

테츠코는 도대체 어떻게, 특히 반도인인 나에게 호의를 베푸는 것일까. 나는 그것이 참 이상했다. 고향인 반도에 있을 때에는 아무런 느낌이 없었지만, 사방에 온통 내지인뿐이며 그 가운데 달랑 나 혼자만이 반도인이다. **생각하지 않을래야 생각하지 않을 수 없는 일종의 비하(卑下)하는 것을 느낀다. 게**

다가 나는 능력도 없는 일개 직공일 따름이다. 테츠코의 우정에 의심을 갖는 것도 무리는 아니다. 나는 그것을 테츠코에게 물어보고 싶었다. 그러나 그렇게 생각하면 우동가게 주인의 마음도 의심해야 한다. 이런 생각을 하다가 화들짝 놀랐다. 다른 사람의 친절에 대하여, 당신은 왜 내게 이런 친절을 베푸는 것이냐고 물으면, 그 사람은 어떻게 생각할까. 그것이 자신이라면 어떠할까. 이렇게 생각하자 나는 자신의 마음이 얼마나 좀스러운지 소름이 끼칠 정도였다.(106면, 강조—인용자)

이렇듯 같으면서도 다른 '내지인'의 시선에 비친 자신의 모습을 부끄러워하던 '나'는 우동가게 주인이 징집영장을 받고 출정하고 난 뒤 마음을 터놓을 '벗'을 잃어버린 상태에서 "모두가 자기 생각에만 머물러 있는" 조선 사람들과 멀리 떨어져 지낼 수밖에 없다. "태어나서 한 번도 목욕이라는 것을 몰랐던" '나'는 "목욕을 하지 않으면 참을 수 없는" 상태로 몸이 바뀐다. 그리고 "출정한 사람의 용감한 심경을 생각하며"(95~96면) 그리움과 외로움마저도 떨쳐 버린다. 새로운 '국민'으로 거듭나기 위한 인고와 단련의 시간을 감내하기로 하는 것이다.

그렇다면 새로운 '국민'으로 거듭나기 위해서 구체적으로 어떻게 해야 하는가. '국민'의 길은 어디에 있는가. '나'는 조선인에 대해 부정적인 생각을 갖고 있는 '내지인'들의 인정을 받기 위해 묵묵히 일하기로 맹세한다. '황국'이 '성전(聖戰)'으로 일로매진하고 있는 비상시(非常時)에 책임을 다하는 것은 이 길밖에 없다고 생각하는 '나'는 처음으로 이웃에서 '출정(出征)'하는 사람들을 목격한다. "장엄한 국민 의례"를 지켜본 '나'의 감상은 이러하다.

그러나 이상하게도 출정하는 사람도 보내는 사람도 모두 조용했다. 우는 사람도 없었고 외치는 사람도 없었다. 거기에는 **커다란 힘에 대한 엄숙한 영(靈)의 움직임이랄까 일종의 장엄한 분위기**가 있었다. 늙은 부모를 남겨두고, 사랑하는 자식을 남겨두고, 아내와 헤어져서 생사의 경계로 나아가는 사람 같지 않은, 아니 **커다란 환희의 도가니로 뛰어드는 듯한 표정**이었고, 보내는 사람 역시 생기 넘치는 숭고한 정애(情愛)를 표하고 있는 듯했다. 무언(無言)의 개선을 맞이할 때에도 그러했다. 사람들은 슬픔 생기탄식을 초월한, **눈에 보이지 않는 거대한 신을 맞이하는 듯했다.**(93~94면, 강조-인용자)

공장 출신 전사자의 위령제가 거행되었을 때였다. 전사자의 미망인이 어린아이의 작은 손을 잡고 검은 상복 차람으로 참석했다. 일개 직공의 미망인에 지나지 않았지만 그녀는 정말이지 단연(端然)했다. 예배와 분향 때에도 마치 귀부인처럼 차분했다. 나는 그녀가 자리에서 일어섰을 때부터 다시 앉을 때까지 눈을 떼지 못하고 지켜보았는데, 이와 같이 **아름다운 위대함과 여성스럽고도 조용한 애정이 이 세상에 존재할 수 있는지 불가사의한 느낌이었다. 그것은 위대한 예술작품이었다. 어느 사이에 자신의 존재를 잊어버린 듯 나는 그 숭고한 힘에 사로잡혔다.**(94면, 강조-인용자)

이와 같은 '위대한 광경'을 목도할 때마다 '나'는 자신은 아직 멀었다며 더욱 '수양'할 것을 다짐한다. "커다란 힘에 대한 엄숙한 영의 움직임이랄까 일종의 장엄한 분위기"가 '나'를 압도한다. 미망인의 차분한 모습에서 "위대한 예술작품"을 발견하고 나아가 "숭고한 힘"을 느끼는 것, 이것이야말로 '참된' '대일본제국의 신민=국민'으로 나아가는 첫걸음이다. 고향 '반도'에서는 이해하지 못할 정도로 거대한 '국민의 례'에 참여하기 위해, 아직 '국민'에 미달한 '반도인'인 '나'는 '수양'을 거듭할 수밖에 없다.

"문화가 진보한" '내지'에서 돈을 벌어 자신의 꿈을 실현하겠다는 '나'의 욕망은 테츠코를 만나면서 다시 한 번 급선회한다. 자신도 어렵게 돈을 벌어 고향으로 돈을 보내지만 테츠코에게 돈 같은 것은 크게 중요한 것이 아니다. 나라를 위해 몸을 바친 사람이 훨씬 훌륭하다. 그녀는 이렇게 말한다. "우리들은 열심히 실을 뽑기만 하면 그대로 여자로서 훌륭하다고 생각합니다. 빛이 있는 뭐가 있든 그런 건 상관없지요. 다만 일하는 거예요. 일을 하면 되는 거예요. 그렇게 하면 나라를 위하게 되니까 꼭 구원을 받을 거예요." 이 말을 듣고 '나'는 "돈이 없어서, 친구가 없어서, 장래의 목표를 세울 수가 없어서" 아쉬워하는 자신을 되돌아본다. 이러한 마음가짐이야말로 "시대에 통용되지 않는 바보의 견본"이다. "전사자와 그 유족을 생각하면 조금도 당당할 수 없는"(99~100면) 마음가짐이라는 것이다.

'나'는 결국 "센티멘털한 감정을 완전히 청산하기로 결심"한다. "아무것도 생각하지 말고 다만 나라를 위해서 자신의 운명을 맡기고" 자신에게 주어진 일에 충실하기로 다짐한다. 그것이 바로 '일본의 성격'이다. 이러한 '일본의 성격'을 내면화하여 직역봉공(職域奉公)함으로써만 진정한 '일본 국민'이 될 수 있을 터이기 때문이다. '순진무구'한 '반도인' 청년 '나'의 훌륭한 변신은 다음과 같은 '깨달음'에서부터 선명하게 드러난다. 자신의 오빠에게 준 돈을 갚으러 온 테츠코에게 '나'는 이렇게 말한다.

나는 자신의 후의(厚意)를 남에게 강요하는 것이 아닙니다. 하지만 테츠코 씨, 생각해 보세요. **당신의 오빠도, 우동가게 주인도 다 생명을 바쳐서 나라를 위해 각자의 가치를 발휘하고 있습니다.** 그러나 나만은 이 세상에 아무런 가치가 없는 인간처럼, 마치 동물과도 같이 보잘것없는 자신만을 위해서 살고 있습니다. 적으나마 당신들에게 도움을 줄 수 있었던 것이 내게는 얼마나 큰 기쁨이었는지를 알아주지 않고, 나를 돈에만 집착하는 인간처럼 생각하는 것은 유감입니다. 아무리 가난해도 나는 사내입니다.(111면, 강조-인용자)

이리하여 성스러운 아름다움과 비교할 때 비루하기 짝이 없는 개인적 욕망에 사로잡혀 있던 '나'는 새로운 인간='새로운 국민'으로 거듭날 채비를 마친다. '내지'에서 개인적인 욕망과 행복을 포기하고 기꺼이 '눈에 보이지 않는 신'을 향해 경배하는 '숭고하고 아름다운' '국민'들을 보면서 '나'는 "놀라울 정도의 심경의 변화"를 느낀다. 이제 '반도인'들은 '의심'을 버리고 연락선에서 내릴 '새로운 국민' '나'를 맞이해야 할 것이다. 결국 "순진무구한 순정"을 품은 '반도인' '나'에게 '내지'는 '새로운 국민'의 길을 몸소 체험하고 학습하는 장소였던 셈이며, 이 장소는 '내지 국민'의 삶과 그들의 '국민의례'를 통해 '국민'의 감성과 의지를 훈육하는 공간으로 형상화된다. "순진무구한" '나'로서는 '반도인'과 '내지인'의 차이를 무화하기 위한 통과의례가 정작 차별을 전제로 하고 있다는 점을 이해하기란 쉽지 않았을 것이다.

4. '국민', '피'로 맺어진 형제?

　구보타 유키오의 2등 당선작 「연락선」에 이어 안도 마스오의 「젊은 힘」과 함께 가작으로 뽑힌 김사영의 「형제」를 살펴볼 차례이다.[19] 먼저 작가의 이력을 보면 다음과 같다. 김사영은 경상북도 상주군 이안(利安) 출신으로 1915년생이다. 1935년 대구사범학교를 졸업한 후 1942년 현재 국민학교 교사로 재직 중이며, 1940년 『매일신보』에 「춘풍(春風)」이 당선되기도 했다. 그의 소설 「형제」는 국어(일본어)로 쓴 최초의 작품이다.[20]

　「형제」의 개요는 다음과 같다. 학교 선생인 이현(李炫)과 키하라[木原] 집안에서 일하는 요시조[吉藏]는 이복형제이다. 그러나 이 사실이 알려지기 전까지 매사에 부지런하고 남의 일을 자기 일처럼 도맡아 하는, 허리가 고양이처럼 휜 요시조의 정체를 아는 사람은 거의 없다. 이현도 마찬가지이다. 조선어와 내지어를 두루 잘하는 그는 조선인인지 '내지인'인지조차 분명하지 않다. 그럼에도 그의 성정(性情)을 잘 아는 마을 사람들은 요시조를 깊이 신뢰한다. 키하라 일가는 지금 출정 중인 키하라 만사쿠[木原萬作]가 순사부장으로 재직할 때부터 이 산골마을에

19　이 글에서는 안도 마스오의 「젊은 힘」에 관해서는 논의하지 않기로 한다. 이는 '국책'을 직접적으로 그린 것이어서 현상소설에 입선한 세 작품 중 작품의 밀도가 현저히 떨어진다는 필자의 판단 때문이기도 하지만, 일본인 작가와 조선인 작가의 의식상의 이동점(異同點)을 보다 선명하게 부각하기 위해서이기도 하다.

20　朝鮮文人協會記, 「文人協會懸賞小說 — 選者の感想」, 『國民文學』, 1942.4, 85면. 김사영은 『國民文學』에 「聖顔」(1943.5), 「幸不幸」(1943.11), 「道」(1944.5)를 발표한다. 그는 기요카와 시로[淸川士郎]라는 창씨명으로 『국민문학』에 「細流」를 발표하기도 한다.

살고 있다. 주로 도회지나 그 주변 또는 철도나 국도가 지나는 곳에 사는 다른 '내지인'들과 달리 키하라 일가는 산골마을에 터를 잡고 있는 것이다. 이현과 요시조는 서로 가까워지고, 이현은 요시조에게서 언뜻언뜻 오래 전에 집을 나간 형의 모습을 발견한다.

이현에게는 '형 아닌 형'이 있었다. 이현의 아버지와 '내지인' 사이에서 태어난 형의 이름은 이치로[一郎]였다. 조선인 아버지를 찾아 함께 온 어머니가 모습을 감춘 뒤 이치로는 이현의 집에 머물게 된다. 이치로라는 이름이 이상하다는 이유로 '돌바우[石岩]'로 바뀐다. '돌바우'를 아끼는 아버지와 어머니 사이에 싸움이 잦아지고, 동네 사람들로부터도 멸시를 당하면서 이치로의 성격은 조금씩 비틀어지기 시작한다. 할아버지를 비롯한 집안사람들도 그를 가족으로 간주하지 않는다. 사람들의 멸시를 견디지 못해 눈물로 나날을 보내던 이치로는 가출을 반복한다. 술을 마시고 담배를 피우는 등 온갖 나쁜 일에 빠져든 이치로는 아버지의 죽음 후 영영 자취를 감추고 만다. 이십 수년 전의 일이다.

가마니짜기 시합이 끝나고, 마을 사람의 결혼식이 있던 날, 이현과 요시조는 서로가 형제임을 확인한다. 그리고 눈이 많이 내린 어느 겨울날, 키하라 부인이 산고(産苦)를 겪고 있을 때, 이현과 함께 의사를 부르러 읍내로 나갔던 요시조는 벼랑에서 떨어져 큰 상처를 입고, 그로부터 두 주 후에 죽음을 맞이한다. 이현은 어린시절에 그랬듯이, 꿈처럼 형을 만났다 싶었는데 다시 꿈처럼 형을 잃고 만 것이다. 요시조가 죽기 전, 이현은 키하라 사카에로부터 요시조가 고아나 다름없는 불량소년이었다는 것, 소매치기단에 끼어 도회지를 전전했다는 것, 전과 2범이라는 것, 최초의 형(刑)을 마친 후 그가 신의주로 흘러들어왔을 때 처음으로 '불부장'(佛部長, 부처와 같은 순사부장)이라 불리던 키하라 만사쿠가 돌보아주었다는 것, 키하라의 자애(慈愛)와 선도(善導) 덕분에 참모습을 찾은 요시조는 그 줄곧 키하라의 집에 살면서 몸과 마음을 아끼지 않게 되었다는 것 등을 알게 된다.

개요를 통해 알 수 있듯이 「형제」의 의미는 비교적 일목요연하다. 조선인 아버지와 일본인 어머니 사이에서 태어난 '혼혈아'인 요시조가 이 소설의 실질적인 주인공이다. 차별과 멸시에 시달리던 그는 부처와 같은 순사부장 키하라 만사쿠의 도움으로 자신의 참모습을 찾는다. "내지어와 조선어를 두루 잘하는" 그는 은혜에 보답하기라도 하듯 순사부장 집안을 위해 몸과 마음을 아끼지 않는데, 작가는 이러한 요시조를 통해 진정한 '일본인의 길'이 무엇인지를 보여주고자 했던 듯하다. 요컨대 "내지인도 아니고 조선인도 아닌 일본인"이라는 것을 새삼스럽게 확인한 이상, '일본 국민=신민'은 형제로서 감정적·정서적 연대를 "움직일 수 없는 사실"로 받아들여야 한다는 것이다.

요시조는 잠자코 있었다. 이현은 계속했다.
"그럼 당신은 내지인입니까? 아니면 조선인입니까?"
요시조는 여전히 말이 없었다. 그런데 갑자기 '아하하하' 하고, 이렇게 자그마한 사내로서는 정말이지 깜짝 놀랄 정도의 바닥 모를 소리로 웃었다.
"내지인? 조선인? 아니요, 나는 일본인입니다, 일본인."
이현은 움찔했다. 그것은 전적으로 요시조가 말한 대로였기 때문이다. 내지인이니 조선인이니 그런 걸 캐묻고 따질 필요가 어디에 있는가. 일본인이면 충분하다. 서로가 일본인인 이상 무엇을 더 말할 필요가 있겠는가.

'나라는 인간은 무슨 쓸데없는 소리를 하는 것일까.' 이현은 뭔가가 예리하게 가슴에 새겨진 느낌이었다.

이현은 입을 다물었다. 더 이상 아무 말도 듣고 싶지 않았다. 알고 싶지 않았다.

그러나 잠시 걷고 있는 동안에 또 요시조가 신음소리처럼 웅얼거리기 시작했는데, 일단 시작한 이상 아무래도 이대로 그만 둘 것 같지가 않았다. 요시조가 비틀거리면 다가왔을 때 이현은 그의 어깨를 붙잡고서 다시 물었다.

"요시조 상, 당신의 향리(鄕里)는 어디입니까?"

"향리? 나의 향리 말입니까?"

요시조는 '향리? 향리 말입니까?'를 몇 번이나 우물거렸다.

"내 향리는 신의주입니다. 아니, 아니지. 아하하하. 내게 고향 같은 건 없습니다. 그렇지, 이 **일본국 안 어디든 모두 내 향리입니다.** 하하하."

요시조는 또 조금 전의 바닥 모를 소리를 내며 웃었다. 그리고 우는 듯한, 신음하는 듯한 소리로 예의 노래를 읊조리기 시작했다. '이 사람이 조금 취하긴 했지만 참 이상하군.' 이현은 요시조를 들여다보았다. 희미한 달빛이긴 했으나 그때 확실히 요시조의 두 뺨에 반짝이며 흐르는 두 줄기 눈물을 보았다. 아닌 게 아니라 요시조는 아까부터 울고 있었던 것이다. 저 쾌활한 요시조가 아이처럼 실컷 비처럼 뺨을 적시며 울고 있는 것이다.

"아아, 형!"

순간, 이런 외침이 목구멍에 차올랐지만 이현은 깜짝 놀라 참았다.

이번에야말로 아무것도 듣고 싶지도 알고 싶지도 않았다. 왠일인지 뭔가 울컥 가슴에 솟아오르는 것을 느꼈다. 비틀거리는 요시조와 어깨를 나란히 하고 함께 비틀거리면서, 이현은 눈시울이 뜨거워진 채 뜨뜻한 것을 두 뺨에 흘렸다.

더욱 움직일 수 없는 사실처럼 생각됐다. 그러나 지금 새삼스럽게 따져봤자 무엇 하겠는가. 서로 일본인으로서 올바르게 살아온 이상 누군들 형이 아니고 또 누군들 아우가 아니겠는가.

이현은 어느 사이에 요시조와 어깨를 나란히 한 채 뜻 모를 노래를 함께 읊조리면서 꿈속을 걷는 듯한 기분으로 언제까지고 비틀거리고 있었다.[21]
(강조-인용자)

이처럼 「형제」는 '혼혈아' 요시조의 우여곡절로 얼룩진 삶을 그리고 있다. 그리고 위의 인용에서 보듯 그는 조선인 이현으로 하여금 '일본의 국민'임을 깨닫게 하는 역할을 담당하고 있다. 요시조를 매개로 하여 이현은 "서로 일본인으로서 올바르게 살아온 이상 누군들 형이 아니고 또 누군들 아우가 아니겠는가"라는 인식에 도달하는 것이다. 그런데 이치로→돌바우→요시조로 이름을 바꾸면서 살아온 요시조의 비극적 삶에 초점을 맞추면 이 소설이 갖는 의미는 훨씬 풍부해질 수 있다. 범죄자로 전전하던 요시조가 부처같은 순사부장 키하라 만사쿠의 도움으로 갱생의 길을 걷게 되었다는 진술만으로는 이 소설이 지닌 의미를 온전하게 포착하기 어렵다. 그가 범죄자가 될 수밖에 없었던 이유는 무엇인지, 그 과정에 주목해야 한다.

친척들이 모두 모여 제사를 지낼 때 이치로만은 제사 자리에 참석할 수가 없었다. 아버지가 이치로를 제사에 들이려고 했을 때, 할아버지는 저런 놈의

---

21 金士永, 「兄弟」(3), 『新時代』, 1943.1, 140~141면. 「兄弟」는 『新時代』 1942년 11월호 ~1943년 2월호까지 4회로 나뉘어 게재된다.

예(禮)를 받을 우리 조상이 아니라며 받아들이지 않았다. 친척들도 모두 할아버지의 말에 동의했기 때문에 아버지는 얼굴을 붉힌 채 입을 다물고 말았다. 모두가 잘 차려 입고 즐겁게 모여서 예를 갖추고 있는 그 뒤에서 이치로는 풀죽은 모습으로 서서 보다가 급히 얼굴을 숙인 채 서둘러 안쪽으로 돌아갔다. 아마도 울고 있었던 것이리라.[22]

어머니로부터, 할아버지를 비롯한 가족들로부터, 주위 사람들로부터 버림받은 요시조의 삶은, 키하라 일가의 일과 마을의 일을 도맡아하면서도 쾌활함을 잃지 않는 그의 모습에도 불구하고, 분명하게 잡히지 않는 무거운 그늘을 거느리고 있다. 참된 '일본인=국민'으로 '갱생'한 요시조의 모습이 아니라, 이른바 '비국민적'인 '불량한' 생활로 점철된 그의 과거=그늘을 조선인의 입장에서 그리고 있다는 점에서 이 소설은 일정 정도 비판적 성격을 지닌다고 할 수 있으며, 이것이 일본인 작가와 조선인 작가의 '작은 차이'라고 할 수 있을 터이다. "파란만장한 '요시조[吉藏]'의 운명을 묘사하면서, 이론도 슬로건도 아닌 피와 흙의 내선일체를 강조하여 작자의 현실추구의 눈이 확실하고 집요하다는 것을 보여주고 있지만, 문장이 약간 장황하다는 것, **아니 작품의 전체적인 어조가 어두워서** 당선작으로 뽑을 수가 없었다"는 현상소설 심사자의 말도 이런 맥락에서 이해할 수 있다. 재조 일본인, 특히 '혼혈아'의 정체성은 '갱생'이라는 말로 간단하게 정리될 수 있는 성격의 것이 아니다.[23]

---

22   金士永, 「兄弟」(2), 『新時代』, 1943.12, 161면.
23   김사량의 「빛 속으로」에 등장하는, 일본인 아버지와 조선인 어머니 사이에서 태어난 '하루오'와 요시조의 과거와 현재를 대비해보는 것도 흥미로울 것이다.

끝내 죽음을 맞이하는 요시조는 "연필로 불분명하게 썼기 때문만이 아니라 처음부터 문자도 문맥도 염두에 두지 않고 쓴 것이어서 읽어내기가 상당히 고통스러운"[24] 노트를 남긴다. "자신의 내면생활을 조금밖에 말하지 않은" 그의 노트는 "피와 흙의 내선일체"를 실천했다는 자부심과 '갱생'의 기쁨만을 담고 있지는 않았을 것이다. 이 지점에서 우리는 이렇게 물을 수 있어야 한다. 재조 일본인들이 '이향(異鄕)' 조선에서 정체성의 균열이나 분열을 경험해야 했다면, 그 이유는 무엇이었을까. 나아가 조선인과 일본인 사이에서 태어난 '혼혈인'의 경험이 갖는 의미는 무엇일까. 예컨대 무라야마 토모요시[村山知義]의 「단청(丹青)」(1939)에서 재조 일본인 2세의 다음과 같은 진술, 즉 "우리들은 내지에 아무런 터전을 갖고 있지 못합니다. 내지를 본 적조차 없습니다. 하지만 우리는 조선에도 확실한 근거를 갖고 있지 못합니다. 조선 사람들은 우리들을 조선 사람으로서 취급해 주지 않습니다. 또 내지인들은 우리를 내지인으로서 취급해 주지 않거든요"[25]라는 말을 어떻게 받아들여야 할까. '내지인'과 조선인 사이에 흔히 발생하는 대립의 순간에 궁지에 몰릴 수밖에 없고, 그런 상황 속에서 "우리가 내지의 인간인지, 조선의 인간인지"조차 분별하기 혼란스럽다고 말하는 그들의 복잡다단한 심정을 이해할 수 있는 길은 없는가. 이러한 물음 속에서 말해지지 않은/못한, 요시조의 노트에 담긴 '내면생활'의 실체를 상상하고 추론함으로써, 조선인과

---

24 金士永, 「兄弟」(4), 『新時代』, 1943.2, 172면.
25 村山知義, 「丹青」, 『中央公論』, 1939.10; 『明姬』, 鄕土書房, 1948, 77면. 정대성, 「「단청」의 포스트 콜로니얼 비평적 되읽기—1930년대 말의 무라야마 도모요시; 〈일본적 오리엔탈리즘〉과 민족·언어 문제」, 『일본문화연구』 제5집, 2001.10, 362면에서 재인용. 정대성은 재조 일본인 2세의 이러한 상황을 "하나의 균열"이자 "제국주의적 주체의 해체"로 이해한다.

일본인의 경계를 넘어 식민지 지배가 민중의 의식과 무의식에 남긴 상흔을 이해하는 데 요긴한 단서를 얻을 수 있을 것이다.

5. 마무리

'8·15'와 함께 견고하게만 보였던 '대일본제국'의 '근대의 초극'을 향한 꿈은 물거품으로 사라진다. 서양적 근대를 '초극'하고자 했던 '대일본제국'의 상상이 원폭으로 상징되듯 바로 그 서양적 근대에 의해 파괴적으로 '초극되고' 만 것이다. 그 후, '제국의 꿈'에 의해 지탱되던 '국민 신화'도 파국을 맞이한다. '8·15'가 조선인에게는 광복 또는 해방의 기억이, 일본인에게는 패전 또는 종전의 기억이 새겨진 역사적 시간의 표상이라 했거니와, 지하련의 「도정」과 허준의 「잔등」은 그러한 역사적 시간을 어떤 식으로든 통과해야 했던 수많은 사람들, '대일본제국'의 '국민'으로 상상되었던 조선인과 일본인의 표정을 여실하게 포착하고 있다는 점에서 우리의 문제 설정에 하나의 좌표였다.

이 좌표를 중심으로 하여 『국민문학』이 구상했던 '국민문학'의 의미를 조선문인협회 현상소설모집 입선작 두 편, 구보타 유키오의 「연락선」과 김사영의 「형제」를 읽어왔다. '내지'에서 '국민-되기'를 몸소 학습하고 돌아온 「연락선」의 주인공 '나'는 어떤 표정으로 '8·15'를 맞이했을까. 그리고 "피와 흙의 내선일체"를 실천적으로 보여주자 했던

「형제」의 요시조와 이현의 경우는 어떠했을까. 기억의 궤적을 자신의 뜻대로 쉽사리 벗어날 수 있는 사람은 많지 않을 터, 그렇다면 '혼혈아' 요시조를 비롯하여 이들의 기억에 각인된 '국민 신화'는 그 후에도 오랫동안 망각하고자 하는 의지를 끊임없이 배반하면서 그 누구도 속일 수 없는 내면의 진실을 고통스럽게 했을 것이다. 물론 내면적 고통에 무감각한 사람도 적지 않았을 테지만.

'상상'이 상상을 넘어 실체로 받아들여질 때 '국민화' 프로젝트는 강력한 현실적인 힘을 발휘한다. 동일성의 원리를 근간으로 하는 '하나의 국민'이라는 서사 또는 픽션은 다양성을 허용하지 않는다. 그럼에도 우리는 「연락선」과 「형제」 사이에서 '작은 차이'를 읽어낼 수 있다. 즉, 두 편의 일본어 소설은 식민지 본국인 구보타 유키오와 식민지인 김사영 사이의 인식의 낙차를 보여준다. 다시 말해 구보타는 '내지인'을 표준으로 내세우는 것과 달리 김사영은 '내지인+조선인=일본인'으로 상정하지만 (무)의식적 분열증에서 쉽게 벗어나지 못한다. 권력의 논리를 그대로 반복하는/해야만 하는 상황에서도 문학은 그 '작은 차이'를 의식적으로든 무의식적으로든 포함하고 있게 마련이다. 「형제」의 '혼혈아' 요시조가 「연락선」의 '나'와 구별되는 미세한 요소를 발견함으로써 획일적으로만 보이는 일제 말기 '국민문학' 계열의 텍스트들을 균열의 계기를 내장한 것으로 다시 읽어낼 수 있을 것이다. 그리고 식민지 조선에서 일본어로 '내지인'과 조선인의 소설뿐만 아니라 '내지'에서 일본어로 쓰어진 조선인과 '내지인'의 소설들도 한 자리에 놓고 토론을 벌일 수 있어야 할 것이다. 그리고 만주와 타이완과 사할린과 오키나와도 여기에 끌어들여야 한다.

마무리하기로 하자. '내선일체'와 '황국신민'의 기획이 파탄에 이르렀을 때, 그러니까 '8·15'라는 역사적 시간과 함께 '대일본제국'의 신화가 파국에 이르렀을 때, '하나의 국민'으로 상상되었던 사람들을 적대적 관계로 내모는 정치심리적 메커니즘을 이해할 수 있어야 일제 말기의 '국민문학' 담론은 '지금-여기'에서 발언권을 획득할 수 있을 것이다. 아울러 일제 말기의 '국민문학' 담론을 제국주의적 지배와 피지배가 낳은 비정상적인 이탈로만 간주할 것이 아니라, '제도적 폭력기구'인 국가가 존속하는 한 언제든지 반복될 수 있을 것이라는 점에 유의해야 한다. 또, 국가의 종교화, 정치의 미학화를 고려하여 '국민'이란 무엇인가를 다시 물을 수 있어야 한다. 이때 조선인과 일본인을 합체하여 새로운 '국민상'을 창안하고자 했던 일제 말기의 '국민문학'은 일정한 의미를 지닐 수 있을 것이다. '국민'의 '재'국민화 프로젝트는 현재 진행형이다. '지금-여기'의 우리는 이 기획으로부터 얼마나 자유로울 수 있을까. 다시 우리는 이 글을 시작하면서 던졌던 물음으로 되돌아가야 한다.

제8장

국민학교, '황국신민'의 제작 공간

이이다 아키라의 『반도의 아이들』을 중심으로

1. 문제 설정

모리타 요시오[森田芳夫]의 방대한 연구 『조선 종전의 기록』에 따르면, 1876년 54명이었던 조선재주(朝鮮在住) 일본인 인구는 러일전쟁이 끝난 1905년 4만 명, 1910년 17만 명을 넘었고, 1942년 75만 명에 도달했다가 종전 전년(1944) 71만 명에 이르렀다.[1] 이들의 직업별 인구분

---

1 森田芳夫, 『朝鮮終戰の記錄 — 米ソの進駐と日本人の引揚(上)』, 東京 : 巖南堂書店, 1964, 1면. 1944년 현재 인구가 1942년 말 인구보다 적은 것은 예년 연말의 인구조사가 부정확하여 실제보다 부풀리는 경향이 있던 것을 수정하고, 그 사이 대규모의 소집(특히 1944년 4월 처음으로 다수의 제2국민병 교육소집이 시행되었다)이 있었기 때문일 것이다. 덧붙이자면 이는 식민지 조선에 실제로 살았던 이들만을 포함한 숫자이며, 단기간 혹은 장기간 조선에 머문 일본인들까지 계산하면 그 수는 훨씬 늘어날 것이다.

포를 보면 공무자유업(公務自由業) 39.5%, 공업 18.7%, 상업 18.2%, 교통업 7.2% 순이다. 공공기관에 종사하는 공무자유업이 압도적인 비중을 차지하고 있는 것은 일본인이 조선에서 특수한 지위를 점하고 있었다는 것을 말해준다. 그 많았던 재조일본인들은 어디로 갔을까. 그리고 그들이 남긴 것은 무엇일까.

식민지 조선에 집과 일터를 갖고 있던 일본인들은 1945년 8월 15일 패전과 함께 미군정과 각지에서 결성된 알선회[世話會]의 도움을 받아 자신들의 나라로 인양(引揚)되었다.[2] 하지만 재조일본인들이 남긴 '유산'은 정치, 경제, 행정, 사법, 군사, 교육, 교통 등 각종 제도뿐만 아니라 일상생활에까지 폭넓게 남아 있었다. 패전 후 일본 당국은 온갖 책자와 기밀문서를 불태우는 등 식민지 조선에 남긴 흔적들을 지우려 했지만 40여 년에 걸친 지배의 자취들이 그렇게 쉽게 사라질 리 만무했다.

19세기말부터 건너오기 시작해 1910년 이후 급격히 증가한 재조일본인은 사회 각 방면에서 상당한 영향력을 행사했다. 그들은 지배자의 위치에서 조선인의 삶을 약탈했을 뿐만 아니라 사고방식까지 개조해버렸다. 그 과정을 근대화(modernization)라 부를 수 있을까. 일본의 식민지 경영이 조선의 근대화에 기여했는지, 그 영향이나 효과는 무엇인지를 따질 여유는 없다. 하지만 근대화＝자본주의화가 인민에 대한 물질적·정신적 수탈을 동반할 수밖에 없는 것이라면, 수탈의 강도(强度)나

2　그러나 '내지'에서 조국으로 돌아올 수 없었던 조선인이 적지 않았듯이, 일본으로 돌아가지 못하거나 돌아갈 수 없는 이들도 없지 않았다. 예컨대 1947년 4월 현재 조선인 남성과 결혼한 일본인 여성 841명이 남조선에 남아 있었다. 그리고 1948년 1월말 현재 일본인 2,794명이 조선을 떠나지 않았으며 그중 242명은 경성에 머무르고 있었는데, 이들 역시 일본인 부녀자가 대부분이었던 것으로 추정된다.(森田芳夫, 『朝鮮終戰の記錄－米ソの進駐と日本人の引揚(下)』, 826면 참조)

방법에서는 차이가 있겠지만, 일본의 조선 지배가 어떤 식으로든 근대화에 기여했다는 점을 외면하기란 쉬운 일이 아니다.[3]

교육으로 좁혀서 말하자면, 식민지 조선(인)은 조선총독부의 지령에 따라 근대적 교육을 전면적으로 경험하고 이를 체화했다. 물론 식민지 지배 이전에도 다양한 방식으로 근대적 교육을 시행하려는 노력이 없지는 않았으나 국가기관이 교육과 관련된 제도적 틀을 마련하고 이를 현실화하는 데에는 많은 어려움이 따랐고, 일제의 지배가 본격화하면서부터는 그마저도 좌절되고 말았다. 일반적으로 교육은 개인이 지닌 잠재능력을 끌어내고 이를 발현하게 함으로써 인간다운, 행복한 삶을 지향하도록 하는 것을 목표로 삼는다. 그러나 국가가 교육을 장악하는 순간이 목표는 충성스러운 국민을 안정적으로 재생산하는 방향으로 수정된다. 이런 점에서 일제에 의한 조선인 교육은 충분히 '근대적'이었다.

자본주의 생산 양식이 지배하기 시작하면서 규격화된 상품을 대량 생산하여 유통하듯이, 근대적 교육은 표준화된 커리큘럼을 통해 자본이 요구하는 노동자와 국가가 요구하는 국민을 생산해낸다. 그 출발이 초등교육이다. 이와 관련하여 루이 알튀세르는 다음과 같이 말한다.

> 학교는 온갖 사회 계층의 아이들을 데려다가 유치원에서부터 신구(新舊)의 여러 방법을 통해 **수 년 동안** 그들에게 지배이데올로기로 포장된 '전문 지식'(프랑스어 · 산수 · 자연사 · 과학 · 문학) 혹은 단순하게 말해 순수 상

---

[3] 상세한 논의는 피하겠지만 중요한 것은 근대화의 주체, 대상, 방법 그리고 목표이다. 즉, 식민지 근대화를 둘러싼 논란은 누가, 무엇을(또는 누구를), 어떻게, 왜 근대화하려고 했는가라는 물음을 전제해야 한다.

태의 지배 이데올로기(도덕·시민 교육·철학)을 주입시킨다. 이 기간 동안 어린아이는 가족이라는 국가 장치와 학교라는 국가 장치 사이에서 **꼼짝 못한 채** 가장 '취약하다'.[4]

다양한 사회 계층의 아이들은 '의무적'으로 '수 년 동안' 학교에서 교육을 받아야 한다. 교육이란 '전문 지식'을 습득하고 '지배 이데올로기'를 내면화하는 과정이다. 학교를 매개로 한 전면적이고 강압적인 훈육은 근대 이전에는 찾아볼 수 없었던 현상이다. 이처럼 근대 국민국가는 학교라는 시스템을 통해 자본과 국가가 요구하는 인간을 양산한다. 이것이 근대 국민 교육의 요체이며, 제국주의 일본이 식민지 조선에 '이식'한 근대적 교육의 핵심 목표였다.

우리는 식민지 조선에서 생활했던 어느 일본인 교사가 자신의 체험을 기록한 '소설'을 통해 총동원체제로 접어든 일제 말기 초등교육의 단면을 만날 것이다. 재조일본인 가운데 공무자유업에 종사한 이들이 압도적인 비중을 차지하고 있었다고 말했거니와 식민지 조선에서 초등교육 및 고등교육을 담당한 이들 상당수가 바로 이 업종에 종사했다. 이들 중 몇몇은 소설이나 산문의 형태로 당시 교육 현장을 그려내기도 했는데 미야자키 세이타로[宮崎清太郎], 구보타 유키오[久保田進男], 이이다 아키라[飯田彬] 등이 대표적이다. 일본인 교사는 계몽자이기도 하면서 당시 일본 국민 창출에 필수적이라 할 수 있는 일본어교육의 담당자이기도 했다.[5]

---

4   루이 알튀세르, 김웅권 역, 『재생산에 대하여』, 동문선, 2007, 226면.
5   가미야 미호, 「재조 일본인 작가의 소설에 나타난 '일제' 말기 일본 국민의 창출 양상」,

그렇다면 식민지 조선에서 교사로 활동한 일본인이 교육을 통해 구현하고자 했던 것은 무엇이었으며, 그 방법과 과정은 어떠했을까. 그리고 재조 일본인이 남긴 '유산'의 의미는 무엇일까. 이이다 아키라의 『반도의 아이들』을 매개로 일제 말기 '국민 생산의 현장' '국민학교'의 현실에 비판적으로 접근하기로 한다.

2. 재조일본인 교사 이이다 아키라의 국가관과 교육관

『반도의 아이들』의 저자 이이다 아키라[飯田彬]는 1929년 경성사범학교를 졸업했으며 일찍이 내지에서 발행되는 각종 잡지에 30여 편의 글을 발표했다.[6] 또 1940년에 간행된 『조선총독부 및 소속관서 직원

『일본문화연구』 제39집, 동아시아일본학회, 2011, 6면. 가미야 미호는 이 논문에서 『국민문학(國民文學)』에 발표된 현직 교사의 작품 즉 구보타 유키오의 「연락선(連絡船)」 (1942.4), 이이다 아키라의 「용사의 시[つはものの賦]」(1944.6), 미야자키 세이타로의 「아버지의 다리를 들며[父の足をさげて]」를 통해 국민 창출 양상을 밝히고 있다. 한편 신승모는 「식민지 조선의 일본인 교사가 창출한 문학」(『한국문학연구』 제38집, 한국문학연구회, 2010.6)에서 오비 주조[小尾十三], 미야자키 세이타로, 구보타 유키오의 작품들을 중심으로 '국민문학'의 의미를 살핀다. 이 외에 재조일본인 문학에 관한 논의로는 박광현, 「유아사 가쓰에 문학에 나타난 식민2세의 조선」, 『일본학보』 제61집 제2권, 한국일본학회, 2004.11; 윤대석, 「1940년대 전반기 조선 거주 일본인 작가의 의식 구조에 대한 연구」, 『현대소설연구』 17, 한국현대소설학회, 2002; 정선태, 「일제 말기 '국민문학'과 새로운 '국민'의 상상」, 『한국현대문학연구』 29, 한국현대문학회, 2009.12 등을 참조할 수 있다.

6 石田耕造 編, 『新半島文學選集』 第一輯, 京城 : 人文社, 1944, 270면에 실린 작가 소개 참조.

록』에 따르면, 그의 소속은 전주사범이며 관직은 훈도(訓導)이다.[7] 한편
이이다 아키라는 1934년 『조선의 교육연구』에 「'기미가요'와 훈육」을
발표하는데 여기에는 그의 소속이 '全北全州第二高等普通學校訓導'라
고 적혀 있으며,[8] 1942년 잡지 『국민학교』에 게재한 「국민과 국어 청
화수업안(聽話授業案) 입안의 중점」이라는 글에는 '全州師範附屬國民學
校訓導'라고 적시되어 있다.[9]

이상의 이력을 정리하면 1929년 경성사범학교를 졸업한 이이다 아
키라는 전주 제2고등보통학교 훈도를 거쳐 1942년에는 전주사범부속
국민학교 훈도로 재직하고 있었다. 그는 경성에서 사범학교를 나와 주
로 전북 전주에서 교사로 활동하면서 소설을 비롯한 몇 편의 글을 조선
에서 발행되는 잡지에 발표한 것으로 보인다. 뒤에서 살펴보겠지만
『반도의 아이들』에 실린 작품들의 배경이 전주 근처와 전주 읍내라는
점도 이를 반증한다. 이이다 아키라는 위에서 언급한 '논문' 두 편 외에
「산이 고요하면[山靜かなれば]」(『國民文學』, 1943.3), 「싸움[たたかい]」(『國
民文學』, 1943.10),[10] 「용사의 시[つはものの賦]」(『國民文學』, 1944.6) 등의
소설과 자신의 '국어' 교육 경험을 소개한 일종의 보고서 「국어로 키운
다[國語にそだてる]」(『國民文學』, 1943.1)를 발표한다.

그렇다면 이이다 아키라는 어떤 생각을 가진 교사였을까. 「'기미가

---

7   朝鮮總督府, 『朝鮮總督府及所屬官署職員錄』, 京城 : 朝鮮總督府, 1940. 상세한 내용은 한
     국사데이터베이스(http://db.history.go.kr/url.jsp?ID=jw_1940_0924_0120)를 참
     조했다.
8   飯田彬, 「'君が代'と訓育」, 『朝鮮の教育研究』 75, 朝鮮初等教育研究會, 1934.12. 171면.
9   飯田彬, 「國民科國語聽話授業案立案の重點」, 『國民學校』 제9호, 朝鮮公民教育會, 1942.3,
     41면.
10   이 작품은 石田耕造(최재서)가 엮은 『新半島文學選集』 第一輯에 재수록된다.

요'와 훈육」을 중심으로 그의 핵심적인 교육관과 국가관을 살펴보기로
한다.

잘 알려져 있다시피 〈기미가요[君が代]〉는 일본의 국가(國歌)이다.
1880년에 곡이 붙여진 이후 국가로 취급되었으며, 패전 후 전면에서
사라졌다가 1999년 많은 논란 끝에 〈국기 및 국가에 관한 법률〉에 따
라 다시 공식 국가로 제정되었다. 원래는 헤이안시대[平安時代]에 불렸
던 와카[和歌]였는데, 1880년 국가로 제정된 후 각종 의식과 집회 등에
서 널리 봉창(奉唱)되었다.[11] "님이시여/천년만년 사시옵소서/돌이 바
위가 되어/이끼가 낄 때까지[君が代は/千代に八千代に/さざれ石の/巌となり
て/苔のむすまで]"라는 가사의 이 노래는 천황을 찬미하는 곡이자 만세
일계(萬世一系)의 국체(國體)를 찬양하는 곡으로 패전에 이르기까지 '황
국신민'의 육체적·정신적 리듬을 지배했다. 식민지 조선에서도 예외
가 아니어서 조선인들은 황국신민 훈련의 일환으로 이 노래를 하루에
한 번 이상 듣거나 부르도록 강요당하였다.

이이다 아키라는 「'기미가요'와 훈육」에서 〈기미가요〉의 봉창은 국
민적 자각에 입각한 애국적 심의(心意)를 표출하는 것이라는 전제 아래,
이 노래가 역사성을 띠고 있다는 점과 천황에 대한 국민적 사모를 담고
있다는 점을 강조하면서, "신(神)—군(君)—국(國)—신(臣)으로 이어지
는 일원적이고 상즉적(相卽的) 관계"[12]를 끌어낸다. 그의 논지에 따르면
이 관계야말로 일본정신 곧 국체의 핵심이며, 국민정신을 구성하는 가

---

11   〈기미가요〉에 대해서는 위키피디아(http://ja.wikipedia.org/wiki/%E5%90%9B%E
     3%81%8C%E4%BB%A3)를 참조했다.
12   飯田彬, 「'君が代'と訓育」, 171면.

장 큰 원류이다. 또 충군이 곧 애국이며 충효일본(忠孝一本)의 정신이 아무런 모순성도 포함하지 않는다. 이러한 일본정신은 시간과 공간을 뛰어넘어 일본인의 혼 밑바닥에 나아가 그것을 초월하여 움직이는 절대적인 실체라는 말이다. 뿐만 아니라 〈기미가요〉는 국민의 이상과 신앙을 시의 형태로 표현한 것이라는 점에서 개인주의를 근본사상으로 하는 외국의 국가와 구별된다.

이렇듯 일본정신의 정수를 담고 있는 〈기미가요〉는 국민정신 함양의 방법적 출발점이자 귀착점이다. 따라서 일본적 훈육도 〈기미가요〉를 최우선적으로 철저하게 익히는 데서 시작되어야 한다. 〈기미가요〉를 통해서만 일본적 훈육을 실현할 수 있다는 것이다. 그리하여 그는 ①〈기미가요〉의 역사적 생명을 통하여 일본적 훈육으로, ②〈기미가요〉의 정신적 생명을 통하여 일본적 훈육으로, ③국가적 국민적 생명을 지닌 〈기미가요〉, ④운율적 생명을 통하여 일본적 훈육으로 나아가야 한다고 주장한다.[13] 이를 국민학교 아동 교육에 어떻게 적용할 것인가. 저학년은 운율을 몸과 마음에 새기도록 하고, 중학년은 가사를 올바르게 해석하여 그 대의(大意)를 파악하도록 하되 4학년 후반에는 정신적 생명을 이해하도록 하며, 고학년은 국가적 국민적 생명을 지닌 〈기미가요〉의 의의를 철저히 익히도록 한다는 것이 그의 구상이다.

이상에서 본 것처럼 국민학교 교사 이이다 아키라는 '대일본제국은 만세일계의 천황이 통치한다'는 국체와 일본정신의 정수를 담고 있는 〈기미가요〉를 아동교육상의 방법적 출발점이자 귀결점으로 삼아 충군

---

13 위의 글, 175면.

애국사상에 충실한 '소국민'을 양성하고자 했다. 그런 점에서 그는 '대일본제국'의 국가이데올기에 충실한 국가주의자였으며, 국가=천황을 위해 몸과 마음을 바치는 국민을 길러내는 것을 교육의 일차적 목표로 삼았고 할 수 있다. 역사적 생명, 정신적 생명, 국가적 국민적 생명, 운율적 생명을 통해 일본적 훈육으로 나아가야 한다는 「'기미가요'와 훈육」의 주요 논지는 교사 이이다 아키라의 국가관이 어떻게 교육 현장에서 구현될지를 가늠해 볼 수 있는 단서가 될 것이다.[14] 아울러 그가 소설의 형태로 기록한 『반도의 아이들』의 행간을 돌파하는 데에도 의미 있는 실마리를 제공할 것이다.

3. 『반도의 아이들』 개관

1942년 6월 동경에서 간행된 『반도의 아이들[半島の子ら]』은 초판 3,000부를 찍은 지 불과 4개월 만에 재판을 발행했으며, 그해 일본출판문화협회 추천도서로 선정되었다. '기록소설'이라고 표기한 이 소설은 3부로 나뉘어 있다. 이 가운데 제1부만 비교적 통일성을 갖춘 '소설'

14　교사가 투철한 국가관으로 무장하고 있다는 것은 어찌 보면 당연하다고 할 수도 있다. 그렇게 생각할 경우 우리의 비판은 이데올로기적 국가장치가 교사를 양성하고 할당하는 시스템을 겨냥해야 한다. 필자는 이 점을 충분히 인지하고 있으며, 여기에서는 역으로 이이다 아키라라는 교사의 국가관과 교육관을 통해 '대일본제국'이라는 국가장치의 폭력성을 드러내는 선에서 멈추기로 한다.

이며, 나머지 제2부와 제3부는 독립적인 단편들을 하나의 주제 아래 묶어 놓은 것이다.

먼저 분량상 절반가량을 차지하는 제1부 「국어(國語)로 살아가다」는 미네(嶺) 선생과 이제 막 국민학교[15]에 입학한 아동들의 성장 과정을 그리고 있다.

'수영'과 '성갑'을 비롯한 75명의 아동들은 학교에 입학하자마자 '국어=일본어'라는 낯선 언어를 만난다. 처음 "조선말에서 느껴지는 우악스러운 소리로 조잘대던" 아동들은 "아름다운 인도자"의 모습을 한 '미네 선생'의 가르침에 따라 차근차근 '국어'를 익힌다. "사고의 모든 것은 조선어로 이루어지지만" "일본어를 모르면 아무것도 배울 수 없다"는 것을 직감하고 쉼 없이 '국어'를 반복 연습한다. '미네 선생'은 많은 노력을 기울여 '국어'를 가르치는 한편 '궁성요배', 중국에서 싸우고 있는 황군에게 감사하는 마음, 일본인의 성격 등을 일깨워준다.

아동들에 관한 이야기는 대부분 '국어'를 중심으로 하여 전개된다. 조선어는 금기어가 되고 아동들은 '국어'로만 말하기 위해 안간힘을 쓴다. 3학년이 되자 아동들은 '아직도' 조선어를 사용하는 동무들을 '징계'하기 위해 학급토론회를 거쳐 '국어찰(國語札)'을 만들어 벌금을 물린다. 창씨개명의 시행과 함께 아동들은 모두 일본식으로 이름을 바꾸고, '미네 선생'은 '수영'과 그 가족에게 자신의 성을 준다.

'총후부대(銃後部隊)'의 일원으로서 '생활전(生活戰)'을 펼치는 아동들

---

15 정확하게는 '심상소학교'라 해야 옳을 것이다. 소학교가 국민학교로 바뀐 것은 1942년 4월부터인데, 1940년 2월에 시행된 창씨개명이나 1941년 12월 8일 진주만 습격이 이 소설의 시간적 배경으로 설정되어 있기 때문이다.

의 활동이 이어진다. 아동들은 전선(戰線)에 위문대(慰問袋)를 보내기 위해 이삭을 줍고, 위문편지를 쓴다. 그런 가운데 "대일본제국의 충용한 육해군이 마침내 미영과 싸움을 개시"했다는 소식이 전해진다. 전쟁이 대화의 주요 화제가 되고, 병사들처럼 '훌륭한 일본인'이 되려면 어떻게 해야 할지 고민하던 아동들은 '12월 8일'을 기념하여 '국어유치원'을 열어 입학 전 아동들에게 '국어'를 가르치기로 한다. '임전체제(臨戰體制)'에서 '결전체제(決戰體制)'로 돌입한 상황에서 아동들은 '병사님'과 '선생님'과 '국가'를 위해 몸과 마음을 바치기로 다짐한다. 졸업을 앞두고 장래희망을 말하는 시간, 대다수의 아이들은 18세가 되면 지원병으로 출정하여 '천황의 방패'가 될 것을 맹세한다.

제2부 「마을의 기록」은 교사인 '나'가 마을사람들과 함께 생활하면서 겪은 이야기를 회상하는 방식으로 전개된다. 다섯 편의 '추억'을 중심으로 구성된 제2부는 '소설'이라기보다는 체험에 바탕을 둔 수필에 가깝다.

총독부의 통첩 〈간이학교 교사에게 바란다〉를 숙지한 '나'는 '아버지'와 같은 마음으로 아이들과 마을사람들을 보살핀다. '나'는 호랑이에 대한 공포 때문에 집으로 가지 못하는 아이들을 밤길에 데려다주고 돌아오다 자전거가 넘어지는 바람에 다치기도 하고, 야학을 운영하면서 마을 부인들에게 '일본의 어머니'로서 자긍심을 가질 수 있도록 '국어'와 위생관념, 가정교육 방법 등을 가르친다. 마을이 홍수에 휩쓸렸을 때에는 자기 몸을 돌보지 않고 물에 떠내려가는 사람을 구해 찬탄의 대상이 되고, 아픈 아이를 지성으로 간호하여 치료하기도 한다. 또 아이들과 함께 '국방헌금상자'를 만들어 마을사람들과 아이들의 '정성'

을 모으기도 한다.

아동들의 존경과 사랑을 한몸에 받는 교사 '나'가 북만주로 팔려갈 위기에 처한 마을의 소녀를 애국반장과 손잡고 헌신적으로 구원하는 이야기, 도랑파기 작업을 하다가 다친 아이를 치료하는 이야기, 아이들과 함께 "마을 사람들 신앙의 절대적 중심"이 될 타이마덴[大摩殿]을 건립하는 이야기로 구성되어 있다. 아이들을 돌보아야 할 뿐만 아니라 마을 사람들의 일까지 손수 떠맡아야 하는 '정신적 지도자' '나'는 어머니들을 지도하는 데 한계를 느끼고, "가장 훌륭한 내지식(內地式) 교양을 체현하고 있는" 조선여성을 아내로 맞이한다.

第3부 「아이들이 있는 풍경」은 세 개의 단편으로 이루어져 있는데, '홍아의 아들' '역사의 아들' '황국의 아들'이 그것이다.

'홍아(興亞)의 아들'은 전주 읍내를 배경으로 '내선결혼(內鮮結婚)' 과정을 그리고 있다. 내지인 켄이치와 조선인 신이치는 국민학교 2학년, 아주 가까운 동무 사이다. 켄이치에게는 형이 있는데 도청에 근무하는 그는 "내지와 조선의 일체관에 입각한 강력한 신념"의 소유자다. 켄이치의 형은 내지와 조선의 진정한 형제관계가 확고하게 맺어지지 않고서는 '대일본제국'의 앞날을 이끌어나갈 수 없다는 아버지의 말을 받들어 신이치의 누나와 결혼하기로 마음먹는다.

'역사의 아들'은 전주 읍내를 배경으로 내지인 아이들과 조선인 아이들이 함께 어울려 '국민개로(國民皆勞)'와 '인고단련(忍苦鍛鍊)'을 실천하는 모습을 그린 단편이다. 아이들은 '야간순찰' 돌고 싶어하지만 너무 어리다는 이유로 거절당한다. 그러자 내지인과 조선인 가릴 것 없이 '황국의 아들'이라는 이름 아래 뭉친 아이들은 '어린이부대'를 결성하여 전쟁놀이를 하는 한편 황군의 무운장구(武運長久)를 비는 신사참배, 폐품수집, 출정한 군인의 집 청소 등을 하기로 결의한다.

'황국의 아들' 역시 내선일체의 이념을 형상화한 단편이다. 조선인 소년 '산에이[贊永]'는 국민학교 3학년이다. '산에이'는 그의 이웃에 사는 내지인 부부를 각별하게 따른다. 그런데 남편이 출정을 나가 전사하는 바람에 내지인 아주머니는 아이 하나 없이 홀몸이 된다. '산에이'는 부모의 의견을 좇아 남편을 나라에 바치고 홀로 적적하게 지내는 이웃 아주머니에게 양자로 들어간다.

지금까지 보아온 것처럼 『반도의 아이들』은 한 편의 완결된 작품이 아니다. 요약하자면 제1부 「국어로 살다」는 아동들이 '미네 선생'을 따라 '국어'를 익히면서 '건강하고 명랑한' '소국민(小國民)'으로 자라는 과정을 기록한 것이며, 제2부 「마을의 기록」은 '미네 선생'이 학교와 마을의 정신적 지도자이자 구원자로서 행한 '미담'들을 기록한 것이다. 그리고 제3부 「아이들이 있는 풍경」은 아이들이 일상생활에서 대일본제국의 이념을 '실천'하고 '내면화'하는 과정을 소설의 형식으로 기술한 것이다.

『반도의 아이들』에 수록된 글들은 문학적 수준이랄까 소설적 완성도의 측면에서는 기대에 미치지 못하는 점이 적지 않다. 그러나 1937년 중일전쟁 이후 이른바 총력전 체제하에서 재조 일본인 교사가 수행한 역할은 무엇인지, 아동들이 어떻게 '국민'으로 호명되고 동원되는지, 교육을 통해 '대일본제국'이라는 국가의 이데올로기가 아이들에게 어떻게 주입되는지를 생생하게 보여주고 있다는 점에서 일제 말기 '국민이라는 괴물'의 제작 과정을 들여다 볼 수 있는 의미 있는 텍스트라 할 수 있다.[16]

이제 『반도의 아이들』을 해체·재구성하여 첫째, 국가 이념의 체현자이자 전달자인 교사의 이미지는 어떻게 형상화되는가, 둘째, '국어'는 어떻게 습득되며 그것이 '국민정신' 또는 '일본정신'과 갖는 관계는 무엇인가, 셋째, 조선인을 '대일본제국'의 '국민'으로 동원하기 위한 '내선일체'라는 환상은 어떻게 구체화되는가라는 물음에 답하기로 한다.

4. 교사, '천황＝일본정신'의 대리인

1911년 제1차 〈조선교육령〉 제정 이후 조선에서 근무할 교원의 행동 규범을 제시하기 위해 1916년 1월 조선총독부 훈령으로 제정 공포된 〈교원심득(教員心得)〉에서는 교육의 목표를 다음과 같이 밝힌다.

제국교육의 본지는 일찍이 교육에 관한 칙어에 명시된 바, 내지인과 조선인을 막론하고 다 함께 성려(聖慮)에 기초하여 충량한 국민을 육성하지 않으면 안 된다. 무릇 우리 제국은 개벽 이래 만세일계(萬世一系)와 군신일체

---

16 이와 관련하여 니시카와 나가오는 이렇게 말한다. "사람은 교육에 의해 혹은 학교에 의해 국가로 회수됩니다. 학교가 초등교육에서 고등교육에 이를 때까지 국가를 위해 인재를 육성하는, 국민화와 국민통합을 위해 중요한 장치임은 말할 것도 없습니다. 아이들이 전국의 가정에서, 같은 교과서와 같은 규율을 갖춘 장소로 보내지는 풍경이 이상한 것이라 생각되지 않는 것은 우리들이 완전히 국민화되었고, 국가로 회수되었기 때문이 아닐까요. 보다 좋은 교육, 보다 고등한 교육을 추구하며 사람들은 국가로 회수되어갑니다." 니시카와 나가오, 윤대석 역, 『국민이라는 괴물』, 소명출판, 2002, 303~304면.

(君臣一體) 등 세계에 비할 바 없는 국체(國體)를 가지고 있다. 따라서 제국의 신민된 자는 협심육력(協心戮力)하여 선조의 미풍을 계승함으로써 천양무궁(天壤無窮)의 황운(皇運)을 부익(扶翼)하지 않으면 안 된다. 이것이 진실로 교육의 대본이며 국가가 특별히 교육을 펴는 까닭이다.[17]

'대일본제국'의 교육 목표는 충량한 국민을 육성하여 황운을 부익하는 것이며, 식민지 조선에서도 이 목표는 변함이 없다는 것이다. 〈교원심득〉에 따르면, 교사는 이러한 '국민교육의 대본'에 기초하여 "충효를 근본으로 덕성을 함양해야" 하고, "실용을 주지로 삼아 지식과 기능을 교수해야" 하며 "강건한 신체를 육성해야 한다". 국가권력이 교육을 장악하고 있는 상황에서 교사는 국가의 명령에서 자유로울 수가 없다. '훌륭한 교사'란 국가의 명령을 충실하게 이행하여 '국민적 성격'을 갖춘 인간을 육성하는 데 힘쓰는 자이다. 즉, 교사는 국가에 몸과 마음을 바치는 '충량한 국민'을 육성하기 위해 직접 국가권력이 요구하는 국가관으로 무장하고 교육에 임해야 한다.

식민지 조선에서 교육을 담당하는 자들은 이 목표를 구현하기 위해 남다른 노력을 기울여야 했을 터이다. 특히 1941년 3월 조선총독부령 제90호에 따라 〈소학교규정〉이 〈국민학교규정〉으로 바뀌면서 조선의 아동을 충직한 황국신민으로 연성하기 위한 기획은 한층 노골화한다. 〈국민학교규정〉 제2조에 적시되어 있는 국민학교 교육방침 14개 항목 중 일부를 보면 다음과 같다.

---

17 「教員心得」, 『朝鮮總督府官報』 第1023號, 1916.1.4.

1. 교육에 관한 칙어의 취지에 기초하여 교육 전반에 걸쳐 황국의 도를 수련하게 하고 특히 국체(國體)에 대한 신념을 공고히 하도록 하여 황국신민임을 투철하게 자각할 수 있도록 하는 데 힘써야 한다.

2. 일시동인의 성지(聖旨)를 봉체(奉體)하여 충량한 황국신민의 자질을 획득하게 하여 내선일체, 신애협력(信愛協力)의 미풍을 양성하는 데 힘써야 한다. (…중략…)

13. 순정한 국어를 습득시키며 그것을 정확하고 자재(自在)하게 사용하도록 하여 국어교육의 철저를 기함으로써 황국신민의 성격 함양에 힘써야 한다.

14. 교수용어는 국어를 사용하여야 한다.[18]

'교육방침'에 따르면 국민학교 교육의 모든 활동은 "충량한 황국신민을 연성한다는 일점(一點)에 귀일한다."[19] 교과과정, 신체단련, 가정생활, 언어생활에 이르기까지 어느 것 하나 예외가 없다. "내선일체와 신애협력의 미풍을 양성"하여 '대일본제국'의 신민=국민으로 거듭나게 하는 것, 이것이 국민학교 교육의 목표였다.

조선의 아동들을 '충량한 황국신민'으로 연성하는 과정에서 가장 시급한 일이 '국민정신의 혈액'인 '국어=일본어'를 효과적으로 주입하는 것이었다. '국어' 교육이야말로 '죄의 씨앗'인 아동들을 '국민'으로 조형(造型)하는 과정에서 수행해야 할 가장 기초적인 작업이었기 때문이다.[20] '국어' 교육에 대한 관심은 총력전체제로 접어들면서 더욱 높

---

18 「國民學校規程」, 『朝鮮總督府官報』 第4254號, 1941.3.31.
19 夏山在浩, 「國民學校의 敎育方針」, 『家庭之友』, 1941.5, 4면.
20 이연숙, 고영진·임경화 역, 『국어라는 사상─근대 일본의 언어 인식』, 소명출판, 2006, 294~304면 참조.

아진다. 이 단계에 이르러서 일신을 위한 교육이 아니라 '훌륭한 일본인' '강한 일본인'을 양성해야 한다는, 이전보다 훨씬 강력해진 국가의 명령을 이행하기 위해 '국어'를 교수용어로 채택하고, 학교에서 조선어 사용을 전면 금지한다.

『반도의 아이들』 제1부 「국어에 살다」에 등장하는 '미네 선생'은 이와 같은 국민학교의 교육목표를 가장 모범적으로 실천하는 교사이다. 갓 학교에 입학한 조선의 아이들을 바라보는 '미네 선생'의 모습은 다음과 같이 그려진다.

> 75명의 아이들이 왁자지껄 떠드는 가운데 미네 선생은 하나하나 찬찬히 살피며 걸었다. 미네 선생의 거대한 체격에서 오는 온화함 때문일까? 거기에는 결코 초조한 그림자를 동반하고 있지 않았다.
> 마치 그 모습에는 거의 시간이라는 것이 더해지지 않는 것처럼 보였다. 아니 시간뿐만 아니라 공간적으로도 미네 선생의 모습은 아이들과 너무나도 잘 조화를 이루고 있었다.──그 모습에는 아름다운 인도자의 모습이 그림처럼 깃들어 있었다.[21]

'미네 선생'은 시간과 공간을 초월한 듯한 '온화하고' '자애로운' 인도자이다. 그는 언제 어느 곳에서나 아동들을 세심하게 보살피고 가르친다. 거대한 몸집의 소유자인 '미네 선생'은 "콩알만 한 작은 아이들"과 조화를 이루면서 이들을 '일본정신'에 헌신하는 '충량한 국민'으로

---

21   飯田彬, 『半島の子ら』, 東京 : 第一出版協會, 1942. 6면. 이하 『반도의 아이들』 인용은 본문에 면수만 표시한다.

키우기 위해 노심초사한다. 요컨대 '대일본제국'의 교사 미네는 교육 현장에서 몸소 '일시동인(一視同仁)'을 실천하는 '천황의 대리인'이라 할 수 있다. '천황'은 일본의 '국체'를 표상하는 신(神)의 형상을 취하고 있다. 이러한 현인신(現人神) 곧 국가의 명령에 따라 내지뿐만 아니라 식민지 아동들까지 충군애국을 실천하는 국민으로 양성해야 할 사명을 위임받은 까닭에 교사는 '천황'의 속성을 분유(分有)하고 있어야 한다. 따라서 '미네 선생'이 '온화하고' '자애로운' 인도자로 표상되는 것도 하등 이상할 게 없다.

'천황'의 대리인인 교사의 역할은 무엇보다 교육 현장에서 빛을 발한다. '미네 선생'은 학교라는 제도에 갓 발을 들여놓은 어린 아동들에게 올바른 '국어'를 가르치기 위해 심혈을 기울인다. 정확한 발음에서부터 이념에 이르기까지 그는 '국어' 교육이야말로 '충량한 국민의 육성'이라는 궁극적인 교육 목표를 달성하기 위한 초석이라는 것을 인식하고 아이들의 몸에 밴 모어(母語)의 흔적을 지워나간다. 뒤에서 살펴보겠지만 '국어' 교육은 단순한 언어 습득의 차원을 넘어선다. 아이들로 하여금 '국어'를 몸에 배게 하는 것, 그것은 "황국신민 연성(鍊成)을 위한 강력한 양식"(31면)이다. 그는 조선어를 전혀 사용하지 않고 '국어'를 가르치는 것이 얼마나 어려운 일인지를 절감하면서도 이 '양식'을 효율적으로 제공하기 위해 갖가지 교수법을 동원한다. 그 일단을 보면 이러하다.

미네 선생은 한 달 동안 놀랄 만큼 풍부한 어휘를 아이들에게 가르쳐 주었다. 아이들은 놀랄 만큼 풍부한 어휘를 쌓아 놓은 것이다. 그것은 예를 들면 엄청난 압력으로 눌러 담겨 있던 물이 그 출구를 찾아낸 것과 같았다. 세찬

기세로 국어의 회화생활이 확대되고, 흐르고, 부딪치고 있었다.

"선생님, 놀아요."

"선생님, 이리 오세요."

미네 선생은 한 명 한 명에게 아이들이 만족할 만한 칭찬을 하면서 그리고 세심하게 가르쳐주면서 걸었다. 고무공처럼 튀는 기쁨을 어쩔 줄 몰랐다. 처음으로 담당한 1학년 학생들이다. 조선어를 전혀 사용하지 않는 국어교육. 이론적으로는 그 성공이 명료해 보였지만, 매일 밝은 미소로 아이들을 맞이하고 보냈지만, 미네 선생의 마음은 한 달 동안 말할 수 없는 불안이 조수처럼 크고 작게 끊임없이 밀려들었던 것이다. 단편적인 국어는 미네 선생을 따라서 말했다. …… 그렇지만 그것이 언제쯤에나 아이들의 능동적이고 적극적인, 정연한 국어로 말할 수 있을지는 전혀 가늠할 수 없었다. (…중략…)

사물이나 간략한 그림이나 동작으로 분명하게 가르칠 수 있는 말은 그나마 괜찮았다. 미네 선생의 능숙하지 않은 그림솜씨에 아이들은 손뼉을 치고 웃거나 서로 고개를 끄덕이며 이해하겠다는 뜻을 보였다. 하지만 '내일'이나 '모레'와 같은 말이 가진 관념은 미네 선생의 어떠한 능숙한 손짓이나 몸짓 그리고 표정으로도 결코 충분한 효과를 보지 못했다.

고심 끝에 세 장의 종이에 각각 아이들의 세수하는 모습과 점심 먹는 모습과 잠을 자는 모습을 그렸다. 그것을 풀로 붙여서 두루마리 그림을 만들었다.(29~30면)

'미네 선생'은 그야말로 헌신적으로 아이들에게 '국어'를 가르친다. 그리고 그의 헌신적인 노력은 학교라는 틀을 넘어서 마을과 마을 사람들에게로 향한다. 제2부 「마을의 기억」은 재조 일본인 교사 미네 다케

시라는 인물이 아이들의 선생일 뿐만 아니라 마을사람들의 정신적 지주 역할을 수행하고 있었다는 것을 보여준다. 금욕주의적 계몽주의자로서 '황국'의 '국체', 즉 국가이데올로기를 충실하게 이행하는 그에게는 어떤 의심이나 갈등도 없는 것처럼 보인다.

「마을의 기억」에 등장하는 간이학교 교사 '나'는 "환경 때문에 또는 가정 형편 때문에 혜택을 받지 못하는 아이들의 선생이자 아버지"(157면)로서 그리고 마을의 정신적 지도자로서 아이들과 마을사람들의 존경을 받는다. '나'는 "지도자로서 어떠한 경우에도 아이들을 기르고 보호하는 데 실수가 허용될 수 없다"(207면)는 신념을 지닌, 거의 완벽한 인품의 소유자이다. 그런 그에게 조선의 아이들뿐만 아니라 어머니들까지 '진정한' 일본인으로 이끌어야 할 계몽의 대상이다.

> 야학 모임을 계획하게 된 동기는 단 한 사람, 단 한 사람이라도 좋으니 아이들을 위해 눈 뜬 어머니를 양성하는 데 있었다.
> 어머니들에게 특별히 어려운 실천을 요구하는 것이 아니라 일본의 어머니로서의 강한 자각, 구체적으로는 간단하고 편리한 국어를 지도하고, 나아가 예를 들면 카야마 토오콘[佳山東根]의 손쓰기 어려운 난폭한 성실이 그 어머니의 보살핌으로 조금이나마 고쳐질 수 있다면 충분했고, 하다못해 이가 없는 속옷을 아이들에게 입혀주면 충분했다. 아이의 병을 마고타[孫田]의 어머니처럼 무지하게 다루지 않는 것뿐이었다.(180면)

무지몽매하기 짝이 없는 조선의 여성들을 '일본의 어머니'로 자각시키기 위해 '나'는 야학을 따로 마련하여 예법(禮法)을 가르치고 '국어'를 지도하며, 육아법과 위생문제까지 교육한다. 총후부대의 일원으로서 '일본의 어머니'가 나아가야 할 길을 제시하는 인도자의 모습 그것이다. 국민총동원 체제 아래에서 요구되는 바람직한 어머니상이란, 국가의 부름에 언제라도 응답하여 몸과 마음을 바칠 수 있는 '건강한 국민'을 생산하는 현모양처이다. 개인적인 행복이나 삶의 의미를 찾는 것은 타기해야 할 개인주의적 습성이다. 조선의 어머니들이라고 예외일 수가 없는 것이다.

『반도의 아이들』에 등장하는 교사는 마치 강력한 국가이데올로기를 장착한 로봇처럼 모든 사적인 감정을 배제하고 오로지 국가를 위해 헌신하는 '황국신민'을 만들어내는 일에 혼신의 힘을 기울인다. 교사는 국가라는 종교의 충직한 신도이다. 그에게는 그 어떤 개인적 욕망도, 의심도, 갈등도 없다. 충직한 신도로서 국가의 명령을 학교 현장과 마을에서 성실하게 이행하는 존재이다. '일본정신'을 실천하는 천황의 대리인인 까닭에 모든 면에서 타의 추종을 불허하는 능력과 인내심을 발휘한다. 그리고 '충량한 황국신민'을 양성하는 성스러운 임무를 수행하고 있다는 자부심과 감격이 그의 내면을 가득 채운다.

5. '국어'와 '국민' 그리고 구별짓기

『반도의 아이들』 중 제1부 「국어로 살다」는 일제 말기 '국어교육'의 실상에 대한 현장보고서이다. 이 현장보고서에서 각별하게 강조하는

것은 '국어' 교육을 통한 '국민화'의 성취이다. 아동들은 학교에 들어서
는 순간 어머니의 젖을 빨면서 배웠던 모어를 버리고 '대일본제국'의
정신이 깃든 것으로 일컬어지는 '국어=일본어'를 학습한다. '국어'는
단순한 의사소통에 필요한 언어 이상의 의미를 지닌다. 이런 '국어'를
온전히 습득하지 않고서는 '국민'의 자격을 갖출 수가 없다.

어제부터 새로운 놀라움이 커다란 밀물처럼 아이들을 덮쳤다. 학교에 가
면 일본어로 말해야 한다. 이것은 아이들의 마음을 부풀게 하기에 충분한
기대와 기쁨이다. 실제로 3학년인 한룡(翰龍)이나 특히 5학년인 병원(炳
元) 등은 선생과 자유자재로 이야기를 나눌 수 있었다. 이것은 수영이나 성
갑으로 하여금 국어에 대한 격렬한 동경을 품게 했다. 그러나 그런 동경도
막연하게 품게 된 지극히 모호한 것이어서 다만 국어를 배울 수 있다는 기쁨
만으로 모인 것이지, 결코 현실적인 긴박감을 가진 것은 아니었다. 이것이
갑자기 자신들의 이름에까지 이러한 커다란 변화를 줄 것이라고는 생각도
하지 못했다. 막연한 커다란 기쁨이 갑자기 현실에 부딪쳐서 완전히 당황한
모습이다.(8면)

학교에 입학하자마자 '국어'를 만난 아이들의 표정에는 기쁨과 동경
이 가득하다. 자신의 이름마저 낯선 언어로 불리는 현실을 접하고서도
아이들은 조금도 당황하거나 힘들어하지 않는다. '국어'를 알지 못하면
학교와 관계를 맺을 수도 없으며 '따스하고 인자한' 선생을 만날 수도
없다는 불안감이 감돌 따름이다. 이 불안감을 씻기 위해 아이들은 신들
린 듯이 국어를 재잘거린다. 주변의 모든 사물들, 예컨대 논, 밭, 길, 강,

다리 등의 조선어를 '국어'로 번역하는 힘겨운 과정이 이어진다. '완전한 국어'로 말하자는 약속을 지키기 위해 아이들은 경쟁적으로 '국어' 공부에 몰입한다.

그러던 중 '미미한 사건'이 발생한다. '김삼길'이라는 아이가 '도깨비'라는 어휘를 '국어'인 '오바케(おばけ)'라 말하지 않고 저도 모르게 '도깨비'라고 하면서 한판 싸움이 벌어진 것이다. '김삼길'이 '도깨비'라고 조선어로 말하자 교사의 가르침을 충실하게 따르는 '수영'과 '성갑'이 조선어를 쓰는 것은 나쁘다면 격렬하게 대든다. 이 모습을 몰래 지켜보고 있던 '미네 선생'은 멈칫한다.

　　못을 박아 고정한 듯이 미네 선생은 선 채로 있었다. 들어가려고 해도 들어갈 수 없었다.

　　국어생활을 역설해 왔다. 강제해 왔다. 하지만 결코 조선어 사용에 대한 하나의 죄악감을 가지게 할 수는 없었다. 그렇지만, 그렇지만, 아이들에게 이 두 가지는 정말이지 그것을 일원적인, 혹은 동의어임에 틀림없는 것이었다. 무심코 입에서 나온 조선어의 단편조차 아이들 사이에서는 용서받을 수 없는 것임에 틀림없다. 입학한 지 고작 반년도 지나지 않은 아이들. 강력한 국어의식이 조선어 사용에 대하여 거센 죄악감까지 구성하려 하고 있다.

　　'이래도 괜찮을까?'

　　'이렇게 하지 않으면 안 되는 것일까?'

　　떨쳐버릴 수 없는 무언가가 소용돌이쳤다. 하지만 이윽고 미네 선생은 결연하게 '그래, 괜찮아, 이건 괜찮은 거야. 아이들의 논리는 옳아'라고 작지만 힘 있게 중얼거렸다. (55면)

'김삼길'은 반에서 가장 큰, 폭력적인 친구이다. 입에서 무심코 나온 조선어 한 마디 때문에 그는 궁지에 몰린다. 조선어를 사용하는 것은 죄악이기 때문이다. 교사는 잠시 고민에 빠진다. "입학한 지 고작 반년도 지나지 않은 아이들"에게 "조선어 사용에 대하여 거센 죄악감"을 느끼게 하는 것이 과연 바람직할까. '강력한 국어의식'이 아이들의 무의식까지 짓누르는 상황을 어떻게 해야 할 것인가. 하지만 그의 고민은 오래 가지 않는다. 조선어를 사용하는 아이를 '죄인'으로 몰아붙이는 아이들의 논리가 옳다고 생각하면서 그는 금세 '아름다운 감동'에 젖는다. 여기에서도 '대일본제국'의 교육이념을 충실하게 따르는 교사의 실천의지가 정확하게 관철된다. '전면적 국어교육을 통해 충량한 황국신민을 양성하라'는 명령을 이행하는 마당에 회의나 의혹이 끼어들어서는 안 되기 때문이다. 이렇게 모어 사용을 '죄악'으로 규정하지 않고서는, 그 '죄악'을 억압=응징하지 않고서는 '강력한 국어의식'이 자리 잡을 수 없다는 인식이 교사와 '모범생'들을 지배하고 있는 것이다.

아이들에게 부과된 금기사항은 이뿐만이 아니다. '일본어'라는 말을 사용해서도 안 되며 반드시 '국어'라고 해야만 한다. '모범생'인 '수영'은 실수로 '국어'라고 해야 할 것을 '일본어'라고 말한다. 그 순간 '미네 선생'은 "배신당한 듯한 분노"를 느끼고, '수영'은 핏기를 잃고 "부들거리며 가늘게 떤다." 두려움에 아이들은 "필사적으로 숨소리마저 죽이고" 있다. 그러면 왜 '일본어'라는 말을 써서는 안 되는가. 무엇이 이토록 교사를 분노로 몰아넣고, 아이들을 공포에 떨게 하는가. 예의 인자한 표정을 되찾은 '미네 선생'은 이렇게 말한다.

그래그래. 선생님도 그렇게 생각한다. 수영군이 잘못했다. 일본인이 일본어를 사용하는 것은 당연하지 않은가. 훌륭한 일본의 병사가 훌륭한 국어로 천황폐하만세를 확실히 부르는 것은 당연한 일이지 않은가. 선생님이 왜 꾸짖는지 알겠니? 그건 아직 여러분의 할아버지들처럼 아무런 생각도 없이 일본말이 뭐니 하는 말을 사용하는 사람이 있기 때문이야. 어떤 경우에도 그래선 안 돼. 왜냐하면 일본말이라고 말하면 마치 국어가 조선어와 서로 짝을 이루는 것 같은 느낌이 있지 않겠어? 그렇지 않겠니? 조선어는 말이야, 일본이라는 나라의 말 중에서 좀 어려운 말이지만, 방언이라고 해서 각각 하나의 작은 지역의 말이야. 그래서 국어를 조금도 말할 수 없는 사람에게는 방언이라도 쓸 수 있게 해야겠지만 국어를 알 만한 사람에게는 반드시 국어, 표준어를 사용하게 해야 해. 이학년 때까지는 어려워서 선생님도 모두에게 설명하지 않았지만, 이제 벌써 삼학년이 되었기 때문에 조금 알아들을 거야. 모두 알고 있겠지, 내선일체란 말을. 저기 학교 앞에도 분명히 걸려 있잖아. 저것은 말이야. 우선 이런 것부터 시작하지 않으면 안 돼. 조선이라는 둥 내지라는 둥 뭔가 구별되는 것처럼 말한다거나 지금 말한 것과 같은 일본어라는 말을 사용하는 짓 따위를 절대로 해서는 안 되지. 게다가 여러분 모두는 대동아라는 넓디넓은 세계의 반에 가까운 지역을 짊어지고 나아가야만 한단다. 조그마한 개구리알과 같은 마음가짐이어서는 큰일이야. 알겠지? 자, 선생님이랑 꼭 약속하자. 일본어니 뭐니 하는 말은 절대 쓰지 않겠다고. 그리고 말이지, 모두가 자라나서 모두가 다른 나라에 갔을 때에는 자랑스럽게 일본어라고 말해도 좋다. 그리고 그것을 점점 넓혀 나가지 않으면 안 된다. ……음, 그렇지. 훨씬 넓히는 거야. 대동아 사람들 모두 조금씩이라도 일본어를 사용하도록.(68~69면)

일본과 조선은 하나, 즉 내선일체다. 하나의 민족이자 국민이다. 그런데 '일본말'이라는 말을 사용하면 "국어가 조선어와 서로 짝을 이루는 것 같은 느낌"을 준다. 조선어는 '방언'일 뿐이다. 무지한 사람은 어쩔 수 없지만 '훌륭한 일본인'이 되려면 반드시 '국어' 그것도 '표준어'를 사용해야 한다. 이것이 '미네 선생' 훈계의 요지이다. '국어'라는 말 대신 '일본어'라는 말을 사용하면 조선과 일본이 구별되는 것처럼 보인다. '미네 선생'이 '수영'의 사소한 실수에 민감하게 반응한 것도 조선인의 무의식 속에 구별의식, 다시 말해 조선과 일본은 다르다는 생각이 놓여 있음을 간파했기 때문이다. 이러한 구별의식은 내선일체론 나아가 대동아공영권론에서 이탈하려는 무의식적 징후라 할 수 있다. 이를 알아챈 교사는 '실수로' 튀어나온 말을 문제 삼아 '국어'에 내장된 '대일본제국'의 이념을 설파하고 있는 것이다. 이처럼 인자하면서도 명민한 '미네 선생'은 감시의 촉수를 거두지 않고 있는 것이다. 그는 '국어'가 '국민적 성격'을 조형하는 데 결정적인 역할을 한다는 것을 체득하고 있었던 것이다.

'김삼길'처럼 부지불식간에 조선어를 사용해서도 안 되며, '수영'처럼 설령 실수로라도 조선어의 상대어로서 '일본어'라는 말을 써서도 안 된다. '천황'의 대리인인 교사의 명령과 감시 아래 아동들은 이 금기를 서서히 내면화해간다. 감시의 내면화 과정은 '희극적 비극'이다. 학교에서는 물론이고 집에서까지 '국어'를 사용해야 한다는 명령을 이행하기 위해 노력하지만 갑자기 튀어나오는 조선어 몇 마디는 어찌할 수가 없다. 왜 그렇지 않겠는가. 그럼에도 아이들은 그 몇 마디마저도 서로 엄격하게 추궁하여 허락하려고 하지 않는다. '국어찰(國語札)'은 상호감시의 산물이다. "각자의 이름을 적은 표를 모두 열 장씩 준다. 만약 조선어를 사용하면 그 말을 들은 사람이 바로 한 장을 갖는다. 한 번에 한 장씩이다. 한 장마다 일 전씩 벌금을 매기고 일주일마다 빼앗긴 표의 장수만큼 돈을 내고 표를 돌려받는다."(76면) 교사의 감시와 명령에 길들여지는 아이들은 이처럼 상호감시와 자기감시를 일상화한다.

자신의 혀끝에서 모어의 흔적을 지우려는 눈물겨운 노력 끝에 모범생 '수영'은 열병을 앓는 와중에도 선명한 '국어'로 '헛소리'를 하고, 그 모습을 지켜보던 '미네 선생'은 감동의 물결에 휘말려든다. 열병을 앓으면서 내뱉는 '헛소리'까지 '국어'로 말할 정도가 되어야 진정한 '대일본제국의 신민'이라 할 수 있다! 꿈속에서도 '천황폐하 만세'를 '국어'로 외치고, 〈황국신민의 서사〉도 '국어'로 줄줄 외울 수 있어야 한다! 이 명령을 이행하면서 식민지 조선 아동들의 유형, 무형의 폭력을 내면화한다. '표준적인 국어'는 아동들의 의식과 무의식을 장악해나간다.[22] 마침내 아동들은 "4~5년이 지나자 국어를 마른 해면처럼 한껏 흡수했고 배운 말을 바르고 훌륭하게 생활에 받아들였다. 그것은 틀림없이 일본인의 완성이기도 했다."(116면) 이리하여 '국어'를 통해 '격렬한 인격전환'을 이룬 아이들 앞에는 국가를 위해 육체와 정신을 헌납하는 충군애국·멸사봉공의 길, 즉 '국민의 길'이 열릴 터였다.

하지만 아무리 '국어'를 잘하려 해도 내지인과 조선인을 구별하는

---

22 뿐만 아니라 아동들은 성명까지 내지식으로 바꾸라는 명령에 직면한다. '창씨개명'이 그것이다. '미네 선생'은 아동들과 그 가족들에게 내지식 이름을 붙여주며, 특히 '수영'에게는 자신의 성을 사용하도록 허락한다. 이는 천황의 대리인인 교사가 식민지 아동을 자신의 '적자(赤子)'로 호명하는 과정을 보여주는 단적인 예라 할 수 있을 것이다. 물론 조선인이 '창씨개명'이라는 지배 전략에 순순히 응했던 것은 아니다. '창씨개명'과 일본의 식민지 지배 전략의 관계, '창씨개명'을 둘러싼 논란과 저항의 양상에 대해서는 미즈노 나오키, 정선태 역, 『창씨개명』, 산처럼, 2008 참조.

표지는 남는다. 내지인은 쉽사리 구분할 수 있는 탁음을 조선인은 제대로 분별하지 못한다. '이가(いが, 밤송이)'라고 해야 할 것을 '이카(いか)'라고 발음하는가 하면, '밧킨(ばっきん, 벌금)'이라 써야 할 것을 '팟킨(ぱっきん)'이라고 표기하는 것이 그 예이다.

> 병사는 편지에서 먼저 쿠니히코('수영'의 창씨명―인용자)의 문장이 훌륭하다고 칭찬한 다음, 자신은 완전히 내지 사람에게서 온 위문편지라고 생각했는데 조금씩 읽어가다 보니 딱 한 군데 '부디 병사님 훌륭한 업적을 세워주세요[どうぞ兵隊さん, すばらしい手柄を立てて下さい]'라는 문장에서 '바(ば)'가 '파(ぱ)'로 되어 있는 것을 보고서 비로소 반도사람인 것을 알았다고 했다.(121면)

'수영'이 지나 전선에서 싸우고 있는 '황군' 병사에게 절절한 위문편지를 썼는데, 여기에서도 하필이면 '스바라시이(すばらしい)'라고 써야 할 것을 '스파라시이(すぱらしい)'라 적었으며, 이 '오류'를 보고 병사는 '수영'이 '반도사람'이라는 것을 알았다는 말이다. '바(ば)'를 '파(ぱ)'로 표기하는 '사소한 실수'가 '내지인'과 '반도인'을 구분하는 결정적인 표지였던 셈이다. 병사의 편지를 읽은 '수영'은 다시는 틀리지 않겠다는 강박감에 사로잡힌다. 이런 사소한 실수는 여기에서뿐만 아니라 『반도의 아이들』 곳곳에서 찾아볼 수 있는 바, 이는 '반도인'의 흔적을 지워버리고 '온전한 일본인'으로 동화되는 것이 쉽지 않은 일임을 반증하는 사례라 할 수 있을 것이다.

그럼에도 '미네 선생'이 보기에 아이들은 '국어'를 통해 어엿한 '황국신민'으로 자라난다. 명랑한 승리의 노래를 부르며 병사에게 보낼 위문품을 마련하고, '대일본제국' 미국 및 영국과 전쟁을 개시했다는 소식을 듣고 '천황폐하 만세'를 외친다. '국어유치원'을 만들어 어린아이들을 가르치기로 맹세하는가 하면, 졸업을 앞두고는 대부분의 아동들이 18세가 되면 지원병이 되어 '천황폐하'를 위해 목숨 바칠 것을 다짐한다. "국어를 씨실로 하여 살아온 아이들, 그것을 실마리로 하여 일본인으로 성장한 아이들"을 바라보며 '미네 선생'은 흐뭇한 미소를 짓는다. 그리고 이렇게 말한다.

다시 한 번 말하지만 만 18세가 될 때까지는 가업에 혹은 다른 일에 힘써야 한다─그리고 지원병이 되는 순간 또 목숨을 걸고 힘써야 한다.
섭은논어(葉隱論語)라는 책이 있다. ─그중에 무사도란 죽음을 지켜보는 것이라고 쓰여 있다. 목숨을 건다는 것은 죽음을 두려워하지 않는다는 말이다. 죽음을 두려워해서는 남자는 아무것도 할 수 없다. 죽어야 할 때에는 기꺼이 죽는다 ─여러분이 죽어야 할 곳은 바로 일하고 있는 곳이어야 한다. ─선생님은 출세하라고는 결코 말하지 않는다. 여러분이 목숨을 걸고 일한다면 자연히 지위가 쌓여갈 것이다. 그것이 오늘날의 출세다.
한 명 한 명이 무사도를 지켜라. 아니 황국신민의 길을 지켜라……(149면)

천황=국가를 위해 육체와 정신을 바치는 국민이라는 노예의 생산과정은 이렇게 일단락된다. 그리고 군인=지원병이 '국어'를 통해 '충량한 황국신민'을 양성한다는, 이른바 국민생산프로젝트의 결과물이다. 일본의 패전으로 지원병이 되겠다는 아이들의 다짐은 실현되지 못했다. 그러나 그들이 내면화한 '노예의 정신'까지 일소되었다고 말할 수 있을까.

6. 마무리―'하나의 국민'이라는 환상의 상흔

『반도의 아이들』이 그리고 있는 '국민학교'의 '황국신민' 생산 과정은 '낭만적' 내선일체론에 이르러 정점에 도달한다. 내지인과 조선인은 하나이며, 모두가 '천황의 적자'로서 국가를 위해 몸과 마음을 바칠 각오를 다져야 한다고 강조한다. '국어'는 '내선일체' 정신의 내면화 수준을 가늠할 수 있는 척도이다.

하지만 '국어'만이 아니다. 내지인과 조선인은 '조화롭게' 연애를 하고 결혼에 이르며, 조선인 아이는 아무런 심리적 갈등도 없이 전쟁에서 사망한 일본인 군인의 집의 양자로 편입된다. 그 어디에도 균열 지점이 전혀 보이지 않는다. 갈등의 조짐이 보인다 싶으면 성급하게 '감동의 물결'로 봉합한다. 예컨대 이러하다.

어느 날 밤의 일이었다. 아버지가 결심한 듯이 내 얼굴을 찬찬히 들여다보면서 말씀하셨다.

"산에이 어떠냐, 아주머니에게 아이가 없으니까 아주머니 집에 아이가 되면……."

아주머니네 집 아이 ……. 아이가 되면 어떻게 해야 하는 것인지 ……. 빙 빙 여러 가지 생각들이 머릿속을 맴돌았지만 곧 가벼운 마음으로 물었다.

"아버지, 아주머니가 제 어머니가 되는 거예요?"

"응. 그렇단다. 아주머니는 외로우셔. 토요다 씨가 전사하셨으니까. 그렇 게 나라를 위해 전사하신 분의 집을 네가 커서 도와드리는 것은 훌륭한 일이 아니겠니. 나라를 위해서 얼마나 좋은 일인지 모른단다. 우리 집에는 네 형 들도 많이 있고 ……. 아버지도 어머니도 보내고 싶지 않지만 나라를 위해서 라고 생각하면 ……. 나라를 위해 ……. 아주머니집의 아들이 되는 것이 나 라를 위해 ……."

그래서 "아들이 되면 다른 데로 가는 거예요?"라고 물었더니, "그런 건 아 니란다. 아무것도 달라지는 건 없단다. 다만 아주머니의 집안을 네가 커서 잘 이어나가면 되는 거야. 그 뿐이라고. 지금까지도 너는 마치 아주머니 댁 의 아들처럼 지내지 않았니 ……."

아, 그것뿐이구나. 그러니까 아주머니를 어머니라고 부르면 되는 거야. 조금은 부끄럽지만.

"네. 아버지. 나는 아주머니의 아들이 되겠어요."

"그래, 그래. 그것이 나라를 위한 좋은 일이지."

어머니는 묵묵히 고개를 떨어뜨리고 계셨다.

그 후 일주일이 막 지났다. 그 사이에 아주머니와 우리 집 사이에 이 이야 기가 진행되었던 듯하다.

어느 날, 여느 때처럼 학교에서 돌아와 "아주머니, 계세요 ……" 하고 힘 차게 뛰어들어갔더니 아주머니는 안방에 있는 아저씨의 사진 앞에 조용히 앉아계시다가 싱긋이 웃으며 나를 맞이했는데―나는 아저씨가 전사한 후 이렇게 밝은 아주머니의 얼굴을 본 적이 없었다─갑자기 뭔가를 느끼고는 나도 아주머니를 말없이 바라보며 빙긋이 웃었다.

"그래, 산에이. 아주머니는 너무너무 기쁘단다. 진짜로 되어주는 거지 ……. 산에이, 아주머니의 아들이 ……."

내가 말없이 크게 고개를 끄덕거리자 아주머니는 나를 세게 끌어당겨 넘치는 감동에 몸이 움직일 수도 없는 듯이 "산에이 ……" 하고 떨리는 소리로 말씀하셨다. 순간 나는 "어머니"라고 큰 소리로 부르면서, 새로운 어머니의 가슴에 안겼다.(329~331면)

양자 입적도 '국어' 공부와 마찬가지로 국가를 위한 길이자 훌륭한 일본인이 되는 길이다. 개인적 고민이나 갈등은 "묵묵히 고개를 떨어뜨린" 어머니의 모습에서 잠깐 읽을 수 있을 따름이다. 조선인이 일본인의 양자가 된다는, 그것도 "나라를 위해" 희생한 출정 군인의 집에 양자로 들어간다는 설정 자체가 일종의 환상이다. '내선연애'나 '내선결혼'과 마찬가지로 '산에이'의 양자 입적은 국가권력이 일방적으로 내린 명령 즉 내지인과 조선인은 피로 맺어져야 한다는 '지령'을 충실히 수행하는 노예화한 국민이 선택해야 하는 길이다.[23]

'내선일체'라는 환상은 이렇게 일단락되는 것처럼 보인다. 그러나

---

23 '내선일체'의 논리는 일본의 제국주의적 지배 욕망이 표현이어서 일방적인 명령의 형태를 띤다. 하지만 당시 많은 지식인들이 일본의 이데올로기적 요청을 적극적으로 받아들여 "차별로부터의 탈출"을 모색했다는 사실도 함께 고려해야 할 것이다. 미야타 세츠코, 이형랑 역, 『조선 민중과 '황민화' 정책』, 일조각, 1997, 159~189면 참조. 지배는 지배자의 일방적인 명령만으로는 수행되지 않는다. 피지배자들이 지배자들의 이데올로기적 요청을 적극적으로 수행하여 '무차별'을 요구할 때 지배자 측은 당황할 수밖에 없다. '내선일체'를 둘러싼 보다 깊이 있는 논의는 이런 점들을 동시에 참조하여 이뤄져야 할 것이다.

민족적 차이나 지배자와 피지배자 사이의 갈등과 충돌을 깔끔하게 지워버리고 '동화'의 길로 거침없이 나아가는 풍경이야말로 '대일본제국'의 국가폭력이 아동들의 영혼을 식민화하는 과정을 여실하게 보여주는 예라 할 수 있을 것이다. 재조일본인 교사가 소설의 형태로 기록한 『반도의 아이들』이 리얼리티를 결여하고 있다고 비판하기란 어려운 일이 아니다. 하지만 '국어' 교육에서 양자 입적까지 '내선일체론'에 입각해 하나의 국민을 제작해가는 메커니즘을 생생하게 보여주고 있다는 점에서 이 역시 하나의 '사실'임에 틀림없다.

문제는 이 '사실'이 깊은 상흔으로 남아 해방 후에도 오랫동안 우리의 의식과 무의식을 지배해왔고, 아직까지 그 영향력을 잃지 않고 있다는 점이다. 동화와 배제의 역학을 동력으로 삼아 '내선일체' 사상으로 무장한 '충량한 황국신민'을 생산하고자 했던 일제 말기 '국민학교'의 실상을 과연 역사의 유령으로 치부해버릴 것인가. 아니면 지금도 살아남아 우리의 정신과 육체를 '국유화'하고자 하는 현실적 폭력의 기원으로 포착할 것인가. 투철한 국가관으로 무장하고 있던 재조일본인 교사가 남긴 기록을 우리 현대사의 맥락에서 다시 읽어내야 하는 이유도 이러한 물음들과 관련되어 있다.

제9장

어느 법화경 행자의 꿈

일제 말기 춘원 이광수의 글쓰기에 나타난 개인과 국가

1. 문제 설정

1939년 결성된 조선문인협회 발기인이자 1941년 국민총력조선연맹 문화부 위원이었으며, 1942년 11월 3일 대동아문학자대회 1차대회와 1943년 8월 25일 대동아문학자대회 2차대회에 조선측 대표로 참석하기도 했던 유진오(1906~1987)는 춘원 이광수와의 만남을 다음과 같이 회고한다.

창씨문제가 한창 시끄럽던 어느 날 문인관계의 한 회합이 끝난 후, 그때 이미 창씨개명을 마치고 있던 춘원 이광수씨는 '차나 마시자'고 나를 소공동

어느 다방으로 끌어들였다. 그리고는 심각한 표정으로 창씨개명문제를 꺼냈다. 조선 사람이 민족단위로 살아남을 길은 이미 없어졌으니 우리가 살아가려면 빨리 일본인화하는 수밖에 도리가 없지 않으냐고 역설하고, 나도 빨리 창씨를 하고, 인촌에게도 그 뜻을 권해달라는 것이었다. 문단의 대선배일 뿐아니라 어느 모로 보든지 그의 말을 무시해 버릴 수 없는 분이 정색을 하고하는 말이니 나도 속에 있는 말을 털어놓지 않을 수 없었다.

"나도 '민족'이라는 것에 무조건 집착할 생각은 없습니다. Bacon적 의미에서 민족도 언젠가는 idola(우상)로 떨어질 날이 있겠지요. 그러나 현실문제로 조선인에 대한 차별대우가 모두 그대로 있는데, 창씨개명 한다고 해서어떻게 우리가 일본인이 될 수 있습니까?"

"차별대우 문제는 우리가 아직 황민화가 덜 되었기 때문입니다. 황민화가 완전히 된다면 차별은 자연 없어질 것으로 나는 봅니다."

"그렇다면 일본인과 동등대우를 받으려면 앞으로 몇 백년 걸리겠군요."

"몇 백년 걸리더라도 할 일은 해야지요. 무슨 일이든 선구자라는 것은 희생되게 마련 아닙니까."

춘원의 태도는 진지하였다. 그의 황민화론은 돈이나 권리를 받고 장사속으로 부르짖는 그런 것이 아니라 일종의 종교적, 이상주의적 신념에서 오는 것 같았다. 그러면 그것이 가능할까.[1] (강조-인용자)

위 인용에서 볼 수 있듯, 유진오가 말하는 춘원의 '종교적 이상주의적 신념'과 '선구자는 희생되게 마련'이라는 사고방식은 어디에서 비롯된 것일까. 또, 일본인=내지인에 의한 조선인의 차별은 조선인이 '아

---

1   유진오, 『養虎記』, 고려대 출판부, 1977, 80면.

직' 황민화가 덜 되었기 때문이며 '완전히' 황민화가 된다면 '자연' 차별이 없어질 것이라는 판단의 근거는 무엇일까. 유진오와 이광수가 나눈 대화 역시 권력의 시선을 피하기 위한 일종의 '연기(演技)'에 지나지 않았던 것일까. 아니면 시국(時局)을 전면적으로 수용하고 권력의 언어를 내면화한 제국의 양자(養子)들의 '진심어린' 고백이었을까.

일제 말기 특히 1938년 이후에 발표된 춘원 이광수의 '친일적＝체제 협력적'인 글들을 위장술이나 연기술의 일종으로 보고 그의 사상을 '민족구원론＝민족보존론'으로 다시 자리매김하려는 의도는 충분히 이해할 수 있지만,[2] 이러한 '입장'은 친일/반일 또는 협력/비협력의 완강한 도식을 돌파할 수 있는 방법은 되지 못한다. 또 그를 '친일반역자'로 '처단＝심판'하는 경우도, 역사적 존재로서의 개인에 대한 치열한 성찰의 계기로 작동하지 못한다면, 사정은 크게 달라지지 않을 것이다.

우선 '연기'나 '위장'이라는 보호막 아닌 보호막을 걷어내고 그의 글을 살펴볼 필요가 있다. 그래야만 일제 말기 총력전/총동원 체제하에서 발표된 이광수의 글들은 그가 국가와 개인의 관계를 어떻게 사유했는가를 고찰하는 데 유효한 참조사항이 될 수 있으며, 나아가 '대일본제국'의 신민＝국민으로 거듭나기를 '기원'했던 그의 사상이 지금-여기에서 지닌 의미를 되새기는 데 중요한 실마리를 제공할 것이다.

---

[2]   김원모 교수의 역저 『영마루의 구름-춘원 이광수의 친일과 민족보존론』(단국대 출판부, 2009)은 이러한 입장을 견지하는 대표적인 연구이다. 예를 들어 김교수는 "이광수는 법화경의 정신세계에 함입하면서 자기를 잊는 망아(忘我), 중생제도(조선민족 구제)를 위해 자기 한 몸을 친일제단에 바쳐 내재적 민족운동을 위해 박정호(춘원이 병상에서 읊은 시를 받아 적은 문학청년-인용자)를 만주로 떠나보낸 것이다. 광복의 영광을 그리는 뜻에서 친일전선에 뛰어들기 전에 '임께 드리는 노래 : 춘원시가집'을 발간했다는 점에서 춘원의 친일은 '위장 친일'이라고 확인된다"(위의 책, 922면)는 점을 여러 차례 강조한다.

2. 춘원과 『법화경』

조선의 시를 일본어로 번역하는 데 많은 힘을 쏟았던 김소운(1907~1981)은 해방되기 전해인 1944년 어느 날, '춘원론' 집필에 필요한 자료를 수소문하기 위해 효자동으로 그를 찾아 간다. 자신에 관한 글을 쓰려거든 루쉰의 「아Q정전」처럼 쓰라며 "나는 아Q 같은 그런 바보"라고 말하는 춘원. 그 날의 만남을 김소운은 이렇게 회고한다.

傍系資料를 내게 제공해줄 H씨에게 춘원은 나를 위해서 소개장을 쓰게 되었다. 책상 위에 편지지를 펴고 붓끝에다 먹을 축이는 것을 보고 나는 서재 한 옆에 안치된 관음불 앞에 무릎을 꿇고 돌아앉아 향을 댕겼다.

내가 외우는 普通品은 日本音이다. 천천히 30분을 걸리는 이 경을 나는 편지 쓰는 이에게 방해하지 않을 정도의 낮은 목소리로 외우기 시작했다.

──爾時無盡意菩薩 卽從座起 偏袒右肩 合掌向佛 而作是言 世尊 觀世音菩薩 以何因緣 名觀世音──

뒤에 편지 쓰고 앉은 이가 있다는 의식이 머리에서 떠나지 않는다. 거의 20여 분이 지나 偈文에 들어가서 그 의식 탓으로 나는 막힌 일 없는 한 구절에서 막혀버렸다.

間髮을 두지 않고 내 막힌 구절을 뒤에서 외우는 이가 있다. 내 독경이 그대로 連해가자 뒤에 소리는 또 잠잠해졌다.

독경을 마치고 돌아앉았을 때 나는 춘원이 합장한 양으로 책상머리에 端坐하고 있는 것을 보았다. 편지는 한 자도 쓰여 있지 않았다. 나와 같이 소리

없는 경을 읽고 있었던 것을 그제야 알았다.

같이 외우지 않고는, 경이란 중간에서 선뜻 따라와지는 것이 아니다. 누구에게 보이자는 합장이요 단좌라면, 경을 마음속으로 같이 외울 필요는 없는 일이다.

부처님 앞에 몸과 마음을 내던진, 진실로 겸허하고 경건한 구도자의 모습, 참회자의 모습을, 나는 그날 기약치 않은 그 순간에 춘원에게서 보았다. 단 둘이 앉은 그날 그 서재의 감명을 일생토록 잊히지 못할 것이다.[3] (강조-인용자)

김소운은 단좌하고 법화경을 암송(暗誦)하는 춘원에게서 "부처님 앞에 몸과 마음을 내던진, 진실로 겸허하고 경건한 구도자의 모습, 참회자의 모습"을 발견한다. '보통품'이란 『법화경』 제25장 「관세음보살보문품(觀世音菩薩普門品)」[4]을 일컫는데, 김소운이 이 품을 외우다 막혔노라고 말하는 偈文=偈頌에는 다음과 같은 구절이 포함되어 있다.

신통력을 두루 갖추고	具足神通力
지혜와 방편을 널리 닦아	廣修智方便
시방세계 여러 국토에서	十方諸國土
몸을 나투지 않는 곳 없고	無刹不現身

3　김소운, 「푸른 하늘 은하수-인간 춘원의 片貌」, 『三誤堂雜筆』, 진문사, 1952, 113~114면.
4　「관세음보살보문품」에 대해 감산대사는 이렇게 설명한다. "근본생상무명(根本生相無明)이 소멸되어 대원경지(大圓鏡智)가 평등하게 현현되므로 「관세음보살보문품」을 빌어 이를 제시하고자 하는 것이다. 관음대사는 환(幻)과 같은 문훈문수(聞熏聞修)의 금강삼매력을 닦았으므로, 생멸이 이미 소진되어 적멸이 현전해 홀연 세간과 출세간을 초월하여 위로 시방세계의 모든 부처님과 똑같은 자비력을 얻었고 아래로 육도중생과 그 고통을 함께하게 되었다. 따라서 한몸으로 능히 일체중생에게 널리 감응하지 않음이 없었다. 이와 같이 오묘한 수행이 원만하게 되어 법화삼매의 공이 이처럼 지극하게 되었던 것이다." 감산대사, 오진탁 역, 『한글세대를 위한 법화경』 하, 세계사, 1993, 325면 참조.

가지가지의 악취 세계	種種諸惡趣
예컨대 지옥·아귀·축생의	地獄鬼畜生
생로병사의 괴로움을	生老病死苦
점진적으로 소멸시키네	以漸悉令滅[5]

　신통력을 두루 갖추고 지혜와 방편을 널리 닦아 악취로 가득한 사바
세계에서 중생들이 겪고 있는 생로병사의 고통을 점진적으로 소멸시키
고자 한다는 서원(誓願). 그렇다면 이광수가 『법화경』을 외우며 그 뜻
을 따르기로 결심하게 된 계기는 무엇일까. 민족주의자의 길을 포기하
고 '대일본제국'이 '천황'의 이름으로 수행하고 있는 '성전(聖戰)'을 수
용하고 있다는 점에서 일종의 '전향소설'로 일컬어지는 「육장기」가 이
물음에 대한 하나의 답을 제시한다. 춘원이 운허대사로부터 『법화경』
한 질을 받은 것은 1934년 무렵이다.[6] 춘원은 「육장기」에서 "제 죄를
뉘우치는 생활을 하여서 내가 평생에 해를 끼친 여러 중생, 은혜를 진
여러 중생을 위하여서 복을 빌자는 것뿐이었"[7]다면서, 자신이 '법화경
행자의 길'로 들어서게 된 계기를 이렇게 설명한다.

　아무러나 나는 이 집을 지은 육년 동안에 법화행자가 되려고 애를 썼소.
나는 민족주의 운동이라는 것이 어떻게 피상적인 것도 알았고, 십수 년 계속하

5　『법화경』「관세음보살보문품」. 인용문의 번역은 감산대사, 앞의 책을 참조하여 약간 수
　정했다.
6　이광수가 『법화경』을 수용하는 과정에 대한 상세한 논의는 김윤식, 『이광수와 그의 시
　대』 2, 솔, 1999, 233~248면 및 방민호, 「이광수 장편소설 『사랑』에 나타난 종교 통합적
　논리의 의미」, 『춘원연구학보』 제2호, 2009, 107~114면 참조.
7　이광수, 「육장기」, 『문장』, 1939.9; 『이광수전집』 제6권, 삼중당, 1966, 492면.

여 왔다는 도덕적 인격개조운동이란 것이 어떻게 무력한 것임을 깨달았소. 조선 사람을 살릴 길이 정치운동에 있지 아니하고 도덕적 인격개조운동에 있다고 인식하게 된 것이 일단의 진보가 아닐 수는 없지마는, 나 스스로의 경험에 비추어서 신앙을 떠난 도덕적 수양이란 것이 헛것임을 깨달은 것이오. 내 혼이 죄에서 벗어나기 전에 겉으로 아무리 고친다 하더라도 그것은 의식에 불과하다고 나는 깨달았소. (…중략…)

거짓말을 삼가고, 약속을 지키고, 내 책임을 중히 여기고, 나 개인을 위하여서 희생하고, 남을 사랑하고, 존중하고, 몸가짐을 똑바로 하고, 이러한 공부를 계속하노라고 하였으나, 스스로 돌아보건대, 제 마음 속은 여전히 탐욕의 소굴이어서 십오 년 전의 내가 그 더러움에 있어서, 그 번뇌에 있어서 조금도 다름이 없음을 발견하였고, 앞으로 살아 나아갈 인생에 대하여 아무 자신도 광명도 없음을 스스로 의심할 때에 나는 자신에 대하여 역정이 나고 말았소.

문학을 하노라 하여서 소설 권이나 썼소. 사상가 자처하고 논문 편도 썼고, 지도자 자처하고 나보다 젊은 남녀들에게 훈계 같은 말까지 수천만 어를 하였소. 그러나 홀로 저를 볼 때에, "이놈아, 네 발뿌리를 좀 보아!" 하는 탄식이 아니 날 수가 없었소.

이러다가 나는 법화경을 읽는 자가 된 것이오. 이 집에 온 후로 육년 간 날마다 법화경을 읽는 자가 된 것이오.[8]

그의 말을 빌지 않더라도 이광수는 문학자일 뿐만 아니라 사상가이자 지도자이기도 했다. 한국 근대문학의 창시자로 평가받는 그가, 소설

---

8   위의 책, 494면.

에서 정치적 비평에 이르기까지 종횡무진 붓을 휘둘러 대중들에게 심대한 영향력을 행사했던 그가 "신앙을 떠난 도덕적 수양이란 것이 헛것임"을 깨닫고 나아가 "내 혼이 죄에서 벗어나기 전에 겉으로 아무리 고친다 하더라도 그것은 의식에 불과"하다는 것을 '깨닫게' 된 계기는 무엇이었을까. 도산 안창호와 둘째아들 봉근의 죽음과 동우회사건(1937.6 ~1941.11) 등을 그 이유로 들 수 있을 것이다. 그러나 1937년 7월에 발발한 지나사변=중일전쟁과 함께 총력전 체제로 돌입한 정치적 상황, 구체적으로 말하면 조선을 병참기지화하고 아울러 조선인의 정신과 물질을 총동원하기 위한 기획의 일환으로 제시된 내선일체(內鮮一體)의 전면화를 더욱 중요한 이유로 들어야 할 것이다. 총독부 및 일본 문화 권력의 핵심 라인과 긴밀한 관계에 있었던[9] 이광수에게 당국으로부터 유형 무형의 압력이 가해졌으리라는 것은 어렵지 않게 추정할 수 있다.[10]

이러한 상황에서 자발적인 것이었든 강요된 것이었든 이광수는 민족주의 운동과 도덕적 인격개조 운동이 피상적이고 무력하다는 것을 깨닫고 '신앙'에 기초한 수양의 길을 선택한다. 이제 『법화경』은 그의 '혼'에 침투한 '죄'를 씻을 수 있는 중요한 방편이 된다. 그리고 "나는 이렇게 평생에 법화경을 읽는 동안에 얼굴과 음성도 아름다워지고, 몸

---

9   이광수가 초대 경성일보 사장이었던 아베 요시시에[阿部充家, 1862~1936]와 가까운 사이였고, 15년 동안 조선총독으로 재임한 사이토 마코토[齋藤實, 1858~1936]와 일본의 '문화권력자' 도쿠토미 소호[德富蘇峰, 1863~1957]를 만나기도 했다. 상세한 내용은 이광수, 「무불옹의 추억」, 『경성일보』, 1939.3.11~17; 김윤식 편역, 『이광수의 일어 창작 및 산문선』, 역락, 2007 참조.
10 이와 관련해서는 김윤식, 『이광수와 그의 시대』 2, 11면 이하 및 314면 이하, 김원모, 『영마루의 구름』 제10장 그리고 최주한, 「이광수의 불교와 친일」(『춘원연구학보』 제2호, 2009) 등 참조.

에 빛이 나서 '衆生樂見 如慕賢聖'하게 되고, 몸에 병도 없어지고, 마침내는 나고 살고 죽고 하는 것을 마음대로 하여서, 삼십이 응신, 백천만억 하신을 나토아 중생을 건지는 대보살이 되고, 마침내는 십호구족한 부처님이 되어서 삼계 사생의 모든 중생의 자부가 될"[11] 것이라는 그의 '믿음'은 합리적인 설명을 넘어서 종교적 차원으로 비약한다. 예컨대 그가 그린 '극락세계'의 모습은 이러하다.

아무러나 이 세상이 그렇게 가장 좋은 세상이 못 된다고 보셨기 때문에, 법장비구(아미타불 전신)가 괴로움 없는 가장 좋은 세계를 건설할 원을 세우시고 조재 영겁에 수행을 하신 결과로 우리 사바세계에서 십만억 세계를 지난 서쪽에 서방정토 극락세계를 이룩하신 것이 아니겠소. 거기는 악이란 하나도 없고 "諸上善人具會一處"[12]하여서 오직 즐거움만을 누리게 되었다 하오. 우리 사바 중생들도 아미타불 부처님을 부를, 그 세계에 나기만 원하면 반드시 다음 생에 거기 태어날 수가 있다고 하오. 거기는 꽃도 좋은 꽃이 많이 피고, 앓는 것도 없고, 죽는 것도 없고, 얼굴들은 다 잘나고, 마음들은 다 착하여서 오직 사랑만이 있을 뿐이라 하오.[13]

---

11 이광수, 「육장기」, 앞의 책, 495면.
12 이 구절은 소설 『원효대사』(『매일신보』, 1942.3.1~10.31)에서도 찾아볼 수 있다. "원효가 아미타경을 애독하고 또 그 주석을 쓴 것은 '제상선인구회일처(諸上善人具會一處)' 즉 착한 사람뿐이요, 악한 사람은 하나도 없는 극락정토의 최고 이상(그것은 진실로 인생의 최고 이상이다)에 공명한 까닭도 있거니와 아미타불의 전신인 법장비구가 '누구든지 내 이름을 듣거나 부르거나, 악도에서 벗어나지 아니 한다면 나는 성불하지 아니 하겠다' 하신 그 대원(大願)이 원효의 마음에 든 까닭이었다."
13 이광수, 「육장기」, 앞의 책, 506~507면.

'법화경 행자' 이광수는 이처럼 극락세계를 상상하면서, 자신의 '죄'를 씻고 새로운 마음으로 중생을 구원하고자 한다. 『법화경』의 중요한 비유 중 하나인 '三車火宅喩'를 빌면, 불타는 집에서 놀이에 정신이 팔려 아무리 경고해도 나오지 않는 어린아이들을 "양이 끄는 수레, 사슴이 끄는 수레, 소가 끄는 수레가 지금 대문 밖에 있으니 너희들은 이 불타는 집에서 어서 나와 그것들을 골라가져라"는 말로 구원하는 아버지처럼,[14] 고통에 시달리는 중생=조선 민중을 구원하기 위한 방편으로 『법화경』의 사상을 전용(轉用)한다.

3. '八紘一宇' 또는 극락세계의 현실적 비전

그런데 이광수는 『법화경』에서 발견한 극락세계의 '현실적 비전'을 '대일본제국'의 '대동아공영권' 구상에서 찾는다. 그의 말에 따르면 지금 치르고 있는 전쟁은 이 '비전'을 현실화하기 위한 과정이며, 따라서 조선인은 모든 이기심을 버리고 기꺼이 '성전(聖戰)'에 참여해야 한다.

나는 이것을 믿소. 이 중생의 세계가 사랑의 세계가 될 날을 믿소. 내가 법화경을 날마다 읽는 동안 이 날이 올 것을 믿소. 이 지구가 온통 금으로 변하고

---

14 이와 관련한 자세한 설명은 정승석, 『법화경, 민중의 흙에서 핀 연꽃』, 사계절, 2004, 133~138면 참조.

지구상의 모든 중생들이 온통 사랑으로 변할 날이 올 것을 믿소. 그러니 기쁘지 않소?

내가 이 집을 팔고 떠나는 따위, 그대가 여러 가지 괴로움이 있다는 따위, 그까짓 것이 다 무엇이오? 이 몸과 이 나라와 이 사바세계와 이 온 우주를(온 우주는 사바세계 따위를 수억 억만 헤아릴 수 없이 가지고 있었고 있고 있을 것이오) 사랑의 것으로 만드는 일이야말로 그대나 내나가 해야 할 일이 아니오? 저 뱀과 모기와 파리와 송충이, 지네, 그리마, 거미, 참새, 풀, 나무, 결핵균, 이런 것들이 **모두 상극이 되지 말고, 총친화(總親和)가 될 날을 위하여서 준비하는 것이 우리 일이 아니오? 이 성전(聖戰)에 참예하는 용사가 되지 못하면 생명을 가지고 났던 보람이 없지 아니하오?**[15] (강조─인용자)

이렇게 『법화경』에서 발견한 종교적 차원의 구원은 '대일본제국'이라는 국가적 차원의 구원으로 치환된다. 이때 국가는 종교가 되며, '대일본제국'의 국체(國體)를 지탱하는 천황은 석가 세존의 현신으로 포착된다.

덧붙이자면 이광수에게 '석가 세존께 귀일한다'는 불교적 표현은 '천황 폐하께 귀일한다'는 현실적 표현과 등가이다.[16] (이런 생각이 그의 '진심'이었는지 여부는 중요하지 않다.[17] 오히려 공적인 글쓰기에서 드러난 것의 실

---

15 위의 책, 515~516면.
16 이는 일본에서 이른바 '황도불교(皇道佛敎)'를 주창하거나 니치렌종[日蓮宗]의 핵심 경전인 『묘법연화경』을 파시즘 '혁명'의 근거로 전용(轉用)한 우익 사상가의 견해를 반복한 것이라 할 수 있다. 상세한 내용은 마쓰모토 겐이치, 정선태·오석철 역, 『기타 잇키─천황과 대결한 카리스마』, 교양인, 2010, 제4부 참조.
17 이광수는 이렇게 말한다. "문인은 정직한 사람이다. 그는 체면을 꾸민다든지 솔직하지 못하다든지 하는 세간적인 작위에서 먼 종족이다. 그는 느낀 대로 솔직히 털어놓는 것이

체가 무엇인지를 따지는 일이 더욱 중요하다.) 예컨대 이광수는 일본인과 황실의 관계를 논하면서 이렇게 말한다.

> 일본인의 황실에 대한 감정은 실로 독특한 것이어서 조선인으로서 그 정도에 달하고자 하면 깊고 많은 공부가 필요한 것이다. 恒用 우리 조상네가 충군애국이라던 그런 忠이 아니다. 일본인의 忠의 감정은 漢字의 忠字만으로는 설명할 수 없는 것이니 도리어 **유태인의 여호와에 대한 감정에** 近似할 **것**이다. 일본인은 일본인이 향유한 모든 행복을 천황께 받잡는 것으로 생각한다. 내 토지도 천황의 것이요, 내 家屋도 천황의 것이요, 내 자녀도 천황의 것이요, 내 몸과 생명도 천황의 것이라고 생각한다. 천황께로부터 받자온 몸이길래 천황이 부르시면 언제나 赴湯蹈火라도 한다는 것이요, 자녀도 재산도 천황께서 받자온 것임에 천황께서 부르시면 고맙게 바친다는 것이다. **천황은 살아계신 하느님이신 때문이다.**[18] (강조—인용자)

천황은 "살아계신 하느님"이다. 따라서 절대적 존재이며 종교적 경배의 대상이다. 여기에 근대적 개인이나 시민민주주의 개념이 들어설 자리가 있을 리 없다. 반복되는 말이지만 "일본인의 특색은 황실 중심에 있다. 천황폐하를 가장으로 모시고 살아계신 신으로 모시고 유일하신 善하신 대지도자로 모시는 데 있다."[19] 절대적 존재인 천황이 지배

원칙이며, 그뿐만 아니라 느낀 것, 본 것을 마음 속에 숨겨두는 것이 불가능한 결벽자(潔癖者)이다." 이광수, 「내선일체와 국민문학」(1940.3); 이경훈 편역, 『춘원 이광수 친일문학전집』 2, 평민사, 1995, 73면. 이하 『춘원 이광수 친일문학전집』 2는 『전집』 2로 표기한다.

18   이광수, 「심적 신체제와 조선문화의 진로」(『매일신보』, 1940.9.4); 『전집』 2, 93면.
19   이광수, 「신시대의 윤리」(『신시대』, 1941.1); 『전집』 2, 151면.

하는 국가의 이상은 "우리 자손으로 하여금 금일보다 높은 문화와 행복을 享受하게 하자는 것이니 그러함에는 금일의 吾人의 본능적 만족을 추구하는 것을 버리고 우리 중에서 가장 우수한 두뇌와 정신을 가진 자의 지도를 따라서 각각 제 임무를 자기희생의 정신으로써 수행하지 아니 하면 안 된다."[20]

나아가 이광수는 천황 중심의 '대일본제국'과 조선(인)의 만남을 강조하기 위해 인연론을 끌어들인다. 즉, "우리가 오늘날 일본 국민이 된 것은 因緣 중에서도 큰 인연이다. 우리는 前生多生에 천황의 신민으로 更生한 因을 쌓았다. 천황폐하의 신민으로 태어난 것은 내 肉身父母의 자녀로 태어난 것과 마찬가지로 중대한 인연이다."[21] 당연하게도 충효의 길은 생사를 초월한다. 따라서 국가가 우리의 생명을 요구한다면 기꺼이 바쳐야 한다. 『법화경』 「여래수량품」에서도 말하지 않았는가. "一心欲見佛 佛自惜命"이라고. 여기에서 말하는 '佛'이란 부처일 뿐만 아니라, 살아 있는 신인 천황이기도 하며, 천황의 마음이 이룩한 극락세계의 다른 이름이기도 하다. 이 극락세계에 이르는 방법이 '神道的 修行'이다. 이광수는 조선이 '대일본제국'과 맺은 정신적 인연을 말하면서 '神道的 修行'의 의미를 이렇게 설명한다.

『법화경』의 웅대한 사상을 일본정신에 浸潤케 한 것은 聖德太子시다. 고구려 慧慈와 百濟僧 慈聰이 聖德太子의 師이었던 것은 우리 반도인으로서는 더욱 영광스러운 일이다. (…중략…) 神道란 결코 종교가 아니요 국가의 이

---

20 이광수, 「예술의 금일 명일」, 위의 글; 『전집』 2, 83면.
21 이광수, 「생사관」(『신시대』, 1941.2); 『전집』 2, 175면.

상이다. 이것이 천황에 있어서는 皇道요, 우리들 신민에 있어서는 皇道를 奉贊하는 臣道가 되는 것이다.[22]

종교란 현실을 기초로 하여서 化할 수 있는 究極의 이상에 達하려는 신념이요 수행(노력)이다. 우리의 暗穢曲한 現實心을 明淨眞한 理想心으로 정화하려는 것이 곧 신도적 수행이다. 그런데 이 수행도 결코 자기 일신을 위한 것이 아니라 진실로 皇運을 힘 있게 輔翼하기 위하여서다. 그러므로 이러한 신도적인 종교적 정신은 모든 일본인이 다 가지고 있는 것이다.[23]

'국민 되기'의 수행을 통해서 조선 인민이 도달하게 될 '八紘一宇'의 세계는 이광수에게 일본정신이 구체화한 현실적 비전으로 다가온다. 그 현실적 비전은 다음과 같이 서구의 이기적 침략주의와 선명하게 대비된다.

우리 **일본의 국가적 이상은 팔굉일우에** 있습니다. 전 세계 각 민족으로 하여금 各安其所하게 함에 있는 것인데, 이 大理想이 바야흐로 同亞에서부터 실현되기 시작한 것입니다.

우리는 저 구미의 이기적 침략주의에 대조할 때에 일본의 국가 이상을 분명히 인식할 수가 있습니다. 구미는 과거 수세기 間 세계 각지에서 영토를 획득하고 그 인민을 착취하여서 自家의 富源을 삼았습니다. (…중략…) 그

---

22 이광수, 「일본문화와 조선−실생활을 중심으로」(『매일신보』, 1941.4.23); 『전집』 2, 229~230면.
23 위의 글, 232면.

러나 일본은 조선을 병합함에 조선인을 母國民과 동등의 지위에 引上하려 함이 통치의 목표였고 만주국을 건설함에 일억일심의 정신으로 만주의 王道 樂土化를 목표로 매진하고 있습니다. 지나 건설도 非倂合 非賠償으로 요구 하는 바는 일본과 동일한 理想으로 상부상조할 지나의 건설에 있음은 물론 입니다. (…중략…)

황도정신의 일본문화는 세계에 가장 아름다운 문화입니다. 一君萬民, 忠孝 一致의 이 정신이야말로 萬國萬民이 다 배워야 할 정신입니다. 이 정신은 구 미의 개인주의적 인생관과는 正히 대척적인 것이어서, 理想의 本體이신 一 君을 위하여서 살고 일하고 죽기를 인생의 본분으로 아는 일본정신과 자기 일개인의 利害苦樂을 표준으로 하는 구미 정신과의 間에는 그 윤리적 가치 에 있어서 霄壤의 懸隔이 있습니다. **지상에 평화의 이상향을 건설할 수 있는 정신이 어느 것인 것은** 一目瞭然할 것입니다.[24]

4. 행자의 길, '국민'에 이르는 길

위에서 보았듯이 이광수에 따르면 일본정신의 요체는 '淸明心'이다. "이 청명심에서 사람은 신과 접하고 신과 일치하는 것이니, 청명심이란 곧 모든 욕심을 떠난 마음이다."[25] 조선인이 '이등국민' 또는 '비국민'

---

24 이광수, 「인생과 修道」(『신시대』, 1941.6); 『전집』 2, 255~256면.
25 이광수, 「인간수행론」(『신시대』, 1941.1); 『전집』 2, 163면.

의 위치에서 청명심을 갖춘 '온전한 국민'으로 상승하기 위해서는 어떻게 해야 하는가. 무엇보다 먼저 일상에서부터 정신까지 '모든 면'에서 일본인＝내지인과 동일해지도록 '종교적 경건'함으로 노력＝수양을 게을리 하지 말아야 한다.

내지인 측에서 조선에 대하여 우월감을 가지는 것을 責하거니와 그것은 차라리 自然한 일이 아닌가. 그야 개인으로 보면 혹 어떤 일개 조선인이 어떤 내지인보다 모든 점에서 우월한 경우도 있을 수 있지만, 일반적으로 조선인이 내지인에 비겨서 충성과 문화의 수준이 낮은 한, 내지인의 우월감은 자연한 일이니 이에 대하여서 조선인은 항상 一步를 進하여 一段으로 더 敬하는 태도를 가지는 것이 옳다고 믿는다. 내지인은 그 조상 적부터 많은 피를 흘려서 皇運에 扶翼하여 오지 않았는가. 조선인은 금일의 국가비상시에 있어서 피로나 知로나 財로나 내지인만한 奉公을 못하고 있지 아니한가. 그럼으로 조선인이 敬과 讚과 또 감사로 내지인을 대하면 지극히 원만히 갈 것이라고 믿거니와, 이와 반대로 불평과 대립의 태도를 취한다면 그것이 아무리 개인의 일이라 하더라도 내선일체의 대목적을 저해하는 일이라고 아니할 수 없다.[26]

'일본주의'을 주축으로 한 '신체제 국가'에서 조선인에게 요구되는 것은 전면적인 복종이다. "명령계통의 질서는 오직 복종으로만 유지되는 것"인 까닭에 "신체제의 국민 생활은 오직 복종의 생활"이어야 한다. 이러한 "복종에는 통제력도 있지만 자발적으로 기쁘게 즐겁게

---

26   이광수, 「심적 신체제와 조선문화의 진로」, 위의 글; 『전집』 2, 98면.

복종할 때에 그 속에서 우리는 신체제의 자유와 쾌미를 느낄" 수 있다. 왜인가. "우리의 복종은 노예의 복종"이 아니라 "一億一心으로 성취하려는 대사업을 위한 기쁨의 복종이요 萬民翼贊의 光榮的 복종"[27]이기 때문이다.

'대일본제국의 국민＝신민'이 되기 위해 이광수가 구체적으로 '수행'을 하는 곳이 바로 京城大和塾이며, 이곳의 체험을 기술한 글이 고바야시 히데오[小林秀雄]에게 보내는 편지 형식으로 씌어진 「行者」이다.[28] 그는 이렇게 말한다.

> 수행이라고 말씀드렸습니다만, 그것은 일본정신의 수행입니다.
> 단순히 일본정신의 수행이라고만 말하면, 처음부터 일본인인 당신에게는 조금 납득이 안 될지도 모릅니다. 그러나 구한국인이었던 조선인이 일본인이 되기 위해서는 커다란 수행이 필요하다는 것을 통감했습니다. 단지 법적으로뿐만 아니라 영혼 밑바닥에서부터 완전히 일본인이 된다는 것은 이만저만한 수행이 아닙니다.[29]

조선인의 껍질을 벗고 '대일본제국의 신민', 즉 '진정한 일본인'으로 거듭나고자 하는 바람은 다음과 같이 간절하기 그지없다.(이를 '위장의

---

27 위의 글; 『전집』 2, 101면.
28 「행자」와 「삼경인상기」의 의미에 대한 구체적인 분석은 김윤식, 「이중어 글쓰기의 제2 형식—이광수의 경우」, 『일제 말기 한국 작가의 일본어 글쓰기론』, 서울대 출판부, 2003 참조.
29 이광수, 「行者」(『文學界』, 1941.3); 『전집』 2, 197면 및 김윤식 편역, 『이광수의 일어창작 및 산문선』, 앞의 책, 99면. 大和塾의 체험에 관한 또 다른 글로는 「대화숙수양회잡기」(『신시대』, 1941.4); 『전집』 2, 216~225면 참조.

수사학' 또는 '과잉모방 욕망'으로 이해할 수 있으며,[30] 그렇게 볼 경우 다른 체제 협력적 글쓰기 전체가 그렇게 보일 수도 있다는 점을 지적해 둔다.)

군이여. 나는 자기도취에 빠진 것이 아니다. 나는 충분히 자기반성의 功을 쌓았다고 생각한다. 나는 나 자신의 추한 결점을 똑똑히 응시하고 있는 동시에 군의 여러 우수한 면도 잘 이해하며 존경할 만큼의 밝음도 갖추고 있다고 생각한다. 이를테면 내가 군보다 정신력이 모자라다든지, 군은 순진한데 나는 꼬여있다든지, 군은 책임감이 강한데 나는 그게 부족하다든지, 군에게는 神佛에 대한 信心이 강한데 나에게는 그것이 아주 박약하다든지, 또 군에게는 刻苦勉勵의 기풍이 있는데 나는 나태하고 고식적이라든지, 아니면 내 쪽은 군 쪽보다 불결하다든지, 불친절하다든지 하는 점에 대해 부끄러운 일이지만 나는 깨끗하게 승인한다네. 하지만 우리는 열심히 내 쪽에 있는 그 결점들을 고쳐가려 하지 않는가. 아니, 현재에도 비상한 노력으로 계속 고치고 있지 않은가. 나는 이렇게 스스로의 결점에 대해 痛棒을 내려치고 있는 바이네만, 한편 내 쪽에 장점도 있다고 생각하네. 이는 내 입으로 말하지 않겠네만, 만일 그것이 필요하다면 군 쪽에서 찾아내서 격려하든지 칭찬하든지 해주게.[31] (강조—인용자)

여기에서 '나'는 조선인이며 '군'은 일본인이다. 조선인의 결점과 일본인의 장점이 일목요연하며, 이러한 대조는 이광수의 다른 글에서도 자주 반복된다. '대일본제국'이 요구하는 '진정한 국민＝황민' 되기는

---

30   김윤식, 「이중어 글쓰기의 제2형식」, 앞의 책, 106~112면 참조.
31   이광수, 「동포에게 부침」(『경성일보』, 1940.10.8); 『전집』 2, 136면.

피식민지의 강렬한 동일시 욕망을 동반한다. 이는 强度의 차이는 있지만 근대국민국가라면 어느 곳에서나 찾아볼 수 있는 현상인데, 그런 점에서 근대화 과정은 국민화 과정이라 할 수도 있다. 국민화 과정이 '비국민'을 전제로 한다는 점은 말할 필요도 없다.

또 대일본제국의 신실한 국민이 되기 위해서는 개인주의(종종 이기주의와 같은 말로 사용된다)와 '세계주의'에서 벗어나야 한다.

> 우리는 인류라든지 인성(人性)이라는 말을 제멋대로 쓰는 습관을 가지게 되어버렸다. 마치 개인이라는 말을 제멋대로 쓰게 된 것과 같다. 그러나 올바른 인식에 있어 개인이라는 완전히 독립한 개체가 없는 것처럼, 완전히 보편화된 인류라는 것도 사실상 존재하지 않는다. 개인이라 하는 것 또는 그 반대 극단으로서의 인류라는 것도, 하나는 극히 나이브한 감각적인 견해이며 다른 하나는 아주 추상적인 것, 설사 공상까지는 아니라 할지라도 이상적인 개념이어서 그 어느 것도 현실적인 존재가 아니다. **우리가 현실적으로 인식할 수 있는 것은 실로 민족과 국민뿐이다.** 국민주의에 대해 개인주의라는 것이 있지만, 국민적 성격이나 전통 등이 사상되고 남은 개인이란 과연 무엇일까. 아마 그것은 그림자보다 얇은 것이며 생명력이 거의 없는 것이리라. **그러므로 어떤 사람이 자기가 독립된 한 개인이라고 생각한다면, 그것은 착각이나 환영(幻影)에 불과하다. 이에 반해 어떤 사람이 자기는 세계인이라 칭한다면, 이것 역시 개인이라고 하는 것과는 다른 의미에서 착각이거나 환영이다.**[32]
> (강조―인용자)

---

[32] 이광수, 「내선일체와 국민문학」(『조선』, 1940.3); 『전집』 2, 69면.

따라서 "개인주의나 세계주의의 이름으로 통하는 모든 인생관을 잘 못된 것으로 배제하지 않으면 안 된다." 자유주의적 정치사상이나 문학 사상은 개인주의적인 것이며, 사회주의적 사상은 세계주의적인 것이 다. 이처럼 개인주의=자유주의, 세계주의=사회주의를 청산하고 민 족주의=국민주의로 무장해야 한다.[33] 그렇다면 그가 오랫동안 주장 해왔던 민족주의 운동은 어떻게 해야 할까. 대답은 의외로 간단명료하 다. "민족주의는 그 인식과 동정의 범주를 이천만에서 구천만으로 확대 하여 그 향토애를 조선반도로부터 일본제국 전체로 넓히지 않으면 안 된다."[34]

개인주의와 세계주의에 대한 비판은 예술에도 에누리 없이 적용된 다. 즉, "예술도 君國의 雨露 밑에 피는 꽃이다. 군국을 잊는 예술이 있 을 리가 없다. 만일 있다면 그것은 유태인이나 집시의 예술이다. 그들 은 애국심을 잃었기 때문에 조국을 잃었다. 그래서 그들은 지구상에서 부랑하는 백성이다. 그들은 모두 국가를 미워한다. 이른바 코스모폴리 탄이즘이란 이러한 민족의 분비물이다. 그렇지 아니하면 그것은 국가

---

33 개인주의, 자유주의, 자본주의, 사회주의 등에 대한 비판은 일본에서 진행된 '근대초극 론', 국가주의자들의 다양한 저작, 당시 관변단체에서 간행한 각종 팸플릿에서 어렵지 않게 찾아볼 수 있다. 이들의 논의는 개인의 권리를 국가에 양도하는 '애국심의 고양'으 로 수렴한다. 그런데 톨스토이에 따르면 "감정으로서의 애국심은 바람직하지 못하며 유 해하고, 원리로서의 애국심은 어리석다. 각 국민과 각 국가가 스스로를 최상의 국민과 국가로 여긴다면, 모두가 해악을 낳는 거대한 망상 속에 살아갈 게 분명하기 때문이다." (톨스토이, 조윤정 역, 『국가는 폭력이다—평화와 비폭력에 관한 성찰』, 달팽이, 2008, 54면) 다시 강조하거니와 이광수가 수양을 통해 개인을 '대일본제국' 또는 '천황폐하'에 게 바쳐야 한다고 주장한 것은, 그것이 위장이었든 진심이었든, 그 자신이 개인의 신체와 영혼을 국가에 헌납해야 한다는 '애국주의'에 긴박되어 있었다는 것을 의미한다. 그런 '애국주의'가 해방 후 '대한민국'과 '조선민주주의인민공화국'에서 어떤 식으로 轉用되 었는지를 밝히기 위해서는 보다 면밀한 연구가 뒷받침되어야 할 것이다.
34 이광수, 「내선일체와 국민문학」; 『전집』 2, 71면.

를 잊고 오직 본능과 금전의 노예가 되어버린 이기적 개인주의자의 예술이다. 그는 국가의 흥망보다도 일신의 苦樂利害를 앞세운다. 근세의 이른바 자유주의는 각 국민 중에 이러한 개인을 상당히 다량으로 제조하였다"[35]는 것이다.

여기에서 한 걸음 더 나아가 이광수는 "半島民은 병합으로 인하여 대일본제국의 신민이 되었지마는 그것은 법적 정치적인 일이요, 진실로 정신적으로 천황의 赤子가 되기는 이번 사변 이래라고 보아도 과언이 아닐 것"이라면서, '천황의 적자', '힘 있는 일본 국민'이 되기 위해 "조선인은 저마다 저를 개조하여야 한다. 제 인생관, 사회관을 한번 근저로부터 두들겨 고쳐서 行住坐臥에 夢寐에라도 나는 천황의 신민이다, 일본인이다, 제국의 운명을 부담한 국민이다 하는 생각이 떠나지 아니하는 그러한 사람이 되도록 저를 개조하지 않으면 안 된다"[36]고 역설한다.

끌려가는 일본 국민이어서는 아니 된다. 구경하는 국민이어서는 아니 된다. 자발적 적극적으로 내지 창조적으로 저마다 신체의 어느 부분을 바늘 끝으로 찔러도 일본의 피가 흐르는 일본인이 되지 아니하여서는 아니 된다. (…중략…) 조선인은 이제는 결코 식민지인이 아니다. 약소민족도 아니다. 패전 국민도 아니다. 威勢가 隆隆한 대일본제국의 신민이다. 이것을 결코 허장성세가 아니다. 왜 그런고 하면 이제부터는 우리 자신의 역량 여하로는 일본제국의 모든 사업과 모든 영광에 참여할 수 있게 된 것이 아니냐. 늦어도 30년 후의 조선인의 자손은 조선인이라는 悲哀를 맛보지 아니 할 것이요 내지인의

---

35   이광수, 「예술의 금일 명일」(『매일신보』, 1940.8.7); 『전집』 2, 85면.
36   이광수, 「황민화와 조선문학」(『매일신보』, 1940.7.6); 『전집』 2, 75면.

자손인 일본인과 완전히 평등되고 완전히 융합한 그야말로 누가 누구인지 모르는 동포가 되어서 영광을 享受할 것이다.[37]

이 지점에서 제기해야 할 것이 바로 '국가란 무엇인가'라는 물음이다. 막스 베버의 말을 빌면, 물리적 강제력 즉 폭력에 기초한 국가는 "공포와 희망—주술적 세력이나 권력자의 복수에 대한 공포, 내세 또는 현세에서의 보상에 대한 희망—이라는 지극히 강력한 동기와 그 외에 매우 다양한 종류의 이해관계"를 통해 구성원의 복종을 유도한다.[38] 그럼으로써 지배 세력들은 안정적으로 모든 것을 독점할 수 있는 기틀을 마련한다. '천황 중심'의 '이상 국가'를 표방하면서 전방위적으로 공포와 희망을 유포했던 '대일본제국'은 말할 것도 없다. 그렇다면 '조선민족의 사상적 지도자' 중의 한 사람이었던 식민지 지식인 이광수는 이러

---

37 위의 글, 76~77면. 이 글과 관련하여 다음과 같은 에피소드가 전한다. 대동아문학자대회에 이광수와 함께 참석했던 김팔봉이 조선 사람의 이마를 바늘로 찌르거든 일본 피가 나올 만큼 우리는 일본 정신을 몸 속에 넣어야 한다고 했다는데 사실이냐고 묻자 이렇게 대답했다고 한다. "우리는 일본인보다 우수한 민족이란 말이오. 마라톤을 시켜봐도 일본인이 손기정을 못 따르고 …… 무용을 시켜봐도 일본인이 최승희를 못 따르지 않소? 그러니까 우리는 일본인들로 하여금 우리를 완전히 믿고서 일본의 헌법을 조선서도 시행하도록 하여 조선인에게 선거권 피선거권을 주도록 만들어야 하오. (…중략…) 이렇게 되다가는 조선놈들이 일본 전국을 주무르는 날이 멀지 않을 거라고, 그래서 우리들더러 이제 과거에 합방했던 것을 취소하고 피차에 따로 살자, 그러나 조선 반도를 도로 가지고 나가거라—이렇게 말할 때 우리는 '안 된다. 분가를 할 테면 공평하게 절반씩을 나눠가져야 한다'고 주장한단 말이오. 그러면 일본인들은 그럴 수는 없으니 처음에 가지고 들어왔던 밑천이나 도로 찾아가지고서 나가면 그만이지 욕심일랑 부리지 말라고 하면서 우리를 달랜단 말이오. 이럴 때 우리는 못 이기는 체하고 조선 반도를 일본으로부터 떼어받아가지고 완전 독립을 한단 말이오. 나는 앞일을 이렇게 내다보기 때문에 지금 일본인이 조선인을 믿도록 보이기 위해서 그런 글을 썼던 거라오." 김팔봉, 「편편야화」, 홍정선 편, 『김팔봉문학전집』 2, 문학과지성사, 1988, 413~414면.
38 막스 베버, 전성우 역, 『직업으로서의 정치』, 나남출판, 2007, 24~25면.

한 공포와 희망으로부터 얼마나 자유로울 수 있었을까. 베버는 정치를 "국가들 사이에서든 한 국가 내 집단들 사이에서든 권력에 참여하려는 노력 또는 권력배분에 대해 영향력을 행사하고자 하는 노력을 뜻한다"[39]고 말하거니와, 이광수는 과연 이러한 정치적 욕망으로부터 벗어나 있었던 것일까. 이러한 물음들을 전제해야 이광수가 통절하게 느꼈을 "조선인이라는 비애"가 무엇을 의미하는지 이해할 수 있을 것이다.

5. 맺음말

고아가 되어보아야 어버이의 고마움을 절실히 느낀다. 나도 남처럼 어버이가 있었으면 하고 눈물을 흘린다. 세상에 고아처럼 불쌍한 신세가 또 있는가. 어버이가 있더라도 악한 어버이면 그 자녀의 신세가 어떠할까. 나라 없는 백성이라야 조국의 고마움을 깊이깊이 안다. 오늘날 유태인을 보라. 민족의식이 昻揚되지 아니하였던 옛날에도 유태인은 간 데마다 학대를 받았다.[40]

일제 말기 이광수의 글을 둘러싼 기존 연구의 문제제기 방식을 바꿔볼 수는 없을까. 문제적 개인으로서 이광수의 사유 방식이랄까 태도를 친일반역자/민족독립론자로 구획하는 것은 '심판하는 자'의 위치를 정

---

39   위의 책, 22면.
40   이광수, 「국가와 문화」(『매일신보』, 1941.7.31); 『전집』 2, 279면.

당화하는 선에서 멀리 나가지 못한다. 이와 관련하여 나는 '국가란 무엇인가', '국가와 개인의 관계는 어떻게 설정되어야 하는가'라는 물음을 외면하고서는 이 문제를 돌파할 수 없다고 생각한다. 김소운의 표현을 빌면 민족을 위해 고민하다 만신창이(滿身瘡痍)가 된 이광수의 모습에서 국가 권력(그것은 '대일본제국'에만 한정되지는 않는다)이 개인 특히 지식인을 어떻게 분열시키는가를 보는 것이 훨씬 생산적이지 않을까.

이광수를 친일반역자라고 생각하는 사람들이나 이광수를 민족을 보존/구원하기 위해 보살행을 실천한 이라고 말하는 사람들 대부분이 이 물음을 피해가는 이유는 무엇일까. 이 물음에 적절하게 답하기 위해서는 '개인의 발견=해방'에서 출발한 근대적 사유가 '민족-국가'라는 신화 또는 종교로 수렴되는 과정을 촘촘히 따져야 할 것이다. 덧붙이자면 이광수에게 비판적인 사람들은 그의 일련의 '체제 협력적 글쓰기'를 두고 '계몽정신의 파탄'이라고 하는데, 내가 보기에는 자유로운 개인의 연대와 계약에 입각한 민주주의를 경험할 수 없었던 (한국적 및 비서구적) 계몽정신의 필연적 귀결이다.

친일협력과 (조선) 민족보존론은 형식논리상 전혀 다를 게 없다. '민족구원론'으로 '친일반역사' 이광수를 구할 수 있으리라고 생각하는 이들이나 민족(-국가)의 대변인인 양 민족(-국가)의 이름으로 '반역자'를 처단할 수 있다고 생각하는 이들은 배제/동화의 역학에서 벗어날 수 없을 것이며, 급기야 논리적 자기모순에 빠지고 말 것이다.

다시 말할 필요도 없이 이광수는 한국 근대사상에서 '순도 높은' 문제적 개인임에 틀림없다. 그들 통해 민족-국가주의의 폭력성이 개인의 삶과 사상을 얼마나 철저하게 파멸시킬 수 있는지를 읽어낼 수 있다는 점에서 특히 그러하다. '나'의 (무)의식에 이미 이광수의 유전자가 이식되어 있는지도 모른다. 비난하긴 쉬운데 비판하긴 그렇지 않은 이유도 여기에 있다. 비판의 칼날은 늘 자기-자신의 삶과 생각까지 겨냥할 수 있어야 정당성을 획득할 수 있을 터이다.

신낙현의 「춘원 이광수는 과연 친일파였던가」 및 관련 재판 기록

해제·정리·번역_ 정선태

자료해제

춘원 이광수의 친일 행위를 둘러싼 논란은 어제오늘의 일이 아니다. 일제 말기에 춘원 자신이 쓴 적지 않은 글들을 보면 그가 일본제국주의의 정책에 적극적으로 협력했다는 것을 어렵지 않게 알 수 있다. 하지만 그것이 자발적이었는지 아니면 당국의 압력 때문이었는지를 판정하기란 쉬운 일이 아니다. 이런 상황에서 자신의 영달을 위해 친일 행위로 나아갔다는 주장과 '민족을 위해' 위장 친일을 한 것이라는 주장 사이의 틈은 좀처럼 좁혀지지 않고 있다. 어쩌면 그 틈은, 이광수라는 한 인간의 내면을 구석구석 투시할 수 없는 한, 영구미제(永久未濟)의 문제로 남을지 모른다.

여기에 『신태양』 1954년 6월호와 7월호에 실린 신낙현(申洛鉉)의 「춘원 이광수는 과연 친일파였던가」와 필자 자신이 개입된 경성지방법원의 1945년 4월 18일자 재판기록을 소개한다. 신낙현(창씨명은 平川洛

鉉)이 누구인지에 대해서는 재판기록 이상의 내용을 알 수 없다. 단, 그와 함께 재판정에 섰던 김영헌(창씨명은 金光永憲, 1921~2000)은 "1944년 일제의 패망과 독립을 위한 궐기를 내용으로 하는 전단을 배포하고, 일본 군국주의 수괴를 비난하는 활동을 전개하다 체포되어 옥중에서 광복을 맞이하였으며, 건국훈장 애족장을 받"은 것으로 알려져 있다.

신낙현이 「춘원 이광수는 과연 친일파였던가」에서 밝히고 있는 핵심적인 내용은, 김영헌과 자신이 이광수의 계획에 따라 주로 청년들로 이루어진 '청년정신대'와 '농촌정신대'를 조직하고 이 조직을 이용하여 은밀히 반일사상을 고취하기 위해 동지를 규합하기로 했다는 것이다. 신낙현의 주장에 따르면, 이 조직의 목표는 일제의 감시를 피해 겉으로는 체제에 순응하는 척하지만 실질적으로는 반일사상을 전파, 조선의 독립을 도모하는 것이었다. 그런데 이 '계획'은 동지로 오인한 사람의 밀고로 무산되고 말았다.

신낙현의 이러한 주장은 재판기록에서 일부 확인할 수 있다. 즉, 김영헌은 "이광수를 방문하여 同人으로부터 시골에 내려가 농촌정신대를 조직해야 한다는 권유의 말을 듣"고 "시골로 돌아가 농촌정신대를 조직했다가 시기가 도래하면 이를 역이용하여 조선독립운동을 위해 [조직을] 세울 생각"이었다는 것이다. 그런데 재판기록에는 '농촌정신대'라는 조직 결성의 '배후인물'이었던 이광수에 대해서는 이 이상의 내용을 언급하지 않는다.

그렇다면 일제는 왜 이광수를 체포하지 않았던 것일까? 신낙현의 자신의 글에서, 이광수가 "민족 최대의 반일운동자이며 지도자"였기 때문에 그를 체포했다가는 황국신민화정책에 막대한 지장을 초래할 것이라는 점, "香山光郎이라는 명의로 각 부일단체의 간부" 역할을 맡고 있는 그를 체포할 경우 각 단체에 적지 않은 '충동'을 줄 것이라는 점, 그를 체포하면 "꼭 필요한 그를 영구히 매장시킬 우려"가 있어 그의 죄를 "묵과하고 이용함이 더욱 효과적"이라고 생각했을 것이라는 점 등을 그 이유로 들고 있다.

신낙현의 글에 등장하는 인명과 장소, 일시 등은 재판기록과 거의 일치한다. 하지만, 그의 글 후반부에서 볼 수 있듯이, 그가 이광수를 지나치게 영웅시하고 맹목적으로 추종했다는 느낌이 없지 않다. 그런 까닭에 「춘원 이광수는 과연 친일파였던가」라는 글의 내용을 전적으로 신뢰하기는 어렵다. 다만 재판기록이라는 공적 문서에 김영헌이 이광수로부터 독립운동을 위한 '농촌정신대' 조직하라는 '지령'을 받았다는 식으로 적혀 있는 것을 보면 완전히 무시해버릴 수도 없다. 이 사실을 어떻게 받아들여야 할지는 이 두 자료를 읽는 사람들의 몫일 것이다.

원본을 보면 알 수 있듯이 재판기록은 원본의 상태가 워낙 좋지 못하다. 마치 퍼즐을 맞추듯이 하나하나 재구성했다고 말하는 편이 옳을지도 모른다. 전체적인 맥락을 고려하여 깨지고 뭉개진 글자들을 복원하려고 노력했으나 원본을 입력하고 번역하는 과정에 오식이나 오역이 없지 않을 것이다. 잘못이 있다면 차후 수정하기로 하겠다. 아무쪼록 이 자료들이 이광수라는 '문제적 개인'을 입체적으로 조명할 수 있는 작은 실마리가 되기를 바란다.

春園 李光洙는 과연 親日派였던가?

申落鉉(『신태양』, 1954.6~7)

殘酷한 日帝의 末葉 春園을 中心으로 抗爭할 때
그는 어떤 思想과 態度를 堅持했는가?
☆未公開의 春園 逸事☆

☆筆者의 말

벌써부터 쓰려던 것을 이제야 기어코 쓰고 말았다. 이미 10年 前인
日帝時代 그 옛날 春園 李光洙 先生과 더불어 그 遠大한 謀猷의 途中에
서 囹圄에 얽매인 채 나는 오랜 동안 病으로 呻吟하며 그 몇 번이나 生
死의 岐路를 彷徨타가 奇蹟의 生을 얻어 부질없이 今日까지 살아서 '民
族의 悲劇'으로 비록 水陸千里 先生과 멀리 떨어진 이곳 南韓 어느 곳에
파묻혀 있을망정 아직도 曖昧히 親日派의 陋名을 뒤집어쓰시고 계신 先
生 앞에 엎대어 肉袒[41]케 되고 寤寐不忘의 先生의 雪冤에 寸分이나마 도
움이 되게 되는 그날을 나는 一刻이 千秋와도 같이 그 얼마나 苦待하여
왔는지를 모른다. 그리하여 畢竟은 끓어 오르는 義憤과 용솟음치는 良
心의 呵責을 制禦할 길 없어 이제 비로소 先生이 最後까지 緘口로 지키

---

[41] 육단 : 복종, 항복, 사죄의 표시로 윗옷의 한쪽을 벗어 상체의 일부를 드러내는 일.

시던 先生의 그 逸事를, 아니 그 '民族的 秘密'을 敢然히 三千萬 同胞 앞에 暴白코저 決心하였다. 더욱이 自發的인지 或은 被動的인지는 모르겠으나 如何間 共産 治下에서의 先生의 北京放送으로 因하여 그를 赤化視하는 此際에 平素 그를 怨望하고 咀呪하던, 그리고 그를 사랑하고 아끼던 同胞들에게 이 一文을 보내고자 憤然히 붓대를 움켜쥐고 막상 종이를 對하노라니 그저 눈물만이 쏟아질 뿐 사무치는 悲憤을 제대로 다 述懷치 못하는 이 一筆이나마 그래도 先生의 抑冤을 伸함에 일조가 될까하여 떨리는 붓을 억지로 옮기곤 한다.

☆

때는 只今으로부터 10年 前 卽 日帝의 거의 末葉인 西紀 1944年으로 돌아간다. 日本의 所謂 鐵血宰相이라 일컫던 東條內閣이 崩壞되고 한때 '朝鮮總督'으로서 우리 民族에게 暴政을 敢行하였던 '小磯'와 일찍이 首相의 職에 있던 '米內' 等으로 所謂 聯立戰時內閣이 樹立되던 殺氣騰騰한 바로 그 무렵이다.

어느 날 나는 當時 鐘路區 壽松洞에 있는 咸平旅館으로 過去 學窓時代부터 뜻을 같이하고 있던 同窓生 金永憲이란 인물을 찾았다.

자주 書信의 來往은 있었으나 오래간만에 사람의 出入이 많은 客館이라 하고 싶은 말을 제대로 다 못하고 한숨만을 내뿜을 뿐이었다. 얼마 후 이윽고 그는 열리어 있는 미닫이 밖으로 四面을 살펴본 다음 미닫이를 닫고서 自己의 입을 나의 귀에 가까이 하기에 무슨 重要한 秘密談일 것임을 斟酌한 나도 亦 나의 귀를 그의 입에 가까이 대었다. 그랬더니 그는 極히 낮은 音聲으로 "어제 孝子町으로 春園 先生을 訪問하였소" 하며 조심스레히 말을 꺼내는 것이다.

일찍부터 그는 李光洙 先生을 찾았던 것이다. 그는 더욱 自己의 입을 나의 귀에 가까이 대면서 "그런데 이번에 先生의 案을 가지고 왔소.' 이것이 두 번째의 말이었다.

그와 나는 서로 얼굴과 눈치만 살피며 쳐다볼 뿐이다. 아무리 生覺하여도 너무나 重大한 일이기 때문이다. 그 森嚴한 日帝의 銃劍下에서도 드디어 결심을 한 春園 先生이 金永憲을 굳게 믿고 그에게 이러한 重大事를 付託한 것이며 또 金永憲은 나를 굳게 믿는 까닭에 나에게 또한 이 重大事를 이야기하게 된 것이다.

이로써 春園 先生과 金永憲과 나는 굳은 同志가 된 것이다. 그 案의 內容의 大略은 다음과 같은 것이었다.

一. 主로 靑年들로 이루어진 組織體를 構成하여 그 總稱을 挺身隊라 命名하며 都市에 構成되는 것을 靑年挺身隊라 稱하고 農村에 構成되는 것을 農村挺身隊라 칭한다. 挺身隊라는 名稱을 採擇함은 日帝가 흔히 利用하고 있으니 될 수 있는 限 日帝의 注目을 끌지 않도록 함이다. 그리고 그 總指揮者는 可及的 速히 挺身隊의 認許를 日帝에게 얻어 卽時로 그것을 곧 下部 各 隊에 通告한다. 이 亦 日帝의 注目과 監視를 避하기 爲함이며 그 行動을 容易케 하기 爲함이다.

二. 挺身隊의 總指揮는 李光洙가 擔當한다. 그리고 隊 自體에서는 適當한 時期까지 반드시 香山光郎이라는 所謂 創氏名을 李光洙라는 姓名 代身 使用한다. 이 亦 日帝의 注目을 늦추기 爲함이다.

三. 下部組織에 있어서는 道, 府, 郡, 邑, 面 等의 系統的 階段이 없어도 無妨하며 臨時로 그리고 任意로 反日思想이 濃厚한 자 및 思想的으

로나 文學的으로나 李光洙氏를 追從하는 者를 中心으로 그리고 可能한 限 其外의 人員을 多數 糾合한다.

四. 挺身隊의 實踐 行事로는 表面으로는 所謂 勤勞奉仕 및 神社參拜 等을 履行함으로써 親日을 假裝하고 裏面으로는 適當한 方法으로서 그리고 愼重히 反日思想을 個人相對重點主義로써 鼓吹시킬 것이며 全體的으로는 團體的 決斷力을 涵養시킬 것이다. 但 初期에는 反日思想 鼓吹는 行치 말 것이며 親日 假裝만은 行할 것이다. 그 理由 亦 日帝의 疑惑을 받지 않게 하기 爲함이다.

五. 挺身隊는 그 事業을 着手한 지 可及的 一個年 以內에 거의 完成시켜서 그 機能을 十二分 發揮케 하여 一大 反日運動의 命令을 總指揮者로부터 待機하고 있을 것이며 그 擧事 時日은 總指揮者가 各 隊의 指揮者에게 事前에 通告한다.

이러한 것이다. 여기에 金永憲과 나 사이에는 또 이러한 協約이 成立되었다.

一. 金永憲은 主로 그의 故鄕인 忠淸道 一帶를 中心으로 同志들을 糾合할 것.

二. 나는 서울에 있어 主로 京畿道 一帶를 中心으로 同志를 糾合하는 同時에 春園 先生의 補佐 및 先生과 地方과 사이의 連絡을 擔當할 것.

三. 呂運亨氏의 協助를 얻을 것. 그 理由는 氏의 系統 人員도 莫大할 것이니 그 人員 包攝과 그리고 途中에 不幸히도 春園 先生이 被逮되든지 或은 被殺되면 그 總指揮者를 不意에 求하기 困難할 것이니 이러한

境遇에 그 指揮者를 代置시키고저 미리 周旋해 놓는 것이 效果的이며 또 春園 先生 一人보다도 著名한 指導者가 많이 參加하면 民衆의 支持 및 協力이 매우 有利할 것.

이로써 協約대로 나는 金永憲에게 呂運亨氏의 協助를 얻기 爲하여 그를 訪問할 것을 慫慂하였더니 그는 그가 平素에 잘 알고 있는 呂氏를 尋訪하기로 決定하고 나는 其間의 經過報告 및 其外 여러 가지를 相議하고자 春園 先生을 尋訪하기로 約束했다.

果然 그 翌日 金永憲은 呂運亨도 만났다는데 그의 말에 依하면 春園 先生의 그 案을 詳細히 說明한 다음 "先生任의 指導 및 協助를 苦待하고 있습니다." 이렇게 말하니까 呂氏는 한참 동안 깊이 生覺해보는 모양이더니 이윽고 "同志의 말씀을 이 呂運亨은 처음부터 끝까지 잘 알아 들었소. 아무쪼록 同志도 成功하시오" 하고 말하더니 조금 있다가 "나는 監視를 받고 있는 身分이니 同志는 이곳을 오래 있지 마시고 곧 돌아가시오. 그대의 身邊에 어떠한 危險性이 부닥칠른지도 모르겠으니까" 하기에 일어서서 가겠다고 인사를 하니까 呂氏는 "아무쪼록 조심해 가시오" 하더라는 것이었다. 우리들은 그 當時 이 呂氏의 態度에 對하여 呂氏가 어느 때든 간에 協助를 할지언정 絕對로 不應할 意思가 아님이 分明하다는 그러한 推理를 내렸던 것이다. 그러면서도 "同志도 成功하시오" 한 이 한 마디는 퍽 우리들로 하여금 疑惑과 好奇心을 일으키게 하였다.

드디어 金永憲은 忠淸道로 向하고 이곳에서 于先 同志들을 物色하기로 한 나는 그 適材를 찾아냈었으니 그는 다른 사람 아닌 바로 亦是 過

去에 同窓生이며 偉大한 愛國者인 李允宰氏의 令息인 李元甲이라는 人物이다. 그는 革命家의 血統과 精神을 그대로 繼承한 爲人이며 또 그가 居住하고 있는 京畿道 廣州郡이 서울에 隣接되어 있어 모든 點으로 보아 極히 有利한 故로 나는 그에게 相議할 일이 있으니 急히 入京하라는 書翰을 付送했다(그는 그 後 美軍政時에 南朝鮮勞動黨에 加擔하여 廣州警察署襲擊 事件을 일으키고 12年 懲役을 받았다). 그리고서 나는 金永憲과의 約束대로 先生께 先生이 金永憲에게 付託한 그 案을 그가 나에게 付託해서 내가 受諾했다는 것과 呂運亨氏의 協助를 求했다는 것과 또 金永憲이 忠淸南道로 向했다는 것 그리고 내가 李元甲을 包攝코저 그에게 入京을 要請하는 書信을 付送했다는 것 等을 仔細히 報告하는 同時에 先生으로부터 또 어떠한 指示를 받게 될지도 모르겠고 하여 先生을 尋訪코저 于先 先生宅으로 電話로 連絡을 했다. 그랬더니 先生이 계시다는 女子의 音聲이 들려오는 것이다. 이런 지 暫時 後 밖에서 손님이 나를 찾는다고 하기에 나는 내가 鶴首苦待하고 있는 李元甲이 入京한 줄로만 生覺하고 急히 나아가 보니까 千萬意外 처음 보는 사람이다. 그 사람은 말하기를 警察에서 왔으니 잠깐만 같이 가자는 것이다.

나는 어떻게 하여 우리의 이 일이 警察에 發覺되었는지 全혀 모르면서 結局 京畿道警察部에 被逮되고 말았다. 때는 8月 23日이었다. 漸次로 알고 보니 나뿐만이 아니라 그 關係者들은 거의 다 被逮된 모양이다. 忠南으로부터 金永憲이 仁川으로부터 金玉敦이 京畿道 廣州郡으로부터 李元甲이 그리고 서울에 있는 韓楨憲이 이러한 사람들인데 모두 나의 同窓生들이다. 이것도 警察이 同志 間의 連絡을 防止하기 爲하여 各自의 姓名을 變更시켜서 제各其 다른 房에 넣었기 때문에 처음에는 몰랐으나 次次로 時間이 經過됨에 알게 되었다. 9月 2日 우리들은 드디어 檢事拘留가 되고 말았다. 當然 春園 先生이 指導한 事件이니만치 아마 警察에서도 相當히 重大視한 모양이다. 이렇게 檢事拘留가 된 後부터는 藤木 檢事의 命에 依하여 居世라는 韓人 刑事의 本格的인 取調를 받게 되었는데 나는 우리들의 이 일 그리고 關係者들을 警察이 미리 잘 알고 있는 데에는 참으로 깜짝 놀라지 않을 수 없었다.

나에 對한 取調는 約 20日 間에 걸치어 아침부터 저녁까지 連日 繼續 되었는데 이런 中에도 나는 春園 先生과 呂運亨氏에 對하여 매우 궁금 함을 禁치 못하였다. 그런데 取調받는 어느 날 擔當 刑事는 自己 옆에 있는 柴田이라는 韓人 刑事에게 "李光洙의 아내가 許英肅이지?"하고 물으니까 "응 그려, 産婆 노릇하는 許英肅이여"하고 對答하니 擔當 刑 事는 테이블 위에 놓여 있는 電話簿를 들고서 電話番號를 찾는 모양이 더니 그는 電話簿를 손에 든 채 電話가 걸려 있는 主任室로 건너가는 것 이다. 春園 先生의 夫人이 經營하는 '許英肅産院'에는 전화가 있다. 이 로써 나는 아마 지금 春園 先生을 警察部로 召喚하는가 보다 이러한 斟 酌이 들기도 하고 또 한 便으로는 先生을 逮捕해 놓고 그 證人으로 先生 의 夫人인 許女史를 召喚하는 것이 아닐까 하는 이러한 推測도 떠올랐 다. 그렇게도 지루하던 나에 대한 取調도 거의 一段落 짓고 어느덧 10 月이 되었다.

이러는 동안에 옆 房에 있는 李元甲에게서 看守의 눈을 避해가며 實 로 危險千萬인 通房이 두꺼운 壁을 사이에 두고 들어왔다. 나에게 食事 하기를 懇切히 勸하는 것이다(그때 나는 斷食을 하고 있었다). 나는 그러겠 다고 約束을 한 다음 그에게 取調에 應할 때마다 무엇이든 間에 모른다고 否認하라고 일러주었다. 며칠 後 나의 病도 完癒되고(赤痢[42]를 앓고 있었다) 10月 11日인가 韓人 金宮이라고 지금 記憶되는 그 刑事에게 同伴되어 나는 檢事局으로 가서 藤木 檢事의 訊問을 暫間 받고 또다시 警察部로 돌아왔다. 約 10日 後인 10月 20日 날 우리 一黨은 드디어 被檢된 지 約 2個月만에 西大門刑務所에 收監되는 몸이 되었다.

11月 中旬부터는 檢事의 訊問을 받고자 여러 차례를 檢事局으로 끌려 다녔는데 檢事의 訊問을 받을 때마다 나는 이 事件의 責任은 오로지 李光洙, 金永憲 그리고 나 이 세 사람에게 있는 것이니 다른 사람들은 出監시켜달라고 懇請했다. 이것은 오직 다만 한 사람이라도 苦生을 적게 하기 爲함이다.

맨 나중 번의 訊問은 檢事가 刑務所로 나를 찾아와서 하였는데 이번에도 前과 다름없이 검사의 입에서나 그리고 나의 입에서 李光洙라는 姓名 三字가 떠날 사이가 없었는데 그는 畢竟 "일컷 내어놓아주면 아니 그러는 체하다가 또다시 그런 짓을 하기 때문에 到底히 믿을 수가 없어" 하면서 訊問을 끝마쳤다. 이것은 分明히 春園 先生에 對한 말이니 同友會事件 때에 檢事의 求刑 年數도 많은 이 裁判을 長時日에 걸쳐 끌다가 日帝는 무슨 生覺이 들었는지 先生을 無罪 釋放시켰던 것이다. 10月 28日 드디어 나는 起訴가 되었다. 그로부터 또다시 그럭저럭 獄中 歲月을 보내던 中 그 翌年 1月 初旬에 病魔는 또다시 나를 掩襲했다. 當時 獄內에 蔓延된 發疹窒扶斯[43]에 걸리고 만 것이다. 警察에서 너무나 시달리어 衰弱해질 대로 衰弱해진 몸이라 病菌을 克服치 못한 模樣이

---

42 적리 : 급성 전염병인 이질 중 하나.
43 발진티푸스.

다. 그런데 너무도 추운 監房에서 藥도 별로 못 얻어먹고 主食도 변변치 못하여 病은 急速度로 危篤하여져서 生死의 岐路를 그 몇 번이나 往復하다 겨우 生을 얻어 겨우 3월 달에야 起動을 하게 되었는데 나의 監房이 隔離 監房이 될 때까지 一時나마 나의 看護를 해주던 한 監房 사람 咸鏡道 胎生인 李某의 實로 눈물겨운 그 至誠은 只今까지도 나의 骨髓에 사무쳐 一瞬조차 잊을 수가 없는 것이다. 이윽고 3월 28일 날 재판이 시작되었다. 다른 사람들은 이미 釋放된 모양이어서 金永憲과 나 두 사람만이 京城地方法院 第4號 法廷에 서게 되었는데 裁判長은 傍聽客을 全部 밖으로 내쫓고 辯護士의 要請으로 겨우 나의 家族만을 남기고서 그야말로 傍聽嚴禁裡에 裁判을 始作했다. 나는 長期間의 惡病으로 極히 衰弱한 몸을 겨우 法廷까지 이끌고 온 터이라 오랫동안 서서 審問을 받기도 몹시 괴로웠으며 또 가뜩이나 傷한 鼓膜에 發疹窒扶斯로 因하여 聽力을 거의 喪失했기 때문에 裁判 받기에 매우 困難하였다. 審問하는 塩田 裁判長과 答辯하는 우리 兩 被告 사이에도 亦是 李光洙라는 姓名 三字는 떠나지를 못하였기 때문에 마치 犯人이 없는 闕席裁判 같기도 한 어색하기 짝이 없는 裁判이었다.

　裁判長의 審問이 끝난 다음 藤木 檢事의 代理인 黑河 檢事가 極히 嚴한 表情으로 그리고 秋霜같은 語調로 兩 被告는 일찍부터 反日思想을 가지고 있었으며 그의 指導者(春園 先生)과 더불어 그 實踐的 行動을 取하였으니 宜當히 嚴罰에 處해야 된다 라는 論告로써 끝마치고 우리 兩 被告에게 2年 乃至 3年의 求刑을 했다. 그러니까 釜屋 辯護士는 被告 두 사람을 執行猶豫 程度로 해달라고 主張했다. 이런 後 怪異하게도 言渡 日字가 2回나 延期되더니 約 21日만에 求刑에 比하여 훨씬 減하여서 金

永憲에게 懲役 2年 나에게 懲役 1年 6個月(但 2年間 執行猶豫)의 言渡를 내렸다. 때는 西紀 1945年 4月 18日이었다.

言渡 直後 檢事局에서 "治安維持法違反罪에 依하야 云云" 이렇게 쓰여진 執行猶豫告知書를 나에게 준 다음 藤木 檢事는 조용히 나를 불러서 "寬大한 處分일 뿐 아니라 그대를 控所치 않고 出獄시키는 것이오." 이렇게 말하더니 繼續하여 "그대의 그 人格과 思想을 皇國을 爲하는 方向으로 傾注시켜 주는 것이 어떠하오. 그리고 앞으로 나와 자주 接觸이 있기를 바라오" 하며 아무쪼록 健康을 回復시키라고 매우 親切히 말하는 것이었다. 그날 저녁에 나는 春夏秋冬 四時를 거의 다 鐵窓에서 겪고 近 1年만에 出獄했다.

出獄 後 나는 要視察人의 身分인지라 警察의 承諾을 얻어 故鄕으로 돌아가서 餘毒이 甚한 몸을 療養하면서 그날그날을 보내고 있었는데 其間 나를 視察하기 爲하여 警察 혹은 司法保護觀察所에서 서울 나의 家兄宅을 몇 번 찾아 왔다는 것이다. 이러던 中 突然 나의 둘째 家兄이 서울로부터 내려왔다. 家兄은 朝鮮司法保護觀察所에서 나에게 出頭하라는 命令 그것을 받아가지고 온 것이다. 8月 17日 날 出頭하라는 것이다. 나는 이 命令을 받은 바로 그날 午後에 8·15解放을 맞이했다.

解放 後 나는 오래간만에 金永憲을 만났다. 그리고 그에게 내가 늘 궁금히 여기던 그 挺身隊 組織이 警察에 發覺된 經緯를 비로소 알게 되었으니 그의 말에 依하면 千萬夢外 그것은 이러하다. 金永憲 그가 當時 春園 先生宅에서 先生으로부터 그 案의 說明 및 付託을 받을 때에 그것에 對한 先生의 말씀이 거의 끝날 무렵 어떤 사람이 갑자기 室內로 들어오니까 先生은 唐惶히 하시던 말을 그치고서 조금 있다가 自己를 그

사람에게 人事를 시키더니 先生은 話題를 돌렸던 것이며 그 康某라는 사람은 그 後 旅館으로 自己를 來訪하여 自己와 春園 先生과의 關係 그리고 春園 先生의 그 案 그리고 同志들에 關해서도 묻기에 自己 料量에는 그 사람이 出獄 直後의 愛國者의 身分이고 하여 그 사람도 우리 일에 包攝하고자 詳細히 對答해 주는 同時에 마침 自己를 찾아온 金玉敦 韓楨憲 等도 紹介하면서 그 두 사람과 自己와의 關係도 說明해 주었던 것이라고, 그런데 自己가 警察部에서 取調 받던 어느 날 刑事의 테이블 위에서 그 康某의 密告書를 發見하였다고 이렇게 말하는 것이었다. 이로써 나는 비로소 그 劃策이 警察에 發覺된 經路를 把握하게 되었다. 警察은 金永憲과 나를 爲始하여 모두 檢擧하고서 정작 그 事件의 案出者이며 指導者인 先生을 逮捕하지 않았을까. 勿論 先生은 그 事件의 主犯이며 몇 번씩이나 거듭한 反日 前科者이기 때문에 우리들보다는 훨씬 더 重刑에 處해야 될 人物이다. 先生은 일찍이 國內 志士들로 하여금 저 三一運動을 일으키게 한 十一人事件의 張本人이며 그리고서 國外로 亡命하여 大韓民國臨時政府에서 活躍하였고 그 後 歸國하여 言語로나 行動으로나 또는 그 많은 著作으로나 모두가 恒常 日帝의 頭痛거리였으며 드디어 또다시 島山 安昌浩 先生들과 더불어 同友會事件을 일으켰던 것이다. 이러하였기 때문에 先生은 걸핏하면 鐵窓 身勢를 졌던 것이며 日帝의 森嚴한 監視를 恒時 받게 되었던 것이다. (次號로)

(承前) 그러자 先生은 自己에게 부닥치는 日帝의 彈壓과 監視를 多少라도 늦추고자 表面으로는 가장 眞實하고도 熱烈한 親日派로 假裝하고서 기어코 또 이러한 事件을 일으킨 것이 아닌가. 그런데도 不拘하고 先

生을 逮捕하지 않았으니 그 理由는 大略

一. 先生은 世人이 다 周知하고 있는 民族 最大의 反日運動者이며 指導者이기 때문에 그를 逮捕하면 그 所聞이 一時에 坊坊曲曲에 傳播되어 三千萬을 皇國臣民化시키려는 此際에 莫大한 支障을 招來하게 된다.

二. 先生은 香山光郎이라는 名義로 各 附日團體의 幹部로 되어 있다. 그런데 그를 逮捕하면 各界 各層의 指導者 名士들을 網羅한 이 團體에 적지 않은 衝動을 줄 것이다.

三. 先生을 逮捕하면 꼭 必要한 그를 永久히 埋葬시킬 憂慮가 있다. 도리어 그의 罪를 黙過하고 利用함이 더욱 效果的이다.

이러한 것이다. 即 賢命한 日帝의 凶計인 것이다. 豫期한 바와 같이 8·15 以後 春園 先生은 親日派의 陋名을 뒤집어쓴 채 거의 社會的으로 埋葬당하다시피 되었다.

그동안 나는 金永憲에게 急速히 春園 先生에 對한 伸寃運動을 展開하기를 慫慂했다. 그랬더니 그는 先生이 處斷될 境遇에 비로소 展開하기를 主張하는 것이다. 이로써 兩者 間에 完全한 合意를 보지 못한 채 歲月은 자꾸만 흐르는 것이다. 한편 春園 先生은 餘地없이 親日派視 當해 가면서도 그의 자서진을 썼다.

그러나 정작 써야만 할 그것은 쓰지 않았기 때문에 그야말로 不具의 自敍傳이 되고 말았다. 그래도 이것이 한때 物議를 일으켰던 『나의 告白』이다. 그리고 金永憲에게서 이런 말을 들었다. 어느 날 忠武路 入口에서 春園 先生을 만났는데 先生은 過去의 獄苦를 慰勞하시며 그 當時 苦生한 분이 모두 몇 분이냐고 묻더라고. 그리고 方今 小說 『나』를 쓰고 있는 中이라고. 또 이럭저럭 歲月을 보내는 中 果然 親日派들을 處斷한다는 反民特委 等이 誕生했다. 그래서 이미 覺悟는 하였으나 드디어 나는 先生이 反民特委에 被檢되었다는 悲報에 接하고야 말았으니 때는 6·25事變 勃發 前年인 2月 初旬이었다. 그날 밤 나는 밤새도록 잠을 이루지 못하고 煩悶만 하였다. 亦是 나는 紙上을 通하여 先生에 對한 消息을 자꾸만 듣는다. 先生은 當身이 이렇게까지 逢辱과 苦楚를 겪는데도 不拘하고 同志라는 者들로부터 一言半句조차 없는 先生의 그 偉大한 逸事의 그 儼然한 事實을 이제 새삼스러히 구태여 當身의 입으로는 發說치 않을 決心인지 그것을 最後까지 숨긴 채 問招를 받으시는 모양이다. 아직도 嚴冬인 그 寒中에 先生의 靑春을 시들린 몸서리치는 그 圇圇 안에서 더욱이 몹시나 病弱하신 先生이 文字 그대로 生地獄인 그 牢中의 그 苦楚를 그 어떻게 겪으시며 그도 自身이 首肯하는 宜當히 받아야 할 罪業의 報酬라면 모르되 敵의 銃劍下에서도 最後까지 民族을 爲한 獨立을 爲한 歷歷한 事實이 있다는 自負心을 가지고서도 수갑 차고 용수 쓰고 오랏줄에 묶이어서 罵言하고 冷笑하는 同族 前面에 끌려 다니시는 先生에게는 그야말로 웃어야 옳을지 울어야 좋을지를 모르겠는 實로 너무나 기막힌 運命의 作戲를 痛歎치 않을 수 없을 것이다. 이와 같이 내가 焦燥하고도 辛酸한 時日을 보내는 中에 反民檢察部에서는 先生의 起訴 問題를 圍繞하고 物議를 일으키다가 畢竟은 先生의 그 黑白은 判斷되지 못한 채 不起訴가 됨으로써 先生아 斷罪받게 되는 그 直前에 伸寃運動을 展開하려던 나의 悲壯한 決意는 드디어 挫折되고 말았다.

그리하여 나는 先生의 諒解를 얻는 것이 妥當타고 于先 이러한 생각 때문에 기어이 孝子洞으로 先生을 찾았으니 때는 6·25動亂 勃發 조금 前인 3月 10日이었다. 마침 先生이 宅에 계시다. 先生이 나오신다. 나는 그만 興奮된 語調로 "아 先生님" 하고 한 마디 외쳤을 뿐 도무지 어찌할 바를 몰랐다. 그저 금방 두 눈에서 눈물이 쏟아질 것을 억지로 참고 先生을 따라 방안으로 들어갔다. 그리고 나는 방바닥에 엎디어 절을 했다. 그랬더니 先生도 엎디어 맞절을 하신다. 于先 나는 所謂 反民者로 몰려 獄苦를 겪으신 데 對하여 慰勞의 말씀을 드리고 謝過를 하였더니 도리어 先生은 "이 사람 때문에 여러 同志들이 苦生을 많이들 하셨지요?" 하시며 입가에 苦笑를 띄우신다. 이윽고 나는 "先生님, 그 事件을 發表하겠습니다" 하고 말씀을 드렸다. 그랬더니 이 말을 들으신 先生은 徐徐히 얼굴을 돌리시면서 虛空을 바라보시며 매우 깊이 그 무엇을 생각하시는 모양이다. 先生의 얼굴에는 몹시 深刻하고도 悲壯한 表情이 떠오르기 始作했다. 當身이 그렇게도 親日派로 몰려 甚至於는 獄苦까지 겪고 계실 때에도 傍觀만 하던 者가 이제 와서 伸冤運動을 하겠다고 하는 데에 몹시 憤怒를 느끼셨는지 그렇지 않으면 當身이 그렇게도 逆境에 處해 계시면서도 그 事實을 吐說치 않은 것을 이제 새삼스러히 發表되는 것을 그리 願치 않으심인지 도무지 헤아릴 바 없어 나는 先生의 눈치만을 살피고 있을 뿐이었다. 萬若에 先生이 不應하시면 萬事는 瓦解다. 一分 또 一分 時間은 자꾸만 흐른다. 그래도 先生은 如前히 緘口無言 亦是 深刻하고도 悲壯한 表情으로 虛空만 바라보시고 계실 뿐이다. 방안에는 자꾸만 무거운 沈黙이 흐른다. 오직 밖으로부터 주룩주룩 내리는 빗소리만이 慇懃하게 들려올 뿐이다. 나는 참다 못하여 "先生님" 하고 크게 외마디를 지르고서 그만 고개를 푹 숙인 채 흐느껴 울고 말았다.

出獄 以後 只今까지 거의 5年이라는 기나긴 歲月을 고되게 迎送하는 동안에 胸中 깊이 쌓이고 뭉쳤던 千事萬念이 一時에 복받쳤기 때문이

다. 一瞬인들 참으로 一瞬인들 나의 이 胸裡에서 先生을 잊은 적이 果然 있었던 것인가.

이윽고 先生은 다문 입을 열으신다.

"感謝합니다."

先生도 울으신 모양이다. 그래서 나도

"先生님 感謝합니다."

하고 눈물을 흘리며 微笑를 띄였다. 그래서 나는 '春園 李光洙氏는 果然 親日派였던가'라는 除目으로 原稿를 써서 이것을 雜誌에 揭載코자 三千里社로 巴人 金東煥 先生을 찾아가 그 분에게 付託하였다. 그랬더니 巴人 先生은 快諾하시며 "이것을 왜 이제서 發表하시오. 진작 하실 것이지. 실상 따지고 본다면 억울한 사람들이 있습니다. 六堂(崔南善) 先生이나 朱耀翰氏 같은 분도 그렇지요" 하시기에 나는 "저는 先生님(巴人 先生)도 너무 억울하다고 生覺됩니다. 일부러 先生님을 保護코자 하는 것이 아니라." 이렇게 말씀을 드렸더니 巴人 先生은 아무 말 없이 멍하지 유리窓을 通하여 鍾路거리를 내려다보시는데 先生의 얼굴에는 몹시도 서글픈 表情이 띠어 있었다. 그 무렵 아직도 反民者 裁判은 繼續되고 있었다. 이런 後 나는 두 번째 春園 先生을 訪問하였다. 先生은 나에게 "왜 그렇게 오랫동안 農村에만 박혀 계시오. 靑春의 몸으로 더욱이 革命家이신 同志가" 하고 물으신다. 이러한 물음은 其間 내가 親知로부터 或은 故鄕 사람들로부터 흔히 들은 말이다. 그럴 때마다 나는 늘 對答 代身에 쓰디쓴 웃음만을 입가에 띠어보인 것이다. 나는 "先生님께서 또다시 나서시게 되는 그때에 저도 나서지요" 하고 微笑를 띠우며 對答하니까 先生도 微笑를 띠우시며

"그래 同志의 抱負는 무엇이요" 하고 또 물으신다. 그래서 나는 "또 다시 民族을 爲하는 일이 하고 싶습니다" 하고 말씀을 드리니까 先生은 "이 사람도 그러고 싶으오. 政治는 李博士나 다른 분들에게 맡기고 우리는 좀 다른 角度에서." 이렇게 말씀하시는 것이었다.

그리고 세 번째 先生을 찾았을 때 나는 先生께 "日帝末期의 情況을 말씀해 주십시오. 저는 그때 執行猶豫의 몸으로 시골에 꽉 틀어박혀 있었기 때문에 仔細한 것을 모르겠으니까요" 하니까 先生은 "참으로 險惡하였소. 日帝가 漸漸 敗退하게 되니까 벌써부터 作成하기 始作한 우리의 愛國者 3萬餘名의 生殺簿를 가지고 이 사람들을 軍部側에서는 銃殺을 主張하고 檢事局에서는 拘禁을 主張하고 警務局에서는 附日協力으로 利用하기를 主張하였는데 이 사람은 當時의 警務局長에게 그 사람들을 附日協力으로 利用하기를 慫慂하였소. 왜 그랬느냐 하면 더욱이 戰時인지라 그 中에서도 軍部側의 勢力이 第一 强하기 때문에 차마 이 3萬餘名의 愛國者들을 殺害하는 것을 束手傍觀할 수 없었으니까요. 뿐더러 우리 民族이 獨立을 獲得하기 위해서는 또는 獲得한 後에라도 이 사람들이 絶對 緊要하니까. 그런데 結局 이 사람들을 8月 달에 들어서 于先 逮捕하기로 되었는데 平安道 地方 같은 데는 벌써 7月頃에 始作했고 京畿道 以南은 17日頃부터 着手하기로 되었던 것이오. 呂運亨 宋鎭禹 金性洙 이런 분들이 모두 그 대상이었지요." 나는 이 말씀을 듣다가 깜짝 놀라며 "아, 그랬던가요. 그 當時 저에게 司法保護觀察所로부터 8月 17日 날 出頭하라는 召喚狀이 8月 12日附로 보내왔는데 그것을 저의 家兄이 시골로 저에게 가지고 오던 바로 그날 解放이 되었습니다. 참 아슬아슬했군요" 하고 말한 다음 "先生님과 大義黨과의 關係는 어떠했습니까?"하고 물으니까 先生은 "그 大義黨이라는 것은 背後에서 軍部가 操縱하였으나 그 黨은 다른 여러 附日團體들보다고 좀 性格이 다른 것인데 그 總裁로 이 사람을 앉히려고 꽤 애를 썼었소. 그러나 이 사람은 끝까지 不應하였소. 그래서 그 어떠한 暴力이 있을 것을 覺悟했더니 僥倖히 없었군요, 그래 結局 朴春琴이가 그 主動者가 되었지요."다음 나는 "8·15 當時의 先生님의 境遇를 말씀해 주십시오" 하니까 先生은 "그때 이 사람이 楊洲 땅 思陵에 있었는데 거기서 解放을 맞이하였소. 그런데 8月 17日 날 새벽에 總督府 警務局에서 사람이 와서 이 사람 보고 武器와 金錢을 맡아달라고 하기에 이 사람은 拒否하였지요. 그랬더니 呂運亨 安在鴻 等이 그것을 맡아가지고 建國準備委員會를 세웠던 것이지요. 그때 思陵 사람들 사이에는 警務局에서 車가 이 사람한테 온 것을 보고 總督이 이 사람에게 組閣을 付託하였다고 이러한 風說이 떠돌았던 것이오."이렇게 말씀하시는 것이었다. 그 後 나는 春園 巴人 兩 先生께 作別人事를 告하고 나의 故鄕으로 돌아갔다. 때는 6·25事變 勃發 約 一朔 前인 5月 中旬이었다. 其間 戰亂으로 因하여 그렇게도 내가 世上에 發表코자 한 巴人 先生께 付託한 그 原稿는 영영 자취를 감춘 모양인데 그것은 아무렇지도 않으나 다만 너무나 寃痛한 것은 春園 그리고 巴人 兩 先生을 모두 北쪽으로 빼앗기고 만 것이다. 더욱이 春園 先生은 先生에 關한 나의 이 暴白도 보시지 못하고 只今 어느 곳에서 어떻게들 지내시는지 알아볼 길조차 없고 오직 肝臟만이 어지러울 뿐이며 兩 先生의 健在를 衷心으로 祈願하는 同時에 또다시 그분들을 맞게 되는 그 날을 나는 一刻이 千秋와도 같이 鶴首苦待하고 있을 뿐이다. (끝)

昭和十九年刑公第三六九八號

本籍　　忠清南道舒川郡馬西面〇〇一五五番地

住居　　同郡文山面文章里二八番地

　　　元時草公立國民學校囑託教員

　　　　金姓　　金光永憲

　　　　　　　　　當二十五歲

本籍　　京畿道廣州郡草月面新垈里四一番地

住居　　京城府東大門區敦岩町六九番地ノ二七號

　　　京城電氣株式會社 雇員

　　　　申姓　　平川洛鉉

　　　　　　　　　當二十五歲

右兩名ニ對スル治安維持法違反、朝鮮臨時保安令違反被告事件ニ付〇
〇、檢事山口〇太郎〇〇〇〇ヲ經ケ判決スルコト左ノ如シ

主文

被告人金光永憲ヲ懲役貳年及拘留貳拾九日ニ、被告人平川洛鉉ヲ懲役壹

年六月拘留貳拾十日二處ス

被告人兩名二對シ未決拘留日數中五拾日ヲ右懲役刑二、貳拾九日ヲ右拘留刑二算入ス

被告人平川洛鉉二對ツテハ貳年間右懲役刑ノ執行ヲ猶豫ス

理由

被告人金光永憲ハ昭和十一年三月忠淸南道ノ舒川公立普通學校ヲ卒業、同十二年四月京城府西大門區西小門町ノ私立培材中學校二入學、同十七年三月同中學校ヲ卒業、同年五月二十日京畿道水原郡ノ八灘公立國民學校ノ囑託教員トナリ、同十八年二月松江高等學校ノ入學試驗ヲ受クル爲辭職、同試驗二合格セス、同十八年九月ヨリ忠淸南道舒川郡ノ時草公立國民學校ノ囑託教員トナリ、同十九年八月三十一日退職シタルモノ〇シテ

被告人平川洛鉉ハ京畿道廣州郡ノ昆池岩公立普通學校四年ヲ卒業、廣州公立普通學校五年二入學シテ其六年ヲ卒業、京城公立農業學校二一年間通ヒタル後、前示京城ノ私立培材中學校二入學シテ昭和十七年三月同校ヲ卒業、同年四月京城電氣株式會社ノ雇員トナリタルモノナルトコロ

被告人兩名ハ右培材中學校二在學中ヨリ、米國人經營タリシ同學校二於ケル自由主義的ニシテ朝鮮獨立ヲ謳歌スルカ如キ氣風ノ影響ヲ受ケテ、朝鮮獨立ヲ希望スルニ至リ、之力實現ヲ期待シテ

第一、 (一)昭和十七年二月下旬被告人金光永憲ハ同中學校ノ學友タル
　　　　被告人平川洛鉉、金井玉敦、鄭俊永卜共二京城府鍾路區鍾路二
　　　　丁目ノ和信百貨店ノ寫眞部二於テ卒業紀念寫眞ヲ撮リタル際、

同所ニ於テ右四名ニ對シ、朝鮮獨立運動ヲ慫慂スル趣旨ニテ、培材中學校ニ於ケル友情ト精神トヲ變ヘスニ永久ニ持續センコトヲ申向ケ

(二)昭和十七年四月下旬被告人金光ハ京城府內ノ德壽國民學校ニ於ケル國民學校教員ノ學習會ニ出席ノ爲上京シタル折、同府鍾路區西大門町一丁目ノ興亞旅館ニ於テ、被告人平川及前示金井ト會議ノ際、同人等ニ對シ、「自分ハ李光洙、李箕永、宋影等ノ指導ヲ仰イテ文學ヲ以テ朝鮮獨立ノ爲民衆ヲ指導シテ行ク○○」「自分ハ豫テヨリ純眞ナル兒童相手ニ其ノ教育ニ○ハルコトヲ樂ニシテ居タカラ、國民學校ノ先生トナツテ兒童ニ對シ朝鮮人トシテノ自覺ヲ持ツ○、ソノ頭ノ切替ヲサセルノダ」ト語リ、之ニ對シ被告人平川ハ政治ヲ勉強シテ之ヲ通シテ民衆ヲ指導シ獨立運動ヲ爲サント述ヘ

(三)昭和十七年四月下旬被告人金光ハ前示○ノ如ク京城ニ來タル際、前示興亞旅館ニ於テ前示學習會ノ爲上京シ居タル○○○ト朝鮮獨立實現ノ爲ニ○カン○ヲ○合ヒ

(四)昭和十七年六月中旬被告人金光ハ其ノ下宿クル京畿道水原郡八灘面舊場里池田方ニ於テ前示金井及平原槙憲ニ對シ、キユ＿リ夫人ハ科學ヲ以テポ＿ラドノ獨立ノ爲ニ貢獻シルカ、自分モ同夫人ノ如ク文學ヲ研究シテ朝鮮獨立ノ爲ニ○シ○キ旨、

自分ノ奉職セル學校ニ於テハ內鮮人教師ノ間俸給ニ付差別待遇
アリテ不平ナル旨ヲ語リ

(五)昭和十八年三月被告人金光ハ松江高等學校、早稲田大學專
門部ノ入學試驗ヲ受クル爲內地ニ渡航スヘク、其ノ旅行證明書
ノ下付ヲ受クヘク上京シタル際前示西大門町一丁目ノ興亞旅館
ニ於テ、被告人平川ニ對シ、自分ハ內地ヨリ歸リテ朝鮮獨立ノ
爲ニ朝鮮民衆ヲ指導スヘキ旨ヲ述ヘタルニ對シ、被告人平川ハ
自分ハ耳力○キ爲上級學校ニ進メサルモ獨立運動ノ爲ニハ力ヲ
盡ス旨ヲ語リ

(六)昭和十八年十月下旬被告人金光ハ結婚ヲ申込ム爲上京シタ
ル折、平原ト會議シタル際、被告人平川ハネ＿ル傳ヲ讀ミタリ
トテ、自分達モ印度ノ志士ネ＿ルノ如ク朝鮮獨立ノ爲ニ○ササ
ルヘカラサル旨ヲ語リタルニ對シ、被告人金光ハ自分モ斯ル時
機力到來セハ○○ニ於テ號令一下農民、兒童等ヲ立タセルヘキ
旨語リ

(七)昭和十九年六月中旬被告人金光ハ忠淸南道舒川郡文山面文
章里二八番地ノ同被告人ノ居宅ニ於テ被告人平川及前示金井、
平原ニ對シ、夫々手紙ニ朝鮮獨立運動ヲ○ツヘカラストノ趣旨
ニテ、「自分ハ主義ニ合致セサル生活ヲ爲シ○○シツツアルモ
數千年ノ歷史ヲ持ツ祖先ノ血統ヲ受クル子孫トシテ精神的○○

癩痺ハ絶對ニ〇シテ居ラス、光明ノ世界ヲ建設スヘキ偉大ナル
責務ヲ雙肩ニ負ヒ、未來ノ世界ニ幸福ヲ招來セシムヘキ吾等ニ
非スヤ、人生ノ大敵ハ希望ヲ喪失〇ナリ、友ヨ陰鬱ナル生活ヲ
爲シ居ルニ非スヤ、絶對的ニ希望ヲ高ク持チ、來ルヘキ光明ヲ
仰キ、勇往邁進セムコトヲ望ム」其ノ他ヲ記載ツテ、其ノ頃
夫々之ヲ〇〇ニ〇リテ同人等ニ〇〇セシメテ、同人等ヲシテ
之ヲ讀マシメ

(八)昭和十九年八月初旬被告人金光ハ前示結婚問題ノ結末ヲ付
クルヘク上京シタル際、前示咸平旅館ニ於テ被告人平川ニ對
シ、自分ハ李光洙ヲ訪問シタルニ同人ヨリ田舍ニ歸レハ農村挺
身隊ヲ組織スヘキ〇勸メラシタルカ、田舍ニ歸レハ農村挺身隊
ヲ組織スルモ時機カ到來レハ之ヲ逆用シテ朝鮮獨立運動ノ爲ニ
立タセル積リナル旨ヲ語リ

(九)昭和十九年八月中旬被告人金光カ前示(八)ノ如ク上京シタ
ル際、仁川府〇本町ノ前示金井玉敦ノ居宅ニ同人ニ對シ、前示
(八)ノ〇農村挺身隊ヲ組織シタル上ニ、時機到來セハ之ヲ朝鮮
獨立ノ爲ニ使フ旨語リ
以テ被告兩名ハ夫々犯意〇結シテ朝鮮獨立(國體變革)ノ目的ヲ
以テ其ノ目的タル事項ノ實行ニ關シ煽動((一)(四)(七)(八)
(九))或ハ協議((二)(三)(五)(六))ヲ爲シタルモノナリ

第二、　昭和十九年八月初旬前示(八)ノ如ク上京シタル際、前示咸平旅
　　　館ニ於テ、是ヨリ先昭和十九年七月二十日内閣情報局ヨリ同月
　　　十八日東條内閣總辭職ノ縁由トシテ「現下非常ノ決戰期ニ際
　　　シ、〇々人心ヲ新ニシ強力ニ戰爭完遂ニ邁進スル要〇ナルヲ〇
　　　〇シ、廣ク人材ヲ求メテ内閣ヲ強化センコトヲ期シ百万手段ヲ
　　　〇シ、コレカ實現ニ努メタルモ遂ニソノ目的ヲ達成スルニ至ラ
　　　ス、云々、内閣總辭職ヲ行フヲ適當ナリト認メ云々」ト發表セ
　　　ラシ、其ノ事ヲ知リ居タルニ拘ラス、被告人平川ハ東條首相ハ
　　　サイパン島ニ於ケル〇〇〇全滅ノ責任ヲ負ヒテ辭職シタルモノ
　　　ナラント語リ、被告人金光ハサモアランモ東條首相ハ國民ノ言
　　　論ヲ壓迫シタル爲全國民ノ反感ヲ買ヒテ辭職シタリトノ事ナリ
　　　ト語リ、以テ人ヲ〇惑セシムヘキ流言浮說ヲ爲シタルモノナ
　　　リ。

　　　證據ヲ按スルニ

　　　例示事實ハ、被告人金光ノ當院第一回公判廷ニ於ケル、被告人
　　　平川ノ當院第三回公判廷ニ於ケル各其ノ經歴ニ關スル供述、被
　　　告人金光ノ右第三回公判廷ニ於ケル判示ノ如ク培材中學校時代
　　　ノ雰圍氣ニ依リ朝鮮獨立ヲ希望スルニ至リ、判示第一ノ(一)
　　　(二)(三)(四)(五)ノ當時ニ於テ判示ノ朝鮮獨立希望ノ偏見ヲ有
　　　シタル旨、判示第一(六)(八)ノ如キ目的ニテ、夫々其ノ當時京
　　　城ニ來クル旨並第一ノ(三)(四)(九)及第二ト同趣旨、判示第一
　　　(七)ノ如キ内容ノ手紙(證第五、六號ハ其ノ一部)ヲ同判示ノ如

ク出シタル旨ノ供述。被告人平川ノ當院第三回公判廷ニ於ケ
ル、判示ノ如ク培材中學校ハ米國人經營ニシテ皇民教育カ充分
ニ非スシテ朝鮮獨立謳歌ノ氣風アリテ、自分モ朝鮮カ獨立スレ
ハ平和ニシテ幸福ニナルト信シキタル旨、判示第一(七)ノ日時
頃被告人金光ヨリ同判示ノ如キ內容ノ手紙ヲ受ケタルカ、之ヲ
讀ミテ、被告人金光ノ抱懷セル朝鮮獨立思想ヲ自分ニ歡込ムモ
ノト思ヒタル旨、第一(八)ノ日時場所ニ於テ被告人金光カ同判
示ノ如ク語リタル旨並判示第二ト同趣旨供述。被告人金光ニ對
スル檢事ノ第二回訊問調書中、判示第一ノ(八)及犯意繼續ノ点
並第二ノ情報局發表內容ヲ除ク、判示同趣旨ノ供述記載。被告
人平川ニ對スル檢事ノ第一回訊問調書中判示第一ノ(八)ノ日時
場所ニ於テ被告人金光カ同判示ノ如ク語リタル旨ノ供述記載。
金井玉敦ニ對スル檢事ノ第二回訊問調書中判示第一ノ(六)ノ日
時場所ニ於テ被告人金光カ或ハ被告人平川カカ「ネ―ル」樣ナ人
物カナケレハ朝鮮ノ獨立ハ出來サルヘキ旨語リタル供述記載。
平原楨憲、金井玉敦ニ對スル檢事ノ各第二回訊問調書中、同人
等ハ夫々判示第一ノ(七)ノ日時被告人金光ヨリ同判示ノ如キ內
容ノ手紙(證第五、六號)ヲ受ケ、同手紙ハ朝鮮獨立ヲ希望シテ
朝鮮人テアルトノ自覺ヲシツカリ持ツヘキコト或ハ朝鮮獨立ヲ
理想トスルコトヲ書キタルモノト思ヒタル旨ノ供述記載。右金
井玉敦ニ對スル檢事ノ第二回訊問調書中判示第一ノ(八)(九)ノ日
時被告人金光ハ、自分ハ李光洙ヨリ半島農民ノ徹底的皇民化ノ
爲ニ農村挺身隊ヲ作レト首ハレタルカ、自分ハ農村ニ行キテ其

レヲ作ル積リナルモ、其レヲ皇民化ヨリモ獨立ノ爲ニ使フ○
ナリト語リタル旨ノ供述記載。證第五、六號手紙中判示第一
(七)ノ如キ手紙內容ノ記載。短期間內ニ同種ノ行爲ヲ反復累行
シタル事跡ニ依リ認ムヘキモノトス

法律ニ照スニ被告人兩名ノ判示第一(被告人平川ニ付テハ
(二)、(五)、(六)ノミ)ノ所爲ハ治安維持法第五條(第一條ノ目
的ヲ以テスル場合) 刑法第五十五條ニ、第二ノ所爲ハ警察犯處
罰規則第一條第二十一號ニ該當スルトコロ、後者ニ付テハ拘留
刑ヲ○○シタル上、刑法第四十五條第五十三條第一項○文ニ則
リ、尙被告人兩名ニ對シ刑法第二十一條ヲ、被告人平川ニ對シ
刑法第二十五條ヲ適用シテ主文ノ如ク言渡ヲ爲スヘキモノトス
判示第二ノ所爲ハ朝鮮臨時保安令第二十條ノ時局ニ關スル流言
蜚語罪ニ該當ストノ檢事ノ見解ニ付按スルニ、同條ノ罪ハ、時
局卽チ我國力直面セル現在ノ政治、外交、金融、經濟、社會、
治安等ノ重要ナ情勢ニ關シ虛稱ノ事實ヲ捏造スル場合ハ勿論或
ハ實在ノ事實ヲ誇張シ或ハ確實ナル根據ナキ風說ヲ人ニ傳フル
等ノ銃後國民ノ精神的團結ニ惡影響アル事項、皇軍ニ對スル國
民ノ信念ヲ動搖セシムル虞アル事項、疑惑又ハ恐怖心ヲ與ヘ人
心ノ安定ヲ害ス虞アル事項等ノ行動ヲ指稱スルトコロニシテ、
今次聖戰ノ目的達成ニ寄與センカ爲ノ忠誠ナル言論ノ暢達ヲ圖
ルノ要アル反面、敍上ノ如ク有害ナル言論ヲ斷乎抑壓セサハヘ
カラサルハ言フ○○ス。事件ニ付諸般ノ狀情ヲ綜合考察スルニ

判示第二ノ所爲ハ未タ右朝鮮臨時保安令第二十條違反ノ程度ニ過セサルモ、國民ノ志氣ヲ作興シ一億一心舉國一致ノ體制ヲ固ムルモノニ非サルハ勿論、反シテ政府ノ公的情報ニ對スル信頼感ヲ傷ケ、引イテハ之ニ疑惑ヲ抱カシムルノ風潮ヲ○致スル種類ノ言說ニシテ、憂國ノ至情ニ出テタルモノニハ非ス、サレハ判示ノ如ク警察犯處罰規則第二十一號ニ觸ルルモノタルヲ免レサルモノトス

仍テ主文ノ如ク判決ス
　　　昭和二十年四月十八日
　　　　　京城地方法院刑事第二部
　　　　　　　　裁判長朝鮮總督府判事　　塩田宇三郎(印)
　　　　　　　　朝鮮總督府判事　　　　　藤村辻夫(印)
　　　　　　　　朝鮮總督府判事　　　　　鈴木盛一郎(印)

1944년 刑公 제3698호

본적   충청남도 서천군 마서면 ○○ 155번지

주거   同 군 문산면 문장리 28번지

          前 시초공립국민학교 촉탁 교원

            金姓   金光永憲

                    당 25세

본적   경기도 광주군 초월면 신대리 41번지

주거   경성부 동대문구 돈암정 69번지의 27호

          경성전기주식회사 고원

            申姓   平川洛鉉

                    당 25세

위 두 명에 대한 치안유지법 위반, 조선임시보안령 위반 피고사건에 부쳐, 검사 山口○太郎○○○○을 거쳐 다음과 같이 판결한다.

主文

피고인 金光永憲(김영헌)을 징역 2년 및 구류 29일에, 피고인 平川洛鉉

(신낙현)을 징역 1년 6월 구류 29일에 처한다.

피고인 두 명에 대하여 미결 구류일수 중 50일을 위 징역형에, 29일을 위 구류형에 算入한다.

피고인 平川洛鉉에 대해서는 2년간 위 징역형의 집행을 유예한다.

理由

피고인 金光永憲은 1936년 3월 충청남도의 서천공립보통학교을 졸업, 同 12년 4월 경성부 서대문구 서소문정의 사립 배재중학교에 입학, 同 17년 3월 同 중학교을 졸업, 동년 5월 20일 경기도 수원군 팔탄공립국민학교의 촉탁 교원이 되었으며, 同 18년 2월 송강고등학교의 입학시험을 치르기 위해 사직, 同 시험에 합격하지 못하고, 同 18년 9월부터 충청남도 서천군의 시초공립초등학교 촉탁 교원이 되었다가, 同 19년 8월 31일 퇴직하였고,

피고인 平川洛鉉은 경기도 광주군의 곤지암공립보통학교 4년을 졸업, 광주공립보통학교 5년에 입학하여 其 6年년을 졸업, 경성공립농업학교에 1년간 다닌 후, 앞의 경성의 사립배재중학교에 입학하여 1942년 3월 同校를 졸업, 同年 4월 경성전기주식회사의 雇員이 된 바,

피고인 두 명은 위 배재중학교 재학 중부터, 미국인이 경영하는 同 학교에서 자유주의적이고 조선독립을 謳歌하는 듯한 기풍의 영향을 받아, 조선독립을 희망하기에 이르고 그 실현을 기대하여

第一. (1) 1942년 2월 하순 피고인 金光永憲은 同 중학교의 학우인 피고인 平川洛鉉, 金井玉敦(김옥돈), 鄭俊永과 함께 경성부 종로구 종로 2정목의 화신백화점 사진부에서 졸업기념 사진을 찍을 때, 같은 곳에서 위 4명에게 조선독립운동을 종용하는 취지에서, 배재중학교에서 맺은 우정과 정신을 변함없이 영구히 지속할 것을 다짐하고

(2) 1942년 4월 하순 피고인 金光은 경성부 내 덕수국민학교에서 열린 국민학교 교원의 학습회에 출석하기 위해 상경했을 때, 同府 종로구 서대문정 1정목의 흥아여관에서 피고인 平川 및 앞의 金井과 만나 그들에게 "나는 이광수, 이기영, 송영 등의 지도를 받아 문학으로 조선독립을 위해 민중을 지도해 갈 [생각이며]", "나는 예전부터 순진한 아동을 상대로 그 교육에 [힘쓰는] 것을 즐겁게 여겨서, 국민학교의 선생이 되어 아동에게 조선인으로서의 자각을 지니게 하여, 그 의식을 바꾸려 했다"고 말하고, 이에 대해 피곤인 平川은 정치를 공부하여 이를 통해 민중을 지도하고 독립운동을 할 것이라고 했으며

(3) 1942년 4월 하순 피고인 金光은 앞에서 본 바와 같이 경성에 왔을 때, 앞의 흥아여관에서 앞의 학습회를 위해 상경해 있던 ○○○와 조선독립 실현을 위해 [힘쓸 것을 약속]하고

(4) 1942년 6월 중순 피고인 金光은 그가 하숙하고 있던 경기도

수원군 팔탄면 구장리 池田方에서 앞의 金井 및 平原槙憲(한정
헌)에게, 퀴리부인은 과학으로 폴란드의 독립을 위해 공헌했는
데, 자신도 同 부인과 같이 문학을 연구하여 조선독립을 위해
[기여할] 것이라는 뜻과 자신이 봉직하고 있는 학교에서는 내지
인과 조선인 교사 사이에 봉급상 차별대우가 있다는 뜻의 말을
했으며

(5) 1943년 3월 피고인 金光은 松江高等學校, 早稻田大學專門部
입학시험을 치르기 위해 내지로 건너가야 했는데, 이에 필요한 여
행증명서를 발급받으러 상경했을 때, 앞의 서대문정 1정목의 홍
아여관에서 피고인 平川에게 자신은 내지에서 돌아와 조선독립
을 위해조선민중을 지도할 것이라는 뜻의 말을 했고, 이에 대해
피고인 平川은 자신은 귀가 [아파서] 상급학교에 진학할 수는 없
지만 독립운동을 위해서는 힘을 다할 것이라는 뜻을 말을 했으며

(6) 1943년 10월 하순 피고인 金光은 결혼을 신청하기 위해 상
경했을 무렵 平原와 만났을 때, 피고인 平川은 네루전을 읽었는
데 우리들도 인도의 지사 네루와 같이 조선독립을 위해 [힘쓰지
않으면] 안 된다는 뜻의 말을 하자, 이에 대해 피고인 金光은 자
신도 그런 시기가 도래하면 ○○에서 앞장서서 농민과 아동 등
을 호령할 것이라는 뜻의 말을 했고

(7) 1944년 6월 중순 피고인 金光은 충청남도 서천군 문산면 문

장리 28번지 同 피고인의 거택에서 피고인 平川 및 앞의 金井, 平原에게 [보낸] 편지에서, 조선독립운동을 [펼치지 않으면] 안 된다는 취지로, "나는 주의에 합치하지 않는 생활을 하고 ○○하고 있으면서도 수천 년 역사를 지닌 조상의 혈통을 이어받은 자손으로서 정신적 ○○ 마비는 절대로 ○고 있지 않다. 광명의 세계를 건설해야 한다는 위대한 책무를 쌍견에 짊어지고, 미래의 세계에 행복을 초래해야 할 우리들이 아닌가. 인생의 큰 적은 희망을 상실하는 것이다. 벗이여, 음울한 생활을 하고 있지 않은가. 절대적으로 희망을 높이 갖고 오고야 말 광명을 우러르며 용왕매진하기를 바란다"는 것 외 기타 내용을 써서, 그 무렵 그것을 ○○에 의해 同人 등에게 [보내] 同人 등으로 하여금 이를 읽게 했으며

(8) 1944년 8월 초순 피고인 金光은 앞의 결혼문제의 결말을 짓기 위해 상경했을 때, 앞의 함평여관에서 피고인 平川에게, 자신은 이광수를 방문하여 同人으로부터 시골에 내려가 농촌정신대를 조직해야 한다는 권유의 말을 들었는데, 시골로 돌아가 농촌정신대를 조직했다가 시기가 도래하면 이를 역이용하여 조선독립운동을 위해 [조직을] 세울 생각이었다는 뜻의 말을 하고

(9) 1944년 8월 중순 피고인 金光이 앞의 (8)과 같이 상경했을 때, 인천부 ○본정에 있는 앞의 金井玉敦의 거택에서 同人에게, 앞의 (8)과 [같이] 농촌정신대를 조직한 다음 시기가 도래하면 이를 조선독립을 위해 이용한다는 뜻을 말을 한 바

이렇게 피고 두 사람은 犯意를 ○결하고 조선독립(국체변혁)을 목적으로 삼고 그 목적 사항의 실행과 관련하여 선동((1)(4)(7)(8)(9)) 혹은 협의((2)(3)(5)(6))를 했던 것이다.

第二. 1944년 8월 초순 앞의 (8)과 같이 상경했을 때, 앞의 함평여관에서, 이보다 먼저 1944년 7월 20일 내각 정보국에서 같은 달 18일 東條內閣 총사직의 연유로 "現下 비상한 결전기를 맞아 인심을 일신하여 강력하게 전쟁 완수에 매진해야 한다는 [요청을 받아들여], 널리 인재를 구해 내각을 강화하고자 온갖 수단을 [동원하여] 이를 실현하기 위해 노력했지만 끝내 그 목적을 달성하지 못하고 말았다. 이에 내각의 총사직을 단행하는 것이 적당하다고 인정하여 운운"이라고 발표했는데, 이 사실을 알고 있음에도 불구하고 피고인 平川은 東條首相은 사이판섬에서 ○○○ 전멸의 책임을 지고 사직한 것이라고 말하고, 피고인 金光은 그럼에도 東條首相은 국민의 언론을 압박하기 때문에 전국민의 반감을 사 사직하게 된 것이라고 말함으로써 사람을 [현]혹시킬 수 있는 流言浮說을 한 것이다.

증거를 살펴보니

예시한 사실은, 피고인 金光의 當院 제1회 공판정에서, 피고인 平川의 當院 제3회 공판정에서 각기 경력에 관한 공술, 피고인 金光의 위 제3회 공판정에서의 판시와 같이 배재중학교 시대의 분위기에 의해 조선독립을 희망하게 되었고, 판시 第一의 (1)(2)(3)

(4)(5) 당시에 판시에서 보듯 조선독립 희망의 편견을 갖고 있었으며, 판시 第一 (6)(8)과 같은 목적에서, 무릇 그 당시 경성에 온 뜻과 第一의 (3)(4)(9) 및 第二와 같은 취지, 판시 第一 (7)과 같은 내용의 편지(증 제6, 5호는 그 일부)를 同 판시와 같이 보냈다는 뜻을 공술. 피고인 平川의 當院 제3회 공판정에서, 판시와 같이 배재중학교는 미국인 경영이어서 황민교육이 충분하지 않고 조선독립 구가의 기풍이 있었으며, 자신도 조선이 독립하면 평화롭고 행복해지리라고 믿게 되었다는 것, 판시 第一 (7)의 일시경 피고인 金光으로부터 同 판시와 같은 내용의 편지를 받았는데, 그것을 읽고 피고인 金光이 품고 있던 조선독립사상을 자신도 기꺼이 받아들이게 되었다는 것, 第一 (8)의 일시 장소에서 피고인 金光이 同 판시와 같이 말한 것 및 판시 第二와 같은 취지를 공술. 피고인 金光에 대한 검사의 제2회 신문조서 중, 판시 第一의 (8) 및 犯意 계속의 점과 第二의 정보국 발표 내용을 제외하고 판시와 같은 취지의 공술 기재. 피고인 平川에 대한 검사의 제1회 신문조서 중, 第一의 (8)의 일시 장소에서 피고인 金光이 同 判示와 같이 말한 것의 공술 기재. 金井玉敦에 대한 검사의 제2회 신문조서 중, 판시 第一의 (6)의 일시 장소에서 피고인 金光 혹은 피고인 平川가 '네루' 같은 인물이 없으면 조선의 독립은 불가능할 것이라고 말한 것의 공술 기재. 平原楨憲, 金井玉敦에 대한 검사의 각 제2회 신문조서 중, 同人 등은 판시 第一의 (7)의 일시 피고인 金光으로부터 同 판시와 같은 내용의 편지(증 제5, 6호)를 받았고, 同 편지는 조선독립을 희망하고 조선인이라는 자각을

확실하게 가져야 한다는 것 혹은 조선독립을 이상으로 한다는 것을 쓴 것으로 생각한다는 것의 공술 기재. 위 金井玉敦에 대한 검사의 제2회 신문조서 중, 판시 第一 (8)(9)의 일시 피고인 金光은 자신은 이광수로부터 반도 농민의 철저한 황민화를 위해 농촌정신대를 만들어 우두머리가 될 것이라는 말을 듣고, 자신은 농촌으로 가 그것을 만들 생각이지만 황민화보다는 독립을 위해 이용할 생각이었다고 말한 것의 공술 기재. 증 제5, 6호 편지 중, 판시 第一 (7)과 같은 편지 내용 기재. 단기간 내에 同種의 행위를 반복해서 행한 점으로 보아 인정할 만한 것이라고 판단한다.

법률에 비추어 볼 때 피고인 두 명의 판시 第一(피고인 平川의 경우는 (2), (5)만 해당)의 소행은 치안유지법 제5조(제1조의 목적으로 하는 경우), 형법 제55조에, 第二의 소행은 경찰범처벌규칙 제1조 제21호에 해당하는 바, 후자에게는 구류형을 ○○하며, 또 형법 제45조 제53조 제1항 ○문에 근거하여, 피고인 두 명에게 형법 제21조를, 피고인 平川에게 형법 제25조를 적용하여 주문과 같이 언도한다.

판시 第二의 소행은 조선임시보안령 제20조 시국에 관한 유언비어죄에 해당한다는 검사의 견해를 참고하건대, 同 조항의 죄는 시국 즉 우리나라가 직면한 현재의 정치, 외교, 금융, 경제, 사회, 치안 등의 중요한 정세에 관하여 허황된 사실을 날조하는 경우는 물론 실재의 사실을 과장하거나 확실한 근거가 없는 풍설을 사람들에게 전파하는 등 총후국민의 정신적 단결에 악영향이 있는 사항, 皇軍에 대한 국문의 신념을 동요시킬 우려가 있는 사항, 의혹 또는 공포심을 주어 인심의 안정을 해칠 우려가 있는 사항 등의 행동을 지칭하는 것으로, 이번 聖戰의 목적 달성에 기여하기 위한 충성스런 언론을 창달을 도모할 필요가 있는 반면, 위에서 서술한 바와 같이 유해한 언론을 단호하게 억압하지 않으면 안 된다고 말하지 않을 수 없다. 사건에 대해 여러 정황을 종합적으로 고찰할 때 판시 第二의 소행은 비록 위의 조선임시보안령 제20조 위반 정도에 지나지 않지만, 국민의 志氣를 진작하여 一億一心 擧國一致의 체제를 공고히하는 데 있지 않음은 물론, 도리어 정부의 공적 정보에 대한 신뢰감을 해치고, 나아가 의혹을 품게 하는 풍조를 [불러일으키는] 종류의 언설이지, 우국의 至情에서 나온 것은 아니다. 따라서 판시와 같이 경찰범처벌규칙 제21호에 저촉되는 것임을 면할 수 없다.

이에 주문과 같이 판결한다.

　　　1945년 4월 18일

　　　　　　경성지방법원 형사 제2부
　　　　　　　　　재판장 조선총독부 판사　　塩田宇三郎 (印)
　　　　　　　　　조선총독부 판사　　　　　藤村辻夫 (印)
　　　　　　　　　조선총독부 판사　　　　　鈴木盛一郎 (印)

제4부

/ 제10장 /

해방 공간, 전단지의 수사학

1. '8 · 15'의 빛과 그늘

1945년 8월 15일, 함석헌(咸錫憲)이 도둑처럼 찾아왔다 했고, 서정주 (徐廷柱)가 일본이 그렇게 쉽게 망할 줄 몰랐다고 했던 '그날'이 왔다. 연합국의 승전, '대일본제국'의 패전, 조선의 해방이 '그날' 현실로 다 가온 것이다.[1] 40년 가까운 세월 동안 와신상담(臥薪嘗膽) 조선 민족의

---

1 한국과 일본, 중국의 '8 · 15'에 대한 인식 또는 이해는 그 명명법에서도 확연하게 차이를 보이는데, 이와 관련하여 임헌영은 다음과 같이 말한다. "1945년 8월 15일은 제2차 세계 대전의 최후 교전국이었던 일본이 패전한 날이지만, 그 명칭과 의의는 동아시아 3국에서 달리 나타났다. 침략국이었던 일본은 '패전'이라는 술어 대신 '종전'으로 굳혔고, 피식민 지 조선은 '해방'을 맞았으나 이내 분단, 한국은 '광복절'(1949년 10월 1일 공식적인 기 념일로 지정)로 초기의 '해방'이란 명칭을 정정했다. 일본의 부분 점령 상태였던 중국은

해방과 광명을 위해서 투쟁한 이들이 적지 않았겠지만, 그리고 조선의 독립을 믿어 의심하지 않은 이들이 적지 않았겠지만, 그럼에도 적어도 '8·15'를 전후한 시점에서 독립이나 해방이라는 말에 대한 일반 민중들의 반응은 우리의 상상만큼 강렬하지는 않았던 듯하다.

하기야 한 세대가 훌쩍 넘는 세월 동안 '대일본제국'의 전방위적 억압과 훈육에 길들여진 사람들이 하루아침에 찾아온 '낯선 시간'을 앞장서서 반겼을 가능성은 그다지 높지 않다. 그렇다면 실상은 어떠했을까. '한 작가의 수기'라는 부제가 달린 이태준(李泰俊)의 소설 「해방 전후」(1946)의 한 대목을 보면 이러하다.

버스 속엔 아는 사람도 하나 없다. 대부분이 국민복들인데 한 사람도 그럴 듯한 기색은 보이지 않는다. 한 사십 리 나와 저쪽에서 들어오는 버스와 마주치게 되었다. 이쪽 운전사가 팔을 내밀어 저쪽 차를 같이 세운다.

"어떻게 된 거야?"

"무에 어떻게 돼?"

"철원은 신문이 왔겠지?"

"어제 방송대루지 뭐."

"잡음 때문에 자세들 못 들었어. 그런데 무조건 정전이라지?"

이내 국공 내전으로 들어갔다." 임헌영, 「한·중·일 3국의 8·15 기억」, 아시아평화와 교육연대 편, 『한·중·일 3국의 8·15 기억』, 역사비평사, 2005, 9면. 한편 '조선인'들 사이에서도 '8·15'를 받아들이는 태도는 당사자의 입장에 따라 달랐다. 예컨대 식민지 말기 친일협력적인 태도를 보였던 사람들은 김동인의 경우처럼 "나면서부터 일본인인 우리 같은 사람의 처우를 어떻게 해줄는지" 모르는 상황 앞에 불안해했으며, 사회주의 운동들에게 일본의 패배는 역사적 필연성이며 승리의 산물로 평가되었다. 임헌영, 앞의 글, 15면 참조. 이처럼 '8·15'를 둘러싼 인식은 같은 '조선인'들 사이에서도 정치적 이념, 과거 행적, 계급적 입장에 따라 달랐다.

두 운전사의 문답이 이에 이를 때, 누구보다도 현은 좁은 틈에서 벌떡 일어섰다.

"그게 무슨 소리들이오?"

"전쟁이 끝났답니다."

"뭐요? 전쟁이?"

"인전 끝이 났어요."

"끝! 어떻게요?"

"글쎄, 그걸 잘 몰라 묻습니다."

하는데 저쪽 운전대에서,

"결국 일본이 지구 만 거죠. 철원 가면 신문을 보십니다."

하고 차를 달려 버린다. 이쪽 차도 갑자기 구르는 바람에 현은 펄석 주저앉았다.

'옳구나! 올 것이 왔구나! 그 지리하던 것이 ······.'

현은 코허리가 찌르르해 눈을 슴벅거리며 좌우를 둘러보았다. **확실히 일본 사람은 아닌 얼굴들인데 하나같이 무심들하다.**[2] (강조 - 인용자)

이 소설의 화자인 '현(玄)'은 철원으로 소개되어 있다가 급히 상경하라는 친구의 전보를 받고 버스를 타고 서울로 올라온다. "라디오는커녕 신문도 이삼 일이나 늦는 이곳에서라 이 역사적 '팔월 십오일'을 아무 것도 모르는 채" 지나쳤던 그는 이튿날 아침 친구의 전보를 받고서야 시국이 심상치 않다는 것을 알아차린다. 일본이 전쟁에서 패하고 드디

---

2   이태준, 「해방 전후」, 『그림자 외』, 동아출판사, 1995, 286면.

어 "올 것이 왔"음에도 불구하고 '국민복' 차림의 조선인들은 시큰둥하다. 후대 사람들에게는 일본의 패전과 조선의 해방이 예정되어 있었던 것처럼 보일지 몰라도, 그 시대를 살았고 또 살고 있는 사람들에게 사태의 충격적인 반전(反轉)은 실감으로 다가오기 어려웠을 터이다. 오히려 상황의 급변에 당황하면서 지금까지 익숙했던 삶이 또다시 파탄에 이르지나 않을까 근심하는 사람이 더 많았을지도 모른다.

또 허준(許俊)의 소설 「잔등」(1946)에 등장하는 '소년'처럼 많은 사람들은 "압박과 고독과 공포의 오랜 습성" 때문에 "아직 해방의 뜻조차 그의 가슴속에 완전한 것이 못 되어 막연한 불안"[3] 속에서 서성거렸을 것이다. 물론 최명익(崔明翊)의 소설 「불」(1947)에 등장하는, 아시아태평양전쟁 시기 징용으로 끌려갔다가 어렵사리 조선으로 돌아온 '이씨'와 같은 사람처럼 "우리 조선이 해방되었으니까 좋은 새 세상이 있겠지요"[4]라고 믿은 이들도 없지는 않았을 것이다. 적어도 해방공간(1945.8.15∼1948.8.15/9.9)에 생산된 소설을 통해 본다면, '새 세상'에 대한 희망 섞인 기대보다는 다가올 시대에 대한 '막연한 불안'이 훨씬 강했던 것처럼 보인다. 어쨌든 많은 사람들의 가슴속엔 '기대'와 '불안' 사이의 팽팽한 긴장이 흐르고 있었다. 당시의 분위기를 이태준은 「해방 전후」에서 다시 이렇게 전한다.

그러나 도시 마음이 놓이지는 않았다. '모─든 권력은 인민에게로!' 이런 깃발과 노래는 이들의 회관에서 거리를 향해 나부끼고 울려 나왔다. 그것이

3　허준, 「잔등」, 『심문/마권/잔등/폭풍의 역사 외』, 동아출판사, 1995, 305면.
4　최명익, 「불」, 『심문/마권/잔등/폭풍의 역사 외』, 동아출판사, 1995, 499면.

진리이긴 하나 아직 민중의 귀에만은 이른 것이었다. **바다 위로 신기루같이 황홀하게 떠들어올 나라나, 대한이나, 정부나, 영웅 들을 고대하는 민중들은, 저희 차례에 갈 권리도 거부하면서까지 화려한 환상과 감격에 더 사무쳐 있는 때이기 때문이다.** 현 자신까지도 '모―든 권력은 인민에게로'가 이들이 민주주의자로서가 아니라 그전 공산주의자로서의 습성에서 외침으로만 보여질 때가 한두 번 아니었고, 위고 같은 이는 이미 전세대에 있어 '국민보다 인민에게'를 부르짖은 것을 생각할 때, 오늘 우리의 이 시대, 이 처지에서 '인민에게'란 말이 그다지 새롭거나 위험스럽게 들릴 것도 아무것도 아닌 줄 알면서도, 현은 역시 조심스러웠고, 또 현을 진실로 아끼는 친구나 선배의 대부분이, 현이 이들의 진영 속에 섞인 것을 은근히 염려하는 것이었다. 그런데다 객관적 정세는 날로 복잡다단해졌다. 임시정부는 민중이 꿈꾸는 것 같은 위용(偉容)은커녕 개인들로라도 쉽사리 나타나 주지 않았고, 북쪽에서는 소련군이 일본군을 여지없이 무찌르며 조선인의 골수에 사무친 원한을 충분히 이해해서 왜적에 대한 철저한 소탕을 개시한 듯 들리나, 미국군은 조선 민중의 기대는 모른 척하고 일본인들에게 관대한 삐라부터를 뿌리어, 아직도 총독부와 일본 군대가 조선 민중에게 '보아라 미국은 아직 일본과 상대이지 너희 따위 민족은 문제가 아니다' 하는 자세를 부리기 좋게 하였고, 우리 민족 자체에서는 '인민공화국'이란, 장래 해외 세력과 대립의 예감을 주는 조직이 나타났고, '조선문화건설 중앙협의회'와 선명히 대립하여 '프롤레타리아예술연맹'이란, 좌익문학인들만으로 문화운동 단체가 기어이 일어나고 말았다.[5] (강조 ―인용자)

---

5   앞의 책, 289~290면.

해방이 되었음에도 "독오른 일본 군인들이 일촉즉발(一觸卽發)의 예리한 무장으로 거리마다 목을 지키고" 있는 상황, 즉 "총독부와 일본 군대가 여전히 조선민족을 명령하고" 있는 상황6에서 '현'이 목도한 것은 이권(利權)을 다투듯 너나없이 간판을 내세우고, 플래카드를 펼치고, 전단지를 뿌리는 "불순하고 경망한" 풍경이다. 폭압적인 권력이 사라진 진공상태 또는 공백상태에서는 모든 것이 가능하기도 했고 동시에 불가능하기도 했다. 가능성과 불가능성의 불안한 공존.

그런데 "바다 위로 신기루같이 황홀하게 떠들어올 나라나, 대한이나, 정부나, 영웅들을 고대하는 민중들은, 저희 차례에 갈 권리도 거부하면서까지 화려한 환상과 감격에 더 사무쳐 있는 때", 일일이 이름을 거론하기조차 힘든 수십 개의 정당과 그보다 훨씬 더 많은 단체, 이들 정당과 단체를 직간접적으로 편드는 수많은 신문과 잡지들이 억눌렸던 시절에 복수라도 하듯 우후죽순처럼 고개를 내민다.

---

6   「해방 전후」의 이러한 기술은 8·15 직후 조선헌병대사령부에서 뿌린 전단지 「內鮮官民에게 고함」에서도 여실하게 볼 수 있다. 헌병대사령부의 태도는 다음과 같이 고압적이다. "一. 정전협정은 이제부터 시작되지만 지금 바로 연합군이 進駐해오는 것은 절대 아니다. 二. 조선이 독립한다 해도 조선총독부와 조선군이 內地로 철수하기까지는 법률과 행정 모두 현재대로이다. 三. 조선인 가운데 조선이 독립한 것으로 생각하고 교통, 통신, 학교, 공장 등을 접수하려는 자가 있는데 이는 큰 오해이니 內地官民은 이에 결코 응해서는 안 된다. 만약 강행하려는 자가 있으면 속히 軍憲에 신고하라. 四. 內鮮人은 장래에도 盟友가 될 것이니 서로 믿고, '데마(선동)'에 날뛰며 서로를 노려보거나 항쟁을 해서는 안 된다." 또 일본의 패전 이후에도 서울에서 발행되고 있던 일본어 신문 『京城日報』를 보아도 「해방 전후」의 진술은 설득력이 있다. 예를 들어 1945년 8월 19일자 1면에는 조선군관구사령부에서 발표한 「침착하게 생업에 종사하라」는 기사가 실려 있는데 그 내용은 다음과 같다. "관내 일반 민중에게 고한다. 대일본제국 정부 및 조선총독부에서는 국민의 복지를 위해 적절한 조치를 취하고 있으므로 일반은 당국의 지시에 따라 생업에 힘쓰고 경거망동하지 말아야 한다. 만약 인심을 교란하거나 치안을 방해하는 자가 있을 경우 군은 단호한 처치 방법을 찾지 않을 수 없게 될 것이다. 이에 미리 경고를 발하여 일반의 주의를 환기하는 바이다."

민중들의 기대를 한몸에 받았던 임시정부는 정치적 이유를 비롯한 여러 가지 사정으로 '위용'을 보여주지 못했고, 미군과 소련군이 각각 남한과 북한을 점령한 후 군정(軍政)을 실시하면서부터 내부의 갈등을 더욱 격화되기 시작한다. 특히 미군은 조선 민중의 원망(願望)을 외면한 채 "일본인들에게 관대한 삐라"를 뿌리며 총독부와 일본 군대의 오만한 태도를 부추겼다. 이런 정황 속에서 "정당(政黨)은 누구든지 나타나란 바람에 하룻밤 사이에 오륙십의 정당이 꾸미어졌고, 이승만 박사가 민족의 미칠 듯한 환호 속에 나타나 무엇보다 조선 민족이기만 하면 우선 한데 뭉치고 보자는 주장에 그 속에 틈이 있음을 엿본 민족 반역자들과 모리배들이 다시 활동을 일으키"면서 사정은 더욱 급박해졌고, 좌익과 우익의 대립이 깊어만 갔다. '적색 데모'와 '백색 테러'가 일상화하면서 민중들은 이합집산을 거듭했다. 그러는 동안 사람들 사이의 이념상, 감정상의 골을 깊어졌으며, 급기야 남과 북에 '독립 정권'이 등장하면서 '8·15'가 초래한 진공 상태는 엔트로피가 급증한 시점에서 일단락되는 듯했다.

2. 전단지라는 미디어

'예언자적 지성' 함석헌(咸錫憲)은 '해방'이 "도둑처럼" 찾아왔다고 했다. 그런데 1920년대 사회주의운동에 참여하면서 민족협동전선운동의 이론적 토대를 마련했던 배성룡(裵成龍)은 8·15 '해방'의 의미를 비교적 냉정하고 객관적인 자세로 파악했다. 그는 8·15 '해방'이란 문자 그대로의 독립과 해방이 아니라 독립의 약속이 있을 뿐이요, 일본 제국주의를 대신해서 남북 양쪽이 미국과 소련의 군사점령 상태가 된 것에 불과한 것으로 파악했다. 따라서 한민족의 진정한 해방과 독립은 미국과 소련의 군대가 철수하고 자주적 정권이 수립될 때 이룩되는 것이라고 주장했다. 이런 인식의 연장선상에서 그는 8·15 '해방'을 "앞날의 독립을 약속하여 그 실현을 위한 노력의 첫걸음이 시작된 날이다. 즉 해방된 날이 아니라 해방의 길을 본격적으로 출발하게 된 날이다"라고 규정했다.[7]

배성룡의 8·15 '해방'에 대한 이러한 인식은 승전국인 연합국 특히 해방 정국의 추이(推移)를 좌우한 미국과 소련의 위상을 고려할 때 대단히 날카롭다고 할 수 있다. 그에게 '해방'은 주어진 것이 아니라 궁극적으로 외세의 압력으로부터 벗어나 쟁취해야 할 무엇이었다. 다시 말해 8·15는 노예상태의 끝이 아니라 진정한 해방을 위해 나아가야 할 출발점의 의미를 지니고 있었던 것이다.[8]

그런데 40여 년에 걸친 일본제국주의 지배가 남긴 깊디깊은 상처를 치유하고 새로운 국민국가=민족국가를 수립하여 '진정한 해방'으로 나아가는 과정에는 적지 않은 돌발변수들이 '해방 조선'의 구석구석에 편재해 있었다. 여운형(呂運亨), 안재홍(安在鴻), 김구(金九), 이승만(李

---

7   김기승, 「배성룡의 신형민주주의 국가상」, 『한국사 시민강좌』 제17집, 일조각, 1995, 83면.
8   진정한 '해방'을 위해 나아가야 한다는 생각은 배성룡뿐만 아니라 많은 문학자들도 공유하고 있었다. 예컨대 시인 권환(權煥)은 「그대를 어떻게 맞을까」라는 시에서 "과연 광복은 되었는가?/오! 남녘땅 동포들아/다시 한번 맞이하자/참다운 해방과 자유를 가져오는 /새 8·15를 정말 8·15를/도금한 우리 목의 새 사슬도/마저 산산이 끊어지는 그날을" (임헌영, 앞의 글, 18면에서 재인용)이라 노래했다.

承晩), 김규식(金奎植), 박헌영(朴憲永)을 비롯한 정객들이 그 나름대로 공백을 메우기 위해 동분서주했지만, 국제적 역학관계와 국내의 정치적 상황이 복잡다단하게 뒤얽히면서 정국은 전혀 예상하지 못한 방향으로 흘러가고 있었다. 아니, 역사란 예기치 못한 우연적인 요소들이 빚어내는 이른바 '각본 없는 드라마'인지도 모른다. 그 드라마가 어떻게 매듭지어질지는 그야말로 역사의 신(神)만이 알 터였다.

이렇듯 '8·15' 이후 해방 공간의 시곗바늘은 걷잡을 수 없이 흔들리고 있었다. 하룻밤 사이에 각종 정당과 단체가 수십 개씩 만들어졌다 사라지는 상황에서 앞날을 예단하기란 쉬운 일이 아니었을 것이다. 전단지라는 미디어[9]가 대량으로 유포된 것도 한치 앞도 내다볼 수 없을 만큼 다급하게 돌아가는 해방 직후의 정치적 환경과 밀접한 관련이 있을 것이다. 아울러 신문과 잡지 그리고 라디오가 대중매체의 전부였던 시절에 전단지는 대중들에게 호소할 수 있는 유력한 수단이었을 것이며, 언론의 자유가 제한되는 상황에서는 더욱 그러했을 것이다.

이 시기에 대량으로 뿌려진 전단지='삐라'[10]라는 미디어는 신문이

---

[9] 전단 또는 전단지를 '운동'이나 '혁명'을 추동하는 미디어로 간주하고 그 표현상의 특징 및 효과에 관한 연구로는 천정환의 연구(「소문·방문·신문·격문-3·1운동 시기의 미디어와 주체성」, 『한국문학연구』 제36집, 2009.6)이 대표적이다. 아울러 종교개혁 초기 서양의 사례를 통해 전단지의 시각적 이미지가 농민을 어떻게 재현했는지를 구명한 황대현의 연구(「종교개혁 초기 전단지에 투영된 농민의 이미지-뉘른베르크 전단지 작가들의 작품 4편을 중심으로」, 『서양사론』 제105호, 2010 및 「독일 종교개혁 전단지-숭배 대상에서 선전도구로 변화한 시각적 이미지」, 『사림』 제34호, 2009)도 흥미롭다. 그런데 필자가 과문한 탓이겠지만 해방 공간에 양산된 전단지='삐라'를 대상으로 한 본격적인 연구는 아직 찾아보기 어렵다.

[10] 국립국어원에서 발간한 『표준국어대사전』에 등재되어 있는 "선전이나 광고 또는 선동하는 글이 담긴 종이쪽"이라는 뜻의 단어는 '전단지(傳單紙)'가 아니라 '전단(傳單)'이다. 그럼에도 '전단지'라는 말을 쓰는 이유는 이 용어가 일제시대부터 일반적으로 사용되었고 현재도 널리 쓰이고 있기 때문이다. 이 글에서 두 용어를 혼용하기로 한다. 한편, '삐라'

나 잡지 못지않게 대중들을 동원하는 데 중요한 역할을 담당했다.[11] 때로는 벽보(壁報) 형태로, 때로는 팸플릿 형식으로, 때로는 광고지 모양으로 온갖 종류의 전단들이 격한 목소리를 내뿜으며 곳곳에 뿌려졌다. 그리고 그 목소리들을 긴 메아리로 거느린 '8·15'의 그늘, 그 격동의 시간을 연표로 보이면 다음과 같다.

> 1945.08.15 여운형, 조선총독부의 정권이양교섭 수락. 조선건국준비위원회(건준) 발족
>
> 1945.09.02 맥아더, 북위 38선 경계로 미소양군의 한반도 분할점령 발표
>
> 1945.09.06 건준, 전국인민대표자대회 개최, 조선인민공화국 수립선언
>
> 1945.09.08 미군, 인천상륙, 남한에 미군정 실시 포고
>
> 1945.10.16 이승만, 미국에서 귀국
>
> 1945.11.23 중경 임시정부 요원 제1진 귀국. 장안파공산당 해체
>
> 1945.12.02 임정요인 2진 환국
>
> 1945.12.17 미·영·소 3국 모스크바외상회의 개최

라는 용어는 광고 포스터를 뜻하는 영어 표현 'bill'이 일본어를 거쳐 변형된 것이며 주로 정치적 선전 선동을 목적으로 하는 경우에 사용된다.

11 송남헌의 『해방3년사』를 보아도 알 수 있듯이 전단지='삐라'는 해방 직후의 정치적 상황을 읽는 데 폭넓게 이용되는 의미 있는 사료라는 점을 고려하면 이러한 판단은 과장이 아니다. 아울러 필자가 이 시기의 전단지를 검토한 결과에 따르면 몇몇 극단적인 팸훼로 가득한 경우를 제외하면 대부분 역사적 사실과 부합한다. 그리고 신문이나 잡지에서 찾아보기 힘든, 사료적 가치를 충분히 지닌 것들도 적지 않다. 여기에서 일일이 거론하긴 어렵지만 예를 하나 들자면, 조선문화건설중앙협의회 서기국에서 발행한 등사본 전단지 「환영행사 및 기념사업 계획안」은 당시 연합군 환영식이 어떻게 계획되고 진행되었는지를 추정할 수 있는 귀중한 자료이다. 이 계획안에는 환영행렬, 건물·가두 장식, 환영가·행진곡·환영출판물 제작, 환영음악회 개최, 환영연극 공연, 기록영화 제작 공개 등이 포함되어 있다.

1945.12.28 모스크바 3상회의, 조선에 대한 신탁통치 실시 결정 발표

1945.12.29 신탁반대국민총동원위원회 조직

1945.12.31 반탁시위 확산

1946.01.02 조선공산당, 모스크바삼상회의 결정 지지 선언

1946.01.03 좌익 주최 반탁서울시민대회, 찬탁대회로 돌변

1946.03.01 3·1운동 기념행사(우익 : 서울운동장, 좌익 : 남산)

1946.03.20 제1차 미·소공동위원회 개최

1946.05.07 제1차 미소공위 결렬

1946.05.15 미군정, 정판사 위조 지폐 사건 발표

1946.05.12 독립전취국민대회(서울운동장)

1946.06.03 이승만 정읍발언(단정수립 시사)

1946.06.14 좌우합작 회담 시작(금규식·여운형·원세훈·허헌)

1946.10.01 대구 10월 인민항쟁 발발

1947.03.01 3·1절 기념행사 우익 서울운동장, 좌익 남산서 거행

1947.04.24 입법의원, 부일(附日) 협력자 처단법 수정안 상정

1947.05.21 제2차 미·소공동위원회 개막

1947.07.10 제2차 미소공위 사실상 결렬

1947.09.17 마샬 미국대표, UN총회에 한국문제의 UN상정 제의

1947.10.28 UN총회서 한국에 UN위원단 파견안을 41 : 0으로 가결

1947.12.22 김구, 남한단독정부 수립 반대 성명

1948.01.27 김구, UN한국위원회에서 남북주둔 외국군 철수 후 자유선
          거 실시 주장

1948.02.07 남로당, 남한단독선거 반대 전국적 총파업·시위

1948.02.26 UN소총회, 남한에서만 총선거 실시 결의

1948.03.01 하지, 5·9 총선거실시 선포

1948.03.08 김구, 남북협상 제의

1948.04.03 제주도 4·3민중항쟁 발생.

1948.05.31 제헌국회 개원

1948.07.20 초대대통령에 이승만, 부통령에 이시영 선출

1948.08.15 대한민국 출범

1948.09.09 조선민주주의인민공화국 출범[12]

주로 남한의 상황에 초점을 맞추긴 했지만 위의 간략한 연표만 보아
도 알 수 있듯이 해방 이후 한반도는 그야말로 격동의 소용돌이를 통과
하고 있었다. 이 소용돌이 속에서 주요 정당들이 속속 결성되는가 하
면, 암살과 테러가 속출하고, 밤낮으로 시위행렬이 이어졌다. 특히 신
탁통치와 미소공동위원회를 둘러싼 좌익과 우익의 대립은 지켜야 할
선을 넘어 극한으로 치달았다. 다시 「해방 전후」의 진술을 빌리면 "탁
치 문제는 조선 민족에게 정치적 시련으로 너무 심각한 것이었다. 오늘
'반탁' 시위가 있으면 내일 '삼상회담 지지' 시위가 일어났다. 그만 군
중은 충돌하고, 지도자들 가운데는 이것을 미끼로 정권싸움이 악랄해

---

12 이 연표는 하일식, 『연표와 사진으로 보는 한국사』, 일빛, 1998 및 송남헌, 『해방3년
    사』를 참조하여 작성한 것이다.

갔다. 결국, 해방 전에 있어 민족 수난의 십자가를 졌던 학병(學兵)들이, 요행 죽지 않고 살아온 그들 속에서, 이번에도 이 불행한 민족 시련의 십자가를 지고 말았"[13]던 것이다.

이러한 대립은 3·1운동 기념식과 8·15해방 기념식에서도 예외 없이 이어졌다. 이와 더불어 친일파 청산을 둘러싼 논란이 해방정국을 강타했고, 공산주의자들에 대한 저주에 가까운 말들이 넘쳐났다. 이와 함께 이승만, 김구, 여운형 등 유명 정객들을 옹호하거나 비난하는 시위와 말들이 끊일 줄 몰랐다. 각 정당과 단체에서 뿌린 전단지가 미디어로서 위력을 발휘한 것도 바로 이런 상황에서였다.

해방이 되었어도 여전히 국가가 없는 상태가 군정이라는 이름으로 3년이나 지속되었고, 독립이 되었지만 진정한 독립을 경험하지 못한 '인민'들은 초조와 불안 속에서 전단지를 통해 시국을 추이를 지켜보았을 터이다. 전단지가 미디어로서 강력한 힘을 떨치는 시절, 수많은 정당과 단체들에서 벽보와 삐라를 작성, 배포했다. 그렇다면 어떤 정당과 단체 그리고 위원회가 전단지를 제작, 유포했을까. 필자가 조사·검토한 370여 종의 전단지 자료[14]에 근거하여 그 명단을 가나다순으로 정리해 보면 다음과 같다.

건국동지회, 건국협심회, 건설자동맹, 경성노동조합협의회, 고려청년당, 광복단, 국립서울대학교건설학생회, 국민당, 남조선노동당, 대동청년단, 대

---

13 이태준, 「해방 전후」, 앞의 책, 302면.
14 이 자리를 빌려 소중한 전단지 자료를 제공해주신 자료수집가 김현식 선생님께 깊은 감사를 드린다. 아울러 이 전단지들은 조만간 소명출판에서 단행본 형태의 자료집으로 발간될 예정임을 밝혀둔다.

진당(大震黨), 대한독립단, 대한독립실천단, 대한독립의열단, 대한독립촉성의용대, 대한독립촉성청년총연맹, 대한독립협회, 대한민국군사후원회, 대한민국인민정치당, 대한보국군단(大韓保國軍團), 대한의열당, 대한정의단, 대한청년단, 대한청년의혈당, 민생회, 민족대표외교사절후원회, 민주학생돌격대, 반전반파쇼평화옹호투쟁위원회, 반탁치전국학생총연맹, 반탁혈투동지회, 북선청년회(北鮮靑年會), 삼일기념전국준비위원회, 삼일동지회, 서북선동지회, 서북청년단, 신탁통치반대국민총동원위원회, 신한민족당, 아세아탐정사, 우국동지협회, 우국지사연맹, 의열청년동맹, 자살동맹, 자유연합청년회, 전국의용단총본부, 전조선순국학생동맹, 정진단(正進團), 조선건국동맹, 조선건국준비위원회, 조선건국청년회, 조선공산당, 조선공산청년동맹, 조선노동조합전국평의회, 조선독립동맹, 조선문학동맹, 조선문화건설중앙협의회, 조선민족청년단, 조선민족해방동맹, 조선민족혁명당, 조선부녀총동맹, 조선사료연찬회, 조선신문기자대회준비위원회, 조선신문기자협회준비위원회, 조선애국단본부, 조선애국부녀동맹, 조선유학생동맹총본부, 조선인민공화국지지동맹, 조선인민당, 조선재외전재동포구제회본부, 조선청년총동맹, 조선청년회, 조선학도대, 조선학병동맹, 중앙공제조합, 중앙문화협회, 창의단, 천도교 청우당, 철권대(鐵拳隊), 청년동원연합동맹본부, 탁치반대국민총동원중앙위원회, 통일정권수립촉성회, 통일정당결성준비회의, 학도대연맹, 한국민주당, 흑색청년연맹

위에 언급한 84개의 정당이나 단체의 지부(支部)와 산하단체까지 포함하면 명단은 훨씬 길어진다. 아울러 개인 명의로 배포한 전단지도 어렵지 않게 찾아볼 수 있으며, 출처를 알 수 없는 전단지도 적지 않다.

이들 단체, 정당, 위원회를 좌익과 우익으로 크게 구별해 볼 수도 있을 터이지만, 그 정치적 이념을 기준으로 일목요연하게 정리하기란 쉬운 일이 아니다.[15] 극좌에서 극우에 이르기까지 정치적 이념상의 스펙트럼이 다양하기 때문이다. 그럼에도 소수의 예를 제외한다면 이들 단체, 정당, 위원회가 강한 정치적 색채를 띠고 있었다는 점은 염두에 두어야 할 것이다. 이는 정치적 열망이 그만큼 강렬했고, 거세게 출렁거리는 역사의 파고를 헤쳐 나가기 위해서는 각각의 정치적 입장을 어떤 식으로든 표명하고자 했다는 것을 반증한다. 물론 여기에 개인이나 집단의 이해관계의 차이, 해방 이전 과거사에 대한 역사 인식의 차이 등등이 깊이 관련되어 있다는 점은 말할 필요도 없을 것이다.

3. 갈등과 대립의 언어 또는 '삐라'의 수사학

그렇다면 전단지를 통해 드러나는 정당, 단체, 위원회, 개인들의 목소리의 양상은 어떠할까. '취지서'나 '성명서' '선언'은 그렇다 치더라도, '격' '격문' '급고' '경보(警報)' 등등의 표제를 앞세운 수많은 전단지들이 전하는 목소리는 해방공간이라는 역사적 상황 속에서 갈등과

---

15 미소공동위원회의 조사에 따르면 1947년 8월 현재 '남조선'의 정당수는 우익 성향이 62, 중도 성향이 9, 좌익 성향이 47이며, '북조선'의 정당과 단체 28개를 합치면 전체 정당 및 단체는 146개에 이른다. 송남헌, 앞의 책, 486~489면 참조.

대립이 얼마나 심각했는지를 여실하게 보여준다. 자신의 의견을 낮은 목소리로 일관성 있게 피력하기보다는 상대방의 주장을 반박하고 비난하면서 자신의 입장을 강화하려는 선동적인 수사(修辭)가 지배적이다. 이것을 이를테면 '삐라의 수사학'이라 할 수 있을 것이다.

예컨대 '자살동맹'이라는 섬뜩한 이름의 단체에서 배포한 전단지의 표제는 '오냐!!! 싸우자!! 올 것은 기어코 왔다!'이다. 이처럼 마주보고 달리는 기차와 같은 형세로 상대방을 압도하려는 언어가 전단지를 가득 메우고 있다. 논란이 많았던 쟁점과 사건 가운데 친일파 문제와 신탁통치 문제를 예로 들어 보기로 한다.

아직도 정리되지 않은 문제이긴 하지만 이 시기 가장 뜨거운 논쟁거리 중 하나는 이른바 '친일파' 또는 '부일협력자(附日協力者)'를 어떻게 처리할 것인가라는 문제였다. '민족 정기'를 바로 세우고 새롭게 자주독립국가를 건설하는 것이 지상명제라는 좌익측의 주장과 위기를 돌파하기 위해서는 과거에 얽매이지 말고 '일치단결'해야 한다는 우익측의 주장이 평행선을 그으면서 친일파 처리 문제는 한 마디로 요약하기 어려운 난맥상을 드러낸다. 예컨대 이러하다.

보라! 천인이 공노할 역적 친일파, 민족반역자의 단말마적 암약(暗躍)과 도량(跳梁)을! 인민 대중을 기만하여 통일전선을 의식적으로 파괴하려는 매국적 정치 브로커. 악성 인플레를 조장하여 인민을 도탄 구렁 속에 빠지게 하는 흑막(黑幕)과 그 위성적(衛星的) 분자들. 이와 같이 정치와 경제가 매음적 결혼을 하여 민족통일전선과 자유독립전선을 지연 교란하려는 민족적 최대의 적을 우리들은 이 이상 묵시(黙視)할 수가 없다. (…중략…) 불구대천적(不俱戴天的) 민족 최대의 적에 대한 우리들의 보답은 삼천만 대중 앞에 그 죄악을 적발 폭로하여 인민의 심판대 위에 내세워 철권판결(鐵拳判決)을 받게 함에 있다. 우리들은 오로지 이러한 전위적 역할을 감행하기 위하여 동지를 규합하고 각층각계의 성원과 지지하에 아세아탐정사를 창립하고 죄상 조사에 착수하게 되었다. 민족 흡혈귀의 최후의 심판의 날은 왔다.

1946년 1월 11일 '아세아탐정사'에서 배포한 「성명서」 중 일부이다. 이처럼 좌익 계열에 속한 정당이나 단체에서는 친일파를 청산하지 않고서는 민족의 통일이나 자주독립국가 건설이 불가능하다는 점을 뚜렷하게 내세웠다. 그들에게 친일파는 민족반역자이자 천인공노할 대역죄인이며 '민족 흡혈귀'와 다르지 않다. 그들은 말한다. "정치와 경제가 매음적 결혼을 하여 민족통일전선과 자유독립전선을 지연 교란하려는 민족적 최대의 적을 우리들은 이 이상 묵시할 수가 없다"고, "불구대천적 민족 최대의 적에 대한 우리들의 보답은 삼천만 대중 앞에 그 죄악을 적발 폭로하여 인민의 심판대 위에 내세워 철권판결을 받게" 해야 한다고. 그들의 주장에 따르면 친일파=민족반역자=파쇼분자를 배격하지 않고서는 진정한 독립을 달성할 수가 없다. "지주와 대자본가를 토대로 하고 외력(外力)을 배경으로 하는" 독립촉성회나 한국민주당도 이러한 비판의 화살을 피하지 못한다. "우리 민족 철천의 원수 흉악무쌍한 친일파 매국노의 무서운 파괴 음모", "뼈에 사무친 원한과 분통을 터트리자" 등등의 표현을 보면 친일파에 대한 좌익 쪽의 '증오'가 얼마나 깊었는지, 이를 증명하듯 그 언어가 얼마나 격렬했는지 선연하게 드러난다.

이에 대해 우익계열에서는 "누가 민족반역자냐"며 이렇게 되받아친다. 우익은 신탁통치에 찬성하는 좌익 공산주의자들이야말로 소련에 빌붙어 나라를 팔아먹는 매국노이자 민족반역자라고 목소리를 높인다.

민족반역자는 누구이며 매국자는 누구인 것을 잘 알라! 1월 3일에 반탁 시민대회가 돌변 신탁지지시민대회로 대중을 기만한 이유며 매국노의 주구배(走狗輩)가 된 각 단체의 내용을 알라!! 매국강도들이여! 묻노라. 조선이 신탁통치국제헌장 어떤 조문(條文)에 해당한가? 삼천만 대중 앞에 죽음으로 사죄하라! 불연(不然)이면 사형을 집행하리라.

1946년 1월 4일 대한독립실천단에서 배포한 「공개문」 중 일부이다. 위 인용에서 보듯 모스크바 삼상회의에서 결정된 신탁통치에 찬성하는 자들이야말로 민족반역자이며, 매국노의 주구들이다. 이뿐만 아니라 "그 매국노들은 그날(1월 3일) 시위행렬과 시민대회 광경을 영화로 박아서 그놈들의 조국인 소련과 그 외 각국에 보내어 '우리 삼천만 인민은 이와 같이 신탁통치를 지지하고 원합니다'라고 선전한 것을 여러분은 아십니까?"[16]라며 몰아친다.

좌우를 막론하고 이들의 언어는 격렬하다. 이것을 앞서 말했듯 '삐라의 수사학' 또는 '선전선동의 언어'라 할 수도 있을 것이다. 증오와 원한으로 가득한, 그리고 각각의 정치적 이해관계를 분명하게 보여주는 이러한 '날것' 그대로의 언어는, 서로의 소통가능성을 원천적으로 봉쇄

---

16   대한청년의혈당, 「시민 여러분에게 고함」, 1946.1.12.

해버린다는 점에서 해방 공간에서 한국전쟁으로 이어지는 비극적 현대사를 예고하는 불길한 징후로 읽힌다. 선명성을 강조하다 보니 결국 한쪽이 던진 저주의 언어가 그대로 부메랑이 되어 되돌아오는 모양새다. 서로의 차이를 인정하고, 합리적 방법을 모색하려는 시도를 찾기란 참으로 어렵다. 그만큼 숨을 고르고 차근차근 말하기가 힘들었던 시대였기 때문일까. 아니면 각자의 정치적 욕망을 거친 언어로 감추려 했기 때문일까.

이러한 '삐라의 수사학'은 '민족반역자 논란'뿐만 아니라 일련의 정치적 일정과 연합군환영대회, 각종 기념식, 정판사 위조지폐 사건 등등을 빌미로 전방위적으로 동원된다. 예컨대 다음과 같다.

그렇다! 불세출의 정치적 야심가이며 전형적 영웅주의의 권화(權化)인 여운형 일파의 위조지폐인 '인민공화국'이야말로 8월 15일 이후의 우리 민족 진영을 분열시킨 원흉이며 건국촉성운동을 멸렬화시킨 장본인이다! 그들은 대한민국임시정부를 전면적으로 부인하며 그들의 환국조차 갖은 악랄한 수단으로 방해하고 있다.[17]

---

17 대한청년의혈당, 「반동적 언론기관을 분쇄하자!」, 1945.11.24. 덧붙이자면 '조선인민공화국' 수립을 둘러싸고 우익측의 한국민주당과 좌익측의 조선공산당이 격렬한 설전을 펼친다. "우리 독립운동의 결정체이요, 現下 국제적으로 승인된 대한민국임시정부 외에 소위 정권을 참칭하는 일절의 단체 및 그 행동은 그 어떤 종류를 불문하고 이것을 단호 배격함"이라는 '결의' 아래 출범한 한국민주당은 1945년 9월 8일자 「성명서」에서, 여운형과 안재홍을 중심으로 한 '인공'을 "邪徒"라고 매도하면서 "방약무인한 민심 惑亂의 狂態", "정부를 참칭하고 광복의 영웅을 汚辱하는"자들이라며 격렬한 비난을 퍼붓는다. 이에 대해 좌익측은 조선공산당 경성지구 선전부 명의의 「한국민주당 발기인 성명서에 대한 성토문」(1945.9.11)에서 한국민주당 발기인들을 "아름다운 공상에 빠진 훌륭한 기회주의자", "민중과 혁명을 猜疑하고 중상하는 도배"라며 맞받아친다. 이러한 예는 하나하나 거론하기 힘들 정도로 많다.

이승만을 앞잡이로 내세워 미군정은 우리를 개나 도야지로 취급하여 결국 남선(南鮮) 일대에서 미군정 반대의 봉화를 들고 과감히 투쟁을 계속하고 있습니다. 쌀은 귀신이 다 가져가는지 우리에겐 주지도 않고 바라지도 않은 미국 강냉이만 전국을 횡행하지 대체 어떻게 되는 판입니까. 독립을 준다고 떠들기는 남의 몇 배를 더하는 미군정의 기만정책에 속아 넘어갈 우리가 아니지만 몸이 달아서 거짓 선전을 하는 우익 거두들의 추태란 어떠합니까! 진정한 애국자는 모조리 체포 감금하고 암흑천지로 변하는 남선에 소위 대한독촉(大韓獨促)이란 허울 좋은 간판 아래 친일 주구들이 모여서 모리(謀利)할 공론만 하는 놈들의 소행은 이 다음 제일 먼저 처단할 테지만 우리는 여기에 유인당해서는 절대로 조선 민족이 아니올시다! 이놈들 반동분자들을 우리는 감시하고 주시합시다. 남조선 일대에서 지금 이놈들의 목이 제일 먼저 달아나고 있다는 사실을 우리는 기억해야 됩니다. 친일파 민족반역자를 건국도상에 제일 먼저 배제해야 될 이때에 오히려 이놈들의 독촉(獨促)이란 이름으로 정면에 나서 그럴 듯이 선전하고 가장(假裝)하고 있습니다. 미군정은 속히 철퇴하라! 이놈들의 앞잡이를 전부 처단하자![18]

이처럼 언어는 소통이라는 본래의 기능을 상실한 채 '적'을 향한 대답 없는 외침으로 전락하고 만다. '원흉', '악랄', '앞잡이', '개나 도야지', '철퇴', '처단' 등등 상대방의 의미 있는 반론을 차단해 버리는 표현들이 난무한다. 여운형이나 이승만을 비롯한 주요 인물들에 대한 인신공격도 서슴지 않는다. 그리고 급기야는 암살과 테러를 통해 상대방

---

18   발행자 및 발행일 미상, 「동포에게 격함」.

을 '박멸'해버리자는 주장으로 나아간다. 우익단체인 조선건국청년회에서 배포한 「테러의 유래와 진리를 소개함」이라는 전단이 그 단적인 예이다. 이 단체는 테러의 정당성을 주장하면서 이렇게 밝힌다. "본회는 정당한 입장에서 민족반역자 불량분자를 어떤 정도로 주의와 징계를 시켜 이자들을 정의로 귀순시키려고 노력하는 단체이다." 그리고 다음과 같이 '협박'한다. "우리는 반역수모자의 潛居處를 일일이 전부 지도와 사진으로써 조사하여 두었다. 그뿐인가. 우리 동지는 건청을 적대시하는 좌익분자 등과 일상 침식과 기거를 같이하고 있는 것을 아는가. 놀라지 마라. 시내 오륙천 명 대원이 표면보다도 이면에 있어 君等과 같이 隱然히 행동하는 수가 오히려 많다는 것을!"

이에 대해 한 좌익단체에서는 「'반탁' 테러와 폭압을 박멸하라!!」라는 전단을 통해 "젊은 청년을 꾀어 동포를 난타, 학살케 하고 습격, 파괴, 약탈을 시키는 '반탁' 테러 조직자를 즉시 처단하라! 흉악한 모략으로 인민을 속이고 '반탁' 테러를 옹호하며, 테러당한 노동자와 청년을 쏘아 죽이고 대량 검거, 투옥하는 조병옥, 장택상 계열의 친일악질 경관을 즉시 숙청하라! 동포여! 전쟁을 선동하고 내란을 획책하는 반동파의 모략 선전에 속지 말자! 그들은 허울 좋은 명목 밑에 우리에게 골탕을 먹이고 권력을 빼앗아 '테러'와 '폭압'으로 우리의 고혈을 빨아먹으려는 것이다"라며 목소리를 높인다.

그 어디에서도 "통일된 부강하고 자유로운 인민의 나라"를 세우기 위해 좌우가 머리를 맞대고 숙의(熟議)하는 장면은 찾아보기 힘들다. 물론 좌우합작이나 통일정당결성 나아가 남북협상에 이르기까지 대화를 통해 문제를 해결하려는 시도는 있었으나 번번이 좌절되고 말았다. 이것을 과연 어떻게 설명해야 할까. 제국주의 일본의 지배 아래 억압당했던 언론·집회·결사의 자유가 한 순간 황홀하게 꽃을 피우는 듯했다. 그러나 서로의 이해관계와 정치적 이념에 긴박된 세력들의 암투가 전면화하면서 그리고 한반도를 둘러싼 미국과 소련의 전략이 본격적으로 가동하면서 그 꽃은 허무하게도 시들고 말았다. 그 한복판에 전단지에서 읽을 수 있는, 서로를 적으로 돌리고 응징하기에 급급한 '삐라의 수사학'이 자리잡고 있다. 해방 공간에 상당한 위력을 발휘한 '삐라'라는 미디어가 한반도 현대사의 불길한 징후를 보여준 상징적 텍스트라고 말하는 것도 이 때문이며, 이야말로 일본 제국주의의 지배가 조선 민족에 남긴 치명적인 상처라 아니할 수 없다.

4. 전단지, '불길한 아우성'의 의미

　시인 신석정(辛夕汀)은 『해방기념시집』(1946)에 실린 「꽃덤풀」이라는 시에서 해방의 의미를 이렇게 노래했다.

　　태양을 의논하는 거룩한 이야기는
　　항상 태양을 등진 곳에서만 비롯하였다.

　　달빛이 흡사 비 오듯 쏟아지는 밤에도

우리는 헐어진 성터를 헤매이면서
언제 참으로 그 언제 우리 하늘에
오롯한 태양을 모시겠느냐고
가슴을 쥐어뜯으며 이야기하며 이야기하며
가슴을 쥐어뜯지 않았느냐?

그러는 동안에 영영 잃어버린 벗도 있다.
그러는 동안에 멀리 떠나버린 벗도 있다.
그러는 동안에 몸을 팔아버린 벗도 있다.
그러는 동안에 맘을 팔아버린 벗도 있다.

그러는 동안에 드디어 서른여섯 해가 지나갔다.

다시 우러러보는 이 하늘에
겨울밤 달이 아직도 차거니
오는 봄엔 분수처럼 쏟아지는 태양을 안고
그 어느 언덕 꽃덤풀에 아늑히 안겨보리라.

　"태양을 의논하는 거룩한 이야기"를 "태양을 등진 곳"에서만 해야 했던 폭정의 계절이 가고 '도둑처럼' 해방이 찾아왔다. "헐어진 성터를 헤매이면서"도 "오롯한 태양"을 모시기를 갈망했던 이들의 꿈도 해방과 함께 한껏 부풀었을 것이다. 그러나 해방의 열기가 채 식지 않았는데도 "겨울밤 달이 아직도 찬" 이유는 무엇일까. 그러나 우리가 잘 알고 있듯이 "분수처럼 쏟아지는 태양을 안고/그 어느 언덕 꽃덤풀에 아늑히 안겨보리라"던 물거품처럼 허망하게 사라지고 말았다.

'태양'을 자유와 정의가 넘치는 사회 또는 국가로 읽는다면 분단의 현실을 살아가고 있는 우리 역시 그 꿈을 실현했다고는 말하기 어려울 것이다. 어쩌면 시인의 꿈은 영영 이뤄지지 않을지도 모른다. 하지만 꿈을 꾸지 못하는 자만큼 불행한 사람이 어디 있겠는가. 우리는 해방 이후 '민족의 꿈'이 왜 물거품이 될 수밖에 없었는지를 물을 수 있어야 한다. 설령 고통과 상처로 얼룩진 시간이었다 해도 그 고통과 상처의 원인이 무엇인지를 구명(究明)할 수 있어야 아픔을 되풀이하지 않을 수 있을 터이기 때문이다.

'태양'을 그리워했던 시인 신석정은, "산 넘어 산 넘어서 어둠을 살라 먹고, 산 넘어서 밤새도록 어둠을 살라 먹고, 이글이글 앳된 얼굴 고운 해야 솟아라"라고 노래했던 시인 박두진은, 그리고 자유로운 영혼으로 살고 싶어 했던 많은 사람들은 해방 공간을 가득 채운 '삐라의 언어'들을 보고 무슨 생각을 했을까. 서로에게 깊은 상처로 남을 사나운 언어들을 거침없이 내뱉는 벽보를 보고 무슨 상념에 잠겼을까. 그들의 행적을 하나하나 추적하여 심문하고 싶은 생각은 없다. 다만, 상내방의 의견을 압살하기에 급급한 언어의 홍수 속에서 최소한의 상식과 양심을 갖춘 사람이라면 깊은 고뇌에 힘겨워했을 것이라고, 굳이 믿고 싶다. 왜냐하면 그 시대의 '삐라의 언어' '삐라의 수사학'이 현대사에서 반복되어왔고, '지금-여기'에서도 되풀이되고 있기 때문이다.

그런 점에서 해방 직후 우후죽순처럼 생겨난 각종 단체에서 '뿌린' 수많은 전단지는 시대의 상처를 읽을 수 있는 귀중한 자료라 아니할 수 없다. 전단지를 통해 색 바랜 종이 위에 살아 숨쉬는 생생한 육성을 우리는 눈으로 보고 활자로 읽을 수 있을 것이다. 그리고 전단지들은 모든 것이 가능했고 동시에 모든 것이 불가능해 보이기도 했던 시대, 대립과 대결로 점철된 고통스런 역사의 기억을 복원하는 데에도 일정한 기여를 할 것이다. 손때가 묻고 피가 얼룩진 '삐라'와 벽보들은 살균 처리되지 않은, 현장성이 선연한 기억의 조각들이다. 이 조각들이 소설이나 시 그리고 이 시기에 생산된 다양한 텍스트들과 만나는 지점에서 우리는 해방 공간이라는 한국현대사의 원점을 입체적으로 투시할 수 있는 실마리를 발견할 수 있을 것이다.

정제된 언어로 씌어진 수십 편의 '논문'보다 훨씬 생생하게 다가오는 '삐라'와 벽보들을 보면서 응어리진 가슴에 전단지를 껴안고 목청껏 외쳤을 수많은 사람들을 떠올린다. 그 섬뜩한 말들이 고통스러운 건 한국 현대사가 걸어온, 폭력과 배반으로 얼룩진 그 세월 때문일 것이다. 수많은 '삐라'들을 가득 메운 상처의 언어 또는 언의 상처를 '지금-여기'에서 살아가는 우리들이 역사를 읽는 시금석으로 삼을 수 있을 때 우리는 해방 공간을 휘감았던 '불길한 아우성'의 의미를 제대로 읽어낼 수 있을 것이며, 아직도 우리 민족의 족쇄로 남아 있는 분단과 전쟁과 독재로 얼룩진 현대사를 통절(痛切)하게 성찰할 수 있는 계기를 마련할 수 있을 것이다.

제11장

삐라, 매체에 맞서는 매체

해방 직후 소설을 통해 본 삐라의 정치학

1. 문제 설정

한국 현대사에서 8 · 15해방은 미군정을 거쳐 남북한 단독정부 수립
과 전쟁 그리고 분단의 고착으로 이어지는 과정의 맨 앞에 놓인 중대한
'사건'이었다. 해방은, "공짜로 얻은"[1] 것이든, "도둑같이 뜻밖에"[2] 온
것이든, 아니면 '피'의 대가로 쟁취한 것[3]이든, 제국주의 일본이 지배하

---

1   염상섭, 「이합」, 『개벽』, 1948.1. 인용은 김승환 · 신범순 편, 『해방공간의 문학―소설』
      1, 서울 : 돌베개, 1988, 340면.
2   함석헌, 『뜻으로 본 한국역사』, 서울 : 한길사, 1989, 268~270면 참조.
3   이와 관련하여 안동수는 「그 전날 밤」에서 등장인물의 입을 통해 다음과 같이 말한다.
      "물론 이번 조선의 해방은 연합군의 힘에 의한 것이지마는…… 조선 사람들이 36년 동안
      그냥 네네 하고 일본놈들에게 복종만 해왔다면 뭣 때문에 연합국이 조선의 독립을 약속

던 때와는 확연히 구분되는 그야말로 획시기적인 사건이었음에 틀림없다. 그리고 이후 정치적인 영역에서부터 사회문화적인 영역 그리고 일상의 영역까지 일대 지각변동이 초래되었다는 점에서 '8·15'를 한국 현대사의 예리한 분절선이라고 부를 수도 있을 것이다.

해방은 꽉 막혀 있던 말길을 터놓았다. 언론과 집회의 자유야말로 해방이 가져온 가장 소중한 선물이었고, '삐라'는 언론과 집회의 자유를 상징하는 이 시기 대표적인 미디어였다. 삐라처럼 삐라와 함께 온 해방이라는 말이 낯설지 않을 정도로 해방 직후에는 각종 삐라가 대대적으로 살포되었다. 예컨대 해방 직후 정치적 진공 상태에서 발 빠르게 행동을 개시한 조선건국준비위원회에서는 1945년 8월 16일 "輕擧妄動은 絶對의 禁物이다. 諸位의 一語一動이 民族의 休戚에 至大한 影響 있는 것을 猛省하라! 絶對의 自重으로 指導層의 佈告에 따르기를 留意하라"[4]고 적힌 삐라를 뿌렸으며, 미군도 남한에 상륙하기 전날인 1945년 9월 7일 맥아더의 이름으로 작성된 〈조선 주민에 대한 태평양미국육군 총사령관 포고문〉 제1호와 제2호를 삐라 형태로 살포했다. 그때의 상황을 서울에 머무르고 있던 한 러시아인은 다음과 같이 전한다.

(1945년—인용자) 9월 7일 아침부터 서울과 남한의 여타 도시들 및 농촌에 미군 비행기로부터 전단이 비 오듯 쏟아졌다. 그것은 태평양지역 미군 총사령관 맥아더 장군의 명령을 담은 두 개로 이루어진 익히 알려진 서글픈

했겠어요. 많은 혁명가들이 피를 흘리고 감옥엘 가고 감옥에서 죽고—이같은 우리들의 혁명 정신을 그들이 알아줬기 때문이지요."(안동수, 「그 전날 밤」, 『우리문학』 1, 1946.1. 인용은 김승환·신범순 편, 앞의 책, 26면)

4 김현식·정선태 편저, 『'삐라'로 듣는 해방 직후의 목소리』, 서울 : 소명출판, 2011, 21면.

내용의 전단이었다. 명령 제1호—당시 명명되었던 것처럼 '격문'—는 남한의 권력이 미군 통수부의 손으로 넘어갔다고 주민들에게 알렸다. (…중략…) 주민들은 걱정과 눈에 띄는 의혹으로 명령서들을 읽었다.[5]

이처럼 '조선'의 정치적 상황이 어떻게 변화할지를 예감하게 하는 '소식'이 삐라를 통해 전해졌던 것이다. 한편 해방 전후 충북 충주에 어린시절을 보낸 문학비평가 유종호는 당시 삐라가 뿌려지던 모습을 이렇게 기억한다.

하루는 비행기 폭음이 요란하여 방을 뛰쳐나와 보니 비행기가 충주 상공을 선회하고 있었다. 해방 전에 훈련을 받았기 때문에 날개에 그려진 것이 미 공군 표지라는 것은 쉽게 식별할 수 있었다. 이윽고 비행기에서 무엇인가가 무더기로 쏟아져 나왔다. 연거푸 한꺼번에 무리져 쏟아져 나온 것을 주워 보니 삐라였다. 그것들이 흩어져서 천천히 내려오는 광경은 처음 보는 구경거리였다. 충주 상공이 온통 점점이 내려오는 삐라로 덮여 있는 듯이 보였다. (…중략…) 내용은 일본은 무조건 항복하고 38도선 이남에선 미군정이 실시된다는 것 등 당장의 정치 변화와 주민 준수 사항에 대한 홍보용 전단이었다고 생각한다.[6]

비행기에서 삐라가 흩어지는 광경을 '처음 보는 구경거리'라고 표현하고 있거니와, 해방 직후에 뿌려진 삐라는 일종의 스펙터클이자 정파

---

5   파냐 이사악꼬브나 샤브쉬나, 김명호 역, 『1945년 남한에서』, 서울 : 한울, 1996, 96면.
6   유종호, 『나의 해방전후』, 서울 : 민음사, 2004, 117~118면.

와 단체 사이의 정치적 갈등 양상을 읽어낼 수 있는 의미 있는 '게릴라 미디어'였다. 물론 삐라만이 아니었다. 해방 직후 조선은 미소군의 진주, 단체와 정당의 난립, 인공파와 임정파의 대립, 일제 잔재 청산을 둘러싼 논란, 신탁통치를 둘러싼 좌우 대립의 격화 등 역사적 격랑 속으로 내몰리며, 이런 상황에서 다종다양한 매체들이 등장하여 '출판홍수' 시대를 맞이한다.

당시 신문 기사를 인용하면, "팔일오 해방은 오랫동안 언론의 자유와 정치 비판의 자유에 굶주렸던 삼천만 동포에게 일대광명이었고 위대한 역사의 선물"[7]이었다. '언론의 자유와 정치 비판의 자유'를 확인하기라도 하듯 제도적 매체인 신문이 우후죽순처럼 난립했다. 그리고 "이 무렵의 신문은 기업 이전에 전적으로 이데올로기의 영향을 받은 일종의 수공업적 단계를 벗어나지 못한 형편이었으며, 모든 신문이 지금과는 달리 저마다 색채가 뚜렷한 정론(政論) 신문이었다."[8] 1947년 11월 현재 남한에서 발행되는 신문은 중앙일간지 20종, 지방일간지 28종 총 48종이었다. 이와 관련하여 당시의 평가에 따르면, 이 신문들은 "백출하는 정당들의 혼돈상과 발을 맞추어 대립항쟁의 예봉을 전개하고, 나아가서는 다시 기관지에서 선전 삐라적 역할로 전락하여 상대편 정당과 지도자의 중상[에]까지 매진하게"[9] 되었다. 즉 당시 신문들 대부분은 사회적으로나 경제적으로 존립할 기반을 갖추지 못한 채 정략적인 의

---

7   白南教, 「정계 1년의 회고」, 『동아일보』, 1946.8.27.
8   송건호, 「미군정하의 언론」, 송건호 외, 『한국 언론 바로보기 100년』, 서울 : 다섯수레, 2012, 97면.
9   『조선연감』 1947년판, 279면(정진석, 『전쟁기의 언론과 문학』, 서울 : 소명출판, 2012, 18면에서 재인용).

도 아래 간행되었으며, '선전 삐라적' 성격을 벗어나지 못했다.

그러한 '출판 홍수'의 한가운데 삐라가 놓여 있었다. 삐라는 신문이나 잡지와 달리 '비'제도적 매체라 할 수 있는데, 이와 관련하여 베르너 파울슈티히는 그 성격과 특징 및 의미를 다음과 같이 규정한다.

전단지는 오늘날에도 간혹 주장되는 것처럼 하나의 장르가 아니라 아주 다양한 텍스트와 구성 양식을 매우 상이한 이용 방식 및 기능으로 묶어주는 매체이다. (…중략…) 항상 특징적으로 강조되는 것은 간결함, 구체성, 감각적인 명료성이라는 의미에서의 실체화, 상호 대조, 빠른 생산성, 저렴한 가격, 임시적 성격, 호소적인 구조, 저장 기능, 통제 불가능성 등과 같은 것들로, 이 모든 것은 대중적인 확산과 의식적인 여론 형성의 전제 조건이라 할 수 있다. 종교개혁기에 전단지는 그 어느 때보다 더 분명하게 대중문화의 맥락 속에서 진정한 대중매체로서 그 모습을 드러내 보였다.[10]

요컨대 삐라는 다양한 텍스트와 구성 양식을 매우 상이한 이용 방식 및 기능으로 묶어주는 매체이며, 상호 대조, 빠른 생산성, 저렴한 가격, 호소적인 구조, 통제 불가능성이라는 특징을 지닌다. 삐라를 생산하는

---

10 베르너 파울슈티히, 황대현 역, 『근대 초기 매체의 역사─매체로 본 지배와 반란의 사회 문화사』, 서울 : 지식의풍경, 2007, 241면. 삐라 즉 전단이 인쇄술의 발달에 힘입어 확산된 것은 분명하지만 그렇다고 그것이 근대의 전유물이라고 말하기는 어렵다. 예컨대 조선시대에도 '격문'이라는 이름으로 삐라가 유포되었다는 점을 상기할 필요가 있다. 삐라=격문은 조선시대뿐만 아니라 한말과 식민지 시대에도 다양한 형태로 유포되었으며, 한국전쟁 당시에는 '종이 폭탄'이라는 이름으로 대대적으로 뿌려졌다. 그후 이승만과 박정희 독재 하에서 그리고 1980년대 민주화투쟁 과정에서도 다량의 삐라가 살포되었다는 것은 잘 알려진 바와 같다. 보다 상세한 내용은 안태성・송찬섭 편, 『한국의 격문』, 서울 : 다른생각, 2007 참조.

주체가 분명하지 않을 경우에도 의식적인 여론을 형성하기 위한 의도 아래 그것이 살포된다는 점은 부언할 필요가 없을 것이다. 우리의 논의와 관련하여 말하자면, 삐라는 해방 직후 혼란한 정치 상황 속에서, 긍정적이든 부정적이든, 여론을 형성하고 정보를 제공하는 대표적인 대중매체였으며, '거리의 정치'[11] 시대에 정치집단과 대중의 욕망을 거리로 실어 나르는 통로였다. 그리고 그것은 한 시대의 "비극적 결말을 예고하는 국가 사회적 이데올로기의 표징"이었을 뿐만 아니라 당시 "사회 저변에 깔린 의식과 문화현상의 핵심에서 작동하고 있는 하나의 원리"[12]이기도 했다.

이 글에서는 해방 직후에 생산된 소설을 중심으로 '비'제도적 매체로서의 삐라의 성격과 그것이 소설에서 수행하는 역할을 살펴볼 것이다.[13] '거리의 정치'에서 삐라가 수행하는 역할을 잘 보여주는 김남천의 장편소설 『1945년 8·15』와 김송의 중편소설 「무기 없는 민족」을 분석 대상으로 할 것이며, 삐라가 중요한 서사적 장치로 등장하는 노동소설, 예컨대 김영석의 「폭풍」(1946)과 이동규의 「그 전날 밤」(1948) 등은 배경이 하나의 공장으로 제한되어 있다는 점을 고려하여 일단 제외했다.

---

11 '거리의 정치'라는 개념에 대해서는 천정환, 「해방기 거리의 정치와 표상의 생산」, 『상허학보』 제29집, 2009, 64~66면 참조.
12 김진송, 「전쟁 삐라와 슬로건 사회」, 고길섶 외, 『문화읽기─삐라에서 사이버문화까지』, 서울 : 현실문화연구, 2000, 12면.
13 삐라를 키워드로 한 기존의 연구는 다음과 같다. 천정환, 「소문·방문·신문·격문─3·1운동 시기의 미디어와 주체성」, 『한국문학연구』 제36집, 2009년 상반기; 손유경, 「삐라와 연애편지─일제하 노동자소설에 나타난 노동조합의 의미」, 『현대문학의 연구』 제43권, 2011; 변은진, 「일제 말기(1937~1945) 각종 불온문서와 소규모 비밀결사」, 『한국민족문화』 제42호, 2012; 정선태, 「전단지의 수사학─해방공간의 '삐라'를 중심으로」, 『한국학논총』 제35집, 2011; 김영희, 「한국전쟁 기간 삐라의 설득커뮤니케이션」, 『한국언론학보』 제52권 제1호, 2008.2; 이상호, 「한국전쟁기 맥아더사령부의 삐라 선전정책」, 『한국근현대사연구』 제58집, 2011.

2. '삐라 정치' 시대

삐라, 삐라, 자유를 얻은 가두에 빗발치는 삐라-. 그 소연한 잡음 속에도 한 줄기 엄숙한 민의가 약동하나니 참되고 바른 건설적인 것만을 손에 잡히는 대로 눈에 띄우는 대로 여기에 재록하여 보자. 이하는 '우리의 임시정부를 절대적으로 지지하자는 전조선순국학생동맹 조선유학생동맹총본부에서 삼천만 동포에게 외치는 들으라!' 삼천만 동포여 천지가 떠나가도록 만세를 불러 우리 정부를 절대 지지하자! 우리가 우리의 정부를 지지 않는다면 우리의 삼천리강산은 영영 신탁관리로 되고 만다![14]

해방 직후 신문을 비롯한 이른바 제도적 언론이 정착하지 못한 상황에서 삐라는 '가두의 민의(民意)'를 대변하는 유력한 매체였다. 위의 인용에서 볼 수 있듯이 신문이 삐라에 적힌 내용을 '받아쓰는' 형국이었으며, 내용뿐만 아니라 구성이나 표현까지 삐라를 흉내 내는 경우가 적지 않아 제도적 매체인 신문과 비제도적 매체인 삐라의 경계선이 애매모호하다는 것을 어렵잖게 알 수 있다. 나아가 해방 직후 간행된 주요 기관지 및 정론지(政論紙)의 수사학은 삐라의 그것과 크게 다르지 않다.[15]

그렇다면 문학 작품에서는 삐라의 의미를 어디에서 찾고 있을까. 1946년 1월에 발표된 박노갑의 단편소설 「역사」는 삐라가 "민중의 언로"였다는 것을 잘 보여주는 작품이다.

---

14 「街頭의 民意」, 『동아일보』, 1945.12.5.
15 이 시기 삐라의 수사학적 특징에 대해서는 이 책의 제10장 참조.

"한때는 제법 지방 투사로 제 지방서는 지목을 받아본 일이 없지 않" 았던 김만오는 해방 후 서울로 올라가 어느 정당의 수령을 만나고자 하지만 거절당한다. 폭리를 취하여 정치에 겨를이 없는 악덕 상인, 정치에 열중하여 인사할 새도 없는 정객, 줄을 잡으러 다니는 정치지망자, 파산당한 일본인 세간 찌꺼기 사러 다니는 신사 숙녀, 일터 잃은 노동자, 돈 가진 사람을 노리는 소매치기, 시골 농부 등과 뒤섞여 있는 자신을 발견한다.

"민중!"

만오는 혼잣말로 이렇게 외쳤다.

"우선 알기 쉬운 이야기가, 안 만나는 사람 못 만나는 사람을 만나려 헛물 켜고 쫓아다닐 것이 아니라, 잘 만날 수 있는 사람끼리 만나잔 말입니다. 자, 내 말이 틀린 점이 있거든 가리켜 주시오. 안 될 일입니까. 못 될 일입니까."

그는 매우 흥분하였다. 만오의 동의를 구하여 마지않았다.

"그렇게, 끼리끼리 알음알이를 따라 모인 게 소위 뭇 정당이란 것 아니겠소. 모이기는 모였다지만, 지도는 누구를 지도한단 말입니까. 지도할 민중이 있어야 할 것 아닙니까. 등을 대고 사기도 해먹는대도 따르는 세력이 있어야 할 것 아닙니까. 정당을 모으기만 하면 제일입니까. 덮어놓고 지배만 하려들면 덮어놓고 지배를 받을 사람은 누구입니까. **민중과 접촉을 꺼리는 민중 정치가를 나는 이해할 도리가 없소이다.**"

만오도 약간 흥분할 수밖에 없는 노릇이었다.

"그건 가장 첩경이 있습니다. 어려운 개별 방문을 중지하고, 종로 네거리 화신상회 앞에 서서 볼 일입니다. 서울의 현상을 한눈에 볼 수 있지 않습니까. 삐라정치란 이렇게 편리한 점이 있단 말씀입니다. 정책의 실현 여하는 정권을 얻은 뒤의 일이 아닙니까. 네 따위가 그걸 해내겠느냐 멸시는 차후의 일이요, 글만이라도 옳게 쓴 편을 옳다고 생각하는 것이 무엇이 잘못입니까. 가다가는 무슨 단체 무슨 정당이란 서명만 있는 것이 아니라, 일 개인의 서명 도 있지 않습니까. 남들도 하니 나도 한 번 내 의견을 발표하고 싶은 것이겠 지요. 언론 자유 시대에 개인이라고 삐라 못 붙인단 법이 있을 리 있습니까. 종이의 대소를 또한 논란할 필요가 있습니까. 개인의 삐라는 적단 법이 어데 있습니까. 다 제멋대로지요. 신문 보기 어려운 세상에, 신문 이상으로 고마운 것은 이 삐라가 아닙니까. 신문에는 통 비치도 않는 소리가 여기에는 쑥쑥 나오 지 않습니까! 이 성루 안에 삐라 읽으려 발 벗고 나선 사람이 얼마겠습니까. 우리 네가 서울 와서 비싼 밥 사먹고 알고 가는 지식이 이 삐라 이상 무엇이 있겠습니 까. 하필 화신상회 앞뿐입니까. 서울 곳곳, 부지런히만 다니면 하루에 몇 천 장 씩 읽을 수 있는 이 고마운 삐라 말씀입니다. 하 하 하."**16**(강조—인용자)

새로운 시대를 맞이하여 자신의 뜻을 펼쳐보기 위해 서울로 올라온 김만오와 여관에서 그와 같은 방을 쓰는 사내는 직감적으로 정당이 자 신들을 대변하지 못한다는 것을 알아차린다. '민중과 접촉을 꺼리는 민 중 정치가', 다시 말해 정상배가 판치는 상황에서 그들의 '말'은 길을 잃고 만다. 신문을 보기도 어려운 세상에서 그들에게 삐라는 신문 이상 으로 고마운 것이며, 신문에서 전달하지 못하는/않는 목소리까지 담고 있는 것이 삐라이다. 정당이나 단체뿐만 아니라 개인까지도 삐라를 만

---

16 박노갑, 「역사」, 『개벽』 복간호, 1946.1. 인용은 김승환·신범순 편, 앞의 책, 36~37면.

들어 배포할 수 있는 시대, 억눌려왔던 민중의 자기 표현 욕망이 삐라라는 매체를 (재)발견하는 장면이자 해방 직후 '삐라'의 정치적 유용성을 확인할 수 있는 장면이다.

삐라는 개인이나 정당을 막론하고 누구나 만들어 뿌릴 수 있는 매체였지만, 정치적 갈등이 첨예화하면서 '무시무시한 무기'로 바뀐다. 동시에 1946년 중반을 지나면서부터는 군정당국에서 삐라를 불온시하면서 이념/이익을 달리하는 세력 사이의 '삐라전' 양상은 더욱 격렬해진다. 이와 관련하여 당시의 한 신문은 "어마어마한 글씨 쪼박이 거리마다 들어붓고 무시무시한 삐라가 휘날리고, 그게 이제는 손발이 돋쳐가지고 수류탄 공격 권총 습격으로 표변하여 습격과 살해로 일반 시민까지 전율을 느끼게"[17] 한다면서 삐라를 불온한 선전 선동 매체로 타매(唾罵)한다. 좌우 정치적 대결에서 균형추가 우익으로 기울기 시작한 1947년 들어 좌익은 '전단대(傳單隊)'를 꾸리고 삐라를 통해 게릴라전을 펼치는데, 아래 인용하는 시 두 편은 해방 공간의 삐라전 양상을 추론할 수 있는 정보를 제공한다.

　　온 市街는
　　이미 우리들
　　손아귀에 쥐어졌다

　　하나는 풀

---

17 「휴지통」, 『동아일보』, 1946.1.24.

하나는 전단
마구
어둠을 밀어뜨리며 간다

쭉—
풀 싼 걸레쪽을 문지르면

정성껏 써진 傳單이
街燈처럼 커지고

어둔
거리의 벽과 전신주와……

빈틈도 없이
인민의 영토를 그리며 간다[18]

    사실 신탁통치를 둘러싼 좌우의 대립이 격화하면서 '삐라의 언어'는 한층 자극적이고 선동적으로 바뀐다. 상대방에 대한 음해와 협박 등이 난무하면서 삐라는 '한 줄기 엄숙한 민의'를 전달하는 매체의 수준을 넘어 폭로와 흑색선전 도구로 전락하는 양상을 보이기도 한다. 이는 물론 미군정의 언론정책 및 정치상황의 변화 등과 관련이 있을 뿐만 아니라

---

18   최석두, 「傳單隊」, 『문학』 제4호, 1947.7, 20~21면.

제도적 언론이 민중의 열망을 제대로 수렴해내지 못한 결과라 할 수 있다.

그렇다면 구체적으로 삐라전의 전개 양상은 어떠했을까. 당시의 삐라를 한 자리에 모아놓은 자료집을 바탕으로 살펴보면 다음과 같다.[19]

① 1945년 8월 15일~1945년 12월 31일 : 총 138종 중 건준 및 인공을 비롯한 좌익 쪽 주장을 담은 것이 57종, 한민당을 위시한 우익 쪽 주장을 담은 것이 63종, 기타 18종(미군과 소련군의 포고문 및 개인 발행).

② 1946년 1월 1일~1946년 12월 31일 : 총 205종 중 좌익 쪽 주장을 담은 것이 53종, 우익 쪽 주장을 담은 것이 152종.

③ 1947년 1월 1일~1947년 12월 31일 : 총 39종 중 좌익 쪽 주장을 담은 것이 13종, 우익 쪽 주장을 담은 것이 26종.

자료가 제한적이어서 통계상 허점이 없지 않겠지만 개략적이나마 당시 삐라전의 양상을 유추할 수는 있다. 해방 직후 1945년 12월 말, 그러니까 신탁통치를 둘러싼 논란이 진면화하기 전까지는 좌익 쪽이 우세를 보이다가 1946년 들어서부터는 우익 쪽으로 현저하게 기운다. 특히 미소공동위원회가 교착상태에 빠지고 남한 단독정부 수립 움직임이 가시화하면서부터 우익 쪽의 삐라 공세가 더욱 강화되며 좌익 쪽은 수세에 몰린다. 위 자료집에 수록되지 않은 『애국삐라전집』 제1집(1948년 간행)

---

19 김현식·정선태, 『'삐라'로 듣는 해방 직후의 목소리』(소명출판, 2011)에 갈무리된 삐라를 대상으로 한다.

을 보아도 분명하다. 『애국삐라전집』에는 한민당과 이승만을 중심으로
한 우익 쪽의 주장을 담은 삐라들이 망라되어 있다.[20]

이처럼 인공 수립, 미군 진주, 한민당 창당, 미군의 인공 부인 성명,
신탁통치와 미소공위를 둘러싼 대립, 단정 수립 논란 등 해방 후 정치
상황의 변화와 연동하여 삐라전의 양상도 바뀐다. 대략적으로 보면 일
제 잔재 청산, 신탁통치, 단정수립을 둘러싼 논란이 삐라전의 핵심적인
쟁점이었다.

이렇게 보아오면 해방 직후 정치적 혼란기에 삐라라는 비제도적 매
체 또는 게릴라 매체가 무시할 수 없는 중요한 위치를 차지하고 있었다
는 것을 어렵지 않게 알 수 있을 것이다. 삐라는 김만오와 같은 '민중'
이 시대의 동향에 관한 정보를 얻을 수 있는 통로였을 뿐만 아니라 자
신의 의견을 피력할 수 있는 수단이기도 했다. 그리고 좌우 정치 세력
들은 자신들의 주장을 전파하고 민심을 움직이기 위해 적극적으로 삐
라를 이용했다. 시대 상황에 민감하게 반응했던 문학자들도 이 점을 놓
치지 않았다. 이제 해방 직후 생산된 두 편의 소설을 통해 삐라가 인물
의 의식과 행동에 어떤 영향을 미치는지 구체적으로 살펴보기로 한다.

---

20 물론 해방 직후 정치적 대립구도를 기계적으로 좌익과 우익으로 나눌 수는 없다. 어느
    쪽에도 포함시킬 수 없는 개인이나 세력이 엄연히 존재했을 것이기 때문이다. 그리고
    좌우 구분의 역사성과 기준도 재고할 필요가 있다. 이에 대해 정용욱은 이렇게 말한다.
    "해방 정국에서 좌우 구분이 정착되는 것은 반탁-모스크바삼상회의 결정 지지를 둘러싼
    격렬한 대립이 있은 뒤 모든 정치세력들이 남조선대한국민대표민주의원이라는 우익 블
    록과 민주주의민족전선이라는 좌익 블록으로 '헤쳐 모여'를 한 1946년 초의 시점이었다.
    그 이전 시기만 해도 '민족 대 반민족'이라는 정치적 대립구도가 보다 중요한 기준이었고,
    미군정 내에서는 '급진주의자 대 보수주의자(민주주의자)'의 구분법이 일반적이었다."
    (정용욱, 「해방 전후 미국 대한정책사 관련 자료의 종류와 성격」, 정용욱 외, 『해방 전후
    사 사료 연구』 2, 서울 : 선인, 2002, 57면)

3. '삐라 학습'과 의식의 변화 ―'진보적 민주주의자'의 경우

김남천의 『1945년 8·15』는 1945년 10월 15일부터 1946년 6월 28일까지 165회에 걸쳐 『자유신문』에 연재된 미완의 장편소설이다. 비록 미완이긴 하지만 이 소설은 해방 공간(1945.8.15~1948.8.15/9.9)에 생산된 최초의 장편소설이라는 점에서 문학사적 의의를 지니고 있다.[21]

『1945년 8·15』는 남매 문경-무경, 연인 문경-지원의 관계를 축으로 해방 직후 혼란한 사회상과 청년들의 정치적 성장 과정을 그린 작품이다. 해방 직후의 상황을 소설 형식을 빌어 르포르타주 형식으로 묘사하고 있는 이 작품에서 삐라는 등장인물, 특히 주인공 박문경의 정세판단과 현실인식에 직간접적으로 영향을 미친다. 예컨대 해외에서 독립투쟁에 종사해온 문경의 아버지 박일산이 새로 들어설 정부에서 중요한 직책을 맡을 것이라는 '소식'을 전하는 것도 삐라이며, 해방 직후 언론 상황과 정치적 향방을 '학습'하는 것도 삐라를 통해서이다.

문경은 해방 소식을 듣고 부산에서 서울로 올라온다. 그녀의 관심은 온통 해방 전 학도지원병 징집에 반대하는 삐라를 뿌렸다는 이유로 감옥살이를 하고 있던 애인 김지원이 서대문형무소에서 출감했는지 여부에 쏠려 있다. 그런 문경에게 동생 '삐라뭉텅이'를 건넨다.

---

21 『1945년 8·15』 외에 해방 공간에 발표된 장편소설로는 염상섭의 『효풍』(『자유신문』, 1948.1.1~11.3)이 유일하다. '소설로 쓴 우파의 대한민국건국사'라 할 수 있는 김동리의 장편소설 『해방』은 1949년 9월 1일부터 1950년 2월 16일까지 『동아일보』에 연재되었다.

"누나, 이게 8월 15일 이후 뿌려진 문서, 격문, 삐라, 전단 등속이유. 이건 오늘 미국 비행기가 뿌리구 간 거."

문경은 수북이 쌓인 문서 뭉텅이를 보고 새삼스럽게 놀란다.

'한 장 삐라 때문에 오랜 징역을 사는 사람도 있는데.'

하고 그는 생각한다.

'저 삐라나 격문이 모두 커다란 가치가 있는 것일까. 일본 경찰이 잡아가둘 때엔 한 장도 보기 힘들던 격문이 마음대로 박아돌린다는 통에 저토록 무질서하게 홍수처럼 쏟아져나온 게 아닐 것이냐.'

잠시 뒤적거려보아도 머리가 뒤숭숭하다.

터무니없는, 말이 안 되는 전단 조각도 많았다.

'그러나 생각해 보면 오죽이나 그리웠던 자유요 언론이요 출판물이냐. 막혔던 봇물이 터지듯이 모든 언론이 의견이 울분이 분격한 물결처럼 쏟아져 나오는 것인지도 모른다.'[22] (강조ー인용자)

"오늘 미국 비행기가 뿌리고 간 것"이라는 무경의 말을 통해 대화 상황이 1945년 9월 7일이라는 것을 알 수 있다. 그리고 문서, 격문, 삐라, 전단이라는 용어를 구별하여 사용하고 있는 것을 보면 삐라로 통칭되는 매체가 형식상 또는 내용상 차이가 있었다는 점을 짐작할 수 있을 것이다. 어쨌든 문경은 8월 15일 이후에 뿌려진 삐라와 격문을 보고 잠시 혼란스러워한다. 그러나 그것들이 천신만고 끝에 얻은 해방의 선물일지도 모른다는 생각에 이른다.

22 　김남천, 책임편집 이희환, 『1945년 8·15』, 서울 : 작가들, 2007, 57~58면.

문경은 이렇듯 다종다양한 삐라를 보면서 '언론 현실'과 '정치 상황'을 진단하며, 어떤 것이 옳고 그른지를 판별하는 시야를 획득한다. 그녀에게 삐라는 현실 정치를 학습하는 교재 역할을 하는 셈이다.

해가 완전히 지고 오래된 등화관제에서 해방된 전등이 유난히 휘황해 보이는 대청마루에 어머니와 덤덤히 마주 앉았다가 문경은 동생이 놓고 간 서류 뭉텅이를 안고 제 방으로 들어와서 통신과 선언문과 격문과 삐라 등속을 하나하나 뒤적거려 보기 시작한다.

어떤 통신이 기록한 바에 의하면 현재까지 조사된 정치단체가 마흔셋이 된다고 한다. 단체마다 강령도 내걸었고 주장도 내세운 것이 격문 같은 데 엿보였고 또 어떤 정당의 준비위원회에서는 인신공격으로 가득 찬 폭로문을 선언문으로 하여 산포한 것도 있었고 그중에는 단체명이 기록되지 않는 전단 조각도 많이 끼어 있다.

조선건국준비위원회로서 통일이 된 것처럼 단순히 생각하고 있던 문경은 이 질서 없는 문서를 뒤적거리며 적지 않게 당황하고 얼떨떨하다.

'이렇게 여러 정치단체가 필요할 만치 각자의 주장이 다른 것일까?'

이래서는 모든 일이 좋지 않을 것만 같다.

'우리를 억압하고 착취하는 일본이 지고 조선의 독립이 약속되었으니 인제 우리는 완전히 해방될 날을 맞이하였구나!'

하고 속으로 은근히 믿고 기대하던 것이 어쩐지 조련치 않을 것만 같이 생각된다. 쉽게는 되지 않을 것만 같다. 되어도 한바탕 뒤볶이고야 될성부르다. 딱히 이유는 내세울 수 없고, 정치단체가 많아도 차차 통합이 될 것이요, 흥분이 가라앉고 질서가 잡히면 이내 좋은 결과가 생길 것이라고 기록된 문서도 있어서, 참말 그것을 읽으면 그럴 것임에 틀림은 없겠다고 생각도 되건만, 마음 한 귀퉁이엔 어쩐지 조련치 않을 것만 같은 생각이 떠나질 않는 것이다.

미국 비행기가 뿌린 선언문을 찾아서 읽어본다.

〈카이로선언〉과 〈포츠담선언〉 전문을 일본말로 기록한 것이었다. 틀림 없이 조선의 자유와 독립은 연합국 수뇌부에 의하여 세계에 선포되어 있다. 이 약속된 독립을 완성하는 방도에 대해서 생각하는 주장이 사람마다 다른 것일까. 그렇기 때문에 주장이 같고 뜻이 같은 분만 모여서 각자 자기들의 정치단체를 만든 것일까. 서로 토론하고 상의해볼 기회를 가지지 못해서 의견이 이처럼 다른 것일까.

'**일본은 조선 사람에게 각자의 주장이나 생각을 서로 토론해볼 기회를 억압하고 박탈해 왔으므로 의사소통이 되지 않아 당분간은 이런 정치적 난립 상태가 불가피할 것이고, 또 필요한 것인지도 모르겠다.**'[23] (강조－인용자)

문경은 '삐라뭉텅이'를 하나하나 살펴보면서 정치단체의 난립상, 각 단체의 강령과 주장, 선언문의 성격 등을 파악한다. 그리고 문경은 다종다양한 삐라가 뿌려지는 것은 불가피한 일인지도 모른다고 생각한다. 그리고 그것은 일본이 조선 사람으로부터 자신의 주장이나 생각을 토론할 기회를 억압하고 박탈한 결과 의사소통이 되지 않았기 때문이라고 생각한다. 어쩌면 삐라로 대변되는 정치적 혼란상은 불가피한 일인지도 모른다.

정보와 소문이 뒤섞인 삐라를 보면서 그녀는 조선 독립의 길이 '조련

---

23 위의 책, 61~62면.

치 않을' 것이라는 점을 예감한다. 그리고 이 예감은 그의 의식 변화에
일정한 영향을 준다. 해방 이후의 흥분과 혼란을 가감 없이 담고 있는
삐라는 당시의 정치적, 사회적 난맥상을 압축해서 보여준 상징적인 매
체였으며, 이를 통해 문경은 현실을 읽는 능력을 획득한다.

물론 문경의 정치적 의식화를 추동하는 인물은 애인 김지원이다. 감
옥에서 얻은 병이 완치되기도 전에 노동조합 운동에 나선 지원을 보면
서 그녀는 '조선 민족을 구원하는 길'을 발견한다. 그녀가 공장에 투신
하는 것도 사사로운 이해관계를 돌보지 않고 노동자를 위해 투쟁하는
지원의 영향 때문이다. 그런데 공장에 들어가 조직 투쟁을 하기 전, 그
녀는 종로에서 조선인민공화국과 조선공산당을 지지하는 시위 행렬을
목도한다. 이 '사건'은 혼란스런 상황 속에서 망설이고 있던 박문경의
의식에 큰 변화를 몰고 온다. 시위라는 거리의 스펙터클이 그녀의 의식
을 뒤흔드는 순간은 이렇게 묘사되어 있다.

이때에 안국동 쪽으로부터 허리에다 "조선인민공화국 수립 만세!"라고
쓴 흰 광목필을 휘감은 화물자동차가 태극기와 연합국기와 표어기를 휘날
리며 연거푸 4, 5대 젊은 남녀를 가득히 싣고 둑을 밀고 몰려들 듯이 행렬의
옆으로 질주해간다. 자동차 위에서 만세를 부른다. 행렬이 마주 받는다. 마침
양쪽 빌딩 꼭대기에서 삐라가 쏟아져 내려온다. 눈보라처럼 벌떼처럼 설레이면
서 삐라가, 삐라가 쏟아져 내려온다.

행렬은 차츰 종로 네거리를 가운데로 뭉치어들기 시작한다. '조선비행
기', '종연방적', '조선기계', '조선중기', '영등포철공', '서울피복', '출판노
조', 가로 세로 단체를 표시한 기치 밑에는 각 공장의 노동자와 직공과 여공

과 소년공이 손에손에 붉은 기와 태극기를 들고 비에 젖은 채 만세소리에 열광하며 종로 네거리를 순식간에 뒤덮어버린다. 데모에 동원된 노동자들 속으로 군중과 관중이 흩어져 들어간다. 사방에서 자동차가 밀려든다. 사람의 바다, 삐라가 또다시 비와 전선줄에 얽힌 납덩이처럼 흐린 하늘에 물새 떼같이 흩어져 날아온다.[24] (강조-인용자)

"8시간 노동제 실시 만세!", "조선의 완전 독립 만세!", "언론 출판 결사 집회의 자유 만세!", "일본제국주의 타도 만세!" 등의 구호가 적힌 깃발을 앞세운 시위 행렬은 해방 직후 '거리의 정치'의 모습을 생생하게 보여준다. 바로 그 시위 현장에 삐라가 '눈보라처럼 벌떼처럼 설레이면서' 쏟아지며, '흐린 하늘에 물새 떼같이 흩어져 날아온다.' 삐라가 쏟아져 내리는 가운데 이어지는 시위 행렬을 향해 문경은 "미칠 듯이 소리를 지르며 우산을 틀어쥔 채 두 손을 들어 땅을 구"[25]른다. 이렇게 임정파인 동생 무경과 인공파인 애인 지원 사이에서 머뭇거리고 있던 '인텔리 여성' 문경은 '거리의 정치' 또는 '거리의 스펙터클'을 체험하면서 '진보적 민주주의자'로서 정치적 감각을 익힌다. 학도대로 활동하면서 임정파를 지지하는 동생 무경과 문경의 갈등이 표면화하는 것도 이 지점에서이다.

이 소설은 해방 직후의 정치적 혼란상과 그 혼란 속에서 방향을 모색하는 지식 청년들의 의식 변화를 '낭만적으로' 그리고 있다. 작품 전체에서 삐라라는 매체가 등장하는 부분은 많지 않다. 그러나 매판자본가 이신국과 친일파로 변절한 지식인 최진성을 비판하면서, 노동자들의

---

24   위의 책, 158~159면.
25   위의 책, 161면.

지도자 황성묵과 그의 지도 아래 혁명적 지식인으로 성장하는 김지원의 뜻에 호응해가는 박문경의 의식 변화에 삐라가 결정적인 영향을 행사하는 것도 아니다. 그러나 교사직을 정리하고 서울로 올라온 그녀가 '삐라뭉텅이'를 통해 현실 정치 상황을 파악한다는 점, 종로에서 펼쳐진 시위 행렬을 위로 흩날리는 삐라 속에서 자신이 가야 할 '진보적 민주주의자'의 길을 찾는다는 점 등은 이 소설에서 삐라라는 매체의 서사적 기능이 예사롭지 않다는 것을 보여준다. 이렇게 보면 "혼란 가운데서 가장 진실한 그러나 가장 곤란한 길을 걷고 있는 젊은이들의 이야기"[26]를 들려주고자 했던 '진보적 리얼리스트' 김남천의 (무)의식 속에서 삐라는 단순한 배경 이상의 의미를 지니고 있었을 것이라고 추측해도 무리는 아닐 것이다.

4. 삐라를 통한 정치적 각성 ─ '민족주의자'의 경우

삐라라는 매체가 인물의 의식과 행동 변화에 일정한 영향을 미친 것은 '진보적 민주주의자'로 성장하는 박문경의 경우에만 볼 수 있는 것은 아니다. '진보적 민주주의자'와 이념상 대립했던 '민족주의자'의 경우도 삐라는 인물의 의식과 행동 변화에 적잖은 영향력을 행사한다. 그

---

26 「작가의 말」, 위의 책, 7면.

대표적인 예를 김송(金松)의 「무기 없는 민족」에서 볼 수 있다.

「무기 없는 민족」은 「만세」(『백민』, 1945.12~1946.1), 「무기 없는 민족」(『백민』, 1946.2), 「인경아 울어라」(『백민』, 1946.3)를 하나로 묶은 중편 분량의 작품으로, 해방 직전 징병령에 따라 군에 끌려갔다가 어렵사리 살아 돌아온 주인공 강신행이 삐라를 결정적인 매개로 하여 '민족주의자'로서 각성해나가는 과정을 그리고 있다. 『1945년 8·15』에서와 마찬가지로 이 작품에서도 삐라는 주인공 강신행의 의식의 변화를 추동하는 중요한 매개체 역할을 한다. 정확하게 말하자면 『1945년 8·15』에서보다 삐라의 역할이 훨씬 강조된다.

군에서 돌아온 강신행은 건국준비위원회 부속 치안대에 자원한다. 거리마다 벽돌집 담벽에는 무수한 선전문이 마치 선전문 전람회나 연 것처럼 붙어 있고, "특히 화신 앞에는 바늘 끝만 한 빈틈도 없이 붙여진 묵필이 수천 명의 군중의 발걸음을 붙잡는다." 그 가운데 완전한 독립국가 건설, 전 민족의 정치적, 경제적, 사회적 기대와 요구를 실현할 수 있는 민주주의 정권 수립, 자주적 질서 유지를 통한 대중생활의 확보를 강령으로 내건 건국준비위원회의 선언은 군중의 흉금을 울린다. 이 선언을 읽은 군중들은 "난데없는 행렬이 되어 광화문을 향해 조수같이 밀려간다." 그리고 "광화문과 종로에 기관총을 배설하고 있던" 일본군과 충돌한다. 시위 과정에서 다리에 총을 맞은 신행은 헌병에게 잡혀가 갖은 고문을 당한다. 구금되어 있던 신행은 9월 9일 서울에 입성한 미군이 일본 군대를 무장해제하면서 풀려난다.

그런 그에게 아버지 강주사가 종로에서 주워온 삐라 한 장을 내민다. 그러나 불행하게도 신행은 '눈뜬장님'이었다. 아버지는 삐라의 내용을 이렇게 설명해준다. "조선 사람은 오랫동안 친일파와 일본놈에게 착취당해서 가난할 대로 가난하여 살 길이 어렵다는 것이다. 그러니까 앞으로 새 나라를 건설함에 있어서 부자와 가난이 없는 평등한 국가를 만들어야 한다는 것이다. 그러자면 모든 공장을 국가 경영으로 하고 모든 농토는 농민에게 주고 노동자의 일하는 시간을 단축하고 품삯을 올려주어야 한다는 것이다."[27]

아버지가 내어준 "삐라 한 장에서 살아나갈 큰 힘"을 얻은 신행은 노동자로서 새 출발하기로 다짐한다. 삐라의 문구를 해독하지 못했을 때 부끄러움과 슬픔과 울분을 느꼈던 그는 조선어학회에서 개최하는 한글강습회에 참가한다. 3주일간 한글강습을 마치고, 다시 한 달 동안 역사를 배우면서 "조선민족의 위대한 힘과 발전성"을 발견한 신행은 "고상하고 묵중한 인격의 소유자"로 거듭난다. 그러나 해방된 나라에서 노동자도 자유롭게 요구할 수 있는 현실은 오래 가지 않는다.

거리는 날마다 소란스러웠다. 삐라가 뿌려지고 포스터가 눈부시게 붙었다. 전에 뿌려진 삐라에는 후에 삐라가 중상하고 후에 돋은 삐라는 그 뒤에 뿌려진 삐라한테 반박을 받는다. 무슨 정당이 생기고 무슨 청년회가 생긴나. 정치엔 가갸거겨도 모르는 치들이 어중이떠중이 모여선 모두 자기네가 가장 잘나고 우세한 주권을 가지려고 고집하고 다른 정당과 단체를 매도한다. 그러고 보니 완전독립의 최대 목표인 통일은 그 거리가 점점 멀어져 분열되어갈 뿐이다.[28]

---

27   김송, 「무기 없는 민족」, 『무기 없는 민족』, 서울 : 백민문화사, 1946. 인용은 김승환·신범순 편, 앞의 책, 133~134면.

이런 상황에서 "임시정부에 대해서 누구보다 못지않게 추앙"한 신행은 인공파에 맞서 임정파 편에 선다. 그가 근무하는 합동인쇄소 안에서도 인공파와 임정파의 대립은 그치지 않는다. 신행은 다음과 같은 '이론'으로 인공파를 지지하는 이들을 설득하기에 안간힘을 쓴다. 삐라를 매개로 하여 현실 정치에 눈을 뜬 신행의 발언은 해방 공간에서 하나의 세력을 형성했던 이른바 '민족주의자'의 논리를 고스란히 담고 있다.

우리 조선은 반만년의 긴 역사를 가졌으나 경제적으로 자본주의화하지 못했고 또한 민족문화도 꽃 피지 못했다. 외국의 침략으로 전 민족이 위태하였다. 그러므로 민족적으로 발전 향상한 연후에 어느 시기에 가서 적합한 민중의 요구하는 국가를 이룰 것이지 오늘 당장 공산제도는 단연 될 수 없어. (…중략…) 더욱이 일본 압정에서 겨우 벗어난 오늘날 민족적으로 통일치 않고 어떻게 하면 정권을 쥐어 한몫 볼까 하는 야심가들의 정당 쌈뿐이니 어찌 독립이 성취될 수 있겠는가?[29]

그런데 12월 28일, "거리거리에는 '신탁관리 절대반대'라는 놀라운 삐라"가 붙는다. "신문사에서는 모스크바삼상회의에서 결정된 조선신탁관리 내용을 호외로 벽신문으로" 돌린다. 삐라와 벽신문을 보고 절망한 신행은 반탁 시위에 나선다.

신행은 보신각 창살을 뚫고 그 속에 들어갔다. 보신각 대들보에 묵묵히

28 　위의 책, 138~139면.
29 　위의 책, 142면.

달려 매인 쇠북종—신행은 인경을 사정없이 두들겼다. 인경은 운다. 슬픈 여음을 길게 길게 넓히며 인경은 울고 또 울었다.

"오—인경이 운다!"

군중들은 소리 높여 떠들었다. 인경은 해방된 8월 15일에 한 번 울었고 오늘이 두 번째 울음이다. 최초의 울림은 기쁨의 소리였으나, 지금의 울림은 슬픔의 소리이다.

"오—얼마나 모순된 소리이냐! 인경아 울어라—"

신행은 고함치면 인경과 같이 울었다.

"이 나라를 찾자!"

"신탁통치 반대다!"

나라 없는 군중은 와—하고 몰려서서

"신탁통치 절대 반대다!"

"조선 완전 독립 만세!"라고 외치며 시위행렬은 시작되었다. 데모는 마치 탱크처럼 안국정을 돌아 군정청 앞으로 향한 것이다. 강철같이 뭉쳐진 백만 시민의 애국열은 타오르고 타올라 장안에 흘린 공기를 헤치면서

"탁치반대다!"

"조신독립만세!"**30**

이 소설을 쓴 김송은 우파 민족주의자=임정파였다. 분명히 작가는 강신행에게 자신의 사상을 투사하고 있다. 하지만 여기에서는, 김남천의 경우가 그렇듯, 작가의 정치적 성향은 중요하지 않다. 삐라와 삐라

---

30 위의 책, 143~144면.

의 다른 형태인 벽신문이라는 매체를 통해서 자신의 길을 발견한다는 점에 주목하고자 한다. 삐라를 매개로 하여 한글을 익히고, 역사를 배우며, 민족주의자의 길을 가는 강신행을 통해서 해방 직후 삐라가 수행한 역할이 어떠했는지를 가늠할 수 있을 것이다.

5. 마무리

해방 직후 이른바 '출판물 홍수 시대'에 쏟아져 나온 삐라는 당시의 정치적 상황을 생생하게 보여주는 미디어=텍스트이다. 삐라와 그 속에 담긴 언어는 당시의 혼란상을 가감없이 보여주며, 식민지 잔재 청산과 이에 기초한 자주적 독립국가 수립이라는 과제가 얼마나 수행하기 어려웠는가를 생생하게 재현하고 있다.

이 글에서는 김남천의 『1945년 8·15』와 김송의 「무기 없는 민족」을 중심으로 거리에 뿌려지고 벽에 붙여진 삐라를 통해 해방 직후 청년들이 정치적 감각을 획득해가는 과정을 살펴보았다. 삐라는 '진보적 민주주의자'=좌파의 전유물도, '민족주의자'=우파의 전유물도 아니었다. 어느 쪽이든, 정도의 차이는 있지만, 삐라를 매개로 하여 정치적 의식을 '학습'했다는 점에서는 다르지 않다.[31]

---

31 이 논문을 마무리하면서 익명의 심사위원 두 분으로부터 다음과 같은 요지의 심사평을 받았다. '진보적 민주주의자'와 '민족주의자' 양 진영에 속한 인물에게 삐라가 미친 영향

두 작품뿐만 아니라 해방 직후에 생산된 소설들에서 삐라는 중요한 서사적 장치로 동원된다. 예를 들어 김영석의 「폭풍」, 이동규의 「그 전날 밤」, 김영수의 「혈맥」 등이 그러한데, 이들 작품에서 삐라가 지니는 역할이랄까 의미에 대해서도 고찰할 필요가 있을 것이다.

4·19혁명과 80년대 민주화항쟁 당시 그러했듯이 신문과 방송을 비롯한 언론이 제 기능을 할 수 없었을 때 또는 하지 못했을 때 삐라는 제도적 매체에 맞서 여론을 수렴하고 운동을 이끄는 역할을 담당했다. 지금도 그리고 앞으로도 그럴 것이다. 다시 말하지만 제도적 언론이 사회 구성원들의 다양한 의견을 수렴하지 못할 경우 대중은 새로운 '전단대'를 꾸려 새로운 형태의 삐라를 살포하면서 그들의 영토를 확장해 갈 것이다.

이 변별성을 획득하지 못한 상태에서 3장과 4장을 구분할 필요성 여부를 재고해야 한다는 것, '비'제도적 매체인 삐라와 제도적 매체 사이의 차이 및 삐라가 지니는 파괴력과 여론 형성에 미친 영향 등을 세밀하게 검토해야 한다는 것, 좌우를 막론하고 삐라를 매개로 한 정치적 의식을 학습했다는 표면적인 양상을 드러내는 데 그치고 있어 애초에 의도했던 소설에서의 삐라의 정치학에 대한 논구가 제대로 이루어지지 못했다는 것, 이 논제를 제대로 구명하려면 삐라의 정치적 기능이 활발하게 전개되었던 시기를 포괄하는 것으로 대상을 넓힐 필요가 있다는 것 등이다. 두 분의 의견에 전적으로 동의하며, 이 지적들이 이 논문의 한계를 정확히 보여준 것이라 생각한다. 그런데 이 논문이 해방 직후 삐라가 소설에서 수행한 역할을 개략적으로 그려보는 선에 멈추고, 두 분이 지적하신 사항은 향후 새로운 글을 통해 확장, 보완해 나가기로 한다. 지적 사항을 제대로 반영하기 위해서는 다른 시점에서 대상을 확대할 필요가 있을 것이다. 이 점 양해를 구하며, 정성껏 논문을 읽어주신 심사위원 두 분께 깊이 감사드린다.

제12장

기념관에 갇힌 장소와 기억

'4·3평화기념관'과 기억의 정치학

> 과거로부터 희망의 불꽃을 점화할 수 있는 재능이 주어진 사람은 오로지,
>
> 죽은 사람들까지도 적으로부터 안전하지는 못하리라는 것을
>
> 투철하게 인식하고 있는 특정한 역사가뿐인 것이다.
>
> 그런데 이들 적은 승리를 거듭하고 있다.[1]

1. '4·3사건'의 현장에서

내가 학생들과 함께 제주도를 찾은 것은 2007년 10월말이었다. 현대사와 현대문학이 만나는 '장소'를 찾아 나선 길이었다. 그때의 답사 체험을 정리하는 자료집을 만들면서 나는 다음과 같이 적었다.

다양한 설명이 가능하겠지만 무엇보다 문학은 삶의 현장으로부터 자유로

---

1 발터 벤야민, 반성완 역, 「역사철학테제」 6, 『발터 벤야민의 문예이론』, 민음사, 1983, 346면.

울 수 없다. 문학이 지나간 삶의 결들을 읽어내는 데 효과적인 텍스트라 일컫는 것도 이 때문일 것이다. 특히 한국현대문학은 지난했던 역사적 시간만큼이나 가빴던 삶의 숨결들을 생생하게 담아내고 있다. 따라서 문학텍스트는 역사와 만나는 의미 있는 장(場)일 수 있다. 동시에 그 문학텍스트가 생성, 생산된 삶의 현장을 '다시 읽는' 작업은 문학작품을 더욱 풍요롭게 읽어내는 데 적지 않은 도움이 될 터이다.

문학과 역사 그리고 '지금-여기'의 현장……. 시간은 죽음을 욕망한다. 그러나 문학은 시간을 새로운 생명의 태반(胎盤)으로 바꾸어놓는 힘을 지니고 있다. '훌륭한' 문학작품은 선택적으로 기억하고 선택적으로 망각하는 인간의 욕망과 이기심을 향한 준열한 비판의 끈을 늦추지 않는다. 이때 비판은 고착화한 삶과 나태한 사유를 뒤흔드는 생성의 관계를 지향한다. 역사가 끊임없이 재해석되듯이 문학이 그러한 것도 '지금-여기'의 삶을 새롭게 구성하고자 하는 우리의 욕망 때문이다.

문학텍스트가 '현장'을 만날 때 우리의 감각은 훨씬 날카롭게 벼려지곤 한다. 강의실에서 읽는 소설이나 시를 역사 또는 문학사의 현장에서 다시 만날 때 그 울림은 넓고도 깊은 파장을 남길 것이다. '한국현대소설의 작가와 현장'에서 발견하고자 했던 것도 바로 문학텍스트를 역사적 현장에 포개놓고 바라볼 때 우리의 감각과 의식에 육박해 오는 울림이었다. 그 울림이 진원지를 떠나 미처 예상하지 못한 크기의 동심원을 그려나갈 때, 그리고 그것이 '나'를 울리고 '우리'를 휘감고 '그들'까지 감쌀 때, 문학은 다시금 그 질긴 생명의 힘을 여축하고 갈무리할 수 있을 것이다.

그래서 우리는 '현장'으로 떠나기로 했다. 문학이 태어난 역사의 현장으로, 문학이 숨 쉬고 있는 '지금-여기'의 삶의 현장으로. 시간과 공간이 인간 존재의 기본 '형식'이라고 할 때, 그 시공간을 가리고 문학을 말하다 보면 많은 것을 잃을 것이라는 초조감이 어딘가 똬리를 틀고 있었음에 틀림없다. 그러나 우리는 '현장'의 타전(打電)에 응답할 수 있는 능력과 타자의 고통에 공감할 수 있는 힘을 새삼 발견할 수 있으리라는 기대를 버리지 않았고, 그 기대는 현실이 되어 이렇게 우리 앞에 놓여 있다.

2007년 10월 30일부터 11월 1일까지 우리는 제주도에 있었다. 우리의 첫 번째 답사지인 그곳에는 찬바람이 불고 있었다. 해방공간의 역사적 격랑 속에서 가파른 '시간의 오름'을 허위단심 올랐던 사람들의 숨결이 바다를 만나고, 굴을 지나고, 오름들을 휘돌고, 곶자왈을 훑고서 찬바람으로 내리치고 있었던 것이리라. 북촌의 너분숭이에서 이덕구 산전에 이르기까지, 신흥리 방사탑에서 검은 돌담들을 지나 평화공원에 이르기까지, 묵시몰굴에서 알뜨르비행장을 거쳐 송악산에 이르기까지 차가운 바람의 기세는 꺾일 줄을 몰랐다.[2]

'낯선 곳' 제주도에서, 60년이라는 시간을 뛰어넘어 '4·3폭동', '4·3항쟁', '4·3사건' 등 다양한 이름으로 불리워 온 '4·3'의 현장과 그 기억을 생생하게 체험하고 재구성하기란 쉬운 일이 아니었다. '4·3'은 보는 이의 관점이나 이해관계에 따라 '폭동'(4·3민간인희생자유족회)일 수도 있고 '항쟁'(4·3연구소)일 수도 있을 것이다. 그리고 이보다 가치중립적인 성격이 강한 '사건'(제민일보취재반 『4·3은 말한다』)이라 부를 수도 있을 것이다. 1996년 4·3민간인희생자유족회와 4·3연구소가 '폭동'이나 '항쟁'과 같은 극단적인 용어를 쓰지 않는다는 합의를 도출해내

2   국민대 국어국문학과, 『역사의 망각, 문학의 기억―'4·3문학'의 현장 제주를 가다』, 한국현대소설의 작가와 현장 자료집 제1권, 2007, 1면.

면서 '4·3'에 대한 보다 '가치중립적인' 논의가 가능해지긴 했지만, 어떤 이름으로 불리든 해방 후 제주도에서 수많은 인명이 정치세력 간의 이념투쟁의 소용돌이 속에서 희생당했다는 사실만은 변함이 없다.

〈제주 4·3사건 진상규명 및 희생자 명예회복에 관한 특별법〉 제2조에서는 '제주 4·3사건'을 "1947년 3월 1일을 기점으로 하여 1948년 4월 3일 발생한 소요사태 및 1954년 9월 21일까지 제주도에서 발생한 무력충돌과 진압과정에서 주민들이 희생당한 사건을 말한다"고 규정하고 있지만, 7년이 넘게 제주라는 섬에서 벌어진 참상을 감당하기에는 역부족이라 아니할 수 없다. 제주 민중의 입장에서 볼 때 '지옥의 시간'에 다름없었을 이 기간을 어떻게 역사사전이나 법 조항 몇 마디로 정리할 수 있겠는가. 그러므로 더욱 우리는 현장의 목소리에 귀를 기울이는 노력을 포기할 수는 없다. 내가 "현장의 타전(打電)에 응답할 수 있는 능력과 타자의 고통에 공감할 수 있는 힘을 새삼 발견할 수 있으리라는 기대"가 배반당할지도 모른다고 생각하면서도 굳이 '그곳'을 몸으로 확인하고 싶었던 것도 이 때문이다.

'4·3사건'은 역사와 기억이 투쟁을 벌이는 장이다. 직접적인 투쟁의 주체는 국가와 희생자(유족 포함)이지만, 이념이나 권력이 개입할 경우 대결구도는 보다 복잡다단한 양상을 띠게 된다. 잘 알려져 있듯이 '4·3사건'은 사건의 종결 이후 줄곧 국가권력에 의해 망각이 강요되었으나, 1987년 민주화운동 이후 그 의미와 성격을 다시 자리매김하려는 움직임이 활발하게 전개되었다. 그리고 노무현 정부에 들어서 특별법 제정과 대통령의 사과, 피해자 명예회복, 기념공원 및 기념관 건립, 관련 교과서 내용 수정 등으로 이어졌다.[3] 그러나 내연(內燃)하고 있는 갈등은 언제든

기억투쟁으로 비화할 수 있다. 김대중 정권 및 노무현 정권에 아래에서
잠정적 화해 상태로 접어들었던 기억투쟁은 이명박 정권이 출범하면서
부터 다시금 수면 위로 떠오르기 시작했고, 지금도 현재진행형이다.

나는 '4·3사건'의 고통스런 기억이 깃든 장소들을 둘러보면서 현기
영의 「순이삼촌」(1979)의 마지막 구절을 떠올렸다.

> 그 옴팡밭에 붙박인 인고의 삼십년, 삼십년이라면 그럭저럭 잊고 지낼 만
> 한 세월이건만 순이삼촌은 그렇지를 못했다. 흰 뼈와 총알이 출토되는 그
> 옴팡밭에 발이 묶여 도무지 벗어날 수가 없었다. 당신의 딸네 모르게 서울
> 우리 집에 올라온 것도 당신을 붙잡고 놓지 않는 그 옴팡밭을 팽개쳐보려는
> 마지막 안간힘이 아니었을까?
>
> 그러나 오누이가 묻혀 있는 그 옴팡밭은 당신의 숙명이었다. 깊은 소(沼)
> 물귀신에게 채여가듯 당신은 머리끄덩이를 잡혀 다시 그 밭으로 끌리어갔
> 다. 그렇다. 그 죽음은 한달 전의 죽음이 아니라 이미 30년 전의 해묵은 죽음
> 이었다. 당신은 그때 이미 죽은 사람이었다. 다만 30년 전 그 옴팡밭에서 구
> 구식 총구에서 나간 총알이 30년의 우여곡절한 유예(猶豫)를 보내고 오늘
> 에야 당신의 가슴 한복판을 꿰뚫었을 뿐이었다.[4]

우리를 제주도로 이끈 것은 '순이삼촌'이라는 비극적 여성의 숙명이
었다. 1949년에 있었던 마을 소각 때 두 아이를 잃고 깊은 정신적 상처
를 앓게 된 이 여성의 처절한 기억투쟁에 어떤 식으로든 동참하고 싶었

---

3   상세한 내용은 http://www.jeju43.go.kr/ 〈주요업무추진현황〉 참조.
4   현기영, 「순이삼촌」, 『순이삼촌』, 창비, 2003[1979], 73~74면.

던 것이다. '순이삼촌'의 기억 속에 각인되어 그의 정신을 끊임없이 교란시켜온, 급기야는 그를 죽음으로 내몬 폭력의 역사를 제주도에서 만날 수 있을까. 만날 수 있다면 우리는 거기에서 무엇을 발견할 수 있을까. 기대와 달리 그곳에서 '기억의 장소'를 발견하기란 쉬운 일이 아니었다. 증언자들의 기억에 의존해 어렵사리 찾아간 곳에서는 60년의 세월이 가로막고서 우리의 접근을 좀처럼 허락하려 하지 않았다. 하지만 "북촌의 너분숭이에서 이덕구 산전에 이르기까지, 신흥리 방사탑에서 검은 돌담들을 지나 평화공원에 이르기까지, 묵시물굴에서 알뜨르비행장을 거쳐 송악산"에 이르는 '장소들'에서 우리는 제주도가 간직한 현대사의 아픈 숨결들을 들을 수 있었다.

2. '4·3평화기념관'과 기억의 재현

그리고 그로부터 몇 개월 후, 2008년 3월 '4·3평화기념관'이 문을 열었다는 소식을 접했다. "제주 4·3사건 희생자의 넋을 위로하고 역사적 의미를 되새겨 평화와 인권을 위한 교육의 장"으로 활용하게 될 제주 4·3평화공원조성사업이 2002년부터 2010까지 국비 993억 원을 투자할 계획인 가운데 제주 '4·3평화기념관'이 3월 28일 개관했다는 소식이었다.[5] 그러나 평화기념관은 문을 열기가 무섭게, 아니 정권이 바뀌기가 무섭게 이념투쟁의 소용돌이에 휩싸였다.

재향군인회와 뉴라이트전국연합 등 90여 개 보수단체 대표들로 구성된 국가정체성회복국민협의회는 최근 전국 일간신문에 잇따라 광고를 내 "평화기념관이 '제주 4·3 사건 진상조사 보고서'에 서술된, 날조·왜곡된 내용을 근거로 전시물을 제작하면서 남로당 폭도들의 만행을 축소·은폐하는 등 대한민국의 정통성을 부정하고 있다"고 주장했다.

또 교과서포럼이 펴낸 대안교과서에서도 4·3 사건을 "남로당이 일으킨 무장반란, 북한 김일성의 국토 완정(완전정복)론 노선에 따라 일어난 것"으로 기술하는 등 부정적인 평가를 내놓았다. 이에 앞서 지난 1월엔 대통령직인수위원회가 총리실 산하 제주 4·3 위원회의 폐지를 거론하기도 했다.

박찬식 제주 4·3 연구소장은 3일 "4·3 위원회에 신고된 희생자 1만5천여 명 가운데 어린이와 여성, 노약자가 전체의 33%를 차지하는 것은 무슨 뜻이냐"며 "4·3은 세계 냉전체제와 한국 분단체제가 빚어낸 사건이지만, 아무도 책임지지 않고 제주섬 사람들에게만 상처를 남겨 놓았다"고 말했다.

김두연 4·3 유족회장은 이날 오전 제주시 봉개동 제주 4·3 평화공원에서 1만여 명이 참석한 가운데 열린 60돌 기념 위령제에서 "극우·보수 단체들은 4·3 사건을 왜곡하는 행위를 중단하라"며 "계속 4·3의 진실을 왜곡하려고 한다면 법적 대응을 포함해 모든 조처를 취하겠다"고 경고했다. 김태

---

5 「'제주4·3' 고통의 역사 한눈에」, 『한겨레』, 2008.3.24. 제주4·3평화기념관은 총사업비 380억 원으로 지하 2층, 지상 3층 연면적 11,455㎡로서 기념·추모의 공간, 역사적 진실을 기록하는 공간, 역사교육 및 교훈의 공간 그리고 제주의 향토성을 바탕으로 한 한국현대사의 전문역사관, 과거사 청산 및 평화통일 지향하는 복합공간으로 구성되어 있다. 지하 1층에는 4·3영상 상영, 세미나, 마당극 등의 장소로 활용 될 대강당과 4·3유물 및 전시자료의 보존관리를 위한 일반·특수수장고가 있으며 지상 2층은 4·3아카이브, 열람실, 교육실 등으로 4·3을 보다 심도 있게 알아 볼 수 있도록 구성되었고, 지상 3층은 학예연구실, 세미나실 등이 있다.

환 제주지사도 "제주 4·3 사건을 이념 갈등으로 이끌어가려는 일부의 시도
는 결코 바람직하지 않다"고 말했다.[6]

예상하지 못한 것은 아니지만 2008년 이명박 정부가 출범하자마자
보수세력들은 '4·3사건'에 대하여 대대적인 이념공세를 펼치기 시작
했다.[7] 그렇다면 1987년 이래, 특히 김대중 정권과 노무현 정권 기간
동안 힘겨운 투쟁을 거쳐 쟁취한 '4·3평화기념관'이 다시금 논란의
대상으로 떠오른 것을 어떻게 보아야 할까. 정치공동체 구성원이 공유
할 수 있는 역사적 기억이란 도대체 무엇일까. 아니, 국가 주도 아래 건
립된 '평화기념관'이라는 것 자체를 문제 삼아야 하지 않을까.

물론 평화기념관의 순기능적 측면을 굳이 폄하할 필요는 없을 것이
다. '4·3사건'이 무엇인지도 모르는 사람들에게 제주도가 겪은 역사
적 비극을 '계몽'하는 텍스트로서, 희생자의 영혼을 '위로'하는 장이자
억압된 기억을 양성화하는 하나의 '미디어'로서 충분히 평가해야 할 것
이다. 그리고 2011년 현재 이 평화기념관을 찾는 사람들이 매년 20만
명이 넘는다는 점에 비추어보면 그 교육적 효과를 충분히 가늠할 수 있

6　「보수단체 "4·3은 폭도 반란", 제주 유족·단체들 강력반발」, 『한겨레』, 2008.4.4.
7　특히 2008년 3월 27일 '국가정체성회복국민협의회 일동'이 발표한 〈성명〉에서는 '4·3
　　사건'의 성격에 대하여 "당시 제주도의 공산주의자 및 동조자들이 불법적인 '무장폭동'
　　으로 대한민국 건국을 저지하려 했던 것은 결코 미화되거나 정당화 될 수 없는 잘못된
　　선택이었다는 사실은 오늘 날 남북한에 전개되고 있는 현실이 웅변해 주고 있다. 역으로,
　　그들이 반대했던 대한민국의 건국이야말로 올바른 선택이었다. 따라서, 만약 대한민국
　　을 폄훼하는 방법으로 4·3사건을 재조명하려 한다면 그것은 4·3사건 발생 당시의 역
　　사적 과오를 오늘의 시점에서 되풀이하는 아이러니에 불과하다. 4·3사건의 재조명은
　　반드시 이 사건의 성격을 '민중봉기'나 '민중항쟁'이 아니라 '무장폭동'으로 규정하는
　　데로부터 출발하지 않으면 안 된다"고 명시했다.

을 것이다.

그러나 그렇다고 해서 '4·3사건'이라는 국가폭력에 희생당한 '순이삼촌'들의 고통이 사라지지는 않을 것이다. 정치권력의 변화에 따라 그 고통은 더욱 깊어질 가능성도 없지 않다. 제주해군기지 건설을 둘러싼 제주 강정마을 사람들의 대결에서도 볼 수 있듯이 역사적 기억은 계기만 주어지면 언제든 반목과 증오의 무기로 비화할 수 있으며, 그 이면에는 국가권력의 감시와 조종의 시선이 자리 잡고 있다.

이 지점에서 '4·3평화기념관'이라는 텍스트가 지닌 의미가 무엇인지를 다시 물어야 한다. 이 평화기념관에서는 과연 '무엇'을 기념하고자 하는가. 그리고 '어떤 평화'를 '누구'에게 전달하고자 하는가. 평화기념관의 설립으로 기억을 둘러싼 투쟁은 종지부를 찍을 수 있을 것인가.

백화점이 각종 상품을 수집, 분류, 전시함으로써 소비를 조장하는 근대적 공간이듯이, 국가 기념관은 '국민'의 다양한 기억을 수집, 분류, 전시함으로써 국민국가의 '신화'를 소비하는 공간이다. 또, 백화점의 상품들이 생산과정으로부터 소외되어 소비대상으로만 인지되듯이 기념관에 진열된 기억들 또한 그러하다. 그런 점에서 백화점과 기념관은 상동성을 지닌다. 이를 자본과 국민국가의 '무의식적 공모'라 할 수 있지 않을까.

'4·3평화기념관'의 경우는 어떠한가. '4·3평화기념관'은 '4·3사건'의 기억을 누가, 어떤 방식으로 전유/횡령(appropriation)하고 있는지를 보여주는 하나의 텍스트이다.[8] 백화점이 생산과정을 생략한 채 상

---

8 기념관뿐만 아니라 최초의 역사박물관과 이것을 본떠서 만들어진 박물관들은 의식적으로든 무의식적으로든 '과거를 전유하려는(appropriated the Past)' 지배계급들의 수단

품에 방향제를 뿌려 소비자들의 욕망을 자극하는 것처럼, 기념관은 비극적 사건이 초래한 다종다양한 기억의 결들을 지워버리고 이를 정형화하여 소비하도록 한다.

여기에서 기억의 재현 가능성과 그 의미에 관한 오래된 논란을 피해갈 수 없다. 기억은 재현할 수 있는가. 좁혀 말하자면 '4·3평화기념관'에 전시된 기억은 '4·3사건'에서 비롯된 수많은 기억들을 재현할 수 있는가. 이와 관련하여 다음과 같은 진술에 주목할 필요가 있다.

> 기억된 역사적 사건은 기억 그 자체로서보다 객관적인 문화적 형상물로 재현된다. 재현은 단순한 기억의 재생이나 모방이 아니라 또다른 하나의 실재를 만들어내는 것이다(장 보드리야르). 따라서 문화적 재현물에 대한 적절한 이해는 재현의 구조와 재현 과정, 즉 항쟁에 대한 재생산의 기제를 체계적으로 분석함으로써 효과적으로 도달할 수 있다.[9]

잘 알고 있듯이 지나간 사건은 선택적으로 기억되거나 망각된다. 동일한 사건도 그 사건을 대하는 개인이나 집단의 가치관, 계급적 위치, 이념 등에 따라 전혀 다른 기억의 스펙트럼 속에 놓일 수 있다. "재현은 단순한 기억의 재생이나 모방이 아니라 또 다른 하나의 실재를 만들어내는 것"이라는 말도 이런 맥락에서 이해할 수 있다. 그런데 '또 다른 하나의 실재'를 만들어내고 이를 전시하는 주체가 '국가기구'일 경우 문제는 더욱 심각해진다. 이때 개인들의 기억은 '국가화'할 수밖에 없

이었다. 하비 케이, 오인영 역, 『과거의 힘』, 삼인, 2004. 109면 참조.
9   나간채, 「기억투쟁과 문화운동의 전개」, 『집합적 기억투쟁』, 역사비평사, 2004, 16면.

다. 국가에 의해 인정받은 기억만이 시민권을 얻을 수 있으며 공인받지 못한 기억들은 개인들의 (무)의식 속에 유폐되었다가 병리적 현상으로 출몰한다.

재현체계를 둘러싼 투쟁이 불가피한 것도 이 때문이다. 즉, "어떤 사실이나 진실도, 어떤 논쟁과 투쟁도 표현되거나 재현되지 않고 일어날 수는 없다. 확실성 확보를 위한 경쟁과 투쟁은 따라서 그 자체로 재현 체계를 장악하기 위한 투쟁이 된다. 오늘 재현체계는 누가 어떻게 장악하고 있는가? 이것은 확실하고 분명한 것을 규정하는 절차나 제도를 어떤 세력이 지배하고 있는지 묻는 질문이기도 하다."[10] '4·3평화기념관'이라는 재현 시스템의 성립은 냉전체제 아래에서 기억을 억압당해 왔던 '4·3사건'의 당사자들이 국가를 상대로 한 투쟁에서 얻은 결과물이라고 할 수도 있을 것이다. 하지만 지금까지 이어지고 있는 '4·3사건'과 '4·3평화기념관'을 둘러싼 논란을 굳이 예로 들지 않더라도 국가가 재현의 주체로 등장하는 순간 다양한 개인의 기억들은 국가의 기억으로 동화되거나 국가의 기억에서 다시금 배제되는 악순환을 반복할 수밖에 없다.

'평화기념관'이라 했을 때 누가, 왜, 어떻게, 어떤 평화를 기념하는가라는 물음을 피할 수 없다. 다시 말해 평화를 기념하는 주체, 이유, 방법, 내용 등을 치밀하게 따져보아야 '평화기념관'의 존재 이유를 입증할 수 있을 것이다. 그러나 어떤 경우에도 기념의 주체가 국가인 경우 가해자(국가)와 피해자(개인) 사이에 형성된 '평화'는 잠정적일 수밖에 없다.

---

10 강내희, 「재현체계와 근대성—재현의 탈근대적 배치를 위하여」, 『문화과학』 제24호, 2000.12, 27면.

3. 기념관과 기억의 상품화, 기억의 공동화

막스 베버의 말을 빌리면, 물리적 강제력 즉 폭력에 기초한 국가는 "공포와 희망―주술적 세력이나 권력자의 복수에 대한 공포, 내세 또는 현세에서의 보상에 대한 희망―이라는 지극히 강력한 동기와 그 외에 매우 다양한 종류의 이해관계"[11]를 통해 구성원의 복종을 유도한다. 공포뿐만 아니라 희망을 통해서도 구성원의 복종을 유도해낸다는 말에 유의해야 한다. 국민국가는 유일하게 합법적인 폭력을 휘두를 수 있는 기구이며, 국가는 공포와 희망을 함께 이용함으로써 국민을 효율적으로 지배하고자 한다. 억압당했던 기억을 '해방'하고 이를 기념관에 전시함으로써 기억의 당사자들 또는 희생자들에게 희망을 주고 보상을 약속하는 국가의 기획을 의심해야 하는 이유도 여기에 있다.

막스 베버를 끌어들이지 않더라도 폭력은 국민국가의 존재근거이다.[12] 두루 아는 바와 같이 폭력은 물리적인 형태로만 현상하는 것은 아니다. 자본과 이에 근거한 국민국가는 다양한 상징적 장치와 기구를 동원하여 폭력성을 은폐한다. 국가가 과거를 국가적 차원에서 소환하거나 기억을 동원하는 것은 구성원의 신체와 영혼을 국유화하기 위한 프로젝트의 일환이다. 다양하고 이질적인 기억들을 배제=포섭함으로써

11　막스 베버, 전성우 역, 『직업으로서의 정치』, 나남출판, 24~25면.
12　이와 관련하여 카야노 도시히토는 이렇게 말한다. "현재와 같은 형태의 국가는 근대에 들어와 폭력이 집단적으로 행사되는 방식이 변화함으로써 성립되었다. 즉 폭력의 실천이 국가의 존재에 선행한다. 국가의 존재는 폭력이 행사되는 특수한 형태에 입각하고 있다." 카야노 도시히토, 김은주 역, 『국가란 무엇인가』, 산눈출판사, 2010, 35면.

동질적=허구적인 국가 또는 국민의 기억을 창안하고, 이에 근거하여 국가 또는 국민의 정체성을 확립하고자 하는 것이다. 노무현 정권이 그랬듯이 '4·3사건'과 관련하여 과거의 국가권력이 행사한 폭력에 대해 사과하는 것도, 이명박 정권이 지금 '4·3사건'을 의도적으로 외면하고 폄하하는 것도, 국가가 국민을 포섭=배제하고자 하는 전략에서 크게 벗어나지 못한다. 국가권력에 의한 '4·3평화기념관' 건립도 그런 전략의 하나이며, 따라서 이 기념관은 '국민'의 아이덴티티를 강화하는 방향으로 얼마든지 재배치=재활용될 수 있으리라는 것은 어렵지 않게 예상할 수 있을 것이다.

국가가 주도하여 만든 기념관은 이질적인 기억들을 수집, 분류, 전시하는 국가적 공간이다. 아니, 국가가 기억의 헤게모니를 쥐기 위해 주도하는 모든 '기념' 행위는 국가의 정체성을 강화하기 위한 전략의 일환이다.

> '기념(commemoration)'은 어떤 특정한 인물이나 사건 등을 생각나게 하며, 기억을 새롭게 하는 모든 행위이다. 기념행위는 근대 국민국가가 출현하면서 적극적으로 개발되고 활용되었다. 국민국가는 기념의 다양한 방법들을 통해 국가와 민족에 대한 정체성과 동화(同化)를 창조 또는 강화하거나, **저항을 예비하지 못하도록 스스로를 통제하고 규율할 수 있는 인간을 양성**하는 데 노력을 기울여왔다.[13] (강조-인용자)

---

13 정호기, 「기념관 건립운동의 변화와 동학―민주화운동 기념관들을 중심으로」, 『경제와 사회』 제65호, 2005.봄, 230면.

기념관은 다양하고 이질적인 장소와 기억의 언어들을 '살균처리'하여 '상품화'하는 공간이다. 이를 통해 국민국가는 정체성의 강화를 모색했으며 궁극적으로 "저항을 예비하지 못하도록 스스로를 통제하고 규율할 수 있는 인간을 양성"하고자 했다. 요컨대 기념관이란 기억의 '살균처리장치'라 할 수 있으며, 이 살균처리장치 속에서 다양하고 이질적인 기억들은 장소성(場所性)을 박탈당한 채 장식품으로 전시되고 소비된다. 그리고 '4·3평화기념관'의 경우, 전시된 기억들을 관람(소비)하면서 사람들은 아픈 역사를 되새길 수도 있지만 동시에 저항이 얼마나 무력한지를 학습하기도 할 것이다. 다시 말해 처참하게 학살된 사람들에 동정을 표할 수도 있겠지만 무의식적으로는 국가권력의 '전능성'을 내면화할 수도 있을 것이다. 기념관은 흔히 아픈 역사를 반복하지 않게 한다는 '목표'를 내세우지만, 저항을 예비하지 못하도록 한다는 명시하지 '못한' 의도 역시 분명히 포함하고 있다. 이리하여 기념관은 지배서사를 강화하는 데 적지 않은 기여를 하게 되는 것이다.

또 하나 잊지 말아야 할 것은 기념관과 기억산업(industry of memory)이 긴밀하게 관련되어 있다는 점이다.

유물은 우리 시대의 최대의 성장산업이다. 오늘날 박물관의 95%가 2차 대전 이후에 세워졌으며, 유적도시가 우후죽순처럼 돋아나고 있다. (기억의 형태를 마비시킨) 노스탤지어는 곳곳에 있다. 조상들은 — 은유적으로 — '파헤쳐지고' 고대유물들은 뿌리 뽑히고 추억들에는 인공향신료가 뿌려진다. 이 시대가 상품화 시대이기 때문에, 이것은 과거에 대한 마땅한 대우이다. 그리고 그것은 왜 근대성이 역사의 특정 계열만 선별하여 보호하는지를 설명해 준다. 무엇보다도 상품화될 수 있는 인공역사는 보호되지만, 예를 들어 쉽게 상품화될 수 없는 그 밖의 제의의 역사는 그만큼 보호되지 못한다.[14]

'4·3평화기념관'의 경우는 어떠할까. 다시 강조하지만, 이 기념관을 '견학'하고 '관람'하면서 역사적 진실을 구명하는 것이 얼마나 어려운지, 평화의 가치를 지켜나가는 것이 얼마나 소중한지를 배울 수 있을 것이다. 또 많은 사람들은 이곳에서 '고통에 응답하는 능력'을 익히기도 할 것이다. 그러나 그 이면에 아픈 역사를 '상품화'하여 '판매'하고자 하는 의도는 없는지 깊이 되물을 수 있어야 한다. 다음 기사를 참조하면, '제주도4·3사업소'에서는 평화기념관을 일종의 관광상품으로 보고 있는 듯하다.

올해 제주4·3평화기념관 관람객 목표는 22만 명. 제주도4·3사업소에 따르면 20일 현재 4·3평화기념관 관람객은 22만56명으로, 관람객 목표를 40일 앞서 달성했다.

제주4·3평화기념관은 지난 2008년 3월 개관한 이후 관람객이 꾸준히 늘고 있다. 첫 해 관람객은 12만여 명에 그쳤으나, 2009년 13만7000여 명, 지난해는 20만2026명을 기록했다.

올해 역시 목표로 삼았던 22만 명을 조기에 달성함에 따라 올 연말까지 23만 명은 충분히 다녀갈 것으로 예상된다.

제주4·3평화기념관을 찾는 이들의 비중은 도민보다는 도외가 높다. 특

---

14 제이 그리피스, 박은주 역, 『시계 밖의 시간』, 당대, 2002, 134면.

히 도외 청소년 단체의 비중이 전체의 42.1%를 차지하는 등 도외 관람객이 전체의 81.9%인 15만7735명이나 된다.

한편 지난 2008년 개관이후 20일 현재까지 제주4·3평화기념관을 찾은 누적 관람객은 68만433명이다.

물론 그렇지 않을 수도 있다. 보다 많은 사람들이 찾아와 역사의 진실과 평화의 가치를 배울 수 있기를 바라는 게 '사업소' 쪽의 진심일 수도 있을 것이다. 그러나 '목표치'를 설정하고, 이곳을 비극적인 역사적 사건이 일어났던 곳을 찾아가 그때의 현장을 목격하기 위한 관광을 뜻하는 '다크투어리즘(dark tourism)'의 명소로 자리매김하려는 의도 역시 간과할 수 없다.

중요한 것은 이곳을 찾는 관람객 수가 아니다. 관람객들이 이곳에 진열되어 있는 '기억의 전시품'들을 보고 그것을 '4·3사건'의 전부인 것처럼 생각할 수 있다는 점에 주의해야 한다. 국가에 의한 기억의 공식화는 언제나 배제의 영역을 남긴다. 이곳 평화기념관에 전시된 다양한 유품, 사진, 기록 등은 어떤 식으로든 '검열'이라는 필터를 거친 것들일 수밖에 없을 것이다. 이 필터를 통과한 기억들만으로는 '배제의 영역'으로 남은 장소들과 언어들을 상상할 수가 없다. 기념관에 전시된 기억들은 특권화하고 나머지는 공동화(空洞化)한다. 여기에서 기념관에 전시되지 못한 '비공식적 기억'을 어떻게 '처리'할 것인가라는 문제가 대두한다.

과연 산재하는 기억의 장소와 편재하는 기억의 언어들이 기념관에 수집, 분류, 전시될 수 있을까. 예컨대 '4·3사건' 당시 제주도민이 무참하게 학살당한 정방폭포나 북촌의 애기무덤, 소개작전으로 온 마을이 불타버린 영남마을과 다랑쉬마을, '순이삼촌'의 아이들과 많은 민간인이 '쓰레기처럼' 파묻힌 옴팡밭, 제주의 '마지막 빨치산' 이덕구가 끝까지 싸웠던 한라산 중턱의 이덕구 산전, 토벌대의 총탄을 피해 숨어지내다 노인 아이 할 것 없이 몰살당한 목시물굴 등이 과연 과거를 기억하면서 평화를 약속하는 '평화기념관'에 '전시'될 수 있을까. 『4·3을 말한다』외 수많은 구술자료는 물론이고 문자화하지 못한 언어들은 어떠할까. 이런 장소들과 침묵과 신음을 포함한 언어들은 자료실이나 기념관에서 '정리' 또는 '전시'할 수 없는 '차이'를 항상적으로 지닐 수밖에 없다. 추론하건대 국가는 이들을 무시, 배제함으로써 국민의 역사에서 삭제해 갈 것이다. 따라서 기억의 공식화 즉 기억의 특권화는 특정 기억(들)의 공동화를 예고한다는 점을 경계해야 마땅하다.

4. 내부식민지의 기억과 국민국가의 서사

제주도는 국민국가에 의한 동화와 배제의 메커니즘이 치밀하게 작동하는 '장소'이자 한국 현대사의 대표적인 '내부식민지'이다. '내재하는 외부'로서 제주도는 1948년 8월 15일 이승만을 중심으로 한 남한 단독정부 수립과 이어진 한국전쟁의 소용돌이 속에서 국가권력이 휘두르는 폭력 앞에 고스란히 노출되어 상상하기 어려운 고통과 희생을 당해야 했다. 따라서 제주도는 한국에서 국가권력이 행사하는 폭력의 양상들을 독해할 수 있는 '살아있는' 텍스트라 할 수 있을 것이다. 현기영의 「순이삼촌」은 '육지것들'이 제주사람을 대하는 태도의 일단을 서북청년단 출신인 '고모부'의 입을 빌어 이렇게 말한다.

고모부는 다른 사람들 귀에 거슬리는 줄도 모르고 다시 이북 사투리로 말을 꺼냈다.

"도민(島民)들이 아직두 서청(서북청년단―인용자)을 안 좋게 생각하구 있디만, 조캐네들 생각해보라마. 서청이 와 부모형제들 니북에 놔둔 채 월남해왔갔서? 하도 뻘갱이 등쌀에 못니겨서 삼팔선을 넘은 거이야. 우린 뻘갱이라문 무조건 이를 갈았다. 서청의 존재 이유는 앳세 반공이 아니갔어. 우리레 무데기로 엘에스티(LST) 타구 입도한 건 남로당 천지인 이 섬에 반공전선을 구축하재는 목적이었다. 우리레 현지에서 입대해설라무니 순경두 되구 군인두 되었디. 기린디 말이야, 우리가 입대해보니끼니 경찰이나 군대나 영 엉망이드랬어. 군기두 문란하구 남로당 뻘갱이들이 득실거리구 말이야. 전국적으로 안 그랜 향토부대가 없댔디만 특히 이 섬이 심하단 평판이나 있드랬다. 이 섬 출신 젊은이를 주축으로 창설된 향토부대에 연대장 암살이 생기디 않나, 반란이 일어나 백여 명이 한꺼번에 입산해설라무니 공비들과 합세해버리디 않나……. 그 백여 명 빠져나간 공백을 우리 서청이 들어가 메꾸었다. 기래서 우린 첨버텀 섬사람에 대해서 아주 나쁜 선입견을 개지구 있댔어. 서청뿐만이가서? 야, 기땐 다 기랬어. 후에 교체해개지구 들어온 다른 눅지 향토부대두 매한가지래서. 사실 그때 눅지사람치구 이 섬 사람들을 도매금으로 몰아쳐 뻘갱이루다 보지 않는 사람이 없댔디. 4·3폭동이 일어다디,

5·10선거를 방해해설라무니 남한에서 유일하게 이 섬만 선거를 못 치렀디. 군대는 반란이 일어나디. 하이간 이런 북새통이었으니끼니 ……."[15](강조-인용자)

'고모부'의 발언은 해방 직후 이념 대립 속에서 제주도와 제주사람이 어떤 위치에 있었는지를 명확하게 보여준다. 서북청년단뿐만 아니라 '육지것들'은 모두 제주사람들을 '빨갱이'로 간주했다는 그의 말은 아마도 사실에 가까울 것이다. 해방 후 미국의 방조 아래 남한단독정부를 수립한 이승만 정권은 자신의 정치권력을 안정화하기 위해 희생양을 필요로 했고, 그 대상으로 '선정된' 곳이 제주라는 '섬'이었다. '고모부'의 발언은 기실 당시 이승만 정권의 지배 전략에 근거한 것이었다. '고모부'로 대표되는 서북청년단 및 대동청년단 등 어용단체들을 국가의 위력을 등에 업고 제주사람들에게 무차별 폭력을 가했다. 1949년을 전후한 시기에 대대적으로 자행된 폭력의 목표는 더 이상 대한민국 정부에 반대하는 세력 따위가 아니었다. 고립된 섬 제주, 대한민국의 일부이면서 대한민국이 아닌 제주, 내재하는 외부 제주에서 '시범'을 보임으로써 국가권력의 위력을 과시하고자 했던 것이다. 그리하여 예상되는 반발들을 사전에 차단하고자 했던 것이다. 이것이 '공포의 효과'이다. 그런 점에서 '4·3사건'은 대한민국이라는 국가에 동조 또는 동의하지 않는 세력이나 개인들을 훈육하기 위한 프로그램의 하나였다고 볼 수 있으며, 그 프로그램을 실천에 옮길 수 있었던 것은 섬이라는 지

15   현기영, 「순이삼촌」, 앞의 책, 62~63면.

리적 조건과 제주의 사회적 환경 때문이었다고 할 수 있다.

이처럼 국가권력은 지배의 효율성을 위해 내부에 '식민지'를 창안, 제국주의 국가가 식민지를 바라보는 프레임으로 이 내부 식민지를 억압하고 배제한다. 이념적 차원에서뿐만 아니라 지리적, 언어적, 문화적 차원에서 특정 장소를 배제함으로써 공포를 유발하고, 다양한 경로를 통해 이 공포를 전파함으로써 국가의 통일성과 국민의 균질성을 확보하고자 하는 것이다. 그러므로 "1947년 3월 1일을 기점으로 하여 1948년 4월 3일 발생한 소요사태 및 1954년 9월 21일까지 제주도에서 발생한 무력충돌과 진압과정에서 주민들이 희생당한" '4·3사건'은 대한민국이라는 국가의 이념적 토대가 무엇이었는지를 말해줄 뿐만 아니라 국민국가가 형성되는 과정에서 왜 '내부식민지'가 필요했는지를 시사해준다.[16]

해방 이후에 생산된 이른바 '제주문학'의 주요 흐름 중 하나를 '육지 것들로부터 소외당한 자의 고통의 형상화'라고 말할 수 있다면, 우리는 국민국가가 배제, 억압한 '제주의 기억'을 국민국가 비판이라는 맥락에서 재조명할 수 있어야 한다. 그 기억을 국민국가 서사의 일부로 수용·편입하는 것만으로는 충분하지 않다. 국가폭력에 따른 개인들의 고통에 대해 대통령이 사과하는 것으로 끝나지 말아야 하는 것도 이 때문이다. 역사적 고통의 기억은 '착한' 대통령의 사과로 마무리 지을 수

---

16 하비 케이는 다음 진술을 참조하라. "궁극적으로 성공적인 헤게모니 지배에서 중요한 것은 대안체제에 대한 '급진적' 또는 '혁명적' 염원과 꿈에 고취된 불만과 반란이 커지는 것을 피하고 금지하고 방지하기 위해, 논란 및 논쟁거리를 제공하고 자극하는 열망을 중립화하고 흡수하고 주변화하고 억압함으로써 봉쇄해야 한다는 점이다." 하비 케이, 앞의 책, 112면.

있는 성격의 것이 아니다.

국민국가는 편재하는 기억의 장소와 산재하는 기억의 언어를 '일원화=공식화'함으로써 국민국가 서사의 외연을 확충한다. 그리고 '4·3평화기념관'은 기억의 일원화=기억의 공식화를 추진함으로써 내부식민지 제주도에 가한 폭력과 그 기억(들)을 축소·은폐하기 위한 제도적장치이다. 국가는 이렇게 기억들을 관리함으로써 기념관 또는 국민국가의 서사로 편입되지 못하는/않는 기억들을 삭제해나간다.[17] 결국 '4·3평화기념관'은 '4·3의 기억'을 국민의 역사로 회수=동원하여 동화시키려는 기획의 일환이며, 국가에 의해 인증을 받지 못한 기억들은 다시금 억압의 굴레에 갇히게 될 것이다. 국가에 의한 기억의 절단과 편집 과정에서 공인받지 못한 기억들에 대한 식민지화가 지속될 것이다.

따라서 우리는 '4·3평화기념관'에 대한 비판의 시선을 늦추지 말아야 한다. 예컨대 지리산 백무동 입구와 뱀사골 입구의 '기념관'처럼, 희생자를 기리는 컨셉의 '4·3평화기념관'이 '토벌대'의 공적을 기리는 공간으로 전유될 가능성은 없을까. 정권이 바뀌면서 '4·3사건'을 대하는 국가권력의 태도가 바뀐 것을 두고 특정 정권의 잘못으로만 돌릴

---

17 이와 관련하여 다음을 참조하라. "국가에 의해 지정된 기념일은 한 국가가 공식적으로 관리하는 과거의 사건, 그 사건을 기념해야만 하는 기억관리 담론에 의해 구성된다. 국가의 기념일은 그 국가 속에 살고 있는 사람들에게 권유되거나 강요되는 공식기억이며, 기념일은 공식기억을 집합적 기억으로 전환시키려는 국가 기억관리술의 발현이다. 기념일은 이데올로기적 국가기구가 과거의 기억을 관리하는 메커니즘을 보여주며, 국가에 의해 관리되는 기념일의 표상, 기념일을 통한 과거의 기억은 일종의 시민종교이자 집단적 기억을 형성시켜나가는 장치이다." 노명우, 「새로운 기억관리 방식-기억산업의 징후」, 『문화과학』 40호, 문화과학사, 2004.12, 157면.

수는 없는 노릇이다. 국가가 기념관이라는 미디어를 통해 기억을 관리하는 이유가 무엇인지를 래디컬한 방식으로 물을 수 있어야 한다. 중요한 것은 국가의 공증이 아니다. 역사적 존재로서 개인과 그 개인이 소속된 집단'들'의 복수(複數)의 기억'들'이다. 획일화되고 균질화된 기억, 장소성을 박탈당한 기억, 비언어적인 특성을 배제한 기억은 우리의 상상력을 현저하게 약화시킨다. "공동체도 없고, 집단적 과거도 없을 때에는, 무엇이 기억되어야 하는가? 상호주체적인 의미를 잃어버렸을 때는 무엇이 경험될 수 있는가? 집단기억이 고갈되었을 때, 공동체의 운명은 무엇인가?"[18]라는 질문을 되새겨야 하는 것도 이 때문이다.

5. 국민의 역사로 화수되지 않는/못하는 기억들을 위하여

자본과 국가권력에 기댄 기억의 재구성이란 필연적으로 국민국가주의 신화를 승인하는 방향으로 나아갈 수밖에 없다. 그렇다면 무엇이 문제인가. 국가기억에 대항하는 기억의 재구성은 어떻게 가능한가. 기억의 주체는 '민중'인가, '국민'인가? 아울러 획일적이고 균질적인 국민의 역사로부터 '4·3'을 둘러싼 내부식민지 제주의 파편화한 구전기억의 구원(Rettung)은 가능한가. 제주뿐만 아니라 한국전쟁을 전후하여

---

18 시모네타 팔라스카 참포니, 「이야기꾼과 지배서사」, 제프리 K. 올릭 편, 최호근·민유기·윤영휘 역, 『국가와 기억』, 민주화운동기념사업회, 2006, 61면.

전국 곳곳에서 자행된 민간인 학살과 그들의 기억은 어찌할 것인가. '광주의 기억'은 또 어떠한가.

억압받지 않는 기억이 우리의 상상력을 풍요롭게 하고, 이 상상력을 바탕으로 새로운 세계를 모색할 수 있다면 우리는 '4·3사건'을 둘러싼 다양하고 이질적인 기억들의 단수화 또는 '미라화'에 저항하는 새로운 '기억투쟁'을 전개해야 한다. 구술사적 및 문화사적 방법론을 통한 기억의 복수성(複數性)을 회복하고, 이를 이론화할 수 있어야 한다.[19] 뿐만 아니라 국가의 관리를 거부하는 다양한 기억의 발굴과 다양한 미디어를 통한 지속적인 재현이 필수적이다. 기억의 재현 가능성과 불가능성을 둘러싼 논란은 쉽게 그치지 않을 것이다. 그럼에도 기억들은 쉼 없이 재구성되어야 하고 흘러야 하며 다른 기억들과 만나야 한다. 이것을 벤야민은 '국민의 역사'를 비판하는 경험기억의 지속적 재구성이라 말한다.

기억은 어떤 사건을 세대에서 세대로 계속 전해주는 전통의 연쇄를 만들어낸다. 기억은 보다 넓은 의미에서는 서사시의 예술적 요소이다. 또 기억

---

19 다음의 진술을 참조하라. "'아래로부터의 역사'로서 구술사를 자리매김한다는 것은 지배 이데올로기에 의해 억눌리고 뒤틀린 민중의 기억을 불러내어 민중의 실제적 경험을 드러내고, '기억을 둘러싼 투쟁'에 개입하려는 것이다. 다시 말하면 민중에게 강요된 기억의 허구성을 폭로하고 그 내면에 간직된 기억을 드러냄으로써 지배이데올로기에 의해 구성된 역사를 허물고 민중의 기억으로 다시 쓰는 '대안적 역사서술'을 해나가려는 것이다. 물론 지배-저항의 단순한 이분법을 넘어서야 한다. 민중의 기억은 순수하게 독자적·자율적으로 존재하지 않기 때문에 민중의 기억에 각인된 지배의 흔적 혹은 이미 지배에 포섭된 민중의 기억을 비판적으로 독해함으로써 지배와 저항의 복잡한 맞물림을 인식할 수 있어야 할 것이다." 이용기, 「구술사의 올바른 자리매김을 위한 제언」, 『역사비평』 58호, 역사비평사, 2002.2, 381면.

은 서사시적인 것의 예술적 변형물들을 포괄하고 있다. 이러한 여러 변형들 중에서 첫째로 꼽을 수 있는 것은 이야기하는 사람에 의해 실제 행해지고 있는 변형이다. 기억은 마지막에 가서 모든 이야기를 서로 얽어 짜는 그물을 만든다.[20]

그렇게 하지 못할 경우 우리는 벤야민이 말했듯 과거로부터 또는 기억으로부터 희망의 불꽃을 점화할 가능성을 포기해야만 할 것이다. '4·3평화기념관'은 '4·3사건'에 관한 기억들, 기념관에 갇힌 기억들과 그렇지 않은/못한 기억들 사이의 새로운 투쟁을 알리는 출발 신호인지도 모른다. 어디 '4·3평화기념관'뿐이겠는가. 사회체제가 그렇듯이 기념관이라는 기억의 제도화 역시 지속적인 투쟁에서 자유로울 수 없다. 그리고 지속적인 기억투쟁을 통해서만 과거는 새로운 세계를 상상하는 힘으로 전환될 수 있을 것이다.

그 나름의 한계는 있더라도 역사에 대한 진지함이란 무엇보다도 과거의 의미를 이해하려는 노력이다. 다양한 역사의 목소리에 귀를 기울이는 일은 사건이 벌어진 과거의 상황을 폭넓게 파악하고, 모순되는 몇몇 이야기의 신빙성을 판단하며, 여러 형태의 증언이나 증거의 의미를 평가하고, 과거와 현재의 관계를 설명하는 전형을 탐구하려는 과정이 되어야 한다.[21]

---

20 발터 벤야민, 반성완 역, 「얘기꾼과 소설가」, 『발터 벤야민의 문예이론』, 민음사, 1983, 182면.
21 테사 모리스-스즈키, 김경원 역, 『우리 안의 과거』, 휴머니스트, 2006, 332면.

　새 천 년이 시작된 지도 벌써 몇 해가 지났다. 식민지와 분단국가로 지낸 20세기 한국 역사의 외중에서 근대 민족국가 수립과 민족 문화 정립에 애써온 우리 한국학계는 세계사 속의 근대 한국을 학술적으로 미처 정리하지 못한 채 세계화와 지방화라는 또 다른 과제를 안게 되었다. 국가보다 개인, 지방, 동아시아가 새로운 한국학의 주요 대상이 된 작금의 현실에서 우리가 겪어온 근대성을 다시 한번 정리하고 21세기에 맞는 새로운 모습으로 탈바꿈시키는 것은 어느 과제보다 앞서 우리 학계가 정리해야 할 숙제이다. 20세기 초 전근대 한국학을 재구성하지 못한 채 맞은 지난 세기 조선학·한국학이 겪은 어려움을 상기해 보면, 새로운 세기를 맞아 한국 역사의 근대성을 정리하는 일의 시급성은 아무리 강조해도 지나치지 않다.

　우리 근대한국학연구소는 오랜 전통이 있는 연세대학교 조선학·한국학 연구 전통을 원주에서 창조적으로 계승하고자 하는 목표에서 설립되었다. 1928년 위당·동암·용재가 조선 유학과 마르크스주의, 그리고 서학이라는 상이한 학문적 기반에도 불구하고 조선학·한국학 정립을 목표로 힘을 합친 전통은 매우 중요한 경험이었다. 이에 외솔과 한결이 힘을 더함으로써 그 내포가 풍부해졌음은 두말할 나위가 없다.

연세대학교 원주캠퍼스에서 20년의 역사를 지닌 매지학술연구소를 모체로 삼아, 여러 학자들이 힘을 합쳐 근대한국학연구소를 탄생시킨 것은 이러한 선배학자들의 노력을 교훈으로 삼은 것이다.

이에 우리 연구소는 한국의 근대성을 밝히는 것을 주 과제로 삼고자 한다. 문학 부문에서는 개항을 전후로 한 근대 계몽기 문학의 특성을 밝히는 데 주력할 것이다. 역사 부문에서는 새로운 사회경제사를 재확립하고 지역학 활성화를 위한 원주학 연구에 경진할 것이다. 철학 부문에서는 근대 학문의 체계화를 이끌고 사회과학 분야에서는 학제 간 연구를 활성화시키며 근대성 연구에 역량을 축적해 온 국내외 학자들과 학술 교류를 추진할 것이다. 이러한 연구들은 일방성보다는 상호 이해와 소통을 중시하는 통합적인 결과물의 산출로 이어질 것이다.

근대한국학총서는 이런 연구 결과물을 집약적으로 정리하기 위해 마련한 총서이다. 여러 한국학 연구 분야 가운데 우리 연구소가 맡아야 할 특성화된 분야의 기초자료를 수집·출판하고 연구성과를 기획·발간할 수 있다면, 우리 시대 연구자들뿐만 아니라 학문 후속세대들에게도 편리함과 유용함을 줄 수 있을 것이다. 새롭게 시작한 근대한국학총서가 맡은 바 역할을 충분히 할 수 있도록 주변의 관심과 협조를 기대하는 바이다.

2003년 12월 3일
연세대학교 원주캠퍼스 근대한국학연구소